As duas mortes de Osama bin Laden

A. C. Gilmore

As duas mortes de Osama bin Laden

pavana

O texto deste livro foi fixado conforme o acordo ortográfico vigente no Brasil desde 1º de janeiro de 2009.

PREPARAÇÃO Otacílio Nunes
REVISÃO Luciane Gomide
CAPA E PROJETO GRÁFICO Edições Pavana
IMAGENS DE CAPA Muro: Getty Images / Soldados: Behrouz Mehri/AFP
IMPRESSÃO E ACABAMENTO Bartira Gráfica

Dados Internacionais de Catalogação na Publicação (CIP)
(Câmara Brasileira do Livro, SP, Brasil)

Gilmore, A. C.
As duas mortes de Osama bin Laden / A. C. Gilmore. -- São Paulo : Edições Pavana, 2012.

ISBN 978-85-7881-148-8

1. Ficção brasileira I. Título.

12-12957 CDD-869.93

Índices para catálogo sistemático:
1. Ficção : Literatura brasileira 869.93

2012
Pavana é um selo da Alaúde Editorial Ltda.
Rua Hildebrando Thomaz de Carvalho, 60
04012-120 – São Paulo – SP
www.edicoespavana.com.br

Sumário

I

O passo de Khyber, Afeganistão

1

O *sniper*

O *sniper* é um atirador de elite, de incrível habilidade, capaz de acertar alvos fixos ou móveis a grandes distâncias. Para desenvolver sua técnica, esse tipo de soldado costuma treinar horas a fio com fuzis de alta precisão, além de estudar fundamentos de balística. O *sniper* também se especializa em camuflagem, ocultação, observação, infiltração em terreno inimigo e disparo em várias condições – em pleno sol, à noite, com ventos fracos ou fortes, chuva e neve. Suas principais defesas são a camuflagem e a ocultação, pois deve atirar sem que seja notado. A técnica de camuflagem compreende a criação de vestimentas improvisadas pelo próprio *sniper*, chamadas de *ghillie suit* ("roupas de garoto", no dialeto escocês). Colocadas sobre o uniforme, imitam, em seus padrões, as folhagens, as tonalidades da areia e rochas do deserto ou mesmo o branco imaculado da neve.

O *sniper* limita ao máximo seus movimentos para evitar ser detectado, tomando especial cuidado com a lente da luneta, que pode refletir a luz ambiente. É especialmente eficaz quando se oculta no topo de edifícios arruinados, em torres, em sótãos de casas abandonadas ou no alto de colinas e no meio das selvas. Permanecendo invisível, embosca os soldados da infantaria, causando-lhes medo e muitas baixas. Mas a eficiência do *sniper* nem sempre está ligada ao número de mortes dos oponentes: muitas vezes, é também relacionada à capacidade de atrasar o movimento das tropas inimigas. Atemorizados com a presença invisível de um atirador, os soldados, ao perder tempo em se esconder ou em tentar encontrar o atirador, deixam de se deslocar com rapidez.

A palavra "*sniper*" tem sua origem entre os soldados da Índia Britânica, no fim do século XVIII. Designava o caçador bastante hábil, capaz de matar o ardiloso *snipe*, um pássaro de bico longo e plumas cheias de manchas. Além de rápidos, esses pássaros, graças à plumagem, conseguiam se confundir com a vegetação circundante, o que dificultava bastante a ação dos caçadores. Por extensão, o caçador dessas aves, que devia ser paciente e habilidoso, a ponto de conseguir vencer a astúcia do *snipe*, começou a ser conhecido como "*sniper*". Em 1824, o termo veio substituir de vez a palavra "*sharpshooter*", que designava o atirador de elite e cujo sentido derivava do rifle Sharps, criado em 1848, na Pensilvânia, por um armeiro de mesmo nome.

Os *snipers* atuam isolados de um destacamento e, por vezes, são dispensados do uso de uniformes. De maneira geral, não são bem apreciados pela tropa, devido a seus privilégios, a seu isolamento e a seu modo peculiar de agir. Na maioria dos casos, são acompanhados de um *spotter*, um assistente, munido de binóculos, de um radiocomunicador, de alimento e água. Cabe a esse soldado examinar as peculiaridades do terreno, calcular a distância do alvo e as condições atmosféricas, para auxiliar o atirador na direção do tiro. Também faz as comunicações com o grosso do exército, providencia a rota de fuga e presta-se mesmo à condição de guarda-costas, ajudando o *sniper* a carregar o equipamento e a lutar contra os inimigos, em caso de perseguição. Ao contrário do *sniper*, o *spotter* não usa rifles, e sim armas leves, como uma pistola de 9 mm e granadas de efeito moral.

Esses atiradores de elite tiveram papel fundamental na Segunda Grande Guerra, entre os russos e nazistas, na guerra da Coreia, na do Vietnã e na do Afeganistão, sem contar outros conflitos menores, no Oriente Médio e na África. Consta que, na Guerra do Afeganistão, um *sniper* canadense bateu o recorde de distância, ao matar um inimigo a mais de dois mil e quatrocentos metros. Isso aconteceu durante a operação "Anaconda", no vale de Shah-i-Kot, onde *snipers* foram convocados para apoiar a Centésima Primeira Divisão Americana, duramente atingida por metralhadoras e morteiros do Talibã. Em sua espetacular ação, esse *sniper* utilizou um rifle MacMillan, equipado com uma luneta Leopold, com *zoom* de 16x e munição AMAX Match .50. O tempo de percurso do projétil foi de cerca de quatro segundos e meio. A baixa densidade do ar nas montanhas, acima de dois mil metros de altitude, aumentou o alcance efetivo da arma.

*****

Aasif e Kabir compunham uma dupla desses soldados especiais, em meio à guerra contra os norte-americanos no Afeganistão, que teve início em dois mil e um. O primeiro era o *sniper*, o segundo, o *spotter*. Contudo, os atiradores de elite do Talibã, devido às condições precárias de seu exército e à pouca instrução, não costumavam estudar balística, como seus similares dos exércitos alemão, russo e americano. Desenvolviam a técnica com a prática cotidiana, servindo-se de rifles de precisão comprados de traficantes de armas ou tomados dos russos na guerra de mil novecentos e oitenta. Havia sido assim que Aasif se tornara um exímio atirador e, por isso, era incumbido de missões, como a do presente momento, no ano de dois mil e onze. Escondidos atrás de um rochedo no monte Kalehein, ele e seu companheiro, já fazia algumas horas, espreitavam o cume de um monte um pouco mais baixo, a uns oitocentos metros de distância. Haviam sido enviados ali por Abdullah, o comandante de uma das milícias talibãs, para emboscar um grupo de estrangeiros armados que se deslocava pela região. Tinham ordens expressas de abater o líder e manter sob mira os demais membros do grupo, até que a milícia pudesse cercá-los e matá-los. Aasif e Kabir usavam turbante e um grande manto envolvendo o corpo, além de sandálias de couro com solas de borracha. Tinham, respectivamente, vinte e sete e vinte e seis anos, e as barbas ralas não lhes escondiam o rosto juvenil, antes, pelo contrário, o acentuavam bastante. Mesmo assim, eram guerrilheiros tarimbados, principalmente Aasif, que já contava em seu currículo com a morte de mais de dez inimigos. Aprendera a atirar com o pai, que lutara contra os russos. Além de ter se distinguido nas batalhas, Mahmood Ali conseguira como troféu um rifle Mosin-Nagant, 7.62 x 54R, que deixara de herança ao filho. Aasif lembrava-se de ter visto o pai, a uma distância de mais de quinhentos metros, abater cervos com um tiro certeiro no meio dos chifres ou mesmo no costado. Mas aprendera também com Mahmood a ser paciente, a se ocultar, camuflado, atrás de uma rocha ou no meio de arbustos, e a observar os movimentos da presa até que chegasse a hora de abatê-la.

– Lembre-se. Não podemos desperdiçar munição – dizia-lhe Mahmood Ali. – Cada tiro deve corresponder a um abate.

Aasif procurou seguir os conselhos do pai. Praticava com um velho rifle Kalashnikov e, com o passar dos anos, foi adquirindo uma destreza tal que deixava Mahmood embasbacado. Não só era capaz de desmontar seu rifle e remontá-lo em tempo recorde, como também tinha uma pontaria infalível. Além disso, com o tempo, desenvolveu a virtude da paciência, essencial naquela atividade. Aasif gostava de ouvir as histórias que o pai lhe contava sobre a guerra contra os russos. Cheio de orgulho, Mahmood lembrava os tempos de glória em que os *mujahedins*, mesmo que na maioria mal armados, haviam conseguido derrotar a potência soviética, com seus fuzis, bazucas, tanques e aviões, e provocar, mais adiante, a derrocada do império comunista.

– A fé em Alá – ele dizia – é mais importante que a força! Não fosse nossa crença inabalável nas palavras do profeta Muhammad, e os soviéticos estariam ainda dominando nosso país.

Aasif ficava deveras entusiasmado quando o pai contava em detalhes como tinha conseguido tomar o rifle Mosin-Nagant de um *sniper* russo:

– O atirador estava entrincheirado no meio de umas rochas, no vale de Shah-i-Kot e, com incrível precisão, foi dizimando nossa milícia. O comandante Hafizullah ordenou então que eu desse a volta e fosse por detrás para tentar surpreendê-lo. Depois de algumas horas escalando um morro, pude ver o atirador pelas costas. Me aproximei bem devagar e lhe dei um tiro na cabeça. Como prêmio, o comandante deixou que eu ficasse com o rifle do russo.

Ainda ouvia o pai contar como os heroicos *mujahedins* haviam pouco a pouco dominado o país, expulsando as tropas soviéticas, até tomarem, afinal, Cabul. Como ainda era uma criança, só vagamente se lembrava de ter visto as forças vitoriosas entrarem na capital, em meio a nuvens de poeira, atirando para o alto com rifles e metralhadoras. Tinha visto também, pendendo de uma corda, o odiado títere dos russos, Mohammad Najibullah, que dominara a nação com mão de ferro. Aos catorze anos, para seu grande entusiasmo, acompanhara a revolta do grupo Talibã, comandada pelo mulá Mohammed Omar, que, como uma onda, viera conquistando todo o Afeganistão. Havia acompanhado as grandes reformas no país, compreendendo o castigo dos intelectuais, dos idólatras, dos impenitentes e, sobretudo, das pessoas consideradas impudicas. Mulheres eram condenadas a chibatadas quando se recusavam a usar a burca, e apedrejadas até a morte, em praça pública, se cometessem adultério. Também nessa época, vira com regozijo as milícias destruírem, com tiros de canhão e dinamite, as milenares e gigantescas estátuas de Buda do vale de Bamiyan. Sabia, pelos mulás, que o profeta Muhammad condenava a idolatria. Sentia-se feliz com tudo o que acontecia a seu redor, com a promessa de novos e melhores tempos para o povo afegão. Nas palavras do pai, o Afeganistão, com a revolta talibã, afinal, voltava a suas raízes ancestrais, recuperando costumes sadios e mais próprios de um seguidor do Islã:

– Nosso povo nunca aceitou os dominadores. Foi assim com Alexandre, o Grande, com os mongois, com os ingleses e os soviéticos. Todos foram vencidos e expulsos de nossas terras! E agora, com as leis inflexíveis do Talibã, nosso povo se tornará mais forte.

Quando o pai morreu, Aasif viu-se entregue à própria sorte, já que tinha perdido a mãe ainda criança. Suas irmãs haviam se dispersado pelo Afeganistão e pelo Paquistão. Duas se casaram, outra fora apedrejada por adultério, e outra ainda, segundo ouvira dizer, tornara-se prostituta em Islamabad. Nunca mais ouvira falar delas, e pouco se importava com isso, pois aprendera a viver sozinho. Tinha de seu apenas os rifles russos que, muito cioso, escondera num local secreto. Os tempos eram confusos, e hordas armadas confiscavam tudo que achavam valioso. Chegou a passar fome, a mendigar e até a cometer pequenos delitos. Foi, então, preso por uma milícia quando tentava furtar alimentos de uma barraca. Levado à presença do comandante Abdullah, recebeu a sentença de vinte chibatadas sobre as costas nuas. Mais que a dor causada pelas pancadas do couro cru na carne, o que o incomodou foi a vergonha de se ver assim exposto em público. Isso lhe serviu de lição: depois de curar as feridas, decidiu que precisava honrar a memória do pai e recuperar a dignidade perdida. Dirigiu-se ao comandante da milícia que o castigara e, prostrando-se diante dele, declarou seu arrependimento. Ao mesmo tempo, ofereceu-se para servi-lo. Começou por fazer pequenas tarefas, dando recados, providenciando água para os homens, limpando as tendas, cuidando dos cavalos. Mesmo que levasse pancadas de todo lado e fosse contemplado apenas com restos de comida, prosseguiu em seu intento de tornar-se, afinal, um homem. O sofrimento era o seu carma, considerava – havia merecido tudo aquilo, devido à sua ação execrável. Acabou sendo premiado pela persistência, quando pôde, enfim, exibir sua destreza como atirador. Para espanto dos milicianos, mostrou que era capaz de acertar pequenos alvos, como uma garrafa, um pires, a trezentos metros de distância, com o Kalashnikov.

Conquistada a confiança de Abdullah, trouxe à luz seu Mosin-Nagant e acabou sendo admitido na milícia. Escalado como *sniper*, ganhou a companhia de Kabir, outro jovem órfão, que começou a servir como *spotter*, carregando parte do equipamento, a água, os alimentos, além de atuar como comunicador, utilizando um velho aparelho de rádio. A função deles era guardar o passo de Khyber, por onde passavam muitas caravanas em direção do Paquistão, traficantes de ópio e bandidos. Com ordens recebidas pelo rádio de Kabir, de vez em quando, abatia um homem ou mais de um homem, infligia danos em veículos ou provocava pânico entre bandidos. Mas, naquele dia, não tinha sido escalado para abater um bandido comum. Tinha ordens de se ocultar no lugar de costume, dominando o desfiladeiro, para emboscar um grupo armado até a chegada da milícia talibã.

Havia rumores de que estrangeiros – com certeza espiões americanos – haviam se infiltrado em território afegão. Então, estava ali, com seu rifle envolto em pedaços de panos da cor da areia, instalado em seu ponto predileto, atrás de uma rocha achatada, que lhe permitia não só permanecer deitado, como também apoiar a arma num rebordo e ter uma ampla visão do topo do morro em que os estrangeiros iriam aparecer. Aquele local era o caminho mais curto para o passo de Khyber, que levava, a oeste, para o Paquistão e, a leste, para as cavernas de Tora Bora. A paisagem desértica era dominada por profundas ravinas, desfiladeiros, colinas. O azul intenso do céu sem nuvens contrastava com o tom amarelado da areia e das rochas. Nas alturas, abutres voavam em círculo, denunciando alguma carcaça no deserto. De cabra ou asno, ou, quem sabe, mesmo de um homem. Nos últimos tempos, não era raro acontecerem escaramuças, e os corpos abatidos ficavam ao relento, servindo de pasto às aves de rapina e aos chacais. Fora alguns poucos oásis e pântanos, tudo era seco, a vegetação se resumindo a arbustos cinzentos, espinhosos.

Aasif não se sentia bem naquela manhã. Não tinha dormido direito na noite anterior, pois havia se levantado várias vezes para vomitar ou beber água. Tudo por culpa de um guisado de carneiro comido no jantar. A carne devia estar estragada, pensou. Era o que dava comer na taberna do velho Nabil, que cobrava barato, mas servia comida de péssima qualidade. O resultado era que agora sentia as pálpebras pesadas e um pouco de náusea. O sol já se aproximando de seu zênite parecia lhe lançar lascas de vidro nas retinas. Incomodado, fechou os olhos e, sem querer, começou a cochilar.

– Eles estão demorando. Será que não vêm mais? – Kabir o acordava e lhe oferecia um punhado de tâmaras secas. – Pode ser que tenham desistido de vir aqui, e aí vamos perder nosso tempo. Você não acha que...?

Aasif bocejou. Recusou as frutas, não podia pensar em comer. Nada disse nem prestou atenção no que o companheiro falava. Era de natural silencioso, uma qualidade essencial para um *sniper*. A loquacidade de Kabir, porém, não o incomodava. Eram muito amigos, e o fato de serem órfãos e de não terem mais ninguém no mundo só fazia reforçar o laço entre eles. Em algumas missões em que nada acontecia, era bom ter Kabir do lado, pois isso servia para atenuar um pouco a solidão. Ouvindo-o falar, Aasif se distraía um pouco e chegava até a dar boas risadas de sua ingenuidade. Mas, nos momentos de ação, Aasif exigia o máximo de concentração, e seu *spotter*, nesse aspecto, era bem eficaz, calando-se e auxiliando-o no que quer que fosse. Como a monotonia da espera podia levar ao sono, e o sono era o pior dos inimigos de um *sniper*, deixou seu companheiro falar à vontade. Não queria adormecer de novo. Precisava estar com os olhos e ouvidos atentos ao deslocamento de homens, à movimentação do vento, à incidência dos raios solares. Quanto ao resto, estava tudo em ordem. Meticuloso, Aasif mantinha o rifle sempre em perfeitas condições de uso: as peças limpas, azeitadas e protegidas contra a poeira, os cartuchos alinhados e ao alcance da mão, à espera de serem introduzidos no fuzil, a mira telescópica ajustada. Além disso, já tinha feito seus cálculos sobre a distância do presumido alvo na colina. Quanto a seu *spotter*, não se esquecia de manter os cantis cheios à sombra, os alforjes com frutas secas, pedaços de pão e o radiocomunicador e o binóculo à mão.

Estava imerso em seus pensamentos, quando de novo foi tomado pela dormência. Sem conseguir se conter, adormeceu. Só foi acordar, estremunhando e um pouco assustado, quando Kabir o cutucou:

– Aasif! Aasif! Acho que são eles – disse, todo excitado, apontando para a colina mais abaixo.

Não podia ter adormecido, Aasif refletiu, contrariado. Não fosse Kabir, era muito provável que não visse os inimigos chegarem ao morro.

– O cantil – ordenou.

Jogou um pouco de água na cara, lavou os olhos que, depois, aproximou da luneta. De fato, viu alguns homens de uniforme camuflado que caminhavam na crista do morro. Só um deles carregava um rifle, que reconheceu como um Kalashnikov, os outros levavam pistolas e revólveres. À frente de todos, destacava-se um homem alto, de ombros largos, usando óculos de grau, que parecia comandar o pequeno destacamento, pois fazia gestos com as mãos, apontando o vale logo abaixo. Os demais, de braços cruzados, pareciam ouvi-lo com atenção. Devia ser o líder, pensou Aasif com satisfação, e, se era mesmo o líder, tinha que abatê-lo primeiro. Essa era uma regra entre os *snipers*: forçavam-se a identificar o comandante de um destacamento, para matá-lo e, assim, provocar o pânico e a desordem nos homens. Mas Aasif hesitou antes de atirar, pois viu um pouco atrás outro homem que chegava. Era maior ainda que o pretenso líder, um gigante loiro, com o cabelo à escovinha, o nariz de buldogue, o queixo proeminente e uma expressão de ferocidade no rosto. Por uns segundos, deixou que a cruz da mira fosse focada na testa do homem. Que prazer teria em derrubar um gigante daqueles com um simples tiro... mas não, primeiro, precisava abater o líder, refletiu. Antes de atirar, porém, como era seu costume, começou todo um ritual mais que necessário, segundo acreditava, para a plena eficácia de seu tiro. Primeiro, fez uma rápida prece. Depois, tirando o olho da mira, examinou a direção do vento, com o expediente primitivo de molhar o dedo indicador na boca e erguê-lo. Na sequência, ajeitou melhor o rifle sobre a rocha e ficou um longo tempo com o olho preso à luneta, até se certificar da distância entre os dois morros. De acordo com os estudos de balística, os *snipers* sabem que uma bala viaja com uma trajetória curva. Isso significa que, se o atirador incorretamente estimar que a distância é de setecentos metros, quando o alvo está de fato a oitocentos metros, o projétil irá atingir seu destino a vinte centímetros abaixo ou acima do esperado. Antes do disparo, essa imprecisão natural deve ser corrigida com rigorosos cálculos, normalmente feitos pelo *spotter*, munido de instrumentos de medição adequados. Por experiência e por meio de uma aguda intuição, Aasif tinha noção desse fenômeno físico. Para evitar que a trajetória do projétil fosse muito alta ou muito baixa, havia desenvolvido a capacidade de calcular distâncias com extrema precisão, mesmo sem instrumentos. Em seguida, fazia pequenos ajustes na mira, para corrigir qualquer erro possível. Tendo tomado todas essas providências, voltou a focar a cabeça do líder, que, inconsciente do perigo, continuava a falar com tranquilidade, às vezes até sorrindo. Aasif permanecia na mesma posição, imóvel, quase sem respirar. Como era peculiar nele, que ficava bastante excitado em situações como essas, começou a sentir cócegas no dedo junto ao gatilho. Mas segurou a excitação, enquanto murmurava "ainda não", "ainda não". E só quando sentiu se formar um vácuo dentro de si, como se seu coração tivesse parado de bater, é que se decidiu, premindo o gatilho.

Após o ruído seco do disparo – pac!, levou o pequeno coice de costume no ombro. Mas, embora perfeito o tiro, reparou que o homem não havia sido atingido. Para sua estupefação, num átimo de segundo, seu alvo havia se abaixado, e o projétil passou a alguns centímetros de sua cabeça, indo se espatifar numa rocha atrás dele. Por pura sorte, o líder do destacamento havia escapado ao tiro, pensou Aasif, contrariado.

– Maldito infiel! – exclamou, irritado.

– O que foi? – perguntou Kabir, estupefato. – Não o acertou?

Com pressa e nervoso, Aasif puxou o ferrolho para liberar o cartucho, recarregou o fuzil e voltou a cravar o olho na luneta. Deu-se conta então de que os homens, alertados pelo tiro, haviam se refugiado em trincheiras, protegidas por pequenos muros de pedra, que os próprios talibãs haviam erigido no alto da colina, no tempo da guerra contra os russos. Agora, não tinha mais ninguém à vista, nem ao menos uma perna ou um braço, muito menos uma cabeça. Por que o maldito líder tinha que se abaixar justo na hora do tiro?, pensou, com o rosto vincado pela raiva. Voltou-se para Kabir e disse, de modo ríspido:

– Ligue o rádio e diga para Abdullah apressar a vinda da milícia.

Kabir obedeceu.

– Ah, diga também que temos os infiéis sob a mira e que venham logo para pegá-los pelas costas.

Kabir acenou com a cabeça. Enquanto o companheiro se punha a falar ao rádio, de um modo atropelado, Aasif tornou a fixar a luneta nos muros de pedra das trincheiras. O sol estava bem no alto, logo, logo, o calor seria infernal, e os homens teriam que deixar os abrigos, se não quisessem torrar. Era só um deles arriscar um movimento, que o acertava, refletiu. Dessa vez, tomaria o cuidado de mirar no corpo e não apenas na cabeça. Com isso, teria menos probabilidade de errar.

*****

Abdullah ouviu um disparo e estremeceu. Seria do rifle de Aasif? Se fosse ele, já deveria ter abatido alguém. E esse alguém seria, com certeza, o líder do destacamento de estrangeiros, conforme lhe recomendara. Sorriu com satisfação, pois conhecia de muito a habilidade do jovem, um de seus milicianos mais leais e eficientes. Formada por quinze homens, armados com fuzis Kalashnikov AK-47 e mesmo uma bazuca, sua milícia ia em marcha batida pelo caminho tortuoso e pedregoso, no fundo de uma profunda ravina. Abdullah tinha pressa, queria chegar a tempo de surpreender os estrangeiros. Sua missão, junto com os companheiros jihadistas Shafik e Bashir, era coibir a ação de qualquer comando inimigo na região de Tora Bora, onde se refugiara Osama bin Laden. Conforme orientações de Ayman al-Zawahiri, um dos líderes da Al Qaeda, Shafik e Bashir deveriam vigiar as regiões Sul e Norte das cavernas, enquanto ele se incumbiria de patrulhar o passo de Khyber. Mas seu deslocamento, ao contrário do que desejava, era lento, devido às condições precárias do terreno. Temia, portanto, se atrasar, permitindo assim que os inimigos se aproximassem demais das cavernas de Tora Bora, para tentar um ataque contra o grande líder.

– É Kabir – disse Farid, estendendo-lhe o rádio e interrompendo seus pensamentos.

Numa voz assustada, o segundo de Aasif lhe pedia que se apressasse. Irritado, Abdullah disse-lhe que estava a caminho e logo desligou. Como se apressar? Não havia meio de correr, ainda mais naquele terreno todo pedregoso, que terminava numa ravina, onde sabia que seu deslocamento seria bem mais lento. Ouviu, na sequência, outros tiros. Os jovens não precisavam se preocupar. Era só manterem os inimigos emboscados no alto da colina que, dentro em breve, os surpreenderia pelas costas. Agora, sabia por Kabir que eram poucos – apenas cinco homens. Ainda que estivessem bem armados, não teriam como enfrentar seus quinze milicianos com os AK-47, a sua bazuca e o certeiro rifle de Aasif. Seguia com a certeza da vitória iminente.

Ao mesmo tempo que considerava isso, o comandante Abdullah pensava nos invasores. Quem seriam eles? Deviam fazer parte de um destacamento de americanos infiltrados em território afegão, refletiu. Mas por que estavam assim tão isolados? Não tinha uma ideia muito precisa disso. Desconfiava de que constituíssem uma espécie de vanguarda, investigando o terreno, para quem sabe preparar novas levas de invasão, com o fito de pegar Osama bin Laden. Numa reunião que tivera com a cúpula da Al Qaeda em Abbottabad, no Paquistão, ele e seus companheiros haviam sido alertados dessa possibilidade. Por isso, já há algumas semanas, conforme fora orientado a fazer, vinha vasculhando a região, para prevenir qualquer ataque dos estrangeiros.

A primeira vez que tivera notícias deles tinha sido por alguns nômades que encontrara na região. Como era de praxe, Abdullah revistou as mulas, à procura de ópio ou de outra coisa que contrabandeassem. Estavam limpos, contudo, o líder da milícia estranhou ao ver que um deles trazia consigo um cantil de um tipo diferente. Era de latão, coberto de feltro, com uma correntinha que prendia a tampa. Perguntou-lhe onde o tinha encontrado. O sujeito começou a engrolar umas explicações, dizendo que o havia achado no deserto. Como conhecia bem aquela gente manhosa dos *hazaras*, que só mentia e trapaceava, Abdullah apertou-o, ameaçando matá-lo, e o homem acabou confessando que o havia roubado de uns estrangeiros. Depois, ouviu rumores de combates perto do poço de Haji-Ahl. Só foi ter certeza absoluta de que havia estranhos na região, quando, investigando o local, deparou com restos de fogueiras, cartuchos disparados na areia e marcas de pneus. Procurando um pouco mais, deram com covas rasas, onde alguns corpos haviam sido enterrados. Abdullah reconheceu um deles: era Hassan, um dos mais procurados bandidos da região. Mas a certeza absoluta da presença de estranhos na região só lhe veio quando um pastor jurou ter visto um destacamento de alguns homens – ele não sabia ao certo quantos eram –, escalando uma colina, a alguns quilômetros do poço.

Abdullah Jahandiri era magro, alto. O nariz aquilino, os olhos penetrantes, os dentes com caninos agudos davam-lhe, ao mesmo tempo, um ar de ave de rapina e de lobo. Nascera numa pequena vila ao norte de Islamabad, e era da etnia pachto. Depois, quando a família se mudou para a capital, ele passou a viver com a mãe e mais seis irmãos num barraco sórdido em uma das favelas que circundavam a capital. Seu pai havia desaparecido na guerra civil de mil novecentos e setenta e um, quando Bengaladesh declarou independência do Paquistão. Para sustentar a família, a mãe, Farzana, se desdobrava, lavando roupa. Abdullah, apesar de ser ainda pequeno, a ajudava com biscates, carregando fardos para mercadores, buscando água na fonte, limpando estábulos. A vida era dura, ele mal comia, mas isso serviu para endurecê-lo. Sua sorte começou a mudar quando, um dia, conheceu Nasr Javed, que pertencia ao grupo radical islâmico Lashkar-e-Taiba. Era um recrutador de jovens pobres para uma *madrassa*, um seminário religioso muçulmano. A escola que Abdullah começou a frequentar ficava numa província no Noroeste do Paquistão, junto à fronteira com o Afeganistão. A educação, alojamento e alimentação eram gratuitos, e a idade dos alunos ia dos oito aos trinta e cinco anos. Os mais novos passavam de quatro a oito horas por dia sentados de pernas cruzadas no chão de salas de aula mal arejadas, decorando o Corão. Os mais velhos, além do Corão, estudavam a *Hadith* (a narração da vida e palavras do profeta Maomé), jurisprudência islâmica e história do Islã. Como a escola era ligada ao grupo Lashkar-e-Taiba, tinha como meta principal formar, além de clérigos mulás, os guerreiros jihadistas. Na *madrassa*, Abdullah aprendeu também táticas de combate e o manuseio de armas e explosivos. Lembrava-se do prédio da escola todo branco, com o chão de terra batida, onde se localizavam os dormitórios, dotados de enxergas nas quais os alunos dormiam lado a lado, o grande salão das aulas, provido de pequenos tapetes, e a cozinha. Os garotos levavam uma vida espartana, com, pelo menos, seis horas diárias de aprendizado. Comiam pouco, o suficiente para que tivessem energia para acompanhar as longas prédicas e os puxados exercícios físicos. Formado, Abdullah compenetrou-se de que seus dias de miséria haviam passado. Tinha agora um brilhante futuro pela frente. Era um soldado que devia se dedicar à causa do Islã, mesmo que, com isso, tivesse que sacrificar a própria vida.

Deixando a *madrassa*, teve seu batismo de fogo ao participar de escaramuças no próprio Paquistão, entre elas um atentado em Peshawar, que vitimou mais de oitenta pessoas. A partir daí, passou a viver na clandestinidade. Aos vinte e cinco anos, foi enviado ao Afeganistão para combater os russos. Logo de início, ficou renomado por uma façanha. Munido de uma bazuca, que se tornaria arma de sua predileção, enfrentou o mais poderoso tanque russo da época, um Nizhnyl Tagil T-90, e conseguiu destruí-lo com um rojão. Por sua coragem, foi nomeado pelo próprio líder dos talibãs, o mulá Mohammed Omar, comandante de uma milícia.

Religioso, seguia à risca os ensinamentos dos mulás das *madrassas*. Onde quer que se encontrasse, fazia aplicar os preceitos rigorosos da *shariah*. Era impiedoso e jamais mostrou misericórdia por aqueles que confrontavam as leis do Islã. Quantas e quantas mulheres, sob suas ordens, não haviam sido açoitadas porque exibiam partes do corpo ou se pintavam. Perseguia implacavelmente os impenitentes, castigando com chibatadas quem roubasse, ousasse ouvir música estrangeira ou soltasse pipa. Nos casos mais graves – como o adultério e a adoração de ídolos –, condenava os infratores à morte por apedrejamento. Mas o que, acima de tudo, o tornou temido foi ter executado com um tiro de bazuca um traidor usbeque, que servia aos russos. Ele mesmo fez questão de disparar o foguete contra o homem, amarrado a uma estaca. Para sua satisfação e para a satisfação dos guerrilheiros que o acompanhavam, só sobraram as pernas e os pés da vítima, o resto sendo reduzido a fragmentos de carne e ossos chamuscados.

– Este será o destino de todos os traidores! – gritou, enquanto seus homens, excitados com a cena, gritavam, atirando com os fuzis e metralhadoras para o alto e exaltando o nome de Alá.

Abdullah, a exemplo dos demais membros do Talibã, queria o Afeganistão livre de invasores e daquela escória que se rendia aos vícios dos estrangeiros. Como os mulás que o haviam formado, acreditava que o país só se libertaria do jugo quando fizesse prevalecer, de modo definitivo, as rigorosas leis da *shariah*. E isso estivera perto de acontecer durante o tempo que o Talibã dominara o Afeganistão de norte a sul. Mas a vinda dos americanos pôs a perder tudo o que havia sido conquistado com tanto esforço e sacrifício.

Desse modo, sua ira, antes concentrada contra os russos, no presente momento era dirigida contra os infiéis americanos que, com sua arrogância e poder, haviam infligido pesadas perdas às hostes talibãs. As milícias, escorraçadas da capital e de outras importantes cidades, haviam sido obrigadas a se esconder nas montanhas. Isso depois que o irmão Osama, com a ajuda de seus agentes, conseguira fazer o que era impossível: derrubar, em pleno território inimigo, as Torres Gêmeas e pôr abaixo a arrogância *yankee*. Mas Abdullah reconhecia que essa ousada ação é que levara os norte-americanos a reagir com violência, promovendo a invasão do Afeganistão. Fazendo aliança com os traiçoeiros tadjiques, usbeques e *hazaras*, os invasores tomaram a cidade de Mazar-e-Sharif e depois Cabul. Para seu pesar, Abdullah vira os talibãs alijados do poder. Em seu lugar, instalara-se a Aliança do Norte e um títere: o desprezível Hamid Karzai. Com isso, as rigorosas leis da *shariah* haviam sido banidas, e as mulheres, com impudência, exibiam partes do corpo nas ruas, a música estrangeira era tocada em toda parte, os varões cortavam a barba, enquanto os meninos soltavam pipas. Mas o Talibã nunca seria derrotado, pensava: mesmo reprimido e perseguido, o movimento prosseguia em sua luta. Não era à toa que ele havia sido convocado para uma reunião com a cúpula da Al Qaeda na cidade de Abbottabad, no Paquistão. Nela, ficara sabendo que Osama bin Laden, apesar de caçado e acuado, não havia esmorecido e que tinha em mira preparar mais atentados contra os Estados Unidos. Para preparar seus ousados planos, outra vez tinha vindo se refugiar em Tora Bora. E, para evitar que fosse surpreendido por seus inúmeros inimigos, milícias haviam sido convocadas para protegê-lo, entre elas a de Abdullah. Aqueles estrangeiros não perdiam por esperar: com a ajuda de Aasif, ele os cercaria e os mataria. Com isso, o emir Osama, escondido nos fundos das cavernas de Tora Bora, teria toda a tranquilidade para continuar com seus planos de ataque ao inimigo.

*****

Meia hora já havia se passado desde que Aasif falhara em seu intento de liquidar o líder do destacamento. E o sono voltou a atormentá-lo. Estava cabeceando de olhos fechados, quando Kabir o cutucou:

– Olha! Um deles está fugindo!

Acordando aturdido, sem fazer muita mira, Aasif atirou num homem de uniforme camuflado que se arrastava para fora das trincheiras. Mas errou, e o tiro foi se cravar a alguns centímetros do corpo de seu adversário. Era o gigante, como pôde reconhecer pela luneta. Mirou outra vez, mas o homem se jogou para a frente e, escondendo-se atrás de um pequeno paredão de rocha, escapou da linha de tiro. Aasif levantou o punho, dando um grito de frustração.

– Como é, Aasif? Você também o deixou escapar! – recriminou-o, admirado, o companheiro.

– Hoje não é o meu dia – respondeu com azedume, para, depois, explicar: – Não dormi direito à noite. A carne do guisado do Aziz estava estragada.

Kabir deu-lhe um tapa amigável no ombro e disse:

– Não se afobe. Eles não têm como fugir dali, porque a milícia de Abdullah não demorará a chegar – e, esticando o braço, mostrou, no vale, uma linha sinuosa de homens armados, que se deslocava em direção da colina. – Dentro de pouco tempo, estarão cercados, e você poderá, com calma, abater o líder.

Mas Aasif continuava com os olhos pesados, dominado pela sonolência. Bebeu um pouco de água do cantil que Kabir lhe estendia. Tentou também comer algumas tâmaras, mas vomitou tudo. Não, aquele não era o seu dia, pensou com pesar. E o sol ia subindo no céu, e mesmo eles, acostumados com o clima hostil do deserto, já se sentiam incomodados. Aasif sabia que, apesar de ter envolvido o rifle em panos, a lente da luneta, sob os raios solares, podia indicar sua posição. Antes que fosse localizado, tinha que manter os homens sob mira e aguardar a milícia que viria para ajudá-lo. Ao contrário da habitual calma que costumava demonstrar em situações como aquela, estava aflito, impaciente, o que sabia não ser nada bom, pois perturbava sua concentração. E isso tudo se devia à fraqueza e ao enjoo que o haviam acometido naquela manhã.

Até que, num determinado momento, um dos homens do destacamento pôs-se a atirar. Aasif focou a luneta nele e quis lhe parecer que os tiros vinham de um AK-47. Sorriu ante tamanha estupidez, pois qualquer um sabia muito bem que um Kalashnikov tinha eficácia para apenas trezentos metros. Mesmo assim, procurou ver se ele punha à mostra a cabeça, os braços. Mas não, estava bem oculto atrás da trincheira. Mirou então o cano da AK-47 e atirou duas vezes seguidas – pelo menos, teria chance de destruir uma das armas do destacamento. Nisso, todo excitado, Kabir gritou:

– Olha lá!

Era o gigante que, correndo em zigue-zague, vinha do desfiladeiro, trazendo alguma coisa embrulhada nas mãos. Aasif atirou nele sem mirar e errou. Quando ajustou a mira, já era tarde, pois o gigante se escondera numa das trincheiras. Foi tomado pela ira. Nunca havia falhado assim. Ouviu Kabir falar no rádio e, em seguida, dirigir-se a ele:

– Abdullah disse que, mais um pouco, chega por detrás da colina. Disse também para você mantê-los na mira.

Era o que Aasif fazia, procurando combater a sonolência e o mal-estar. Foi então que algo brilhando numa das trincheiras da colina lhe chamou a atenção. Ajustou a mira: era uma faca, que alguém movia no alto, talvez um sinal combinado entre eles para a fuga, pensou. Cheio de desprezo, mirou a larga lâmina e atirou, acertando nela em cheio. Quase no mesmo instante, ouviu um disparo e viu a fumaça de um tiro se formando na trincheira. Numa fração de segundo, sentiu o impacto de uma bala que lhe acertava a cabeça. Dilacerado pela dor e soltando um curto gemido, como o balido de uma ovelha, mergulhou num abismo negro.

2

Emboscados

Mendes permanecia com a cara enfiada no pó, junto ao solo pedregoso. Oculto atrás de um montículo de pedras, numa das trincheiras no alto da colina, procurava se proteger da ação de um *sniper*. O guerrilheiro talibã já havia atirado nele e, por uma questão de alguns centímetros, não o acertara. Isso porque, sem premeditar, Mendes tinha abaixado a cabeça na hora do tiro, para observar algo que lhe parecia ser um cartucho enterrado no solo. Apesar do desconforto e do perigo que os rondava, considerou que era o seu dia de sorte. Estava vivo, graças a esse movimento involuntário. A garganta seca, o corpo todo dolorido por causa da posição forçada, não ousava mover-se. Sabia que, se deixasse à mostra um braço, uma perna e, o pior de tudo, a cabeça, o filho da puta do guerrilheiro afegão o atingiria. E que pontaria tinha o talibã!, era forçado a reconhecer. De fato, seu companheiro Neidhart também havia escapado por pouco das balas do *sniper*, que permanecia na mesma posição, já fazia um bom tempo. Era bem provável que estivesse oculto atrás de uma das grandes rochas de uma colina um pouco mais elevada, à frente deles. Segundo seus cálculos, de modo aproximado, a uns oitocentos metros de distância.

O sol já estava a pino, dominando o azul do céu, de uma claridade assustadora. E não havia sequer uma nuvem ou a sombra de uma árvore, para cortar a ação escaldante dos raios. Movendo a cabeça com muito cuidado e pondo os óculos, olhou para trás e viu que os companheiros estavam bem protegidos. O vento lhe trazia os resmungos de Neidhart, que havia se ocultado, logo abaixo, resguardado por um grande rochedo. O fato de o companheiro lançar palavrões aos quatro ventos dava certeza a Mendes de que ele não conseguira ainda reparar o fuzil que havia emperrado. Justo na hora em que mais precisavam dele! O único entre eles capaz de acertar uma moeda atirada para o alto, sem ao menos fazer mira. Mas não podia culpar Neidhart – sim, não era culpa dele. A culpa era daquele maldito pó que, impulsionado pelo vento, vinha numa nuvem amarelada sujar as roupas, fazer os olhos lacrimejar, transformar a água dos cantis num barro pegajoso e, acima de tudo, emperrar as armas. E até que Neidhart havia feito demais, tinha que reconhecer. Surpreendidos pelo *sniper*, naquele platô chato, no cume da colina, haviam todos se atirado contra o chão pedregoso, buscando alguma forma de abrigo nas pequenas trincheiras. O alemão, arriscando a própria vida, arrastara-se de volta, na direção dos equipamentos mais pesados, deixados provisoriamente para trás, enquanto inspecionavam o topo da colina. Quando Mendes lhe gritou que se protegesse, Neidhart apenas resmungou:

– O fuzil! Vou tentar pegar esse *verdammt Hurenson*!

Se não fosse morto antes, pensou Mendes, com certa aflição. Dois tiros do *sniper* por pouco não haviam atingido o companheiro, quando ele correra para o abrigo do paredão. Como um gato, o homem devia ter sete vidas, refletiu, admirado, ao ver que Neidhart estava já sob a proteção da parede de rochas. Mendes retornou a cabeça para a antiga posição e tirou os óculos. Com isso, enxergava muito pouco, pois era bem míope; contudo, não correria o risco de que o brilho das lentes o denunciasse ao *sniper*. E os minutos foram se passando, e nada de Neidhart vir com o fuzil. Enquanto aguardava que o alemão voltasse, ficou pensando na enrascada em que tinham se metido. Não podiam ir adiante nem retroceder, estavam quase sem água e sem rações. Reparou, então, que na trincheira havia uma pequena fresta, que ficava numa posição oblíqua em relação à linha de tiro do *sniper*. Por ela, podia, sem receio, observar a paisagem à sua frente. Colocando os óculos, viu, bem ao longe, os picos nevados da cordilheira de Safed Koh, onde se localizava Tora Bora. Era lá, num complexo de cavernas fortificadas, que se escondia o mais procurado de todos os terroristas do mundo, o árabe Osama bin Laden. Mendes havia obtido informações confidenciais sobre o terrorista, antes de partir de McAllen, nos Estados Unidos. Segundo os documentos, o guerrilheiro, ao contrário do que muita gente pensava, tinha deixado o Paquistão, para de novo se refugiar naquele complexo de cavernas. E, ainda segundo as fontes confidenciais, o terrorista vinha preparando uma série de atentados contra os Estados Unidos. Mendes desconfiava de que a maior parte dessas informações não passava de meros boatos, mas, como Osama era um louco e odiava o Ocidente, talvez houvesse um fundo de verdade nisso tudo.

Voltando a cabeça um pouco para trás, via o passo de Khyber que haviam atravessado com tanta dificuldade. Era tudo desértico, sem árvores, com vegetação rasteira e raquíticos arbustos e a extensão pedregosa que se perdia de vista. Os raros poços d'água só se encontravam em oásis, onde era perigoso permanecer por muito tempo, já que ali convergiam caravanas, nômades, pastores e, o pior de tudo, malfeitores e milícias do Talibã. Inclusive, no de Haji-Ahl, tinham corrido grande risco: ao pararem para reabastecer e descansar, foram abordados por quatro bandidos armados de velhos fuzis. Na ocasião, ele e Zauar haviam ficado junto ao poço, pegando água e refrescando os pés, enquanto os demais companheiros caçavam cabritos selvagens. Fartos das rações de carne-seca e biscoito, não viam a hora de se deliciar com bifes sangrentos ou um pernil assado na brasa. Como tinham visto com o binóculo alguns desses ariscos animais escalando uma colina, Neidhart, acompanhado de DC e Chiang, havia partido para uma expedição de caça. Estavam ali distraídos, junto ao poço, quando ouviram passos furtivos às suas costas. Mendes voltou-se, procurando sacar a Walther do coldre da cintura, mas foi atrapalhado pelos panos da túnica. Ao deparar com os fuzis apontados para si, desistiu de pegar a pistola e levantou os braços. Um dos homens, que parecia ser o chefe, perguntou em *dari*:

– Quem são vocês?

Zauar, que falava bem o dialeto, se adiantou e disse que eram mercadores e se dirigiam a Kandahar. Como ainda vestiam túnica e usavam turbante, em vez dos uniformes camuflados, os bandidos pareceram acreditar nele.

– O que levam ali? – tornou o chefe, apontando para a caminhonete estacionada a alguns passos.

– Forragem, tâmaras, trigo... – mentiu Zauar, tentando ganhar tempo.

Brandindo o fuzil, o chefe ordenou que um dos bandidos fosse até a carroceria da caminhonete para dar uma espiada nas caixas e embrulhos. Fodeu geral, pensou Mendes – iriam dar com as armas e demais equipamentos. A situação estava ficando mais que perigosa. Quando os bandidos descobrissem o que de fato levavam, eles seriam mortos de imediato. Se ele e Zauar pudessem sacar as pistolas e... Como que adivinhando seu pensamento, um dos bandidos veio até eles e, após revistá-los, os desarmou. Entregou a Walther de Mendes e a Glock de Zauar ao líder, que grunhiu com satisfação, pois não deveria ter nunca visto armas tão boas. Examinou com atenção o carregador, o cano, o gatilho, destravou e travou as pistolas. Mendes procurou controlar o medo. Sabia o que ia acontecer em seguida: quando descoberto o real teor da carga, eles iam ser executados sem contemplação. E nada podiam fazer, já que estavam à mercê dos bandidos. A única esperança era que os companheiros chegassem da caçada enquanto ainda era tempo.

O bandido que revistava os pacotes da carroceria, num determinado momento, virou-se em direção ao bando e gritou, excitado:

– Fuzis! Granadas! Metralhadoras!, Hassan!

O chefe voltou-se para Mendes e Zauar com um sorriso sardônico nos lábios e disse:

– Trigo, tâmaras, forragens... Hein?

E apontou-lhes o fuzil, no que foi imitado pelos companheiros. Contudo, antes que disparasse, Mendes ouviu o ruído de algo que vinha girando e zumbindo no ar. Era um cutelo, que foi se cravar na nuca de Hassan. Com um berro, o homem projetou o corpo para a frente e caiu de cara no chão. Neidhart, surgindo silencioso por detrás da caminhonete, agarrou o bandido que tinha inspecionado a caçamba. Levantando-o como uma boneca de pano, quebrou-lhe o pescoço com uma simples torção dos braços musculosos. Mendes e Zauar jogaram-se no solo. Os bandidos restantes começaram a atirar a esmo, mas um deles foi atingido por um tiro certeiro da Luger de Neidhart. Outro, ferido na perna por um disparo do Colt Buntline de DC, começou a fugir por entre as pedras. Muito calmo, DC acoplou à coronha outra, mais longa, que pegou no cinturão. Levando o revólver ao ombro, mirou no homem que se arrastava, mancando, engatilhou e deu um único e certeiro tiro. O bandido gritou, elevando os braços e caindo de cara no chão. DC voltou a trocar a coronha do revólver. Chiang saiu de detrás das pedras e foi recolher o cutelo encravado na cabeça de Hassan.

– Belo golpe, Chop-Chop! – disse DC, girando algumas vezes o Colt no indicador e, como um perfeito caubói, enfiando-o no coldre. – Pensei que isso aí só servisse para você cortar o pescoço das galinhas.

Chiang sorriu, mostrando os dentes de ouro e fazendo uma vênia:

– O seu também foi um belo tiro.

Mendes levantou-se, limpando a túnica, e disse com toda a fleuma do mundo, embora seu coração batesse agitado:

– Então, conseguiram abater pelo menos um cabrito?

Na sequência, limparam a área, enterraram os corpos dos bandidos, procurando não deixar vestígios da refrega. Abastecidos de água, saíram dali, o mais rápido possível e fizeram acampamento a poucos quilômetros do poço, numa clareira protegida por algumas rochas. Saciada a fome com a carne de uma cabra preparada no espeto por Chiang, puseram-se a discutir sobre as providências e cuidados a tomar, porque não queriam ter mais surpresas como aquela. Começaram por decidir que não convinha que continuassem a se deslocar com a caminhonete. Chamava demais a atenção no deserto e atraía, com isso, tanto bandidos quanto guerrilheiros. Com muito pesar, resolveram escondê-la numa cova, sob alguns arbustos. Quando voltassem da expedição, ela ainda seria muito útil. Mas, de agora em diante, teriam que carregar os equipamentos, a menos que tivessem a sorte de encontrar alguma mula, coisa considerada improvável.

– Tudo bem, posso levar meu equipamento – protestou DC –, mas me recuso a continuar vestindo esta merda.

E, ato contínuo, se desfez do turbante, da túnica e da *cirwal*, calças bem largas e leves, que substituíam as ceroulas.

– E como você pretende se vestir? – perguntou Zauar, pondo a mão na cintura. – Vai sair pelado por aí?

– Como a gente tinha combinado de se vestir em McAllen – disse DC, pegando um dos uniformes de campanha.

O uniforme era pardo-amarelado, com manchas mais escuras. No peito, à altura do coração, havia, dentro de um círculo, a cabeça de um falcão negro com a inscrição logo abaixo, em ouro, "BLACKHAWKS". Mendes pareceu surpreso, porque, quando inspecionara os uniformes em MacAllen, não vira distintivo algum.

– Mas o que é isso? – perguntou, curioso. – Quem teve a ideia de colocar isso aí?

DC sorriu com malícia:

– Me desculpe, major, mas, de comum acordo com o doutor Strangelove, eu queria fazer uma surpresa a vocês. E mandei confeccionar o emblema que foi costurado ao uniforme. Afinal, somos mesmo a reencarnação dos Blackhawks, não é? – e continuou a vestir o uniforme.

– Ah, os Blackhawks... – Mendes sorriu...

Parecendo ainda incomodado pela troca da túnica pelo uniforme, Zauar interpelou DC:

– Escuta uma coisa: não passaríamos mais despercebidos usando vestimentas afegãs?

– Tão despercebido que vocês foram surpreendidos pelos bandidos. E, depois – DC completou, afivelando o cinturão cheio de balas, com o velho Colt com o cano de dezesseis polegadas, e pondo na cabeça seu chapéu de caubói de abas largas –, estes uniformes têm uma cor tão horrorosa que nós podemos ser confundidos com alguma rocha ou com bosta de cavalo...

Os companheiros caíram na risada. Mendes chegou à conclusão de que DC tinha mesmo razão. A camuflagem do uniforme era excelente para o meio dominado quase que todo por aquelas tonalidades. Sem contar que facilitaria bastante os movimentos e mesmo o saque de armas. Só de lembrar a dificuldade que tivera para sacar a Walther, oculta sob o manto, considerou que era mesmo mais conveniente que vestissem os uniformes e pusessem as boinas. Assim, imitou DC, no que foi acompanhado pelos outros companheiros. E apenas Zauar manteve o turbante. Segundo DC, ele não tirava aquilo nem para tomar banho...

No outro dia pela manhã, após consultar os mapas, estudaram o melhor caminho, em busca de Tora Bora. Enfrentando a população hostil, a falta de água e comida, tendo curtos embates com pequenas patrulhas de *mujahedins*, haviam chegado até aquele ponto, que ficava a uns cento e dez quilômetros do alvo pretendido. Segundo informações, conseguidas com alguns nômades, a quem tinham premiado com alimentos e alguns afeganes de bronze, haviam descoberto que em dois dias de marcha batida chegariam a seu destino. Os mapas diziam outras coisas, mas o que eram os mapas diante daqueles homens miúdos, com a cara suja de pó e que viviam naquela terra não se sabia havia quanto tempo? Tinham uma aparência finória, mas acabaram ele e os outros confiando nas informações deles. Antes não confiassem, pensou Mendes, pois perceberam depois que, enquanto conversavam, os filhos da puta haviam lhes roubado um cantil e uma faca.

– Major! – a voz de DC o tirava do enleio.

– Diga lá, DC – retrucou Mendes.

– O porra do alemão ainda não consertou o fuzil?

– Calma, DC.

– Calma o caralho! Cara, até quando vamos ficar enfiados neste buraco?

– Calma, DC – tornou a dizer, embora ele próprio também estivesse um pouco tenso. – Quando ele conseguir arrumar o fuzil, vai dar cabo daquele *sniper*.

– Já estou quase mijando na calça... – resmungou DC, enrolando um cigarro.

O vento, vindo na direção de Mendes, trouxe-lhe o cheiro ardido de haxixe. DC deve estar doidão, pensou, mas o que fazer? Naquelas malditas condições, nada melhor do que ficar doidão. E o sol continuava a bater a pino. Sentiu sede, mas não se arriscou a beber da água suja do cantil. A prudência recomendava que a racionasse. Dentro de pouco tempo seria meio-dia. E aí, se não quisessem terminar como um ovo frito, não teriam outro jeito senão tentar fazer o mesmo que Neidhart, refugiando-se atrás do paredão. Lá, havia cantis extras, onde poderiam saciar a sede. Mas parecia que ninguém queria arriscar a cabeça ou outra parte do corpo, pois o *sniper*, letal como uma víbora, estava à espera disso. Portanto, o jeito era ter paciência e aguardar.

– Major! – agora, era Zauar quem interrompia seus pensamentos.

Pondo os óculos, Mendes voltou a cabeça na direção do companheiro, notando que ele havia enfiado o binóculo por entre as pedras que o protegiam. Se não tomasse cuidado, o brilho das lentes podia denunciá-lo ao *sniper*. Pensou em avisá-lo disso, mas apenas disse com uma voz cansada:

– Diga.

– Estou vendo alguns homens se deslocando lá embaixo...

– Homens? Que tipo de homens?

Zauar tornou a examinar o vale com o binóculo.

– Desconfio de que seja uma milícia... Sim, é mesmo uma milícia. Um dos homens, inclusive, carrega uma bazuca. E tenho a impressão de que estão vindo para cá.

– Tem certeza? – perguntou Mendes.

– Não, não tenho certeza. Pode ser que estejam só de passagem. – Fez uma pausa e prosseguiu: – Em todo caso, é impossível que não tenham ouvido os tiros. E, se estiverem mesmo vindo, acho que a ideia deles é a seguinte: enquanto aquele *sniper* nos mantém presos aqui, virão por trás para pegar a gente pelas costas.

– Então, fica de olho neles...

Disse isso por dizer, porque de nada adiantaria vigiar a milícia. A situação estava começando a ficar desesperadora. Se a coluna de *mujahedins* viesse mesmo se postar atrás deles, como Zauar previa, não demoraria muito, estariam entre dois fogos e não teriam como resistir e nem mesmo para onde fugir. Era preciso que escapassem o quanto antes daquela arapuca, descendo a colina, em direção à planície logo abaixo. Mas, antes, tinham que se livrar do *sniper*, que continuava oculto atrás de uma rocha, esperando, muito paciente, que algum idiota pusesse a cabeça para fora ou mostrasse o corpo, arriscando descer a encosta.

– Neidhart! – bradou, irritado. – E aí? Não temos o dia inteiro.

Alguns poucos metros abaixo, suando por todos os poros, Neidhart não respondeu. O que podia dizer? Que a merda estava engripada?, pensou, examinando o fuzil, enquanto o desmontava com cuidado. Este costumava ser o grande problema de alguns fuzis: tinham o péssimo costume de engripar. Ainda mais num local hostil como o Afeganistão, onde não só o calor intenso como também a areia costumavam fazer grandes estragos nas armas. E aquele rifle McMillan Tac-50 era tão bom, tão perfeito, pensou, acariciando o cano da arma. Desde que o ganhara para a missão, tinha por ele o maior cuidado. Completo, com luneta e tudo, pesava apenas onze quilos e tinha grande eficácia de tiro. Era operado manualmente pela ação de um ferrolho rotativo, atingindo com precisão alvos a mais de dois mil metros de distância, a uma velocidade de oitocentos e cinco metros por segundo. E o cartucho de 12,7 x 99 mm, àquela velocidade e àquela distância, fazia com que uma cabeça estourasse como um melão, reduzindo músculos, ossos, cartilagens a fragmentos tão pequenos que era impossível restituir a cara da vítima. Ainda não havia matado ninguém com ele, mas já havia estourado uma quantidade enorme de melões, praticando alvo nos campos de treinamento da *hacienda* de sr. MacCormack, em McAllen. Conseguira, inclusive, o incrível feito de atingir uma das frutas a pouco mais de um quilômetro. Estava impaciente. Era a primeira vez que ia testar o rifle não num melão, mas numa cabeça de verdade, e o McMillan Tac-50 permanecia ali sem poder ser usado. Frustrado, soltou mais um palavrão.

Procurando manter os nervos no lugar, recomeçou a montar o fuzil com toda a paciência, tornando a limpar cada peça com uma flanela embebida em um pouco de óleo. Testou o ferrolho, que, para sua alegria, moveu-se como devia. Um a um, foi enfiando os cartuchos no magazine, que tinha capacidade para cinco projéteis.

– *Gott verdammt, Mujahedin*! – gritou. – Vamos ver agora se você é páreo para mim.

Aproximou-se da escarpa, carregando o fuzil, que havia enrolado numa das túnicas árabes. Não fosse a areia amarelada, que se elevava, formando redemoinhos, engripar a arma de novo. E agora havia outro problema a enfrentar. Tinha que percorrer a pequena distância até onde se encontravam os companheiros. Pelo que podia calcular, era de uns quinze metros, agravada pelo fato de que o caminho era acidentado, íngreme e atravancado por pedras. Se arriscara a vida na ida, não queria arriscá-la outra vez na volta. Ainda mais carregando o fuzil, o que tornaria seu deslocamento mais lento. Era preciso desviar a atenção do atirador, refletiu. Pensou um pouco até que achou uma solução: gritou a Zauar que atirasse repetidas vezes na direção do *mujahedin*, com o AK-47. Isso era só para distrair a atenção do *sniper*, pois Neidhart sabia muito bem que, àquela distância, era impossível alcançar o alvo com um Kalashnikov.

– Atirar nele? – perguntou Zauar, descrente. – Vou desperdiçar munição para quê?

– Vamos, atire logo! – berrou Neidhart.

– Além de desperdiçar munição, vou chamar a atenção da coluna de *mujahedins*, logo abaixo – teimou Zauar.

– Que coluna? – disse Neidhart, que, entretido em arrumar o fuzil, não tinha prestado atenção nessa informação.

– Atira logo nele, porra! – berrou Mendes, já impaciente. – Depois a gente se vira com os *mujahedins*.

– Falou, major – resmungou Zauar, apoiando o Kalashnikov entre as pedras que lhe serviam de proteção e fazendo pontaria.

Ouviram-se tiros espaçados do Kalashnikov, e o *sniper* afegão começou a responder. Suas balas passaram a alguns centímetros da cabeça de Zauar, que recuou, assustado, enfiando ainda mais a cara no pó. Mas, na fração de minuto em que se deu essa troca de tiros, Neidhart havia se levantado, corrido em zigue-

-zague até onde se encontrava Mendes, para se proteger atrás do montículo de pedras. Bem a tempo, porque outro tiro ecoava no vale e, zunindo, vinha arrebentar uma das pedras do pequeno muro, quase acertando o alemão.

– Conseguiu arrumar essa joça? – perguntou Mendes.

Em resposta, Neidhart grunhiu algo ininteligível, desenrolou o cobertor e pegou o McMillan. Ante o olhar de impaciência de Mendes, contemplou o fuzil com olhos enternecidos, como se fosse um filho. Depois, tirando algumas pedras do muro de proteção, ajeitou-o com cuidado sobre suas duas pequenas pernas. Apoiando a curta culatra no ombro e encostando o olho direito na luneta, ficou alguns segundos ajustando a mira até que pudesse ver com toda nitidez os detalhes da colina a sua frente. Em determinado ponto, deparou com um pequeno platô, onde havia uma rocha chata na horizontal, na qual algo parecido com uma arma se apoiava. Concentrou a mira nesse ponto. Mas não conseguiu ver o *sniper*. Com certeza, deve estar escondido atrás da rocha, pensou, enquanto voltava a correr o paredão à sua frente, detendo-se em cada detalhe. Era preciso que o maldito se mostrasse ou que algum brilho metálico denunciasse sua presença. Mas se o homem fosse esperto – e ele parecia mesmo esperto –, teria coberto o fuzil com um trapo, tornando impossível detectar algum reflexo. Precisava fazer com que ele se movesse ou atirasse outra vez.

Tendo uma súbita inspiração, voltou-se para Mendes:

– Major, por favor, levante sua faca e a gire no ar.

Mendes, sem pestanejar, obedeceu, e não deu outra: o reflexo da arma contra o sol atraiu um tiro do *sniper*, e a faca voou longe, toda arrebentada. Neidhart, que continuava de olho na mira, ao perceber a pequena coluna de fumaça do disparo, atirou um pouco abaixo naquela direção. Pôde ver, então, pela poderosa lente da luneta, um esguicho de sangue e um turbante desenrolando-se e voando, para ser carregado para longe pelo vento. Logo em seguida, vendo um movimento ao lado do guerrilheiro atingido, não perdeu tempo. Puxou o ferrolho, descartando o cartucho usado, recarregou a arma, ajustou a mira e atirou outra vez, acertando as costas de outro homem. Refletiu que aquele guerrilheiro devia ser o segundo do *sniper*, que tentara fugir, assustado com a morte do companheiro.

Satisfeito com a precisão do rifle, grunhiu de novo e sorriu.

– Você acertou os caras! – berrou Zauar, que estava com os olhos grudados no binóculo.

– Alemão filho da puta! – gritou DC, dando uma gargalhada estridente.

Em silêncio, Neidhart se levantou e começou a limpar o pó do uniforme camuflado.

– Ei, bicho – disse DC. – Não tem perigo a gente ficar de pé agora?

– Só se eles colocaram outro *sniper* por ali, coisa em que não acredito – resmungou Neidhart.

Foi o sinal para que todos se levantassem. Pegando o binóculo que estava com Zauar, Mendes focou-o na coluna de *mujahedins*. Reparando que a milícia se deslocava a passos rápidos, achou que não podiam perder mais tempo. Dentro de uma hora no máximo, os guerrilheiros afegãos estariam subindo os contrafortes da colina, e ele não queria estar por ali.

– Vamos apanhar o equipamento e descer logo, antes que os *mujahedins* cheguem aqui – ordenou.

– Um instante – disse DC –, e o Chop-Chop? Será que ele foi atingido por um tiro?

– É mesmo – disse Zauar. – A última vez que o vi, quando aquele maldito atirou em nós, ele tinha se enfiado numa cova perto do paredão.

– Vai lá ver se ele está bem – ordenou Mendes, enquanto se movia em direção ao equipamento.

Zauar começou a descer a encosta até dar com um aglomerado de rochas, formando uma espécie de cova. Debruçando-se sobre elas, viu os pés descalços do chinês.

– Que diabo ele está fazendo? – resmungou.

Deu a volta nas pedras e encontrou o chinês deitado de borco, com a cabeça apoiada no cantil. Examinando o corpo, não percebeu nenhum ferimento aparente. Deve estar dormindo, o filho da puta, pensou. Aproximou-se mais e deu-lhe um chute de leve na perna, enquanto dizia:

– China?

Chiang estremeceu e levantou a cabeça de modo abrupto.

– O que foi?

O filho da puta tinha adormecido, enquanto eles haviam ficado em pleno sol, sob a mira do *sniper*!, tornou a pensar Zauar com irritação.

– Você estava dormindo!

– Sim, estava – respondeu Chiang, e acrescentou, sorrindo e mostrando os dentes de ouro: – Calor dá sono.

O chinês espreguiçou-se. Com toda a calma do mundo, calçou as meias e as botas, ante o olhar impaciente de Zauar.

– Vamos embora logo, ou você quer esperar a chegada dos *mujahedins*?

Saindo da pequena cova, desceram até onde estavam os companheiros. Depois de beber água e comer pedaços de carne-seca, prepararam-se para continuar a caminhada. Carregados com os equipamentos, voltaram a subir ao cume da colina, de onde estudaram o melhor caminho a seguir. O mais fácil era uma suave encosta, ao lado de um grosseiro paredão que descia da colina até o vale embaixo. Mais fácil, porém mais perigoso, constatou Mendes. Indo por ali, eles se tornariam um bom alvo para a coluna que já devia estar escalando a colina, para tentar apanhá-los pelas costas. Havia naquele caminho pouquíssima vegetação e quase nenhuma rocha, o que significava que ficariam sem proteção alguma. Olhando à sua esquerda, ao lado do paredão, viu uma espécie de fenda, que cortava a colina de alto a baixo, toda acidentada, cheia de arbustos e rochas. Era o melhor caminho, concluiu, embora fosse difícil descer. Corriam o risco de se acidentar, talvez quebrar um braço, torcer uma perna, o que seria terrível e complicado. Mas, se conseguissem descer sem acidentes, dentro de meia hora chegariam até o tufo de arbustos e árvores anãs, onde seria muito difícil que os *mujahedins* os localizassem. Ainda mais porque, se seus inimigos fossem pelo caminho mais fácil, encontrariam, logo abaixo, a base do paredão, que os retardaria na busca. Mendes refletiu também que seria bom que logo encontrassem água, porque a ração de todos estava bastante reduzida. Se a vista não o enganava, já na planície, havia o que parecia ser um pântano. Não tendo mais dúvida do caminho a seguir, fez um gesto com a mão, chamando os companheiros, e começou a descer.

– Ei, bicho – protestou DC. – Eu não vou me meter nessa pirambeira aí não. Está me achando com jeito de cabrito?

E apontou para a suave descida à direita deles. Zauar deu-lhe um tabefe na cabeça e disse:

– Tudo bem, espertinho. Vai em frente. Se quiser seguir por esse caminho, vai servir de isca e despiste pra nós.

DC cacarejou uma risada e, ajeitando o chapéu de caubói, correu atrás dos companheiros, que já seguiam Mendes.

II

McAllen, Texas

1

O professor Mendes

O belo prédio da Hidalgo County Independent School District, em estilo colonial, ficava na 23th Street. Era um velho edifício, construído havia um século, cuja fachada cor-de-rosa exibia dois grandes portais paralelos, decorados com arabescos brancos. Ao centro, havia vitrôs, ornados, no alto, com o mesmo motivo cheio de volutas. Era lá que Mendes dava aulas de história, desde que chegara a McAllen. Naquele dia, depois que terminou o expediente, deixou a escola e foi até o estacionamento. Caminhava de cabeça baixa, a testa franzida, como se remoesse alguma coisa. Pegando o carro, seguiu pela rua. Pouco depois entrava numa via que ia dar na avenida principal da cidade.

Dirigia devagar, distraído, pensando em Ruth, quando um Hummer vermelho, que vinha de uma rua lateral, atravessou na sua frente. Evitou o choque por pouco, desviando para a esquerda. Mas o motorista do jipe, que vinha em alta velocidade, teve menor sorte: perdendo a direção, bateu num poste. Mendes, o coração acelerado, mais que depressa estacionou. Saindo do carro, correu até o Hummer, que, a buzina disparando, deixava escapar gasolina e óleo no asfalto. Deu com o motorista sentado numa cadeira de rodas, adaptada ao carro, o peito comprimido pelo *air bag*. Sem poder se mover e respirar direito, ele praguejava, cuspindo sangue. Incomodado com o ruído estridente, Mendes arrebentou o *air bag* e, em seguida, esmurrou a buzina até silenciá-la. Retirando o cinto de segurança e pegando o motorista pela cintura e pelas pernas, procurou tirá-lo da cadeira de rodas. Fez isso com certa dificuldade, porque o homem, apesar de velho, era grande e robusto. Enquanto o arrastava para fora do Hummer, sentiu o bafo de álcool. Ainda por cima, o filho da puta está bêbado, refletiu. Acomodou-o no chão, apoiando-lhe as costas na roda traseira do jipe. O homem tinha a face avermelhada, uma grande cicatriz na face direita e trazia o cabelo branco cortado à escovinha. O braço esquerdo terminava numa mão de plástico, e suas pernas não pareciam lá muito confiáveis, como se fossem atrofiadas. Tinha um grande hematoma na testa e um corte fundo no supercílio, que sangrava bastante, sujando todo o rosto e empapando a camisa.

– Um instante, que já volto – disse Mendes.

Foi até seu carro, um velho Beetle dos anos oitenta, com a pintura branca descascando. Levou-o até onde estava o ferido, que o fitava com o olhar esgazeado. Abrindo a porta do passageiro do carro, levantou o homem, com muito esforço, e o empurrou para o assento.

– Me deixa em paz, seu bastardo filho da puta... – para sua surpresa, o sujeito reagiu, resmungando numa voz tênue.

Não fazendo caso da má-criação, Mendes saiu em velocidade, na direção do Hospital Regional de Rio Grande. Na portaria, pediu uma maca. Enquanto atendiam o homem, foi até o balcão, contou do acidente e deixou, com certo aborrecimento, seu nome, endereço e telefone. Pensou em ir para casa, mas, considerando que o sujeito talvez houvesse sofrido uma concussão um pouco mais séria, decidiu esperar. A culpa do acidente não era sua, mas, do jeito como as coisas eram no Texas, seria melhor evitar qualquer tipo de complicação com as autoridades. Sentou-se num banco, perto da porta do pronto-socorro, onde o homem era atendido. Nem meia hora havia passado, quando uma mulher loira encorpada, carregada de joias, vestindo um espalhafatoso conjunto dourado, com sapatos vermelhos de saltos bem altos, entrou no hospital. Vinha empurrando uma cadeira de rodas e carregava uma maleta. Toda esbaforida e parecendo nervosa, dirigiu-se à atendente do balcão.

– O meu marido?! Onde ele está? – disse, de um modo incisivo.

– A senhora me desculpe, mas quem é seu marido?

A mulher olhou para a atendente como se ela fosse estúpida.

– Ora, quem mais poderia ser? – rebateu com arrogância. – O Purvis. Purvis Melvin MacCormack II!

- Ah! sr. MacCormack – exclamou a atendente, como se a reconhecesse.

MacCormack?, Mendes pensou, intrigado. Será que o casal tinha a ver com o mandachuva de McAllen? O dono da MacCormack Foreign-Trade, a maior empresa de importação e exportação de manufaturados do sul do Texas?

– Ah, sr. MacCormack. Está sendo atendido no pronto-socorro.

– Já está sendo atendido? Mas como? O Purvis atendido nesta espelunca?! Vim para levá-lo para o nosso hospital! Foi o que eu disse para quem me telefonou em casa.

– Sinto muito, minha senhora, mas já começaram o atendimento.

A mulher começou a chorar.

– Minha senhora... – começou a dizer a atendente.

– E quem trouxe o Purvis para o hospital? – perguntou a mulher, agressiva.

– Aquele senhor ali – disse a atendente, apontando para Mendes.

A mulher tirou um lenço da bolsa, assoou o nariz, limpou as lágrimas e se aproximou de Mendes. Sem ao menos cumprimentá-lo, perguntou com arrogância:

– Foi você que bateu no carro do meu marido?

Munindo-se de toda a paciência, Mendes respondeu:

– Não, minha senhora, seu marido é que...

Mas ela não o deixou terminar:

– Logo, logo vamos esclarecer isto. Se você causou algum sério dano ao Purvis, vai daqui direto para a cadeia! O Chief Kilbourne, que é muito nosso amigo, adora receber arruaceiros bêbados na prisão! Portanto, pode ir ligando para o seu advogado, que vamos tirar tudo o que você tem. Ou não me chamo Audrey Mary Champion MacCormack!

Mendes percebeu que seria inútil discutir com aquela mulher espalhafatosa que gritava como uma velha gralha. Resolveu ir para casa. Levantou-se do banco. Mas, antes que desse um passo, a mão dela, com longas unhas vermelhas parecidas com garras, segurou-lhe o braço.

– Não, você não vai embora daqui enquanto não pusermos isso em pratos limpos! Ou pensa que pode fugir sem mais nem menos? – disse em altos brados.

– Minha senhora, silêncio! – disse a atendente.

– Quem é você para me mandar calar a boca? Você não sabe com quem está falando, mocinha – e dirigiu-se para a sala do pronto-socorro, não sem antes voltar-se para Mendes e advertir: – E você não saia daí!

Mendes ficou dividido entre mandar a mulher à merda ou ir embora o mais depressa possível.

– Não liga não, senhor. A senhora MacCormack é assim mesmo. Aonde vai, arruma confusão – a atendente lhe disse, sorrindo e abanando a cabeça.

Por sinal, era uma garota bem bonita, considerou Mendes. Com certeza eurasiana, da Indonésia ou das Filipinas, tinha os cabelos lisos, presos num coque, os olhos puxados, a pele azeitonada e um lindo sorriso.

– Eu não ligo... – disse Mendes se aproximando do balcão.

Puxou conversa com a garota, soube que ela se chamava Kade e que tinha plantão até as oito da noite. Passou pela cabeça de Mendes pedir-lhe o número do telefone, para quem sabe combinarem uma saída. Mas, antes que fizesse isso, um enfermeiro apareceu e disse:

– O senhor pode vir aqui um instante?

Mendes pôs a mão no peito.

– Eu?

– Isso mesmo. sr. MacCormack quer ter uma palavrinha com o senhor...

Contrafeito, Mendes dirigiu-se para a sala de atendimento do pronto-socorro. O que menos desejava era encontrar aquela gente de novo. Mas ouviria o que tinham a lhe dizer, esclareceria tudo para a gralha, na frente do marido, e iria embora. Quem sabe, com uma boa conversa, evitava aborrecimentos futuros.

Ao entrar no quarto, deu com o homem na cadeira de rodas. Vestia um berrante pijama vermelho, sob um roupão azul com um monograma dourado. Estava com a cabeça enfaixada e cara de poucos amigos. A mulher, sentada ao lado dele, parecia tentar agradá-lo sem muito sucesso, porque ele a empurrava, reclamando:

– Não fica grudada assim em mim!

– *Honey*, você não sabe o que sofri quando soube do acidente. Estava no cabeleireiro e, mal recebi a notícia, eu vim...

Ao dar com Mendes na soleira da porta, o homem dirigiu-se a ele, interrompendo a mulher:

– Ah, por favor, entre. – E completou, severo: – Fiquei sabendo que minha mulher andou falando algumas coisas estúpidas ao senhor. E, inclusive, parece que chegou a lhe fazer ameaças!

– Mas, *honey*, eu não sabia. Pensei que...

– Você não tem o que pensar! Então, este jovem me ajuda, e você o acusa de ter batido o carro dele no meu? Onde estava com a cabeça?

A mulher fez beicinho, ameaçando chorar. Mas ele disse, contrariado:

– Me deixe em paz. Vá lá fora assoar o nariz c limpar essa cara.

A mulher saiu soluçando, e ele murmurou como para si mesmo:

– Mulheres... – E, voltando-se para Mendes, estendeu-lhe a mão: – Senhor...?

– Mendes. Alberto Mendes – e não pôde reprimir um franzir do rosto, porque a mão do homem parecia uma tenaz, quase lhe quebrando os ossos.

– MacCormack. Purvis Melvin MacCormack. – E perguntou: – O senhor é mexicano?

Pareceu a Mendes que havia certo tom de desagrado no tom da voz do outro. De tão irritado que estava, sentiu-se tentado a dizer que sim, só para ver a reação do homem, mas acabou contando a verdade:

– Não. Sou brasileiro.

– Ah! Brasil! Mulatas, o samba. Estive uma vez no Rio. O senhor é de lá?

– Não, não sou do Rio.

– Bom, pois o que mais tem naquela cidade são bandidos. Fui assaltado duas vezes no mesmo dia. Só não lhe conto o estado em que ficaram os assaltantes... – Sorriu, mostrando incisivos como os de um lobo, e acrescentou: – Mas queria agradecer ao senhor por ter me ajudado.

Mendes fez sinal de Ok.

– E, para reparar a estupidez de minha mulher, eu queria que fosse beber um uísque comigo. Amanhã à noite, espero o senhor em casa – fez o convite, como se fosse uma ordem.

Mendes não disse que sim, nem que não. Apenas se despediu do homem com um aceno e deixou o hospital. Só na rua é que percebeu que não tinha pegado o telefone da atendente. Mas não lamentava por isso. No momento, não tinha vontade de sair com mulher alguma. Pegou o Beetle no estacionamento e, enquanto se dirigia para casa, voltou a pensar em Ruth. Para seu pesar, tudo estava acabado entre eles. Havia conhecido a mulher na Hidalgo County Independent School District, onde era professor de história. Da primeira vez que se viram, Ruth havia aparecido na escola para conversar sobre o desempenho do filho, que se chamava Donald. Era uma mulher esguia, de olhos verdes, longos cabelos ruivos e um belo sorriso. Após se apresentarem, ela disse:

– Vim aqui para agradecer ao senhor pelo que fez pelo Don.

– A senhora não precisar me agradecer por nada. O Don é um ótimo garoto.

– Sim – ela sorriu, encantada. – O Don é mesmo um garoto especial, mas se o senhor soubesse como ele mudou depois que começou a ter aulas com o senhor... Antes, era muito dispersivo. Agora, não, está mais concentrado, mais dedicado aos estudos.

– Eu também venho notando isso desde que começamos a trabalhar no início do semestre.

– Chegou até a mudar alguns de seus hábitos, de tanto que se apaixonou pelos estudos de história. Me fez comprar para ele vários livros e alguns mapas, que usou para decorar as paredes do quarto. O senhor acredita que ele jogou fora os cartazes dos cantores de rock, que eram sua única paixão?!

Mendes começou a rir. E ela, cheia de entusiasmo, continuou:

– Ele sofreu uma transformação muito grande. Passa horas lendo livros de história, fazendo pesquisas na internet sobre as guerras napoleônicas ou sobre as guerras do Império Britânico na Índia...

Quando se despediram, Mendes não pôde deixar de ficar com os olhos presos nela. Era muito atraente com aquele cabelo que brilhava ao sol, com aquele corpo elástico como o de uma gata. Ele balançou a cabeça: era professor, e ela, mãe de aluno e, ainda por cima, casada. Pior combinação não podia haver.

Voltaram a se encontrar algumas vezes. Uma delas, no Universal Market, perto da seção de cereais. Ao se verem, pararam os carrinhos de compras e trocaram amabilidades. Ele perguntou sobre Don, ela disse que o filho continuava entusiasmado com as aulas. Muito amável, ela sugeriu que ele trocasse um cereal por outro que, além de mais barato, continha uma quantidade maior de frutas secas.

– A gente não pode confiar no que vem escrito nessas caixas... – disse, com um sorriso. – Às vezes, o mais caro é pior, como é o caso deste cereal que o senhor tem aí.

Depois, se encontraram no International Museum of Arts and Science. Mendes estava lá, examinando um dos quadros de Hopper, exibido numa mostra que vinha percorrendo os Estados Unidos. Estava imerso na contemplação de *Águias da Noite* quando ouviu que o chamavam. Reconhecendo a voz, voltou-se. Era Ruth, vestida de jeans, uma blusa branca e tênis. Mesmo em trajes tão informais, quase sem maquiagem, continuava bem atraente, reconheceu Mendes. Cumprimentou-a e começaram a conversar. Ruth disse que adorava museus. Na única vez que havia ido ao Metropolitan, em Nova York, tinha ficado deslumbrada. O museu de McAllen não era grande coisa, mas sempre havia uma exposição nova, uma vernissage, que ela fazia questão de ver.

– Notei que o senhor estava observando este quadro de Hopper... – comentou, apontando para a tela.

– Sim, gosto muito dele.

– Posso saber por quê?

– Ele é um pintor diferenciado...

– Como assim? Acho que ele pinta coisas tão vulgares.

– Sim, tem razão, Hopper pinta coisas comuns do cotidiano, mas de um jeito todo especial. Repare nesta pessoa – disse, apontando para o rosto de uma mulher ruiva, sentada sozinha ao balcão, num bar quase vazio, à noite. – O olhar dela está carregado de tristeza, de solidão...

Conversaram ainda sobre outros quadros, esculturas e despediram-se. Mendes voltou a encontrá-la, dias depois, na escola. Ela tinha vindo vê-lo porque queria saber mais sobre o progresso de Don. Para sua satisfação, Mendes percebeu que, ao contrário de muitos pais, ela se preocupava com os estudos do filho. Tanto é que, a certa altura da conversa, pediu que lhe explicasse os métodos de ensino, que haviam provocado tantas transformações em Donald. E lhe disse o porquê de seu interesse:

– Meu grande sonho era ser professora, cheguei mesmo a dar aulas de literatura inglesa na High School, em Laredo... Mas, quando me casei, por insistência de meu marido, tive de desistir da profissão. Mesmo assim, nunca deixei de acompanhar os estudos de Don.

Mendes reparou que ela estava especialmente bonita. Usava um vestido de cor ocre, com um decote em vê, que lhe realçava o belo corpo. Pintara-se com uma leve maquiagem, e seu cabelo, que lembrava uma cascata de fogo, vinha preso numa grossa trança.

Ele então disse que não tinha lá métodos tão especiais de ensino. Fazia o que a experiência e o instinto lhe diziam ser melhor para os jovens. Por exemplo, não transformar uma ciência, como a história, numa coisa aborrecida. E nada melhor que concentrar os ensinamentos na epopeia das revoluções e, sobretudo, das grandes batalhas. Também promovia periódicas visitas ao Museum of South Texas History e ao International Museum of Art and Science. Semana sim, semana não, passava documentários ou filmes sobre as grandes batalhas que decidiram o destino dos povos, das nações e os rumos da história. Mas a maior revolução que empreendera fora a ideia que tivera de construir maquetes de cenas históricas capitais com a ajuda dos alunos. Usando cartolina, papel-cartão, madeira, tinta, pedregulhos, pequenos ramos de árvores e soldadinhos, cavalos, canhões, fuzis, espadas de plástico, reproduzira o cenário de Waterloo e...

Mendes, julgando que talvez estivesse aborrecendo Ruth, concluiu:

– É mais ou menos assim que eu trabalho...

Os olhos brilhantes, parecendo excitada, ela disse:

– Sim, o Don me falou da maquete. Quando me pediu que comprasse mais e mais divisões de soldadinhos, achei estranho e perguntei se não achava que estava já um tanto crescido para brincar com soldadinhos... Aí, ele me contou do trabalho que estavam fazendo em classe com o senhor...

– Acredito que tornar mais vivo, mais autêntico o que estudam serve para lhes despertar o interesse...

– Falando em despertar o interesse, eu queria saber mais sobre a maquete. O senhor estava falando de Waterloo, não é?

– Não estou chateando?

– De modo algum! Muito pelo contrário, gosto de ouvi-lo. O assunto me interessa bastante.

– Está bem, então vamos lá. Na reprodução da Batalha de Waterloo, construímos o morro Saint Jean, utilizando terra, grama e maquetes de duas fazendas da Bélgica, Hougomount e La Haye Sainte, onde aconteceram os conflitos finais. Dispusemos os exércitos dos franceses, dos britânicos, dos prussianos, com Napoleão de um lado e o duque de Wellington de outro. Cada grupo de alunos movia os batalhões, a cavalaria, conforme as descrições dos livros e filmes, reproduzindo tiros de canhões, balas, gritos de guerra, ordens e contraordens, o toque dos clarins. A senhora precisava ver o Don, no final da batalha, empurrando o cavalo do marechal Ney para a frente e gritando: "*Ainsi meurt un maréchal de France!*".

Ruth caiu na risada:

– Essa é boa. O meu Don de marechal francês!

E Mendes contou também que, para espanto do diretor, haviam feito a encenação da Batalha de Trafalgar, no grande tanque de carpas, na entrada da escola. No dia anterior ao evento, as lojas de brinquedo da cidade tiveram seus estoques de miniaturas de navios a vela, canhões, marinheiros, soldados bastante reduzidos, graças ao grande número de encomendas... Os alunos haviam levado a tarefa a sério, procurando reproduzir tudo com o máximo de fidelidade possível. E o melhor de tudo é que isso acontecia tanto com os garotos quanto com as garotas.

– Quando chegar o inverno – Mendes continuou a explicar –, vamos reproduzir a Batalha de Stalingrado nos jardins da escola... Isso se a previsão de tempo estiver certa, dando conta de mais uma raríssima precipitação de neve na região...

Despediram-se, e ela disse que faria questão de assistir à representação da Batalha de Stalingrado ao vivo:

– Embora me agrade muito ouvi-lo falar sobre as batalhas. Sabe que tem um jeito todo especial de envolver as pessoas? O senhor parece ser um ótimo professor.

Ela ficou ruborizada quando disse isso. E pareceu a Mendes que, ao se despedirem, a mão dela permaneceu na dele um pouco mais do que costumava acontecer.

*****

Naquele dia, quando Ruth voltou para casa, não deixou de pensar na longa conversa que tivera com o professor de história na escola. Nunca na vida havia visto um mestre assim tão dedicado a seu ofício. De maneira geral, os professores da High School, tanto em Laredo quanto em McAllen, eram pessoas desestimuladas e desestimulantes, dando aulas de um modo frio, impessoal e sem muito entusiasmo. O professor Mendes, não; ele era bem diferente daquela gente que não parecia talhada para a profissão. Já havia algum tempo vinha percebendo o grande progresso de Don. O filho que, antes, parecia desinteressado dos assuntos escolares, agora, excitado, só falava nas maquetes que construía com os colegas, reproduzindo batalhas, das pesquisas que tinha que fazer na internet e assim por diante. Durante o almoço ou o jantar, narrava aos pais, com grande entusiasmo, episódios históricos, detendo-se em cada detalhe. Harold, nas poucas ocasiões em que estava em casa, ouvia tudo, dizendo, apressado, "sim", "sim", "interessante" e voltava a abrir seu jornal na seção de negócios. Quanto a ela, procedia de modo bem diferente, pois sabia como aquilo era importante para Don. Deixava-o falar, prestando o máximo de atenção, e, de vez em quando, o interrompia, pedindo para ele explicar de novo um fato. Ruth creditava essa mudança no filho ao professor Mendes e a seus métodos de ensino nada convencionais.

Mas havia algo ainda, além das questões educativas e pedagógicas, que vinha mexendo bastante com Ruth nos últimos tempos, desde que conhecera o professor. Ela não sabia ao certo o que era, mas, toda vez que se encontrava com ele, sentia-se tão bem que voltava para casa num estado de espírito bem diferente. Acontecia que, na maior parte do tempo, vivia só, cuidando de Don e das tarefas domésticas. Harold não parava em casa, sempre metido em viagens de negócios. Quando ficava em casa, passava o dia lidando com seu laptop, falando ao celular ou lendo revistas e jornais dedicados a negócios. Ruth sentia-se sufocar, ainda mais porque não tinha conseguido fazer grandes amizades em McAllen, para onde haviam mudado vindos de Laredo logo depois de casarem. Nos raros jantares e festas de confraternização a que fora obrigada a ir, não sentira o mínimo de afinidade com as esposas dos amigos do marido. Nessas reuniões, era costume os homens ficarem de um lado, bebendo muito e conversando sobre negócios, e as mulheres de outro, conversando sobre lojas de departamento, compras, cosméticos. Não tinha o mínimo interesse naquelas conversas vazias. Preferia ficar recolhida em casa, cuidando de Don e lendo seus livros.

Casara-se muito cedo, e Harold havia sido seu primeiro e único namorado, de maneira que não tinha muita noção do que fosse de fato amar de verdade um homem. O que sabia disso vinha dos mexericos com as colegas da High School ou mesmo no Laredo Comunity College, das poucas e reservadas conversas com a mãe e dos livros. Mas, nos romances que lia, o que encontrava, ao contrário de sua vida sem sal, era a felicidade dos amores bem resolvidos, como acontecia com as heroínas de Jane Austen. Mesmo a desgraça de mulheres sonhadoras e mal-amadas, como Emma Bovary e Ana Kaniênina, mexia bastante com ela, deixando-a emocionada. Comparando-se a essas heroínas, que se entregavam a intensas paixões, achava injusto que ela fosse condenada a viver uma relação tão insossa, tão sem amor. Nos primeiros tempos, Harold havia até provocado nela algum entusiasmo e excitação. Tinha aquelas pequenas gentilezas próprias de recém-casados. Trazia-lhe flores, mimava-a e, no dia de seu aniversário, fazia questão de levá-la ao melhor restaurante de Laredo. Com o tempo, a coisa foi esfriando, e Harold acabou por revelar uma face desconhecida para ela. Deixou de ser carinhoso, para se mostrar um homem seco e reservado. De início, ela procurou entender essa mudança de comportamento como um reflexo da vida agitada que o marido levava. Afinal, Harold trabalhava como poucos e não deixava faltar nada em casa. Preocupava-se e muito – conforme dizia – com o futuro de Don. Queria ganhar o suficiente para poder pagar uma Havard ao filho. Mas se isso era verdade, também era verdade que ele tinha pouca consideração por ela. Quando viajava – e sempre estava viajando –, jamais se dignava a ligar, querendo saber como ela e Don estavam. No início, ela chegava a lhe telefonar, mas o marido estava sempre em reuniões e era difícil lhe dar algum retorno. Ruth se sentia apenas como um objeto de decoração, que ele gostava de exibir nos jantares. Como era bonita, atraente e sabia como bem receber, notava que o marido se orgulhava disso ao exibi-la aos amigos e sócios de negócios. Seu único papel de destaque na casa consistia, pois, em mostrar-se nas recepções, em manter o lar em ordem, levar o filho para cima e para baixo, acompanhar seus estudos. Enfim, se Harold não a maltratava, por outro lado, a indiferença dele, a falta de amor, a deixavam infeliz.

O professor de história era em tudo diferente de Harold, pensava. Parecia ter consideração por ela, tanto que a ouvia com atenção, mesmo quando se punha a falar de Don. E o que mais a encantava nele era o entusiasmo com que falava de seus métodos de ensino. E discorria sobre isso com tanto calor e vivacidade que ela não queria que o encontro terminasse tão cedo. Parecia-lhe que o professor tinha alguma coisa de especial que a atraía demais. Comparando os dois homens, é verdade que achava Harold bem mais bonito. As colegas de Ruth, em Laredo, inclusive, costumavam compará-lo a Brad Pitt, graças a seu corpo bem definido, aos cabelos loiros, cortados curtos e aos olhos azuis. Mas ele era tão convencional, tão sem graça, vestido com seus ternos caros, comprados em loja de departamento, as camisas brancas bem passadas, os sapatos pretos sociais, as gravatas listradas. O professor Mendes, pelo contrário, mais informal, costumava usar jeans, camisetas e um velho paletó de tweed cinza, com recortes de couro nos cotovelos. Pelo que Ruth percebia, ele dava pouca ou quase nenhuma importância às aparências. Embora ela não pudesse dizer que fosse bonito, ainda mais com aqueles grandes óculos de fundo de garrafa, a boca de lábios grossos, era alto, forte e atraente a seu modo. Sorria pouco, mas, ao fazer isso, exibia um sorriso aberto, franco. E mostrava seu maior encanto quando começava a falar. E os óculos de grossas lentes, ao cabo – ela era obrigada a reconhecer –, lhe davam um certo charme intelectual.

Quando se encontraram no museu e mais uma vez na escola, e ela o ouviu tratar de pintura ou de temas históricos, ficou fascinada e presa a suas palavras. Revelando aspectos acerca de seus pintores favoritos, ou tratando dos grandes acontecimentos históricos, ele discorria sobre aquilo tudo sem afetação alguma. Por seu turno, Harold, nos raros momentos em que se dignava a conversar mais longamente com ela, falava sobre coisas aborrecidas: as oscilações da Bolsa, os *stakeholders, shareholders, commodities*, parecendo querer aniquilá-la, devido à sua ignorância no assunto. Ouvia-o calada, sem entender nada. Devido à natural timidez, não o interrompia, mostrando quanto achava desestimulantes aqueles tópicos. E o mesmo não acontecia, quando, no começo do casamento, ainda tentava lhe falar de uma passagem de um romance. Ele varria o ar com um gesto e dizia com autoridade: "Tolice! Escritores são pessoas desocupadas. Você não devia perder tempo com essas coisas".

E começou a sentir aversão por Harold, quando, um dia, encontrou um lencinho perfumado, com uma marca de batom em meio às coisas dele. Depois, passou a dar com caixas de fósforos, que não eram mais que brindes de *night clubs* e casas de encontro. Por fim, achou, no bolso de uma das suas calças, um bilhetinho amoroso, cheio de erros de ortografia, assinado por uma tal de Trixie. Descobriu que Harold não só devia estar mantendo um caso, como também vinha perdendo o respeito por ela, ao sair com uma mulher vulgar e se tornar assim tão descuidado. Sentiu-se sufocar, humilhada e cheia de ódio. Num primeiro momento, pensou em tirar satisfações, mas o orgulho não lhe permitiu. Harold não merecia mais que o seu desprezo, concluiu, vincando o rosto. Ao lado dele, cada vez mais se sentia como uma das águias da noite do quadro de Hopper..., pensou, ao se lembrar da ruiva sentada sozinha ao balcão de um bar quase vazio.

E foi assim que decidiu seguir o que o instinto lhe determinava. Uma manhã, foi ao cabeleireiro, fez o cabelo, as unhas, depilou-se. Voltando para casa, abriu o armário e escolheu com muito cuidado as roupas. Um vestido azul de seda, com a barra da saia curta, um decote generoso e um sapato com saltos bem finos, cujas correias trançadas lhe realçavam os pequenos e belos pés. Bem-vestida, maquiada e perfumada, pegou o carro e dirigiu-se para a escola.

*****

Depois daquele encontro em que Mendes discorrera sobre seus métodos de ensino, eles voltaram a se encontrar num farol fechado da Downtown 19th Street. Como de costume, ele estava com a cabeça no ar, muito distraído. Quando ouviu chamarem seu nome, estremeceu:

– Professor Mendes!

Era Ruth quem lhe acenava, debruçada sobre o banco de passageiro.

– Olá, senhora Curtiss – acenou de volta.

– Quando será a Batalha de Stalingrado?

– Amanhã, se nevar um pouco.

– O Don está exultante. Nesses dias mesmo, acabou de terminar a maquete do palácio de Pedro, o Grande. Me disse que está um pouco envergonhado, porque a reprodução não lhe pareceu satisfatória, embora eu achasse que está uma beleza. – E, começando a rir, concluiu: – Mas disse também que está a maior briga na classe porque ninguém quer ficar com o exército nazista.

Mendes, que já sabia disso, mesmo assim, caiu na risada, devido ao jeito jovial com que ela lhe contava isso. O farol abriu, Ruth acenou outra vez e acelerou. Ele também acelerou, indo atrás do Cherokee dela. Após algumas quadras, sentiu a tentação de segui-la, para ver onde morava. Mas, achando que isso não era conveniente, quando passou por sua rua, virou à direita. Chegando em casa, abriu a geladeira e pegou uma cerveja. Sentou-se no velho e esgarçado sofá da sala. Enquanto bebia, voltou a pensar em Ruth. Percebeu que, naqueles dias, não havia feito outra coisa senão pensar nela. Nos seus olhos verdes, no cabelo ruivo, no nariz arrebitado, no corpo esguio e em seu sorriso. E nos dias que se seguiram aconteceu a mesma coisa: à noite, Ruth invadia seus sonhos e, durante o dia, tirava-lhe a concentração nos estudos. Quantas e quantas vezes, estava absorto na leitura de Gibbons e, de repente, tinha diante de si o rosto de Ruth.

Uns dias depois, ao sair da escola, deparou com Ruth, que, parecendo embaraçada, lhe disse de uma maneira toda formal:

– Por favor, professor Mendes, eu poderia falar com o senhor um instante?

– Sim, sim, claro. Podemos conversar, enquanto caminhamos.

Mendes reparou que ela estava toda produzida. Os cabelos longos bem penteados, as unhas feitas, usava uma maquiagem que lhe realçava os lindos olhos. Também vestia um vestido azul que punha em relevo suas formas perfeitas. De seu corpo, exalava-se o perfume de alguma fragrância especial. Foram se dirigindo para o estacionamento. Sem mais nem essa, Ruth desembestou a falar de Don, dos problemas de relacionamento com o pai, que desejava que ele seguisse a carreira de negócios, enquanto o garoto se interessava por Humanas. Mendes, que nunca tivera filhos e nunca pensara em tê-los, numa circunstância diferente, havia de achar aquela conversa, no mínimo, maçante. Isso se fosse outra pessoa que estivesse ali a seu lado. Mas Ruth era diferente. Ruth era encantadora – tinha que reconhecer –, até dizendo aquelas coisas sobre filho, marido, educação.

– Sra. Curtiss... – ia dizer alguma coisa.

– Pode me chamar de Ruth.

O que mesmo ele queria dizer a ela? Nada, não queria dizer nada. Sem pensar, fez então algo perigoso, nas atuais circunstâncias, algo que vinha sonhando fazer já fazia algum tempo. Pôs as mãos na cintura dela, puxou-a contra si e beijou-a na boca. Para sua surpresa, ela não resistiu, entregando-se com um suspiro. Sorte que estavam em meio a uns arbustos e não foram surpreendidos por ninguém, o que serviu para que prolongassem ainda mais o beijo.

– Vamos até em casa? – ele murmurou, enquanto sentia o coração dela bater acelerado de encontro a seu peito.

Sem hesitação, Ruth disse que sim. Mendes deu-lhe o endereço do seu apartamento. Mas marcou o horário de encontro para uma hora mais tarde, porque não queria passar pela vergonha de ela ver a bagunça de sua casa. Ao chegar ao apartamento, arrumou-o, apressado, pondo a roupa suja no cesto, os pratos, copos e talheres na lava-louças e trocando os lençóis da cama. Sorte que o apartamento fosse apenas um quarto e sala. A mobília era pouca: na sala, que se comunicava com a cozinha, havia um sofá, uma cadeira de braços, uma mesinha de centro, um mancebo, com casacos, chapéus e guarda-chuvas, e muitas estantes recheadas de livros. Havia também uma tevê 29 polegadas, um conjunto de som e um suporte com seu violão. Na parede que restara entre as estantes, Mendes havia colocado um quadro coberto com flanela verde. Nele, estavam presos um sabre do exército brasileiro, dois punhais gaúchos, uma adaga curva *kurki*, utilizada pelos povos *gurkha*, e um velho Taurus .38. Para terminar a arrumação, dispôs sobre a mesa duas taças, para os drinques, junto com amendoim, castanha, torradas, fatias de pão preto e um pedaço de queijo *brie*.

Achando que tudo estava em ordem, sentou-se na cadeira de braços e ficou à espera. Uma hora se passou, e nada de ela chegar. E se tivesse desistido?, pensou. O mais provável, já que era uma mulher casada e... A campainha soou. Mendes estremeceu, saltou do sofá e foi abrir a porta. Ela entrou toda afobada e disse, como se tivesse perdido o fôlego:

– Quando eu vinha para cá, meu marido telefonou... Disse que precisava que eu encontrasse um documento para ele... Tive que voltar para casa correndo...

Mendes ofereceu-lhe uma taça de vinho branco gelado e a convidou a sentar. Já recuperada, ela disse com uma pontinha de irritação:

– O Harold é assim mesmo. Sempre esquece onde coloca as coisas.

Deu um suspiro.

– E ainda mais com essas intermináveis viagens de negócio...

Percorreu com os olhos a sala-cozinha e abriu um sorriso:

– Simpático seu apartamento. Levantou-se, foi até uma das estantes e começou a examinar os livros.

– Nossa, você tem tanta coisa interessante aqui! Sabe que o Hemingway é um dos meus escritores preferidos? Outro dia mesmo, eu...

Mendes não a deixou terminar a frase. Veio por detrás e a abraçou. Sentiu, sob o vestido de seda, o corpo macio de Ruth. Ela se voltou, pôs os braços em torno do seu pescoço e o beijou. Não houve tempo para o drinque, que seria bebido depois, um *scotch* para ele, outro cálice de vinho branco para ela. Amaram-se com furor, com paixão. Saciado e bebendo seu uísque, Mendes contemplava com prazer o belo corpo de Ruth. Fazia quanto tempo que não saía com uma mulher assim? Aliás, nunca saíra com uma mulher desse tipo. Sua ex-esposa, Linda, de modo algum se comparava a Ruth. O mesmo podia dizer das garotas que encontrava no bar Los Hermanos, onde sempre ia beber e comer um *steak*. Além de muito bela, Ruth era elegante e tinha classe. Sua pele rósea, coberta de sardas, contrastava com o cabelo cheio e cor de fogo. Tinha os lábios vermelhos, os olhos bem verdes, seios firmes, nenhuma barriga e pernas longas. Quando ele confessou que apreciava muito o corpo dela, Ruth disse que, para se manter em forma, fazia balé e ginástica.

– Pois continue assim... – disse ele, abaixando a cabeça para lhe beijar a bunda, coberta por uma levíssima penugem.

Ela gemeu e murmurou, com a voz enlanguescida:

– Te amo.

E foram tempos muito felizes para Mendes e Ruth. Como Harold mais ficava viajando do que em McAllen, tinham todo o tempo do mundo para ver-se. Ruth nada exigia dele, a não ser que a amasse, e ele também nada exigia dela. Mas, como tudo o que é bom dura pouco, a felicidade entre eles, muito rápido como tinha vindo, também se foi. Um dia Ruth chegou toda chorosa no apartamento de Mendes. Ao perceber que ela estava nervosa, ele a acudiu com a taça de vinho branco de costume. Entre lágrimas, Ruth contou que o marido havia recebido uma excelente oferta de trabalho em Houston e que, por isso, tinha dito que iam se mudar de McAllen.

– Mas eu não vou de jeito nenhum! – ela protestou, voltando a chorar. – Não deixo você por nada deste mundo!

Mendes sentiu como se o teto tivesse desabado sobre sua cabeça. Maldito Harold!, por que vinha destruir um arranjo tão bom? Tinha todos os confortos de um casamento, sem os incômodos de um casamento, refletiu.

– Você disse isso a ele?

– Não, não disse, mas hoje mesmo vou pedir o divórcio.

– Com base em quê? – disse Mendes com toda a calma, embora estivesse aturdido com a situação.

Ela o abraçou e beijou.

– Porque te amo, meu amor. Precisaria haver outro motivo?

Ficou em silêncio, só soluçando e abraçada a ele. Por fim, Mendes disse:

– Você precisa pensar bem no que vai fazer. Não deve tomar uma decisão precipitada.

Ela levantou a cabeça.

– Não é uma decisão precipitada! Já faz algum tempo que venho pensando nisso. Não quero mais viver com o Harold.

Mendes levantou-se e começou a andar pela sala.

– Você quer minha opinião sincera? Acho que não devia pedir o divórcio. Você...

– Mas... – ela o interrompeu.

Ele fez um gesto com a mão.

– Espera, me deixa acabar de falar.

E disse o que achava: que ela tinha uma vida estável, que o marido lhe dava tudo, que ela tinha um filho para cuidar, e que, por outro lado, ele não tinha nada para lhe oferecer.

– Como "nada"? – ela disse com indignação na voz, desembestando a falar. – Você tem a me oferecer a coisa que mais prezo no mundo. O amor. Além disso, qual o problema com o meu filho? O Don venera você, encontrou em você um modelo. Você é mais pai pra ele que o Harold, que nunca está presente.

Sem mostrar alteração alguma na voz, Mendes explicou que não havia a menor possibilidade de viverem juntos, que ele não tinha como sustentá-los e que, se ela fizesse uma loucura como essa de pedir o divórcio, jogaria fora toda a sua vida. Com o tempo, por causa disso, as coisas entre eles iam com certeza azedar, e ela acabaria por acusá-lo de tê-la levado a tomar uma opção errada.

– Eu sei como essas coisas são. No início – disse, apontando para as paredes encardidas do pequeno apartamento –, tudo são rosas, mas, depois, você iria se cansar disso. Amor e uma cabana são bons só nos romances e nos filmes. Sem contar que eu não teria mesmo condições efetivas de criar o Don e de lhe dar uma boa educação. Por mais que goste dele.

– Mas o Don não daria o menor trabalho. E depois, com certeza, teria a pensão do pai dele.

– E você acha que sou homem de aceitar pensão de ex-marido? Eu... – disse Mendes de modo intempestivo. Como se tivesse se arrependido do que dissera, parou de falar e voltou a caminhar pelo apartamento.

– Quando duas pessoas se amam, como nos amamos, não deve ter nenhum tipo de obstáculo para o amor – ela disse de um jeito melodramático.

– Você anda assistindo a muita novela – ele disse, seco.

Ruth voltou a chorar:

– Você não precisava ser grosseiro.

– Não estou sendo grosseiro, estou sendo realista.

Ela limpou as lágrimas com a costa da mão e disse, ainda soluçando:

– Acho que você não me ama. Se me amasse...

Mendes respirou fundo e disse com um leve tremor na voz:

– Estou lhe dizendo isso tudo porque te amo, Ruth.

Ela se levantou, intempestiva e sacudida pelos soluços.

– É a sua última palavra?

Mendes ficou em silêncio.

– Ainda há tempo. Se disser que me ama e quer ficar comigo, nem volto para casa. Ligo já para o Harold pedindo o divórcio.

Mendes permaneceu diante de Ruth sem dizer nada. Tudo nela parecia fúria, frustração. Como ela era bela, ainda mais com o rosto vincado pela raiva, ele refletiu, já cheio de desejo. O rosto com uma tonalidade rubra, emoldurado pelos cabelos vermelhos, tornava-a ainda mais desejável.

– Seu nojento. Vocês, homens, são todos iguais – ela disse com um tom de desprezo, interrompendo o devaneio de Mendes. E saiu, batendo a porta com força.

Mendes esboçou um movimento, como se fosse atrás dela, mas parou a tempo. Depois, cerrou os punhos e soltou um berro. Ainda lhe ressoavam aos ouvidos as últimas palavras de Ruth. Sem se conter, deu dois murros bem dados contra a parede, arrebentando-a e ferindo a mão. Então, ouviu na rua o ruído do Cherokee dela que se afastava.

Naquela noite, não conseguiu dormir. Além de a mão inchada lhe doer muito, havia bebido quase uma garrafa inteira de Ballantines. Não deixou de pensar em Ruth, não deixou de pensar que ela se ia para nunca mais voltar, não deixou de pensar que, se tivesse cedido, a teria somente para si. Mas se tivesse cedido, voltava a pensar, com o tempo, as coisas iam acabar em frustração, desprezo e dor. Como havia acontecido em seu casamento. Acordou pela manhã sem ânimo, sem forças. Passou o dia trancado em casa, mal se alimentando. Ao anoitecer, foi para Los Hermanos, fez um sinal a Ramón, que lhe serviu o uísque duplo de costume. Vendo que ele tinha o cenho cerrado, o barman não lhe perguntou nada e o deixou sossegado. Depois, Mendes se meteu em confusão com um grandalhão que, muito bêbado, achou de encrencar com ele. Saiu no braço com o homem, derrubando-o com dois socos bem dados. Foi convidado por Ramón, com toda a gentileza, a ir embora. Talvez tenha pensando em também sair no braço com o barman, mas, em meio à bebedeira, resolveu que o melhor era ir para casa.

Só foi ter plena certeza de que havia perdido Ruth para sempre quando começou a se acostumar com a ausência de Don na sala de aula.

*****

Fazia oito anos que Mendes vivia em McAllen. Nascera em Americana, no interior do estado de São Paulo. Seu pai era contador numa pequena empresa da cidade. Como o filho não mostrasse grande interesse pelos estudos e nem parecesse ter ambições, o pai pensou que seria bom que ele se candidatasse a algum cargo público. Comprou um conjunto de apostilas para o concurso do Banco do Brasil e, entregando-o a Mendes, disse:

– Se estudar com afinco, terá um belo futuro e um salário sem igual!

Mas, para desespero do pai, Mendes, em vez de se concentrar nas apostilas, ficava enfiado nos cantos lendo romances. Romances!, pensava Romualdo com desprezo. E se o filho não passasse no concurso, como parecia que não ia passar? O que seria dele no futuro? Imaginava-o crescido e vivendo às suas custas. Seria o pior dos pesadelos. Alberto era seu filho, mas, se não entrasse logo, logo, na linha, punha-o no olho da rua, decidia. A mulher, ao vê-lo dizendo esse tipo de coisa, rebatia, escandalizada:

– Como você pode pensar assim, Romualdo? Tenha fé em Deus, que o Betinho ainda vai ter jeito. É só ter um pouco de paciência.

–Paciência?! Estou com ele até aqui – e fazia um gesto, pondo a mão espalmada na altura do pescoço.

Até que um dia, no jantar, sem mais nem essa, Alberto disse que não ia mais estudar para o concurso do Banco do Brasil.

– Você não sabe quanto me custaram as apostilas?! – dizia o pai, crescendo, furioso com tanta teimosia. – Por que não quer mais estudar para o concurso?

– Porque não tenho vocação para bancário – respondeu Mendes, de cabeça baixa.

– É uma carreira digna. Você terá o futuro garantido – disse o pai com rigor.

– Pode até ser – retrucou ele. – Mas não corresponde àquilo que eu desejo.

O pai cruzou os braços e disse com a voz carregada de ironia:

– Será que o senhor podia me explicar o que se entende por seu "desejo"?

Mendes pensou se valia a pena falar das coisas que sonhava, mas acabou achando que não. O pai não entenderia.

– Ainda não tenho isso muito claro dentro de mim... Estou pensando.

– De tanto pensar morreu um burro – disse o pai, dando um tapa na mesa. – Quer saber de uma coisa? Você é mesmo va-ga-bun-do! Não quer pegar no pesado, isso é o que é.

Alberto tomou outra decisão naquele dia: nunca mais pediria dinheiro ao pai. Começou por deixar no quadro de avisos da escola um anúncio, oferecendo-se para dar aulas particulares de inglês. E, para sua surpresa, logo conseguiu um bom número de alunos. Com isso, passou a ter uma rendazinha. Chegou a ponto de pagar a conta de água da casa e ajudar a mãe com as compras.

Quanto já estava terminando o colegial, decidiu que queria servir o exército. Para tanto, resolveu prestar concurso para a Escola Preparatória de Cadetes, em Campinas. Sem dizer nada aos pais, foi visitar as instalações da escola. Ficou sabendo que, se passasse no vestibular, estaria apto para ingressar na Academia das Agulhas Negras, onde poderia se formar como oficial combatente do exército. Isso, pensou, era muito melhor do que trabalhar numa repartição pública. Voltou para casa com os regulamentos para o ingresso e a relação das disciplinas exigidas no exame de ingresso. Começou a estudar como nunca havia estudado. E isso provocou grande espanto no pai:

– O que deu nele? Será que está tomando juízo?

Mendes não contou nada de seu grande projeto. Estava pensando em causar uma surpresa nos pais, para mostrar que não era o vagabundo que julgavam. No dia dos exames, apresentou-se cheio de ansiedade, junto com uma multidão de jovens. Pegou a última das vagas, mas isso não o aborreceu. O importante era que estava dentro da Escola Preparatória de Cadetes. Já se sonhava de farda, seguindo a dura rotina militar e, depois, ingressando na tão sonhada Academia de Agulhas Negras, onde seria oficial combatente. Mas teve uma grande decepção, ao se submeter aos exames de aptidão física. Embora os médicos ficassem impressionados com sua altura e robustez, foi reprovado devido à forte miopia que, em vão, tentara esconder. Ao voltar para casa, não conseguiu esconder a frustração. Ficou fechado no quarto uns tempos, remoendo a raiva, ainda mais porque o pai viera com ironia lhe cobrar o resultado de tanto estudo.

Até que foi convocado para o serviço militar obrigatório, no tiro de guerra da cidade.

Alistou-se e começou uma rotina, que não lhe desagradou. Jamais chegava atrasado, cumpria com boa vontade tudo o que lhe ordenavam e nunca recebeu espécie alguma de repreensão e punição. Gostava de realizar as marchas batidas, com todo o equipamento às costas, sem pretextar cansaço, das aulas de ginástica, dos precários exercícios de campo, onde rastejavam, pulavam cercas de arame, simulavam ataques e defesas. Gostava também das aulas sobre o papel do exército no Brasil, a missão do soldado, que o sargento dava de cara fechada e má vontade. Cuidava como nenhum outro recruta da arma e dos acessórios de manutenção e transporte. Além disso, sempre trazia a farda bem passada e a fivela do cinturão, assim como os coturnos, brilhando.

Mas o que começou mesmo a apreciar foram as lições de tiro com os velhos mosquetões 7.62 M968. Eram adaptados dos fuzis FAL, semiautomáticos, e davam de dez a quinze tiros por minuto. Seguindo atento as explicações do sargento-instrutor, logo aprendeu as quatro operações básicas de montagem e desmontagem do mosquetão, que consistiam na retirada do ferrolho, na separação do dispositivo de percussão e do cilindro, na desativação do dispositivo de percussão e na retirada do fundo do depósito. Veio, então, a saber que cada recruta era responsável por adquirir a própria munição. Se a maioria reclamou, ele, não. Recorrendo a seus modestos recursos, comprou um pouco além da cota de cartuchos exigida pelo sargento-instrutor. Nos dias dedicados ao tiro, a tropa ia até um terreno baldio fora da cidade, onde se fazia a prática em segurança em alvos de papel presos nuns barrancos. Pôs-se a praticar e, ainda que os mosquetões fossem velhos, conseguia sempre uma boa média de pontos. De tanto se exercitar, não demorou muito, tornou-se exímio atirador, arrancando até elogios do ranzinza sargento Gonçalves:

– Meus parabéns! É de praças assim que nosso exército precisa.

Não contente com isso, leu de fio a pavio o manual do tiro de guerra, sabendo cada detalhe de seu fuzil. Interessando-se mais e mais pelo assunto, começou a comprar, pelo correio, manuais e livros sobre armas, em casas especializadas em São Paulo. E, pouco a pouco, foi se inteirando sobre os modelos de fuzis, carabinas, pistolas, revólveres, metralhadoras, submetralhadoras, bazucas, granadas, armas brancas. Passou a distinguir com precisão os diversos tipos de munição e de calibre. Leu muita coisa sobre balística, sobre os cálculos de distância de um alvo e sobre como corrigir a mira para conseguir uma melhor eficácia dos tiros. Seu quarto era uma pequena biblioteca, com livros tratando de guerras, revoluções, contrarrevoluções e armamento. Mas, de vez em quando, contemplando todo seu arsenal livresco, não podia deixar de soltar um suspiro de insatisfação. De que lhe servia tudo aquilo, se tivera que desistir da carreira militar por uma simples miopia... O que lhe restava fazer, já que não podia servir como soldado profissional? Tinha que tentar fazer outra coisa, algo que o satisfizesse. Para tanto, concluiu, tinha que estudar. A não ser que quisesse ficar vegetando num escritório, no caixa de um banco ou atrás do balcão de uma loja.

Decidiu fazer um curso de história. Pelo menos – pensava –, nas páginas dos historiadores, poderia viver, ainda que na imaginação, as guerras e revoluções de que gostaria de participar. E, assim, prestou o vestibular na PUC de Campinas.

*****

Enquanto fazia a faculdade, Mendes resolveu continuar com a prática de tiro. Não queria perder a destreza adquirida com tanto esforço, nos tempos do serviço militar em Americana. É verdade que ele não sabia bem ao certo para que tal habilidade serviria. Mas lhe pareceu que o fato de gostar de armas e atirar já era o suficiente. Entrou como sócio da ACTE, Associação Campineira de Tiro Esportivo, onde adquiriu um revólver .38 e um protetor de ouvidos usado de um dos sócios. Uma vez por semana, ia à associação praticar em alvos fixos e móveis. Sonhava um dia poder comprar uma arma de verdade, uma Walther, uma Browning ou uma Luger, mas, por enquanto, se satisfazia com seu velho Taurus de seis tiros. E veio a descobrir que, mesmo praticando com um simples .38, não fazia feio junto ao pessoal que aparecia com armas mais sofisticadas, de grande poder de tiro.

Estava em seu último ano do curso quando veio a conhecer Linda Hudson, uma americana do Texas, que viera fazer um estágio na PUC. Encontraram-se algumas vezes no bandejão da universidade e conversavam bastante, trocando experiências. Linda ficou deveras impressionada com o inglês de Mendes:

– *You speak very good English, indeed. Have you studied in the United States?*

Ele contou que havia estudado no Brasil mesmo, fazendo cursos regulares e depois se aperfeiçoado com a audição de teipes, leituras, assistindo a filmes e conversando com estrangeiros de passagem na cidade. Quando ela perguntou o que fazia, respondeu que cursava história. Linda, por sua vez, disse que cursava economia e, após o estágio na PUC, pretendia voltar aos Estados Unidos. Segundo ela, já tinha até arrumado emprego numa empresa, na cidade de McAllen, no Texas. Contou também que era de uma pequena cidade de Idaho, Rathdrum.

– Rathdrum é assim, ó – disse, fechando a mão em círculo. – Não existe nada lá. Um tédio só. Se você quiser se enterrar em vida, vá pra Rathdrum!

Era alta, loira, corada, tinha grandes seios e pernas longas. Costumava rir por qualquer motivo, mostrando dentes bem alvos. Mendes, alguns anos depois, quando já casado com ela, não soube explicar o porquê daquele seu casamento. A moça não era bonita nem muito boa de cama. Sem contar que eram em tudo diferentes: Linda, voltada para seus estudos de economia e teorias econômicas, falava a todo momento de finanças, *marketing*, recursos humanos e de nomes como Taylor, Fayol, Friedman. Quanto a ele, ficava com Heródoto, Gibbon. Lia também romances policiais de Raymond Chandler, Dashiell Hamett, de espionagem e guerra de Frederick Forsyth, Le Carré, ou mesmo os clássicos de Hemingway, Faulkner. Os autores de que ele e ela gostavam não batiam nada bem entre si e, pouco a pouco, foram servindo de barreira entre os dois. E essa barreira aumentou depois que chegaram aos Estados Unidos e começaram a trabalhar. Pouco se viam. Ela, como verdadeira *workaholic*, correndo de um lado para o outro, sempre pretextando trabalho extra, ele, preparando suas aulas, corrigindo os trabalhos dos alunos, estudando. Não tinham tempo para eles próprios nem para realizar o que haviam planejado: uma boa casa, o carro do ano, viagens, filhos.

Mas, muito antes de se casarem e irem morar nos Estados Unidos, tinham se acostumado a sair juntos em Campinas. Ela, como uma coisa bem natural, foi logo para a cama com ele. E, um dia, quando Linda disse que tinha que voltar para os Estados Unidos, porque seu estágio estava terminando, fez-lhe uma proposta:

– *Why don't you come with me?*

– Ir morar nos Estados Unidos, você quer dizer?

A proposta era mais do que atraente, porque fazia parte dos sonhos de Mendes: conhecer um país diferente, aperfeiçoar ainda mais o inglês. Além disso, ele aproveitaria para sair de vez da casa dos pais, que não paravam de atenazá-lo. Mesmo assim, pôs uma dúvida:

– Mas o que vou fazer por lá?

Linda caiu na risada.

– Por enquanto, nada, meu querido.

– E vou viver do quê? Sem contar que não deixariam alguém entrar no país sem dinheiro nem emprego.

Linda voltou a cair na risada.

– Ora, podemos casar. Gosto de você, você gosta de mim. A gente se dá tão bem, não é? Casamos, você vai comigo para os Estados Unidos, arruma um emprego e, depois, consegue o *green card*. – Ficou pensativa um instante, para em seguida completar: – Quem sabe, não pode começar dando aulas de história numa das High Schools de McAllen? Depois, vê uma coisa melhor.

Ele foi para Americana apresentar Linda aos pais e comunicar que iam se casar. A mãe chorou muito: doía-lhe perder o filho e, mais ainda, saber que a futura nora, além de estrangeira, era protestante. Quanto ao pai, desejou-lhe boa sorte, dizendo:

– Pelo que eu sempre soube, os Estados Unidos são um país de grandes oportunidades. Aliás, li, num dos artigos da *Readers Digest,* que qualquer um pode fazer fortuna nas terras do tio Sam. Tenha isso em mente, meu filho! – E completou com umas poucas palavras que sabia de inglês: – *So, good luck, my son. God bless you!*

Casaram-se num cartório e, logo depois, foram para os Estados Unidos. Mendes, como marinheiro de primeira viagem, se encantou com a cidadezinha toda arborizada, tranquila, silenciosa, de pessoas afáveis, onde alugaram um apartamento de quarto e sala. Experimentaram o gosto de uma discreta lua de mel, viajando até a região dos lagos em Laredo, passando uns dois dias em Reynosa, no México, comendo *tacos* e bebendo tequila. Depois, começaram a encarar a vida de frente. Mendes não encontrou muitas dificuldades para trabalhar como professor em McAllen. Mas o que era para ser provisório se tornou definitivo. Ele descobriu que gostava do que fazia, do ambiente agradável da escola. O edifício era bonito, espaçoso, o diretor e os colegas o tratavam bem, e os alunos, com muito respeito. Para espanto e desagrado de Linda, que não podia entender que ela, toda ambiciosa, subisse cada vez mais na empresa, enquanto ele se contentava com aquela "escolinha", como dizia. Ela já estava ganhando mais de cento e vinte mil dólares ao ano, fora os bônus e comissões, enquanto ele continuava patinando nos seus mesquinhos quarenta e oito mil.

– Se você tentasse, pelo menos, uma universidade – dizia, torcendo o nariz para os livros que atropelavam o pequeno e bagunçado apartamento em que viviam.

Não demorou, a coisa esfriou entre eles. Ela vivia viajando, por conta da empresa, e mesmo participando de encontros gerenciais no Texas ou em outros estados. E isso os distanciou ainda mais, como se não houvesse química entre ambos. Às vezes, chegavam mesmo a brigar. Ela, irritada, acusando-o de não ter ambição, ele, ficando em silêncio, recusando-se a discutir. Quando ela se tornava mais incisiva, ele se levantava, ainda sem dizer nada, saía e ia se encontrar com os amigos no Los Hermanos. Gostava do ambiente esfumaçado, com o balcão encardido, a mesa de sinuca ao centro, as garotas dançando ao som do *jukebox*. Bebia até tarde, saía com uma das meninas e voltava só de madrugada. Encontrando a porta fechada, pulava uma janela e dormia no sofá da sala. Nessas ocasiões, Linda costumava fazer intermináveis ligações para a mãe, que morava sozinha em Rathdrum. Era uma gorducha, espalhafatosa, que ele vira umas duas ou três vezes. Não passava um dia sem que telefonasse para fofocar com a filha. Quando a mulher não estava, ele atendia, dizendo as palavras de sempre:

– A Linda saiu, Mary Ann. Não sei quando volta.

Até que, numa de suas viagens, ela conheceu Manfred Taylor, gerente de uma filial da United Chemical, num congresso de administradores de empresa em Nova York. Ficou fascinada ao saber que ele ganhava mais de trezentos mil dólares por ano. Era um homem baixotinho, rubicundo e meio careca. Mas, ao contrário de Mendes, falava bastante e de assuntos que a interessavam de perto: mercado, marketing, vendas, lucros, empreendimento. Manfred interessou-se por ela, convidou-a para um drinque no saguão do hotel Marriot. Depois do terceiro uísque dele e do segundo *bloody mary* dela, deixaram de falar de negócios e começaram a trocar confidências: ele era infeliz com a mulher, que não tinha nada na cabeça, só pensava em fazer compras nos shoppings, ela, com seu marido, um intelectual pedante e sem ambição. Acabaram indo para a cama na suíte de Manfred.

Voltando para McAllen, Linda já tinha tomado sua decisão. Ao entrar em casa, disse de um modo abrupto, sem ao menos cumprimentar o marido:

– Alberto, eu quero o divórcio.

Para seu espanto, ele, que estava lendo um livro, apenas abanou a cabeça, concordando. E, como sempre, sem dizer nada. Ela insistiu:

– Você não quer saber o porquê da minha decisão?

Ele demorou a responder:

– Não.

– Impossível viver com um homem como você! Grudado nesses livros! Sem nenhuma ambição.

Mendes levantou a cabeça. Por detrás das grossas lentes de míope, viu uma mulher como sempre malvestida, que estava começando a engordar e cuja pele havia perdido o viço. O que tinha visto naquela criatura, a ponto de se casar com ela?, pensou. Ainda bem que não tinham filhos e que ela facilitava as coisas para seu lado, ao propor o divórcio.

Linda rangeu os dentes de raiva. E foi para o quarto. Num instante, arrumou as malas, voltou para a sala e disse:

– Depois mando pegar o resto.

Mendes, como se nada tivesse acontecido, continuou a ler seu livro. Por acaso, era *Changing Places*, de David Lodge.

– Espero que você seja feliz – ela disse, saindo e batendo a porta com força.

Ele permaneceu algum tempo sentado com o livro na mão. Depois, levantou-se e, muito calmo, foi preparar um drinque. Um martíni seco, feito com duas doses de gim Beefeater e três gotas de angustura, mais uma azeitona espetada num palito. Bateu de leve o gim, derramou o conteúdo numa taça resfriada e foi saborear a bebida em sua cadeira de braços.

– Enfim, só – murmurou, dando um sorriso de satisfação.

*****

Sentindo-se como se houvesse tirado um grande peso dos ombros, à noite, foi até o Los Hermanos. Lá, sentou-se à mesa de costume, e Ramón veio lhe servir a dose dupla de uísque. O bar estava quase vazio. Num canto afastado, um homem forte, alto, de rosto quadrado e queixo proeminente, bebia em silêncio. Mendes o conhecia de vista: sabia que era um alemão, dono de uma charcutaria na cidade. Junto à mesa de sinuca estava um rapaz negro, encaçapando bolas e tomando cerveja. Era magro e mancava um pouco de uma perna. Mais conhecido como DC, Washington Michael Dupré tocava uma pequena mecânica, onde Mendes costumava deixar seu Beetle para revisão.

– Professor, quando é que vai comprar um carro de gente? – dizia, torcendo o nariz para o veículo e dando uma risada.

– Meu Beetle nunca me deixou na mão...

DC era apaixonado por histórias em quadrinhos e filmes de ação – de guerra, policiais, faroestes. Seu quarto era atulhado de coleções de revistas de HQ e fitas de vídeo. Vivia com a mãe, Wynona Areta Dupré, nuns cômodos, nos fundos da oficina. A velha senhora, gorda e bonachona, cuidava dele com muito desvelo, cozinhando o que ele mais gostava e lavando suas roupas. Tinha-lhe esse carinho especial, depois de perder quase toda a família – marido e mais três filhos – em New Orleans, na passagem do furacão Katrina. Só restaram a ela e ao filho alguns poucos objetos de uso pessoal e um Ford Fairlane, 401 HP, a paixão de DC. Apesar de o carro contar com mais de quarenta anos, ele o trazia tinindo de novo, o motor funcionando à perfeição e sem um só ponto de ferrugem.

Depois do desastre natural, haviam se mudado para McAllen, onde pretendiam reconstruir a vida, longe da rota dos furacões. Mas DC, apesar de excelente mecânico, não fazia o negócio ir para a frente. Tinha poucos clientes. Se não ia com a cara do sujeito, por dinheiro nenhum desse mundo aceitava consertar o veículo. Na verdade, embora amasse carros e motores, não gostava de perder muito tempo com o trabalho. Fora as poucas horas que gastava consertando os carros dos clientes de confiança, ficava lendo gibis, vendo filmes ou jogando sinuca, esporte de que era exímio praticante. Mendes gostava do jeito despachado de DC, de seu bom humor, e podia até dizer que eram amigos. De vez em quando, até descolavam garotas na espelunca de Ramón e saíam no velho Beetle ou no Ford do mecânico para um programa em algum motel.

Naquela noite fria, estavam eles no bar quando a porta se abriu com estrondo. Três homens entraram. Eram altos, fortes, cabeludos, barbudos, usavam brincos, pulseiras e casacos do Hell's Angels. Sentaram-se num canto, pediram cerveja e começaram a conversar ruidosamente. Em determinado momento, um deles veio até a mesa de sinuca e ficou observando DC brincar com as bolas. A cada erro cometido, o cabeludo balançava a cabeça, desaprovando. Até que resolveu desafiar DC para uma partida. O mecânico respondeu numa voz pastosa de bêbado:

– E por que não?

– *Ten bucks* a partida? – desafiou o sujeito.

– Pode ser.

Arrumaram as bolas e DC deu a saída. Perdeu em poucos minutos, cometendo erros primários. Começou a praguejar, a reclamar dos tacos, das bolas, da mesa, do giz.

– Outra partida? – perguntou o Hell's.

– Sim, mas vamos dobrar, que quero recuperar minha grana.

Deram início à partida, e aconteceu a mesma coisa: DC perdeu de maneira bisonha. Mendes acompanhava tudo aquilo com um sorriso divertido. Mais um pato a ser depenado, pensou, pois conhecia de sobra a habilidade de DC, mesmo quando bêbado. Seguiram-se cinco partidas. E só quando chegaram ao montante de cem dólares é que DC começou a ganhar. Mas atribuía isso à sorte, ao preparar jogadas mirabolantes, impossíveis:

– Ooops! Puta sorte, meu! Não sei como enfiei aquela bola no canto.

Quando, afinal, ele ganhou quinhentos dólares, o Hell's, furioso, jogou o taco na mesa e gritou:

– Seu negrinho filho da puta! Pensa que pode me enrolar?

– Negro filho da puta é a mãe, seu branquelo de merda! – retrucou DC.

O sujeito veio para cima dele com o punho fechado. Muito ágil, DC o evitou e lhe meteu um tabefe na orelha. O homem se aprumou e abriu os braços, querendo agarrar o mecânico. Mais uma vez, DC escapou dele e lhe acertou um chute no saco. O Hell's gemeu, inclinando-se. Enfiou a mão na cintura e pegou uma faca. DC agarrou um taco e deu uma pancada com a parte mais grossa na cabeça do homem. O Hell's caiu de quatro no chão sujo de bitucas. Não contente com isso, DC ainda lhe enfiou uns pontapés na pança, até que ele se aquietasse de vez. Os dois companheiros do homem se levantaram e vieram ao encontro do mecânico com cara de poucos amigos. DC disse, levantando as mãos:

– Calma aí, gente, o meu problema é só com ele...

– Cala a boca, negro sujo! – berrou um deles, puxando da cintura um pedaço de uma grossa corrente. – Nós vimos você enganando o Ned.

Mendes, achando que era seu dever ajudar DC, começou a se erguer da cadeira. Por sua vez, o pequenino Ramón pegou um taco de beisebol, que reservava para os desordeiros. Mas não precisaram interferir. Antes de eles se meterem, o alemão deixou sua mesa e foi até o local do conflito.

– Não acham que três contra um é demais? – perguntou, aparentando muita calma.

– O que você tem com isso, seu merda? – rosnou o homem com a corrente.

E, girando-a acima da cabeça, tentou dar uma pancada no alemão, que agarrou a corrente com a mão esquerda. Puxando-a com força, atraiu o homem para perto de si e lhe acertou um soco no nariz. O sangue esguichou, e o sujeito caiu de costas, levando consigo duas mesas. Sem perder tempo, o alemão avançou contra o outro homem e meteu um pontapé de lado em seu joelho. Ouviu-se um *crec*, e o sujeito desabou, berrando de dor. Mendes ficou espantado com a agilidade do queixudo. Era grande, um verdadeiro guarda-roupa, mas, ao contrário do que costuma acontecer com gente assim, não tinha nada de lerdo.

Mais que depressa, os desordeiros saíram arrastando o companheiro com o joelho quebrado.

– E não apareçam mais por aqui! – disse Ramón, fazendo-se de valente e dando uma pancada numa mesa com o taco.

Logo se ouviu o ruído do motor das motos que se afastavam.

– Obrigado – disse DC, estendendo a mão para o alemão.

Sem lhe dar confiança, o homem virou as costas e foi se sentar em sua mesa.

– Qualé, cara? – disse DC com irritação. – Também não gosta de preto?

Impassível, o alemão fez sinal a Ramón, pedindo mais uma caneca de cerveja. DC chegou nele e disse com arrogância:

– Por que foi se meter? Quem que te chamou? Eu ia me...

Antes que terminasse a frase, o alemão se levantou. Mendes esfriou: como era grande o homem. Será que ia dar umas pancadas em DC? Mas, em vez disso, o alemão agarrou o mecânico pelos fundilhos e o levou até o fundo do bar. DC gritava a plenos pulmões:

– Me larga, seu nazista filho da puta! Me larga!

Abrindo um grande latão de lixo, o alemão jogou DC de ponta-cabeça dentro dele. E, silencioso como tinha se movido, voltou para sua mesa. Ramón e Mendes caíram na risada e foram ajudar DC a sair do latão. Para espanto deles, DC também estava rindo. Sinal de que não ficara tão zangado assim. Tanto isso era verdade que foi até o alemão e lhe ofereceu um drinque. Dessa vez, o queixudo não recusou a aproximação. Aceitou o drinque e, fazendo um sinal com a cabeça, convidou-os a sentarem com ele. Começaram a conversar, e DC lhe perguntou o nome.

– Neidhart... – respondeu o alemão, limpando a espuma da cerveja com a manga do casaco.

– Como? – perguntou DC. – Nei do quê?

– Neidhart...

– Não, não dá. Com esse tamanho e essa queixada, você se parece é com o Olaf.

– Olaf? – perguntou Mendes. – Por que Olaf?

– Poxa, cara. Nunca leu gibi? Os Blackhawks!

Mendes lembrava-se vagamente de ter lido na infância, numa longa série de gibis, as incríveis aventuras de um grupo de heróis que vestiam fardas azuis, com o emblema de um falcão negro. Era formado por um americano, Bart Hawk, um francês, André Blanc-Dumont, um sueco gigante e queixudo, Olaf Bjornson, um texano, Chuck Wilson, um alemão, Hans Henrickson, um polonês, Stanislaus, um chinês, conhecido por Chiang, e pela gostosa Zinda Blake. Exímios pilotos, costumavam aterrissar e levantar voo em lugares impossíveis, com seus aviões movidos a hélice, depois, substituídos por jatos. Lutando pela justiça e protegendo os mais fracos, combatiam terríveis vilões, numa sequência interminável de aventuras.

– Ah, os Blackhawks... – Mendes caiu na risada com a comparação feita entre o herói da história em quadrinhos e o alemão. Era mesmo notável a semelhança. Não havia ninguém como DC para pôr apelido nas pessoas.

– Pois então vai ficar Olaf. A não ser que você fique ofendido e queira me jogar de novo na lata de lixo.

Pela primeira vez, Mendes viu aflorar um sorriso entre os lábios do alemão. A partir daquela noite ficaram muito amigos. E, assim, se acostumaram a se encontrar de vez em quando no Los Hermanos, para beber e conversar. Mendes soube então que Neidhart vivia com a mulher, Gudrun, nos fundos de uma charutaria e restaurante de sua propriedade, de nome Deutche Delicatessen. Uma coisa que os aproximou ainda mais foi Mendes saber que ele gostava de armas e era um exímio atirador. Chegaram a sair algumas vezes para atirar e caçar. Surpreendeu-se com a pontaria de Neidhart. A uma distância de mais de cem metros, ele era capaz de abater um pássaro em pleno voo. Com alvos móveis, sua pontaria era ainda melhor, pois conseguia destroçar melões a mais de trezentos metros, com um rifle Remington 11-87. Mendes sempre fora um bom atirador, mas teve que reconhecer que não era páreo para Neidhart.

E desse modo, depois que foi abandonado por Linda, Mendes começou a viver mais tranquilo, sem ter alguém ao lado que reclamasse o tempo inteiro. Podia agora curtir os amigos, ir ao Los Hermanos quando quisesse. Fizeram o divórcio sem muitos problemas. Além de não terem filhos, Linda ganhava mais do que ele, o que facilitou as coisas. Ela lhe desejou boa sorte, ele lhe desejou o mesmo. Foi apresentado a Manfred. Não pôde deixar de sorrir com a aparência bizarra do amante da mulher. Eles se mereciam, pensou, sem sentir o mínimo ciúme. Linda era uma página virada em sua vida. E livrava-se também da velha Mary Ann e de sua voz rascante como uma lixa. Quando precisava de mulher, pegava uma das garotas no Los Hermanos. No outro dia, pela manhã, não tinha mais que ouvir o de sempre: "*Honey, do you really love me?*". Era dar um tapa na bunda da garota e dizer "*Bye, bye, baby*".

O tempo passou, conheceu Ruth, que mexeu de verdade com ele e o deixou alucinado. Sentiu por ela o que nunca havia sentido por mulher alguma na vida. Mas ela também tinha seu preço. E se fora também embora, e Mendes tornava a ficar sozinho.

E numa noite em casa, tomando seu *scotch* e lendo algumas páginas de Hemingway, o telefone tocou. Era da casa de Purvis Melvin MacCormack, que vinha reiterar o convite para que fosse tomar um uísque com ele.

2

Purvis Melvin MacCormack

– Señor Mendes? – disseram-lhe num tom bem cortês.

– Sim.

O homem do outro lado da linha fez uma pausa, para depois acrescentar:

– El señor MacCormack o aguarda em casa.

– Sr. MacCormack?

– *Si! El señor Purvis Melvin MacCormack.*

Mendes lembrou-se então do convite feito no hospital. Aborrecido, deu um suspiro. Coisa mais desagradável beber com um sujeito que mal conhecia. Além de que não estava nada a fim de se encontrar com a mulher do homem. Antes que pudesse dizer alguma coisa, a mesma voz concluiu:

– Às sete e quarenta e cinco, o chofer passará para pegar o *señor*.

Mendes voltou a se sentar e continuou a tomar o seu *scotch*. No horário combinado, o interfone tocou. Num primeiro momento, pensou em deixar que tocassem, até que desistissem. Mas acabou indo atender.

– Señor Mendes. Estou esperando aqui embaixo.

Deixou o apartamento, desceu as escadas e deparou na rua com um velho, porém tinindo de novo, Cadillac. Um chofer de uniforme e luvas, com o quepe na mão, aguardava, em posição respeitosa. Ao ver Mendes se aproximar, abriu a porta de trás do carro.

– Por favor, *señor*.

Mendes entrou no carro, que, apesar dos seus 265 cavalos, partiu bem devagar e ronronando. Em quinze minutos chegaram a um portão de ferro trabalhado, no alto do qual havia um grande M inserido num círculo. Ao entrarem, viu, no topo de uma colina gramada, cheia de arbustos, velhos carvalhos, canteiros de flores, fontes, estátuas de mármore, os arcos, varandas e telhas vermelhas de um casarão branco em estilo colonial. Subindo por um caminho cascalhado, o carro parou diante da escadaria. O chofer desceu e abriu a porta de trás. Mendes subiu a escada. No alto, deparou com um homenzinho de libré, que lhe disse, fazendo uma vênia:

– O señor Mendes, por favor.

Foi conduzido através de uma sala enorme, com o chão de lajotas queimadas e um teto de grossas traves de madeira envernizada. Abertas de par em par, as amplas janelas davam para o jardim. Os móveis eram de madeira maciça, escura. Ao redor de uma mesa comprida e larga, enfeitada com uma passadeira de listras coloridas e um cachepô com um arranjo de flores e castiçais, havia cadeiras de espaldar alto e trabalhado. A decoração incluía grossos tapetes e mantas, uma grande tela de corpo inteiro da dona da casa, com um longo vestido vermelho, decotado e cheio de folhos, quadros de caçadas e animais, com molduras douradas, cabeças empalhadas de touros, cervos e ursos. Acima da gigantesca lareira, havia um escudo sobre dois sabres cruzados, no centro do qual se viam o mesmo M do portão e a legenda: "MAKE PEACE OR DIE!"

No fim da sala, enfiaram-se por um corredor, dobraram à esquerda, à direita e pararam diante de uma porta, cuja maçaneta era o pedaço de um chifre de boi. O homenzinho bateu de leve na madeira, alguém gritou de dentro que entrassem. O mordomo abriu a porta e deu passagem a Mendes. Ele ingressou em outra sala, um pouco menor, em que havia uma escrivaninha, uma mesa com oito cadeiras, um aparador cheio de copos e bebidas, uma televisão de quarenta e duas polegadas, um jogo de sofás de couro diante de uma lareira. Nas paredes, havia uma panóplia com armas antigas, mais cabeças de cervos e touros e fotos emolduradas de diversos tamanhos. A maioria reproduzia cenas da guerra do Vietnã: um grupo de *marines* apoiando os pés sobre a cabeça dos inimigos mortos, campos queimando com napalm, pilhas de corpos de soldados vietnamitas, vistas de Saigon e do rio Mekong.

– Boa noite, sr. Mendes! Aproxime-se.

Mendes notou que o homem continuava na cadeira de rodas. Mas, desta vez, usava camisa xadrez, calça jeans e botas. Cumprimentaram-se e, como no hospital, Mendes não pôde deixar de sentir uma espécie de desconforto com o forte aperto de mão.

Purvis lhe indicou uma poltrona e disse, abrindo um sorriso:

– Para ser sincero, não gosto muito desses nomes mexicanos. Posso chamar você de Al?

Desistindo de corrigi-lo, Mendes fez que sim com a cabeça.

– Vamos então aos nossos drinques...

Purvis esfregou a mão de plástico na mão boa e dirigiu a cadeira de rodas para o amplo aparador, cheio de garrafas, copos, taças, coqueteleiras e um balde de gelo.

– Pois bem, Al, o que deseja tomar? – E acrescentou, antes que Mendes pudesse responder: – Quanto a mim, vou beber um gole deste Two Roses, um bom uísque de milho do Tenessee...

– Prefiro um *scotch*.

– Um Johnnie Walker Black Label... – Mas deixou a garrafa de lado e pegou outra, dizendo: – Ou, quem sabe, prefere mesmo o Blue...

– Sim, prefiro o Blue.

– *Straight*, não é? – disse, olhando desconfiado para Mendes.

– Sim, *straight*.

– Pois então você é dos meus! Há quem tome esta preciosidade com gelo, soda... E tem até os filhos da puta que estragam o *scotch* misturando com bebida doce. Argh!

Voltou, trazendo os dois copos. A noite vai ser longa, pensou Mendes, divertido, ao reparar nas doses cavalares que ele havia servido.

– Saúde – disse Purvis.

– Saúde – retribuiu Mendes, erguendo o copo.

Alguém bateu na porta, e uma mulher morena, ainda jovem, de grandes ancas, baixotinha, os longos cabelos presos num coque, entrou trazendo uma bandeja com petiscos.

– Conchita! A mexicana mais deliciosa acima do rio Grande! – exclamou o dono da casa, abrindo os braços, cheio de entusiasmo.

– Señor MacCormack, señor MacCormack... – disse a mulher, sorrindo e parecendo deliciada.

Quando ela se inclinou e pôs a bandeja sobre a mesa de centro, ele se aproveitou para lhe apalpar a bunda. Conchita reagiu, dando-lhe uma palmada na mão e protestando:

– *Señor MacCormack! Soy uma mujer casada!*

Purvis deu uma gargalhada:

– *Pero yo también soy casado.*

– *Si dueña Audrey supiera!*

– Sabe, Conchita, acho que vou falar com o Reynoso e ver se ele quer trocar você pela bruaca da minha mulher.

Dando outra risada, Conchita deixou a sala. Purvis suspirou:

– Essas mexicanas bundudas me deixam doido... Mas me conta aí, Al. O que trouxe você aqui para cima do rio Grande?

Antes que Mendes respondesse, a porta foi aberta outra vez. Uma garota loira entrou. Usava um short curtíssimo, meias de seda cor de carne, blusa xadrez, botas e chapéu de caubói. Sem cumprimentá-lo, foi até a cadeira de Purvis e se inclinou para lhe dar dois beijos estalados nas bochechas. Mendes gostou do que viu: as belas coxas, os peitos saltando na blusa semiaberta e a polpa da bunda aparecendo sob o short.

– *Daddy*. Você pensou no que eu te pedi?

– E o que foi que você me pediu, Mel? – disse Purvis, abraçando a cintura da filha.

– *Daddy* – disse ela, numa voz melosa. – O novo carro... O que vi na concessionária em Houston...

– Pois não me lembro de carro nenhum. Você não está contente com o seu Mustang?

– Mas eu queria tanto aquele Mazda Superlight. É tão fofinho...

– Mazda?! Que merda de carro é esse?

– Um novo carro esporte japonês, *Daddy*. Você precisava ver...

– Japonês!? – disse Purvis, tirando a mão da cintura da filha. – Aqui nesta casa, não entram essas porras. Os *japs* estão acabando com os empregos nos Estados Unidos com esses carros de merda! Já lhe disse isso, Melanie!

– Mas, *Daddikins* – disse ela com uma voz enjoadinha de menina mimada e inclinando-se de novo para beijá-lo –, você tinha me prometido...

– Não sei se tinha prometido isso, mas, se prometi, não lembro de ter prometido um carro japonês. Se quiser comprar um carro italiano, um alemão, um francês, até isso, eu compro. Mas oriental, nem sonhando!

Ela fechou a cara, pôs as mãos na cintura e começou a bater o pé, para depois dizer:

– Seu velho chato!

Virou as costas, saiu rebolando e bateu a porta com força. Purvis deu um suspiro, balançou a cabeça e murmurou:

– Filhos... Vê lá, se vou comprar um carro japonês!

E, como se aquilo não o preocupasse mais, retomou a conversa:

– Onde a gente estava mesmo? Ah, lembrei. Eu tinha perguntado o que o trouxe para cima do rio Grande, não é?

Mendes começou por corrigi-lo, dizendo mais uma vez que não era mexicano, e sim brasileiro.

– Ah, sim, brasileiro, o Rio de Janeiro, mulatas, piranhas...

Mendes fez-lhe um breve resumo de sua vida: o desejo frustrado de entrar no exército, o curso de história, o casamento, a mudança para os Estados Unidos e seu trabalho na High School de McAllen.

– Ah, então, é professor... – disse Purvis, parecendo decepcionado. E logo acrescentou: – Mas me diz aí por que não serviu no exército do seu país?

– Fui reprovado no teste de aptidão física. Por causa de minha miopia.

– Miopia?! Santos Deus! – retrucou Purvis, dando um tapa no ar. – No batalhão em que servi no Vietnã, tinha uns oficiais que não enxergavam um palmo diante do nariz. E, no entanto, não só foram aceitos nos fuzileiros navais, como receberam medalhas. Enfim... – Esticou o braço, pegou um punhado de amendoim, que enfiou na boca. Bebeu um bom gole do uísque.

– Pois é, foi o que aconteceu comigo... – Mendes disse, bebendo também do seu *scotch*.

– E você queria mesmo fazer o exército?

– Queria.

– E por quê?

Como lhe explicar que tudo vinha dos seus sonhos de infância, provocados pela leitura dos livros de aventura? Contentou-se apenas em dizer:

– Um velho desejo meu... – E antes que Purvis dissesse alguma coisa, acrescentou: – E o senhor, sr. MacCormack? Serviu no exército?

– Epa, vamos deixar de cerimônia comigo. Não me chame de senhor. E depois, se você quer saber, não gosto nada, nada desse meu nome. Purvis Melvin MacCormack... – pronunciou com a voz carregada de desprezo. – Se não bastasse isso, ainda me juntaram essa merda de "II". Virei "II", eu que sempre fiz questão de ser o primeiro em tudo. E o pior é que a vaca da minha mulher, sem eu saber, ainda botou um "Purvis Melvin MacCormack III" no imprestável do meu filho! E sabe o que o filho da puta virou? Ante o olhar circunspeto de Mendes, acrescentou com desprezo: – Bailarino!

– Bailarino?

– Sim, bailarino. O que acharia se tivesse um filho bailarino?

Mendes deu de ombros.

– Não sei, nunca tive filho. Em todo caso, é uma profissão como outra qualquer...

– Profissão, é? Essas coisas de artistas nunca podem ser chamadas de profissão. Ainda mais bailarino. – Refletiu um pouco, levando o copo à boca, para depois concluir: – Quanto a ter filhos, é bom que não tenha mesmo. Senão ia passar vergonha. Ainda mais com alguém chamado Purvis Melvin MacCormack III!

Ficou em silêncio por algum tempo, como se remoesse a raiva. Até que seu rosto se suavizou um pouco, e ele disse:

– Portanto, não me chame mais de sr. MacCormack. Me chame de Mac, que está muito bom.

Mendes balançou a cabeça, divertido, pigarreou e disse:

– Então, vamos lá. Você serviu no exército, Mac?

Purvis abriu um largo sorriso e disse com orgulho:

– Sim, no Quinto Regimento dos Marines... – E acrescentou com a voz cheia, como se sentisse o maior orgulho: – Não sei se você sabe, Al, mas o Quinto Regimento é um regimento da infantaria da marinha dos Estados Unidos, cuja base fica em Camp Pendleton, Califórnia. Dos regimentos da marinha, é o mais condecorado de todos!

Purvis ficou com os olhos longe, como se estivesse se recordando de algo, mas logo voltou a falar:

– Quando eu tinha dezessete anos, me alistei com um recrutador. O velho Purvis, que tinha enfiado na cabeça que eu devia me formar em direito, ficou louco da vida. Eu queria lá saber de leis! Queria era embarcar o mais depressa possível e ir para o Vietnã dar cabo daqueles comunistas! Era em mil novecentos e sessenta e cinco, quando nosso país enviou mais tropas para ajudar a sustentar aquele governo de frouxos do sul do país. Fui então para San Diego e fiz meu treinamento inicial de doze meses com especial afinco, sendo o primeiro em tudo que se exigia: testes de resistência, disciplina e trabalho em equipe, uso de baioneta, treinamento púgil...

– Treinamento púgil? – interrompeu Mendes. – O que é isso?

– É um treinamento especial com um bastão acolchoado, conhecido por púgil, que imita um rifle. É pesado, você dá e leva pancadas de tudo quanto é lado... Também me destaquei nas artes marciais, no rapel, nas simulações de combate, no uso do fuzil e demais armas de fogo. Até que chegou o dia da minha formatura, quando recebi o emblema dos fuzileiros navais – a águia, o globo e a âncora!

Purvis continuou a contar que partiu então para o Vietnã. Servindo no Primeiro Batalhão, Alpha Company, integrou-se num pelotão de dezoito soldados, comandados por um sargento de triste memória.

– Um idiota! Um homem sem fibra! Esse era o sargento Wilcox. Um cagão! – disse com raiva e rangendo os dentes.

– Bebeu mais um gole de uísque. Apontando para duas fotografias da parede, e disse:

– Quer me fazer o favor de trazer aquelas ali, Al?

Mendes foi até a parede, apanhou as fotos e as levou para Purvis. Uma era colorida e mostrava um pelotão de jovens recrutas, vestidos em uniforme de gala, posando muito sérios. Na parte de baixo da foto, havia duas insígnias. Uma era do Quinto Regimento dos Marines – cinco cavalos-marinhos, encimados por uma águia sobre um globo perfurado por uma âncora e a legenda "FIFTH MARINES". A outra, do Primeiro Batalhão, constava de uma cabeça de índio sobre dois sabres cruzados. Mais abaixo, havia um grande número 1 e a legenda "MAKE PEACE OR DIE".

– Este foi talvez o dia mais feliz da minha vida, quando recebi o emblema da águia – disse Purvis, indicando um recruta alto, espadaúdo, no esplendor dos seus dezoito anos.

A outra foto mostrava um grupo de *marines*, em uniformes camuflados, armados com rifles, em plena selva do Vietnã, pisando os corpos de inimigos mortos. Mendes reconheceu Purvis, postado no lado esquerdo do pelotão. Só perdia em estatura para um negro gigante, que carregava uma metralhadora e que aparecia bem no centro da foto.

– Estes homens são o que sobrou para a batalha de Hué, uma das mais sangrentas do Vietnã. Antes disso, passamos três anos lutando em Rung Sat, Chu Lai, Phu Loc, sob o comando desse imbecil – e Purvis bateu o dedo com raiva na cara de um homem de aparência arrogante. – O sargento Wilcox, que aliava incompetência com crueldade. E olha que ele tinha em mãos o melhor pelotão do Primeiro Batalhão! Você pode ver aqui: este negrão alto é o Rock, este magricelo é o Snipes, este judeu narigudo, o Berstein, o gorducho ali é o Slim, o alemão do lado é o Müller...

Purvis respirou fundo e disse:

– Um pelotão de primeira! À exceção do sargento Wilcox, formado de homens de fibra. De dezoito membros, reduzido a alguns gatos pingados. E sabe quantos sobraram depois da batalha de Hué?

Mendes sacudiu a cabeça.

– Apenas eu e o negrão, o Rock. E eu me safei deste jeito, sem um braço, paralisado nas pernas. Um resto de homem! E isso tudo graças ao Rock, que me carregou nas costas, quando a explosão de uma mina me pegou de jeito...

– E o sargento Wilcox?

Purvis deu um sorriso malicioso e, como se temesse ser ouvido, disse baixinho:

– Dei cabo dele. O filho da puta agora deve estar queimando no inferno...

– Como "deu cabo dele"?

– Para falar mais claro, meti uma bala entre os olhos do imbecil – disse Purvis, fazendo um gesto com a mão, apontando o indicador, como se fosse uma arma.

– E isso não lhe trouxe problemas no exército? Não enfrentou nenhuma corte marcial?

Purvis começou a rir:

– Corte marcial? Só se ficassem sabendo disso. Como não souberam, o filho da puta foi considerado como baixa em combate. Voltou para casa, como herói, num caixão lacrado.

– Não tinha perigo de alguém do pelotão denunciar você?

– Perigo nenhum. O pessoal do pelotão me amava. Eu é que era o líder, não o merda do Wilcox. E se eu não tivesse atirado nele, depois da grande cagada que fez, ajudando a dizimar o pelotão, outro teria feito isso. O negrão, o Rock, vivia dizendo que ia enfiar a Bowie na pança dele. E olha que ele sabia como usar uma Bowie! Cansei de ver ele estripando os *gooks* com a faca.

– Mas o que aconteceu em Hué? – perguntou Mendes, bastante interessado.

Ele já tinha lido algumas coisas a respeito dessa famosa batalha. Mas, agora, para sua excitação, ia ouvir os acontecimentos do ponto de vista de quem participara ativamente deles. Era um pedaço de história viva!, refletiu.

– Você não quer pegar mais umas doses de bebida para nós? – disse Purvis. – Lembrar dessas coisas só serve para me aumentar a sede.

Mendes foi ao aparador e encheu os copos. Veio se sentar de novo em frente a Purvis, que bebeu um bom gole, respirou fundo e começou a contar.

– A batalha de Hué, como já lhe disse, foi uma das mais sangrentas e longas da guerra do Vietnã. Aconteceu em mil novecentos e sessenta e oito, durante o ataque das forças do exército do Vietnã do Norte e dos vietcongues, na chamada Ofensiva do Tet, o ano novo lunar vietnamita. Durou mais de um mês. Do nosso lado, havia três batalhões de *marines*, uns dois mil homens mais ou menos, ajudados por um bando de incompetentes e cagões do exército do Sul, comandados por um bunda-mole, o general Truong. A batalha era contra mais de dez mil homens do Norte e da FNL, que lutavam como leões, devo confessar.

Purvis fez outra pausa para beber e continuou.

– Hué, segundo os altos escalões, tinha uma importância estratégica muito grande. A Highway One, a única estrada razoável do país, que passava sobre o rio Huong e pela cidade, dividindo-a em duas áreas, servia de linha de suprimentos. Devido a isso, o comando norte-americano decidiu que a cidade devia ser bem fortificada e defendida, para conter a ofensiva dos comunistas. Mas aconteceu o contrário disso: como fosse a festa do Tet, os bundas-moles do Vietnã do Sul esperavam que os comunistas respeitassem a trégua do Ano-Novo. E foi aí que os filhos da puta se aproveitaram, transformando Hué num inferno, matando as sentinelas das fortificações, invadindo e dominando a cidade. Quando a confusão começou, o Primeiro Batalhão estava defendendo o aeroporto de Phu Bai, que começou a ser atacado por uma chuva de morteiros, já de madrugada. Tivemos que recuar até o rio Truoi e ficamos em posição defensiva. Você não imagina a sensação que se tem, quando aparece aquela gente do nada, mandando bala, granadas, morteiros, e os imbecis do Vietnã do Sul sem saber como reagir. E o pior, sem um comando decente. Se você não tem fibra, coragem, sucumbe.

Purvis respirou fundo e prosseguiu.

– Enquanto a luta continuava junto ao rio Truoi, alguns pelotões do Primeiro Batalhão foram mandados para Hué. A cidade era defendida pelas tropas sul-vietnamitas, sem que o comando americano tivesse uma informação clara do que acontecia nela. O nosso pelotão foi um dos poucos que ficaram por ali, sem bem saber o porquê. Até que o filho da puta do Wilcox teve mais uma de suas ideias de gênio estrategista. Contrariando as ordens do capitão Ryan, mandou que a gente atravessasse o rio e atacasse uma guarnição de *gooks*, que não parava de atirar morteiros e rajadas de metralhadora. No ato, percebi que era uma loucura. A gente, naquela altura, estava reduzida a uns quinze homens mais ou menos e não teria chance alguma. Seria suicídio. Foi o que eu lhe disse. O merda retrucou, me chamando de frouxo. Estive para acabar com ele ali, mas me segurei, porque tinha que pensar nos meus companheiros também. E assim, com a cara e a coragem, começamos a atravessar o rio. Só nisso os *gooks* abateram três dos nossos homens. Quando chegamos à outra margem, procuramos um lugar para nos abrigar. Enfiamos a cara na lama de um pântano, e aí a coisa pegou fogo de verdade. O Wilcox mandou aquele neguinho, o Snipes, silenciar uma bateria de metralhadoras com granadas. Rematada loucura! Não dava para ir, tentamos explicar isso para o obstuso do sargento. Mas ele, que se achava o rei da estratégia, disse que, se o Snipes conseguisse calar o ninho das metralhadoras, o pelotão podia cercar os *gooks*. E deu no que deu: o Snipes, que foi um dos homens mais bravos que conheci, não refugou. Correu contra os *gooks* de peito aberto, e uma rajada de metralhadora cortou ele no meio...

Purvis deu um sorriso irônico e perguntou:

– Você já viu um bando de marrecos numa lagoa, acuados por caçadores armados até os dentes?

Mendes assentiu com a cabeça.

– Pois foi como me senti naquele momento. Eram tiros e morteiros que vinham de tudo quanto é lado, a gente mal podendo se erguer da lama fedorenta pra atirar, e o imbecil gritando na minha orelha para a gente avançar. Para avançar, meu caro! Eu não estava com medo, nunca tive medo de nada. Só que não dava, era impossível. Além de a lama impedir qualquer movimento, os tiros não paravam de vir. E, depois, avançar para onde? Direto para o inferno. Foi o que eu disse a ele, apontando para o corpo do Snipes todo destroçado à frente. E sabe o que ele respondeu? Guardo na memória até hoje as palavras do corno! "Seu frouxo filho da puta! Se não tirar essa bunda do chão já, já, e avançar contra aquela bateria de metralhadora, te acerto uma bala nos cornos!" Não pensei duas vezes. Saquei minha Walther e fiz o que ele pretendia fazer comigo: enfiei uma bala entre os olhos do bosta. Os companheiros só não me aplaudiram porque estavam em meio ao fogo inimigo, que continuava a dizimar o pelotão. Até que o Rock gritou, apontando para uma trilha à nossa esquerda, que ia dar num maciço de árvores, onde talvez a gente pudesse se proteger melhor. Saímos daquele inferno rastejando, o negrão sempre à frente. Quando deu para ficar de pé, começamos a correr. E aí aconteceu a merda final. Um de meus companheiros pisou numa mina terrestre. Ouvi uma grande explosão, seguida de outras, e me vi atirado para o alto. Perdi de imediato os sentidos. Quando voltei a mim, percebi que meu braço esquerdo não existia mais. Tentei me levantar, e quem disse que as pernas obedeciam? Em volta de mim, era uma confusão só: muita fumaça, cheiro de pólvora, de cordite e carne chamuscada. Estava ainda meio zonzo, sentindo dor pelo corpo todo, quando alguém se debruçou sobre mim. Na hora não reconheci, porque metade da cara dele estava queimada, fumegando. "Mac...", ouvi de muito longe, os ouvidos ainda zunindo. "Mac..." Foi então que o reconheci. Era o Rock. "Vou tirar você daqui", ele disse. "E os outros?", gemi. "Não sobrou ninguém. Só você e eu", disse, enquanto me erguia e me punha em seus ombros. "Me deixa aqui, eu já era", eu disse, porque queria mesmo era morrer. "Cala a boca, seu porra. Eu vou tirar você daqui, ou não me chamo Rock!"

Mais uma vez Purvis se calou. Mendes reparou que suas feições estavam com uma expressão de profunda tristeza. Até que ele voltou a falar.

– Você já deve ter desconfiado de que sou o filho da puta de um racista, né? Nunca gostei de preto. A coisa vem lá de longe. Vou lhe contar uma coisa: minha família toda é do Alabama. Meu avô, meu velho, minha velha, meus tios – todos os MacCormack – pertenciam à KKK. Saíam uniformizados para fazer reuniões, onde defendiam a pureza e a superioridade da raça branca, ou para bater nos negros que saíssem da linha. Me lembro que tinha uma foto em casa em que eu, ainda criança, aparecia vestido com aquela ridícula saia branca e o capuz. Educado num meio assim, fui crescendo e tomando raiva dos pretos. Achava eles vagabundos, indolentes, que só prestavam para plantar e colher algodão, embriagar-se, roubar e tentar estuprar uma branca. Mas, quando fui para o Vietnã, comecei a mudar de ideia. Vi que alguns negros eram melhores soldados e companheiros que muitos brancos. O Snipes e o Rock, por exemplo, valiam bem mais que o bosta do Wilcox. Gente de coragem e lealdade a toda prova. O negrinho morreu, se atirando contra a trincheira dos *gooks*, a mando do porra do sargento, e o Rock... Ora, o Rock, com a cara destroçada, me levou nos ombros e me salvou. E isso tudo para quê? Para a gente levar uma sova dos vietcongues! No fim de tudo, ganhamos o Rock e eu a Medalha de Serviço no Vietnã, uma merda com duas estrelas de prata e duas de bronze e um pé na bunda. Voltei para os Estados Unidos todo estropiado, com uma mão na frente e outra, que não tinha, atrás. E teria apodrecido num asilo para aleijados, se a Audrey não tivesse enfiado na cabeça, mesmo antes de eu partir para a guerra, que queria casar comigo...

– Então, você já conhecia ela antes...?

– Sim, a gente se conhece desde a High School. – E Purvis acrescentou sem o menor pudor: – Comi o cabaço dela ainda no tempo da escola. Se você quer saber, nunca estive a fim da Audrey, ela sempre foi chata, um pé no saco. Só comi ela para ver se parava de me encher, porque, naquela época, eu tinha a garota que quisesse. Mas, quando voltei da guerra todo fodido, lá estava a dona me esperando no aeroporto, o rabo cheio de fogo, agitando uma bandeirinha e gritando feito louca: "Ai, chegou o *meu* herói!". O que eu podia fazer sem um braço e sem poder mover as pernas? Casei com a bruxa. Com isso, acabei dando um jeito na vida, se é que a vida tem jeito. O meu sogro era uma das grandes fortunas aqui de McAllen. Comi a chata, a insuportável da filha dele e, como compensação, ganhei de herança um montão de dinheiro.

Vendo que Mendes estava rindo, acabou dando uma gargalhada:

– Não tenho vergonha de dizer isso não. Herdei uma boa grana, fodendo uma mulher. Mas multipliquei a grana por dez, homem! Expandi os negócios do velho, que eram centrados só na agricultura, e ergui o império MacCormack, com as minhas empresas de exportação. Descobri uma vocação para negócios que nunca soube ter.

– E o que aconteceu com o Rock?

– Ah, o Rock! Foi morar lá para os lados da Geórgia, com a mulher e três filhos. Como o salário de um veterano mutilado é uma merda, todo mês, sem falta, mando um cheque com uma boa grana, para que ele não passe necessidade. Uma pequena compensação pelo muito que fez por mim. Como já lhe disse: não fosse o negrão, eu estaria apodrecendo na lama do Vietnã.

Purvis calou-se e ficou um longo tempo bebericando seu uísque.

– Essas lembranças mexem muito comigo... Você sabe, né? Os companheiros mortos estupidamente, as besteiras feitas por alguns comandantes, a guerra perdida. Se aquele maldito Nixon tivesse jogado uma bomba atômica, em vez de deixar o bunda-mole do Gerald Ford abandonar de vez o Vietnã... Não sei se você viu a retirada americana pela televisão. Uma bagunça só, uma vergonha. Um país de anões amarelos pôs de joelhos os Estados Unidos! E o pior é que tenho que reconhecer que aqueles *gooks* tinham colhões. Enfiados naquelas tocas, comendo só arroz, mal armados e derrotando a maior potência do planeta de todos os tempos... Mas chega, acho que falei demais sobre o Vietnã.

E mudando de assunto, ele perguntou *ex-abrupto*:

– Sei que você não serviu ao exército, Al, mas, pelo menos, sabe atirar?

– Acredito que sim...

Purvis olhou desconfiado para Mendes.

– Onde aprendeu a atirar?

– Quando prestei o serviço militar em minha cidade. E depois num clube de tiro.

– Mas você não tinha me dito que foi reprovado no exame físico para o exército?

Mendes explicou a diferença entre o serviço militar obrigatório e o exército propriamente dito. No Brasil – contou –, os jovens com dezoito anos deviam se apresentar a pequenas unidades das cidades do interior, conhecidas como tiro de guerra, onde serviam por um ano. Lá, aprendiam rudimentos da vida militar: os regulamentos, o uso de armas.

Purvis balançou a cabeça.

– Quer dizer que, quando você quis servir sua pátria, acharam que não podia, porque usava óculos. Mas mesmo assim o obrigaram a prestar serviço militar... Sinceramente, não consigo entender isso.

– É melhor não tentar entender... As coisas em meu país são meio confusas...

Purvis pegou os copos de ambos, acionou a cadeira e foi servir mais duas doses de bebida.

– Você me dizia que aprendeu a atirar, quando estava no serviço militar. Mas com que arma?

Mendes hesitou um pouco antes de responder, mas acabou dizendo:

– Era um fuzil FAL, 7.62 mm, acredito que produzido em mil novecentos e cinquenta e sete.

– FAL?! Quem, diabos, faz essa arma?

– É de origem belga.

– Bah! Belga... – Purvis rasgou o ar com a mão. – E no clube de tiro?

– Com um revólver .38, de seis tiros. – E, lembrando-se das saídas com Neidhart para caçar, acrescentou: – Mas também andei praticando com a Remington 11-87 de um amigo.

Purvis deu uma gargalhada.

– Armas de brinquedo, meu caro. E você ainda me diz que sabe atirar!

E riu tanto que engasgou. Só um outro gole de uísque é que fez com que recuperasse o fôlego.

– Então, faremos o seguinte: amanhã, vamos até uma propriedade que tenho aqui perto de McAllen treinar um pouco. Mas com armas de verdade! Aí, vou querer ver se você sabe mesmo atirar!

– Armas de verdade? – perguntou Mendes, curioso. – Que tipo de arma?

Purvis apontou-lhe um dedo e disse:

– Amanhã, você vai ter uma surpresa.

*****

Ramón contaria depois que os dois mexicanos haviam aparecido no Los Hermanos no meio da tarde. Baixotinhos, barrigudos, usavam ternos de cores berrantes, botas, chapéus de caubói e óculos escuros. Sentaram, pediram tequila e cerveja Corona. Reclamaram quando o dono do bar as trouxe sem o pedaço de limão na boca da garrafa. Depois, quiseram ver o cardápio. Um deles pediu *steak*, e o outro, *tacos*. Acharam as porções pequenas, querendo mais. Os gordos começaram a comer, metendo a mão na comida, cuspindo pedaços de carne e arrotando. Uns verdadeiros porcos, pensou Ramón.

– Você chama isso de *taco*? – perguntou um dos gordos, a certa altura, segurando o alimento na mão engordurada.

– Sim – disse Ramón, já irritado –, o que há de errado com esse *taco*?

O homem jogou o alimento sobre a mesa.

– Você precisa ir a Nuevo Laredo para conhecer o que é um *taco* de verdade.

Ramón fingiu que não tinha ouvido e continuou a lavar os copos.

– Ei, *hombre* – disse o gordo de bigode.

– Você está falando comigo? – perguntou Ramón, sem levantar a cabeça.

– Sim, com você – retrucou o mexicano, que palitava os dentes. – Você conhece um tal de señor MacCormack?

– MacCormack? – perguntou Ramón, embora soubesse muito bem de quem se tratava.

– Purvis Melvin MacCormack – disse o mexicano, lendo o nome todo do empresário num pedacinho de papel.

– Ah, o dono da MacCormack Foreign-Trade...

– Então, conhece ele?

– Não, não conheço.

– Mas sabe quem é o homem.

– Saber eu sei, mas não conheço.

– Sabe, pelo menos, onde ele mora?

Ramón sabia, mas já estava de birra com aqueles gordos.

– Não, não sei. – E engatilhou logo uma pergunta: – O que desejam com o *señor* MacCormack?

– *Business* – respondeu o gordo.

– É só você perguntar por aí que lhe darão o endereço do homem – disse Ramón de mau humor.

O mexicano ficou pensativo, piscando muito.

– Sim, é possível, mas a gente gostaria de saber se ele está na cidade e que lugar ele costuma frequentar.

– Isso eu não sei. Cuido do meu negócio e...

O mexicano fez um gesto de impaciência, interrompendo Ramón:

– Muito bem, Pancho, traz a conta.

– *Pancho es la concha de tu madre* – rosnou, baixinho, o dono do bar.

Quando Ramón apresentou a conta, um dos gordos reclamou da qualidade da comida.

– Os *tacos* ficam como cortesia – resmungou Ramón.

– *Cortesía de mierda*. Ainda se fosse pelas Coronas que não estavam nada geladas – disse o mexicano, rindo e mostrando dentes podres.

Ramón sentiu vontade de ir até o balcão e pegar o "*peacemaker*", como gostava de chamar seu taco de beisebol. Mas não queria encrenca, além de que eles eram dois e ele estava sozinho. Um dos mexicanos jogou displicentemente uma nota de cem dólares sobre a mesa. Ramón fez o troco. Quando os mexicanos saíram, um deles se virou e disse:

– Apareça um dia em Nuevo Laredo para ver o que é um taco de verdade.

– E o pior – comentaria Ramón alguns dias depois – é que os *hijos de puta* ainda me pagaram com uma nota falsa.

Depois de comer, os dois mexicanos saíram por McAllen, fazendo perguntas. O señor MacCormack costumava sair a que horas de casa, se ele tinha escritório no centro da cidade, que lugares costumava frequentar. Passaram pela loja de armas do Sam, compraram munição para um *shotgun* calibre 12 e também para um Smith & Wesson, .357, Magnum. Aproveitaram para perguntar onde seria o melhor lugar para caçar patos em McAllen.

– Vocês querem caçar patos com um Magnum? – perguntou Sam, que era um grande gozador. Como os homens parecessem não ter gostado muito da piada, deu a informação que desejavam: – Lake Guerrero é um dos lugares preferidos do pessoal aqui da cidade. Mas tem também a propriedade do sr. MacCormack...

– Sr. MacCormack? – os mexicanos se mostraram bastante interessados.

– Sim, o dono da MacCormack Foreign-Trade. A "Hacienda MacCormack" é de propriedade dele.

– E como se faz para chegar lá?

– Não é difícil – tornou Sam. – O problema é que é preciso ser muito amigo do homem para que ele deixe caçar em suas terras.

Pela primeira vez um dos homens sorriu. O bigodudo, que disse:

– *Somos muy amigos.*

– De onde conhecem o sr. MacCormack? – perguntou Sam.

– *De una maquiladora en Nuevo Laredo. Tenemos negocio con él.*

– Ah, *business* – tornou Sam, que conhecia um pouco de castelhano. – Muito bem, então, talvez, possam se encontrar com o sr . MacCormack em sua *hacienda*. Pelo que ouvi dizer, logo pela manhã, ele partiu para lá.

Depois que os mexicanos gordos deixaram a loja, muito prestativo, Sam saiu à rua, para dar as direções a eles. Sem agradecer, entraram numa Hilux preta e partiram.

*****

Melanie estava à beira do gramado, no jardim de sua casa, contemplando a grande fonte de mármore rosa, em forma de coração, que passara por uma pequena reforma. No centro do tanque, havia sido instalada a estátua de um Cupido nu, com uma aljava ao ombro e um arco na mão, atirando setas e urinando. Era a realização de um sonho da mãe, que, tendo visto em Florença uma coisa parecida, quisera reproduzi-la em casa. Havia, então, importado mármore de Carrara, para que seu escultor predileto, o Signore Malatesta, a esculpisse. O italiano, que a mãe costumava chamar de "gênio", já havia esculpido outras obras de arte sob encomenda. Entre elas, um Davi com o pênis coberto por uma concha, uma Vênus de Milo com braços e uma Vitória de Samotrácia com cabeça, que ela gostava de exibir a suas visitas. Melanie olhava, divertida, para a estátua. Onde a mãe estava com a cabeça para pôr aquilo no jardim?, refletiu. Achava o garoto fofinho, mas cafona. Quando seus amigos a visitavam, não deixavam de fazer comentários jocosos sobre a estátua. O pai, por sua vez, odiava o Cupido e só não punha abaixo "aquele moleque aviadado" porque a mãe faria um escândalo. Ao pensar no pai, Melanie deu as costas para a fonte e sentou-se na beira do gramado. Estava muito irritada naquela noite, porque o velho urso, contrariando sua promessa, não a deixara comprar o Mazda de seus sonhos.

– Que merda!

Só porque o carro era japonês!, pensou, irritada. E se um dia aparecesse com um namorado asiático? Um chinês, um coreano..., imaginou, com um sorriso divertido. O velho ia morrer do coração, e provavelmente lhe daria antes uma boa sova e a deserdaria. Lembrava-se de quando o irmão havia comunicado que ia estudar dança em San Francisco. O velho subira a serra, expulsara o filho de casa e só não havia batido nele porque vivia preso na cadeira de rodas.

A noite estava bem fria. Melanie estremeceu e vestiu um casaco com gola de pele que tinha a seu lado. Mais confortável, mas entediada como nunca, espreguiçou-se e deu um suspiro. Não tinha nada para fazer. Esticando o braço, pegou uma Budweiser a seus pés e a levou aos lábios. A última das quatro que já vinha bebendo. Dando um último gole, amassou a latinha e a jogou no gramado. Queria beber mais para recuperar o ânimo. Mas não queria cerveja de latinha, queria tomar cerveja de pressão. Para isso, refletiu, teria que sair. Como não queria beber sozinha, havia telefonado para dois ou três amigos. Em vão: todo mundo parecia que tinha sumido. Melanie pegou no bolso da blusa um pacotinho com maconha e, no bolso da calça, papel de seda. Com muito capricho, começou a enrolar um baseado. Acendeu o cigarro, deu uma tragada funda e, quando o fumo encheu os pulmões, começou a se sentir melhor. Deu outra tragada.

– Que porra de fumo bom! – murmurou, espreguiçando-se como uma gata e deixando-se cair de costas no gramado.

Olhou para o céu claro, estrelado. O que ia fazer em casa? Se ficasse, a mãe viria contar as fofocas que ouvira no cabeleireiro ou convidá-la para ver novelas mexicanas. Nada que entusiasmasse, muito pelo contrário. Tinha vontade de fazer uma coisa diferente. Mas não conseguia imaginar o quê.

– Que cu do mundo, meu Deus!

Mas por que não saía de McAllen? Nem bem sabia o que a mantinha amarrada naquela cidade provinciana, onde todos conheciam a vida de todo mundo. Era um tédio só. Sair de carro com os amigos, passar a toda velocidade em frente à viatura do idiota do Chief Kilbourne, beber até cair, fumar, cheirar... Mas isso também cansava. Nem para atrás das grades podia ir, quando aprontava mais uma, pois o *chief* se cagava de medo do velho urso. Levou de novo o pacau de maconha aos lábios. Quando ia tragar, ouviu um ruído de passos. Ergueu o torso. Viu que Reynoso descia a escada, seguido por um homem que reconheceu como a visita do pai. Apagou o cigarro, enfiando o toco no bolso, levantou-se e o fitou, curiosa. Era um homem alto, de ombros largos e usava óculos de grau. Que negócios o pai teria com um sujeito como aquele, a ponto de ficarem horas conversando?, pensou. Não tinha jeito de homem de negócios. Aproximou-se dele, que já ia entrar no Cadillac, estacionado ao pé da escada.

– Ei – chamou.

Mendes virou-se.

– Sim?

– Você ficou um bom tempo com o velho, não é?

Antes que Mendes dissesse alguma coisa, ela continuou:

– Difícil acontecer isso. Ele não se dá com ninguém. O que foi que conversaram? – E completou com ironia: – Alguma coisa de guerra?

– Mais ou menos.

Ela o mediu de alto a baixo e, estendendo a mão, se apresentou:

– Melanie. Melanie MacCormak.

– Mendes. Alberto Mendes.

– Hummm. Você é mexicano? – E acrescentou: – Estranho vocês conversarem por tanto tempo... O velho não gosta de mexicanos.

Só de mexicanas..., ele pensou, mas não disse.

– Não, não sou mexicano.

– Da onde que você é?

Mendes pensou um pouco e acabou fazendo um gesto vago e dizendo:

– Beeeeem abaixo do rio Grande.

Ela caiu na risada. Mendes voltou a examiná-la. A garota não usava sutiã, e ele podia vislumbrar nacos dos peitos em meio à blusa xadrez mal abotoada. Reparou também que seus lábios eram carnudos, e que seus dentes, muito brancos, brilhavam como porcelana. Uma potranca boa para se montar, pensou, divertido.

– Essa é boa. – Melanie refletiu um pouco. – Você quer dizer, aquele negócio da Bolívia, Peru...

Mendes apontou o dedo para ela e disse:

– Você quase acertou.

Ela o fitou de um modo inquisitivo e perguntou:

– Você sabe de um lugar aqui em McAllen ou nos arredores onde se pode beber uma boa cerveja de pressão, dançar...?

Melanie conhecia a grande maioria dos bares em McAllen. Mas quem sabe aquele sujeito não conhecia algum boteco diferente? Afinal, ele não tinha nada a ver com as pessoas com quem ela costumava sair.

– Você conhece o Los Hermanos? – Mendes perguntou.

– Los Hermanos?! Não é um lugar para mexicano?

– Sim e não. O dono é mexicano, eu não sou e alguns de meus amigos também não.

– E o que que tem lá de especial? – perguntou, desconfiada.

Mendes deu de ombros.

– O que mais podia ter num bar? Drinques, cerveja, bilhar, música, garotas...

– Você não quer me levar até lá?

Mendes pensou no sucesso que a patricinha peituda, vestida de caubói, podia fazer na espelunca de Ramón.

– Por que não?

Ela se voltou para o mordomo, que esperava ao lado do Cadillac.

– Reynoso, vai pegar o meu carro.

Pouco depois, um reluzente Mustang amarelo estacionava em frente à escada.

– Você dirige – ela disse, sentando-se no banco do passageiro.

Tirando as botas, apoiou os pés sobre o console. Mendes entrou no carro. Pensou que seria meio complicado dirigir, tendo ao lado o espetáculo daquelas pernas esguias e daqueles peitos ameaçando fugir da blusa. Virou a chave e, quando pisou no acelerador, o motor roncou como um potro selvagem. Ao chegarem na rua, desceram um aclive, e pouco depois Mendes pegava a Downtown 19th Street. Como seguisse em baixa velocidade, ela protestou:

– Ei, você sempre anda assim devagar?

– Aqui, não se pode passar de trinta milhas – disse ele, apontando para uma placa de trânsito.

Ela começou a rir.

– As pessoas não podem, eu posso.

Saindo de sua posição confortável, ela se aproximou de Mendes e pressionou o pé direito dele com seu pé esquerdo, acelerando o carro. O motor roncou e atravessou a avenida quase deserta a uma velocidade de quase setenta milhas. Nem mesmo o farol vermelho a fez desistir da pressão. Mendes pisou fundo no freio e disse:

– Você é louca!

– E daí – ela desafiou. – Não tem ninguém na rua.

– E aquela viatura da polícia? – perguntou Mendes. – Era só eu atravessar o farol vermelho, e o policial vinha com tudo para cima de mim.

– Vinha nada. Os bundas-moles da polícia conhecem meu carro. E o gorducho do *chief* morre de medo do meu velho.

Chegaram ao Los Hermanos. Na fachada, havia um luminoso vermelho de neon, com dois mexicanos, usando sombreiros, e uma garota de pernas nuas dançando. Entraram no salão esfumaçado. Puxando Melanie pela mão, Mendes a levou até sua mesa favorita. Sentaram-se. Havia o público de costume: homens tomando cerveja ou perdendo dinheiro na mesa de sinuca para DC e algumas garotas rebolando diante do jukebox, ao som de uma balada country. A entrada da garota, vestindo seu curtíssimo short, fez com que vários pares de olhos se voltassem para ela.

– *Bienvenido, señor Mendes!* – era Ramón que, como sempre, vinha atendê-lo à mesa, já com uma dose dupla de *scotch*.

– O que você toma? – Mendes perguntou a Melanie.

– Que cerveja de pressão você tem aí? – ela perguntou para Ramón.

– Heineken, Coors, Budd e Two Eagles.

– Vê uma Two Eagles para mim. – Ela passeou os olhos pelo salão e exclamou: – *Cool!* E eu não sabia que tinha um lugar como esse em McAllen!

Deve estar chapada, pensou Mendes. Achar a espelunca do Los Hermanos um lugar especial era demais. Mas havia gosto para tudo... Bebeu um gole de *scotch*. Pouco depois, DC, que acabava de limpar mais um otário, se aproximou da mesa e disse, apertando a mão de Mendes:

– Aí, meu irmão? Por onde tem andado?

– Por aí.

Reparando em Melanie, que o fitava, curiosa, perguntou:

– E quem é esta doçura?

– Melanie – disse Mendes, apresentando-a.

DC sentou-se entre os dois.

– Não é muito comum aparecer uma coisinha dessas por aqui...

Melanie começou a rir, sacudindo os peitos dentro da blusa.

– E as meninas dançando? – ela apontou para as garotas no fundo do salão.

DC fez um gesto com a mão:

– Bah! Umas barangas. Não têm classe como você.

Após muitas rodadas de cerveja, DC perguntou a Mendes se podia dançar com Melanie.

– *Help yourself* – disse Mendes com um sorriso e abrindo a mão, como se lhe desse passagem.

E ele, que não gostava de dançar, ficou sossegado bebendo seu *scotch*. A garota era mesmo da pá virada, pensou, ao ver como rebolava, grudada ao corpo de DC. Quando ficava de costas, esfregava o rabo na virilha de seu par. Que família! Pouco depois, voltaram. Toda suada, ela pediu mais uma caneca de cerveja. Ajeitou os longos cabelos e exclamou:

– Da hora!

Mendes sentiu um pouco de cansaço. Na verdade, não tinha se programado para vir ao Los Hermanos. Ainda mais depois de todo o *scotch* que havia bebido durante a longa conversa com Purvis. Preferia ir dormir, mas como recusar o convite da garota? Podia ter dito um não, mas a visão daquelas coxas, daqueles peitos...

Melanie continuava entretida numa longa conversa, cheia de risadas, com DC. Até que, em determinado momento, disse:

– O DC disse que tem um fumo legal no carro dele. Não quer vir com a gente para dar um tapa?

– Não, obrigado.

– Como é, não gosta de um fumo?

– Não, não gosto.

– Poxa, que homem mais careta... – e saiu, apoiando-se no ombro de DC.

Voltaram uma meia hora depois. Os dois estavam doidões, rindo, dançando e esvaziando mais e mais canecas de cerveja. Só foram deixar o boteco quando Ramón avisou que ia fechar.

– Você me leva para casa...? – Melanie disse com a voz mole, abraçando-se a Mendes.

Entraram no carro. Mendes seguia bem devagar. Ao passarem junto a um pequeno bosque, ela, que parecia adormecida, levantou a cabeça e disse:

– Você não quer transar comigo?

Antes que ele respondesse, acrescentou:

– Não gosto de terminar a noite assim. Sempre preciso de uma boa transa antes de dormir.

– Por mim... – disse Mendes, dando de ombros, diminuindo ainda mais a velocidade.

– Então, enfia o carro aí no meio dessas árvores.

E ele que estava pensando em levá-la para sua casa... Quando parou o carro, a uma distância prudente da estrada, reparou que ela já estava nua e começava a subir nele.

– Ai, me abraça forte, me beija.

E, ao abrigo dos grandes plátanos, ele a possuiu uma, duas vezes. Depois disso, ela caiu adormecida. Mendes teve então que vesti-la. Dirigiu até a mansão dos MacCormack e, chegando diante do portão, acionou o comando para abri-lo. Deslizou pelo caminho cascalhado até a escadaria. E agora?, hesitou. Não podia deixar a garota ali ao relento. Subiu os degraus e foi bater um grande sino, à porta. Como não obtivesse resposta, bateu mais forte. Pouco depois, Reynoso vinha atendê-lo, estremunhando de sono:

– Señor Mendes! – exclamou, assustado.

– Vim trazer a srta. Melanie – disse, apontando para o Mustang estacionado.

Reynoso balançou a cabeça, como se desse a entender que aquilo era a coisa mais normal do mundo.

– Vou chamar Conchita para me ajudar. E quanto ao senhor, veio sem carro, não é? Quer que, depois, eu o leve para casa?

– Não, não precisa, basta me chamar um táxi...

E, assim, às três e catorze da manhã, depois de tantos *scotche*s tomados e uma intensa seção de sexo, Mendes, afinal, foi dormir.

*****

No domingo pela manhã, Mendes começou por tomar uma ducha gelada para curar a ressaca. Depois, bebeu uma grande xícara de café expresso, acompanhada de aspirinas. Comeu duas fatias de torrada com manteiga e um ovo quente. De maneira que já se sentia muito bem disposto quando o interfone tocou. Era o chofer de Purvis. Mendes estava excitado. Afinal, pela primeira vez na vida, ia atirar com uma arma especial. Quando chegou na rua, o chofer lhe abriu a porta do Ford Explorer. Mendes foi se sentar ao lado de Purvis, que estava na cadeira de rodas, adaptada ao banco traseiro do carro. Cumprimentaram-se, e o homem disse, parecendo bem-humorado:

– Então, o caçador de passarinho vai mostrar sua habilidade?

Pouco depois, deixavam a cidade e seguiam pela US 83. Ao longo da pista, viam-se os campos ondulados, com plantações de feno, alternadas com as de milho. Fazia um dia esplêndido, de muito sol, com poucas nuvens no céu. Como era domingo, havia pouco trânsito na rodovia. Andaram mais alguns quilômetros, tomaram uma estrada vicinal e chegaram a um portão, acima do qual havia um grande par de chifres e uma placa onde se lia "Hacienda MacCormack". Entraram na propriedade e, seguindo por uma estradinha coberta de cascalho, chegaram num campo gramado, que terminava num maciço de árvores ao longe. O carro parou, o chofer veio abrir a porta do patrão e acionou um mecanismo que trouxe a cadeira de rodas ao chão.

– Os fuzis, Javier – disse Purvis.

O chofer abriu o porta-malas, pegou um estojo, que lhe entregou. Em seguida, pegou outro e deu para Mendes, que o abriu.

– Pode me dizer que arma é esta? – Purvis perguntou.

Mendes pôs os olhos no fuzil e disse sem hesitar, como se fosse uma lição decorada:

– É um M16-A1 de 5,56 mm, semiautomático e, se não me engano, seus carregadores comportam trinta cartuchos.

Purvis bateu palmas:

– Muito bem! – E completou baixinho, com uma ponta de ironia: – Pelo menos, sabe reconhecer um fuzil...

Abriu seu próprio estojo, acariciou a arma e disse:

– O M-16 foi o fuzil que usamos no Vietnã. Abati um monte daqueles malditos *gooks* com este aqui. Agora, vamos ver se você sabe como usar o que tem em mãos.

Mendes retirou a arma do estojo. Examinou-a com bastante atenção. Percebeu que era leve, pesando uns três quilos mais ou menos. Apoiou-a no ombro e olhou pela mira. Retirou o carregador e disse:

– A munição?

– Javier, os cartuchos – ordenou Purvis.

O chofer voltou ao porta-malas, pegou uma caixa de cartuchos e entregou-a ao patrão. Purvis rasgou o lacre e ofereceu a caixa aberta a Mendes:

– *Help yourself.*

Mendes pegou dez cartuchos e os inseriu no magazine, que acoplou ao fuzil.

– Você está vendo o alvo lá adiante? – disse Purvis, apontando para algo com a semelhança de um homem, cheio de marcas de tiros, preso ao tronco de uma árvore. – Está a uns duzentos metros mais ou menos daqui. Se quiser começar...

– *After you, sir* – disse Mendes com humor.

– *After me*..., hummmm – resmungou Purvis.

Mirando com cuidado, atirou, acertando na lateral do alvo, que estremeceu sob o impacto da bala. Mendes deitou-se sobre a relva e, após apoiar a arma no ombro, pôs o olho na mira. Premindo de leve o gatilho, disparou e acertou o boneco, no local onde se situaria um dos pulmões.

– Sorte de principiante – resmungou Purvis.

Atirou de novo e errou. Foi a vez de Mendes: demorou-se na mira, e o tiro saiu perfeito, quase no coração.

– Javier! O meu uísque! – bradou Purvis.

Tomou um bom gole da garrafinha metálica. Como que inspirado pela bebida, teve melhor sorte desta vez, acertando uma das pernas do alvo. E assim foram se alternando. À medida que Mendes ia se familiarizando com o fuzil, mais sua pontaria melhorava. A ponto de ter acertado uma bala na cabeça do boneco.

– Conta uma coisa para mim – disse Purvis, desconfiado. – É verdade mesmo que você nunca tinha usado um fuzil desses antes?

– Nunca. Como lhe disse, apenas atirei com um velho fuzil FAL e...

– Não está mal... – cortou Purvis, parecendo resignado. – Ainda mais para um paisano.

Como já estava chegando a hora do almoço, resolveram voltar. O chofer guardou os estojos no porta-malas. Partiram, o carro deixou o campo de treinamento e, mais adiante, a "Hacienda MacCormack". Pouco depois, seguiam pela US 83, retornando à cidade. Em determinado momento, começaram a ser ultrapassados por uma caminhonete Hilux preta, que vinha em alta velocidade. Quando os dois veículos emparelharam, Javier, sem nenhum motivo aparente, pisou fundo no breque e, em seguida, acelerou o carro ao máximo. Os passageiros, apesar dos cintos de segurança, foram atirados com violência contra o banco da frente. Antes que se recuperasse do susto, Mendes ouviu um forte estampido, seguido de um berro de agonia. Uma golfada de sangue e pedaços de ossos e miolos lhes acertou a cara. Desgovernado, o Ford virou para a direita e arrebentou a cerca que margeava a rodovia. Deslizando por um declive gramado, patinando no mato rasteiro e corcoveando sobre montículos de terra, o carro andou mais alguns poucos metros e foi se chocar de leve com uma árvore.

– Que porra é essa?! – Purvis berrou.

Mais que depressa, Mendes tirou o cinto de segurança, limpou a cara, inclinou-se sobre o banco dianteiro e examinou o chofer. Estava caído para a frente, o que restava da cabeça – ossos esfarelados, cabelos, grumos de sangue e pedaços de carne chamuscada – enfiado no volante. Alguém deve ter atirado com um *shotgun*, para fazer este estrago, pensou. Mas quem? Não importava – o que precisava agora era tomar uma decisão rápida. Saiu do carro, correu até o porta-malas. Pegou um dos estojos de rifle e alguns cartuchos na caixa de munição.

– Al, o que vai fazer? – perguntou Purvis, voltando-se para trás com dificuldade.

Devido ao impacto, a cadeira de rodas ficara presa contra o banco do motorista, e ele mal conseguia se mover.

– Um instante, que vou ver o que aconteceu.

Foi então que Mendes viu dois homens gordos, descendo o aclive. Reparou que um deles estava com o *shotgun* e o outro com um revólver. Mais que depressa, se enfiou embaixo da SUV e pôs três cartuchos no carregador.

– Al! – gritou Purvis.

– Silêncio, Mac! – retrucou Mendes, impaciente.

Os bandidos vieram se aproximando bem devagar. Apontando o fuzil para o do *shotgun*, que seguia mais atrás, Mendes atirou, acertando-o no peito. Com o impacto da bala, o homem deu um grito, torcendo o corpo e abrindo bem os braços. Em sua agonia, a arma disparou para cima com estrondo. O outro homem, desorientado, começou a atirar a esmo com o revólver. Mendes mirou com cuidado e atirou, acertando-lhe o braço de raspão. O bandido deixou cair a arma. Assustado, tentou voltar para a rodovia. Mas escorregou e caiu de barriga no chão. Mendes tornou a mirar e o acertou na coxa, perto da bunda.

– E aí? – tornou a berrar Purvis. – Pegou o filho da puta?

Sem responder, Mendes correu ao encontro do ferido, que gemia, esticando o braço e tentando pegar o revólver. Antes que o homem alcançasse a arma, Mendes deu com a coronha do fuzil na cabeça dele. Inclinando-se, pôs-se a revistá-los. Eram mexicanos, como já tinha desconfiado. Mas por que haviam emboscado Purvis? Saber disso ficaria para depois, refletiu. Recolheu as armas, voltou até o Ford e deu com Purvis falando ao celular:

– Kilbourne! Tira essa bunda gorda da cadeira e vem logo para cá! Onde? Porra, homem! Na rodovia perto da *Hacienda*! E traz com você um rabecão. O quê? Mas é claro que tem cadáver. Um lote deles.

Mendes enfiou as armas no porta-malas. Depois, foi ajudar a desentalar a cadeira de rodas de Purvis, colocando-a no lugar. O empresário respirou fundo e perguntou, ansioso:

– Então, pegou os homens?

– Matei um e deixei o outro ferido.

– Por que não liquidou o filho da puta também?

– Talvez ele diga quem mandou fazer a emboscada.

– Já sei quem mandou. Você devia ter matado o filho da puta. – Parecendo se lembrar de alguma coisa, Purvis perguntou: – E Javier...?

– Está morto.

Purvis balançou a cabeça e disse, penalizado:

– Pobre Javier. Não fosse ele...

Não fosse mesmo Javier – pensou Mendes –, o tiro teria acertado em cheio a cabeça de Purvis. Imaginou que o chofer havia percebido o cano do *shotgun* saindo pela janela da Hilux. Excelente motorista, tivera o expediente de brecar e, em seguida, acelerar o Ford. Com essa manobra espetacular, salvara o patrão, mas ao custo da própria vida.

Ouviram a sirene de um carro de polícia que parou no acostamento da rodovia. De dentro dele, saíram um homem bem gordo e outro magro. Ambos usavam uniforme cáqui, chapéus e botas de caubói, gravatas de cordão, óculos *ray-ban*. O gordo demorou um tempo enorme para se abaixar e examinar o primeiro morto. Vendo o estrago, deu um assobio. Começou a descer o aclive, e, como o magro o seguia de muito perto, os dois tropeçaram um no outro e vieram rolando, dando de cara no segundo morto. Levantaram-se com dificuldade. Mendes não pôde deixar de rir dos policiais. Purvis, ao contrário, fechou a cara e disse, azedo:

– Stan Laurel e Oliver Hardy... Nunca vi dupla mais atrapalhada.

Depois que cumpriram as formalidades de praxe, o Chief Kilbourne os liberou. Não sem antes ouvir uma série de descomposturas de Purvis. O delegado, de chapéu na mão, suando muito, dizia:

– Sim, senhor... Compreendo... Sei que a gente se descuidou, deixando esses bandidos por aí...

– Então, mexa logo esse traseiro gordo e trata de tirar esse lixo daí!

– Eu queria saber se o seu amigo podia ir com a gente – tornou o homem, daquele jeito obsequioso, apontando para Mendes. – Sei que foi legítima defesa, mas...

– O quê?! Está louco, Kilbourne?! Deixa ele em paz! Vai fazer o que lhe mandei e desapareça de minha vista.

Depois de dar a descompostura no *chief*. Purvis começou a berrar no celular:

– Reynoso! Preciso de você agora. Me traz o Cadillac... O Javier? O Javier não pode. O Javier nunca mais vai dirigir um carro. Por quê? Chega de pergunta, *hombre*! O que tenho a ver com as suas obrigações com a Audrey?! E venha logo, cacete!

Vendo a explosão de Purvis, o *chief* começou se mover o mais rápido que podia nos seus cem quilos. Ajudado pelo companheiro, levantou e algemou o bandido ferido e o levou até seu carro. Enquanto isso, os mortos eram colocados no rabecão.

Voltaram para casa no Cadillac guiado por Reynoso. Como a cadeira de rodas não era adaptada para esse carro, Purvis foi sentado ao lado de Mendes, preso apenas pelo cinto de segurança. Em determinado momento, pôs a mão no ombro dele e disse com uma voz carregada de emoção:

– Filho, você se saiu muitíssimo melhor do que a encomenda! Parabéns!

*****

O Chief Kilbourne saiu muito irritado da cena do crime. Seu parceiro, O'Hara procurou puxar conversa. Mas, ao perceber que o *chief* estava de cara amarrada, continuou a dirigir em silêncio. O aborrecimento do *chief* se devia menos à descompostura que havia levado de Purvis do que à ação dos bandidos. Filhos da puta de mexicanos!, pensava com raiva. Por que não ficavam naquela terra de merda, cheia de cactos, em vez de vir perturbar em McAllen? E o pior de tudo é que ele não havia percebido nada. Podia ter evitado o acidente, se houvesse desconfiado de que os mexicanos eram assassinos à cata do sr. MacCormack. Bem que O'Hara o havia alertado da presença daqueles estranhos em McAllen. Seu parceiro informara que, correndo a cidade na Hilux preta, tinham feito perguntas aqui e ali sobre o sr. MacCormack. E ele havia desprezado as suspeitas de O'Hara, considerando que a coisa mais comum eram homens de negócios mexicanos procurarem pelo empresário.

– Mas os mexicanos que chegaram aí não têm jeito de homens de negócio – teimara O'Hara. Gordos que nem pipas, usando chapéu e óculos *ray-ban*, pareciam mais aqueles traficantes da fronteira.

– Porra! Mexicano é tudo do mesmo jeito. Se eu telefonar para o sr. MacCormack e falar que tem dois mexicanos perguntando por ele, o homem come o meu fígado! – rebatera com raiva.

Mas devia ter se preocupado com isso, pensou. Podia, pelo menos, ter abordado os mexicanos e dado um aperto neles. Só que, depois, considerou que, se fosse abordar toda gente que chegava a McAllen, não teria outra coisa a fazer. E, para seu pesar, ainda tinha que dar razão a O'Hara. Mas nunca que ia lhe confessar isso. Começou a suar frio. O sr. MacCormack estava mesmo uma fera.

É bem verdade que Kilbourne já tinha se acostumado com as broncas que Purvis lhe dava. Fazia parte do jogo, refletia. Afinal, não fosse o empresário, ele não seria *chief* em McAllen. Mas quantas cobras tinha que engolir. A maluca da filha dele vivia drogada. Quantas e quantas vezes não a levava de viatura para casa, depois de encontrá-la chapada? Sem contar que ela não perdia ocasião para desacatá-lo. Corria acima do limite de velocidade, atravessava faróis fechados, fumava maconha na praça à vista de todos. Para seu horror, chegara mesmo a flagrá-la tomando banho, nua em pelo, no espelho d'água do Centro de Convenções de McAllen. Fosse filha de outra pessoa, a coisa seria diferente.

Mas também não podia tocar nos amigos dela, que a garota ficava possessa. A ponto de, um dia, ir até o distrito e obrigá-lo a tirar da cela um amigo, preso por tráfico de drogas.

– Mas, srta. MacCormack... Como é que eu fico? Ele foi preso em flagrante com vários pacotes de maconha!

– Não sei como você fica. O que eu sei é que você vai tirar o Johnny desta cela já, já.

E adiantava se queixar para o senhor Purvis? Ai, se ousasse telefonar para ele, tentando contar uma coisa dessas! Só era ouvido pela senhora MacCormack. Sorriu, ao pensar nela. Uma senhora distinta, uma lady. De vez em quando, ela até o procurava para conversar. Queixava-se da ingratidão e da rudeza do marido:

– O Purvis não me ouve. Vive trancado naquela sala, não me acompanha em nada.

Ah, se houvesse tido a sorte de casar com uma dama como ela... Mas não. A sua mulher, tão ou mais gorda que ele, vivia diante da tevê, comendo nachos. Não gostava de tomar banho, fedia e vestia-se mal. Enquanto a senhora MacCormack era uma estampa e cheirava bem até de longe.

– Mexicanos de merda! – rosnou.

O'Hara voltou-se para ele:

– O que disse, *chief*?

– Mexicanos de merda! – tornou a dizer com raiva. – Pois então eles pensam que podem vir na minha cidade e tocaiar o sr. MacCormack?!

Começou a pensar no que ia fazer com aquele filho da puta ferido na bunda. Logo depois que deixasse o hospital, lhe daria um aperto e faria com que contasse quem eram os mandantes. Com certeza, ia ganhar uns pontos com Mr. MacCormack. Sabia como tratar gente desse tipo. Ainda mais mexicanos, que não tinham o que fazer acima do rio Grande. Estava tudo em paz, tudo tranquilo, antes que viessem aprontar em McAllen. É bem verdade que continuava com os problemas de sempre. E os problemas eram as arruaças de Melanie e sua turma. Mas isso fazia parte do jogo. Ignorar o desrespeito aos limites de velocidade, o tráfico e consumo de drogas, as bebedeiras que terminavam em quebra-quebra nos botecos, era parte do seu ofício como delegado. A sua cruz, considerava, aflito. Sabia muito bem que, se fosse um *chief* linha-dura, com um estalar de dedos, seria alijado do cargo. Mas essa tácita lei só valia para Melanie e sua turma.

Quando ela havia rompido com o Burt, não lhe havia dado carta branca para que o prendesse por consumo de drogas? Ainda mais porque o rapaz, com ciúme, tivera a ousadia de dar umas bofetadas na moça. Como os pais do jovem não davam a mínima para o filho, prendera-o. Com muita satisfação, aplicou-lhe um bom corretivo. Melanie, ao saber da história, pareceu gostar de sua atuação. Talvez até o tratasse melhor daí por diante, pensou na época. Engano seu. Dias depois, O'Hara, todo ressabiado, viera lhe contar de mais uma má-criação da moça. Ao lhe chamar a atenção por ter estacionado em local proibido, ela rebatera:

– Você, seu fuinha, e o capado do seu chefe não têm mais o que fazer? Eu paro onde quiser, porra!

– Malditos mexicanos!

O'Hara sorriu, contrafeito. Se o *chief* estava com raiva dos mexicanos, não ia descontar nele. Sobretudo por tê-lo derrubado quando desciam o aclive para atender à ocorrência. Levara quando muito uns coices e uns xingamentos. Mas agora, o *chief*, com certeza iria descontar no mexicano ferido na bunda. Por isso, comentou:

– Isso mesmo, *chief*! Malditos mexicanos! O que vamos fazer com o cara?

– Vou arrancar os bagos do filho da puta! Onde já se viu, aparecer na minha cidade e tentar matar o sr. MacCormack?!

– Ainda bem que o amigo dele...

O'Hara não concluiu a fala, porque Kilbourne o interrompeu e disse, furioso:

– Que que tem o amigo dele, porra?! Se eu estivesse lá, fazia a mesma coisa.

Mas ele não estava lá, pensou Kilbourne. E mesmo se estivesse, será que teria capacidade de liquidar aqueles homens? Só de pensar em ter que enfrentar dois bandidos armados até os dentes, estremeceu. Incomodado, desviou o pensamento para Mendes. Conhecia-o de vista, sabia que era professor da High School. Também sabia, de ouvir falar, que ele andara saindo com a gostosa da mulher do Harold Curtiss. Mas de que atirasse daquele jeito, nem desconfiava. E nem ao menos pudera chamá-lo para prestar depoimento, concluiu, com desgosto. Nem tinha o direito de cumprir as funções como delegado... Era foda ter que depender do sr. MacCormack. Mais um motivo para que descontasse toda sua frustração no mexicano.

*****

Almoçaram na sala reservada de Purvis, tendo à frente suculentos bifes, acompanhados de *frijoles* e *tacos*, que Conchita havia preparado. Para beber, tomavam uma cerveja East India Pale Ale. Iam começar a comer, quando a porta se abriu com um estrondo, e Audrey entrou toda esbaforida, os olhos cheios de lágrimas.

– Purvis! Meu querido! Encontrei com o Chief Kilbourne, e ele me contou tudo o que aconteceu! Tiveram a coragem de atirar em você!

Purvis ouviu a mulher com a cara fechada. Parecendo não se dar conta disso, ela correu a seu encontro e, inclinando-se, o abraçou e cobriu de beijos.

– Eles te machucaram, *honey*? Anda, diga para mim!

– Como você pode ver, estou vivo. Mais vivo do que o Javier – disse Purvis com mau humor, tentando empurrá-la.

Voltando-se para Mendes, ela disse:

– Ah, também preciso agradecer por tudo o que você fez pelo meu Purvis – e como se tivesse esquecido que, uns dias antes, o insultara e mesmo o ameaçara de prisão, foi até ele e lhe deu um beijo estalado na bochecha. – Ainda bem que nosso herói estava lá para salvar você, não é mesmo, querido?

– Sim... Sim... – disse Purvis, sem esconder o mau humor, abanando a mão e enxotando-a –, agora, deixa a gente em paz e vai cuidar de suas coisas.

Audrey saiu, estabanada como sempre.

– Bruxa maldita! – exclamou Purvis. E, olhando de um modo divertido para Mendes, disparou a rir. – Talvez fosse bom você limpar esse batom da cara...

Começaram a comer. Como sempre, Purvis se aproveitou para dar uma palmada no traseiro de Conchita que reagiu, esbravejando:

– Señor MacCormack!

Sentaram-se nos sofás. Só aí, Purvis se mostrou disposto a falar sobre o atentado da manhã.

– Você deve estar curioso para saber por que queriam me matar, não é?

– Sim – disse Mendes meneando a cabeça.

Purvis refletiu um pouco, tomou um gole de café e perguntou:

– Já ouviu falar nos Zetas?

– O cartel de drogas do México?

– Sim, o cartel de drogas. Hoje, constitui o bando de traficantes mais poderoso do México, com infiltrações até em nosso país... Esse grupo foi fundado por desertores do Grupo Aeromóvil de Fuerzas Especiales, que pertencia à elite do exército mexicano. Depois, os Zetas se juntaram com membros dos Kabile, força especial do exército da Guatemala. Com essa aliança, restringiram o poder do cartel de Sinaloa, que perdeu grande parte do seu território, e se expandiram por vinte e três estados, dominando até grandes cidades, como Monterrey e Nuevo Laredo.

Purvis continuou:

– O governo do México tem tomado medidas drásticas, auxiliado pela Drug Enforcement Administration, mas desconfio, com pesar, de que a luta está quase perdida. O país encontra-se quase todo tomado pelos cartéis, que, além do tráfico de drogas em grande escala, também pratica extorsões, sequestros, lavagem de dinheiro. Isso só serve para prejudicar os negócios, principalmente para quem trabalha na fronteira, como é o meu caso.

– Que tipo de negócios você tem por lá?

Purvis cacarejou uma risada.

– Não se preocupe. Não me meto com drogas, sequestros e extorsões. O que tenho no México são algumas *maquiladoras*.

Ante o olhar de interrogação de Mendes, apressou-se a explicar.

– *Maquiladora* é o nome que se dá, no México, a fábricas de manufatura, que funcionam numa zona de livre-comércio. Elas importam material, em condições *duty-free* e *tax-free*, para montagem, processamento ou manufatura. Depois, reexporta os produtos prontos, de modo geral, para o país de origem da matéria-prima. É um negócio vantajoso, tanto para o México, onde se criam muitos empregos, quanto para nós aqui, acima do rio Grande, porque a mão de obra mexicana é bem mais barata que a norte-americana. Enfim, é uma forma de a gente lucrar bastante.

– E o que os cartéis de drogas têm a ver com isso?

Purvis fechou a cara.

– O problema é que os filhos da puta não se contentam em foder o mundo com as malditas drogas. Querem dominar o México de alto a baixo, controlando tudo. Daí que começaram também a vir para cima das *maquiladoras*, fazendo extorsões, cobrando impostos extras.

– E se não se concordar com isso...

– Não concordar? – Purvis pôs-se a rir. – Não tem como não concordar. Ou se paga o imposto aos Zetas ou começam as mortes e os sequestros de gerentes, funcionários, com o consequente fechamento das *maquiladoras*.

– Então, pelo que parece, você vem sendo extorquido.

Purvis acionou a cadeira de rodas, foi até o aparador e perguntou:

– Agora, quer um *scotch* ou um conhaque?

– Acho que um conhaque ia bem...

Purvis mexeu em suas garrafas. Apanhando uma delas, leu o rótulo com um sotaque francês estropiado.

– Lou-is Ro-yer. Tem esse aqui. Nunca bebi, porque o meu negócio é o uísque ou a cerveja. Foi a minha mulher, que nada entende de bebidas, quem me deu de presente de aniversário.

Voltou com as doses, como sempre exagerando na quantidade.

– Não é que eu venha sendo extorquido... Fiz um acordo, pois é melhor lucrar um pouco menos do que sofrer o risco de um sequestro de um gerente, da morte de um engenheiro ou do incêndio da planta de uma *maquiladora*.

– Se fez um acordo, não entendo então por que sofreu um atentado.

Purvis começou a rir.

– As coisas no México, como em seu país, são meio complicadas. Acontece que, de uns tempos para cá, apareceram numa de minhas *maquiladoras*, em Nuevo Laredo, uns sujeitos, que se diziam ligados aos Zetas. E começaram a exigir dinheiro extra. Quando fui informado disso, mexi os meus pauzinhos e descobri que eram extorsionários comuns, querendo se aproveitar da situação. Num primeiro momento, pensei em entrar em contato com representantes dos Zetas, para que resolvessem as coisas entre eles. Mas depois achei que não se deve pedir nada a essa gente, senão você acaba refém deles. Para resolver o problema, mandei que pagassem o que pediam a um tal de Hernán Carmona. Mas a ganância do bandido começou a crescer. Ele passou a exigir mais e mais. Achei então que precisava dar um basta na situação. Fui até Nuevo Laredo e fiz contato com o filho da puta, convidando-o a vir ao escritório da fábrica, para combinar os novos valores. Era um sujeito com os cabelos untados de gel e vestindo um horroroso terno verde, com a camisa vermelha aberta no peito, mostrando fileiras de cordões de ouro. Vinha acompanhado de um cara baixote e troncudo, na certa, o guarda-costas. Foi entrando na sala como se fosse a casa dele, sentou todo escarrapachado na cadeira na minha frente. Fiz de conta que não tinha reparado nisso. Até dei um sorriso de boas-vindas e lhe ofereci um uísque. O bosta disse que preferia tequila, servi tequila a ele. E, curto e grosso, perguntei quanto queria receber daquele momento em diante. O filho da puta, todo arrogante, me disse uma quantia enorme, sorrindo e mostrando uma fieira de dentes de ouro. Eu disse que tudo bem, que ia pagá-lo no ato. Abri a gaveta da escrivaninha, peguei meu Colt Magnum .357, apontei para o salafrário e gritei: "Olha o que vai levar com você, seu filho da puta!", e acertei uma bala bem no meio do peito dele. O sangue esguichou e o bosta foi atirado longe com cadeira e tudo. O capanga moveu a mão, com certeza, para pegar a arma. Balancei a cabeça e disse: "Nem pense nisso, se não quiser acabar como seu chefe". Pedi a meu gerente que desse uma revista geral no merda: com efeito, ele tinha duas pistolas, uma na cintura e outra num coldre, na altura do ombro. Mandei que o filho da puta do capanga sentasse de costas para a parede e falei para o gerente ir pegar um machete. "Um machete?!", o homem perguntou, assustado. "Um machete, um machado, um facão, qualquer coisa para cortar uma cabeça, caralho!" – berrei, acrescentando: "E me traga também uns sacos plásticos". Quando ele voltou, eu disse ao capanga: "Pancho, corte a cabeça do seu chefe". O homem me olhou assustado e começou a tremer. Eu disse: "Ou você corta a cabeça dele já, já, ou vai ser o próximo da fila". O homem obedeceu e decepou a cabeça do Carmona. "Muito bem", eu disse, "Agora, pegue o corpo dele, enfie dentro de um desses sacos plásticos e suma da minha fábrica". "E a cabeça?", o idiota ainda achou de perguntar. "Enfia no outro saco e deixa aqui comigo."

Purvis fez uma pausa, bebeu mais um gole de uísque.

– Pelo visto, a história ainda não terminou... – disse Mendes.

– Não, não terminou. Acontece que depois disso o gerente da minha *maquiladora* foi encontrado morto num lixão. Também comecei a receber cartas ameaçadoras de um sujeito que depois identifiquei como Chucho Carmona, o irmão de Hernán. Não sei se o imbecil do Chief Kilbourne vai conseguir identificar os filhos da puta que você pegou hoje cedo. Mas acredito que o Chucho deve estar entre eles e espero que bem morto. Você pode ver então o quanto lhe sou agradecido: me salvou a vida e me livrou de uns bandidos de merda.

Terminaram a longa conversa perto das quatro da tarde. Reynoso veio apanhar Mendes para levá-lo até em casa. Purvis, apesar de tantos uísques e cervejas tomados, ainda lhe disse numa voz firme:

– Queria conversar com você, numa noite dessas, sobre um outro assunto especial... Quando vai estar disponível?

Mendes pensou em seus compromissos, que não eram lá muitos, e respondeu:

– Na próxima quarta-feira, está bem?

– Quarta-feira está ótimo – disse Purvis. E acrescentou de modo afável: – Então, passe bem.

Mendes deixou a saleta, seguindo Reynoso. Na escada de fora da casa, cruzou com Melanie, que subia correndo e pulando os degraus. Quando passou pela garota, ela apenas sorriu de leve, fazendo-lhe um breve aceno. Nem parecia que, na noite anterior, haviam tomado umas e outras no bar Los Hermanos e, depois, fornicado em alto estilo, pensou Mendes.

3

Teoria Conspiratória

Pelo fim da tarde da quarta-feira, Purvis estava em sua sala, já se preparando para o encontro que ia ter com Mendes à noite. Antes, em longas reuniões, incumbira-se de algumas atividades de negócios que achava para lá de maçantes. É que tivera que despachar com Webber, um dos altos executivos da MacCormack Foreign-Trade, e com seu contador. Este último, Ralph Benning, era dos mais chatos, refletia Purvis. Baixinho, barrigudinho, de óculos de fundo de garrafa, com farripas de cabelo cheias de gel, procurando ocultar a careca, os pés enfiados para dentro, ninguém dava nada por ele. Mas conhecia tudo de contabilidade e prezava muito o seu trabalho. Meticuloso como ninguém, fazia questão de mostrar ao patrão cada número, cada lançamento, detendo-se em minuciosas explicações. Às vezes, Purvis se irritava tanto com o homenzinho que ficava a ponto de lhe lançar o livro-caixa à cara. Continha-se, porque Benning era de uma lealdade canina, e as finanças de suas empresas estavam sempre em ordem graças a ele, que jamais descuidava de nada. Seu nariz de cão perdigueiro era muito bem treinado para farejar qualquer desvio, qualquer tramoia de gerentes, funcionários e fornecedores. Em quanta gente não metera o pé na bunda, devido à persistência, à competência e à honradez de Benning?, refletia Purvis. Era seu braço direito e, talvez, também o seu esquerdo, que havia perdido no Vietnã. Mas passar três horas seguidas trancado com Ralph Benning o deixava exasperado além da conta. O contador o irritava quase tanto quanto Audrey. Seguia-lhe as explicações com enorme impaciência. E saía das reuniões com a cabeça fervendo. Ainda mais porque participava delas sempre a seco. Sabia que bebida não combinava com negócios. Além de que beber com uma criatura como aquela era demais da conta. Beber era uma coisa sagrada, que procurava fazer quando sozinho, em meio a suas reflexões, ou na companhia de amigos, que não tinha.

Mal o contador deixou a sala, Purvis deu um suspiro de alívio e dirigiu com enorme satisfação a cadeira de rodas até o aparador, onde se serviu de uma boa dose de Two Roses. Depois, voltou para diante da lareira. Fazia muito frio naqueles últimos dias de janeiro. A sala, como toda a casa, um projeto da maluca da mulher, era gelada, pensou, balançando a cabeça com desaprovação. Contemplando as chamas, Purvis, já mais aquecido pela bebida e pelo fogo, ficou imerso em seus pensamentos, que tinham como alvo Mendes. Naqueles poucos dias, desde que o conhecera, a admiração pelo jovem brasileiro só fizera aumentar. Gostava do jeito dele: falava pouco, mas era um bom ouvinte, sempre interessado nas histórias que lhe contava. Havia quanto tempo não encontrava um amigo que se mostrava um bom copo e com quem podia falar das coisas que mais o empolgavam? Aquela gente de McAllen era aborrecida demais. Quando Audrey convidava as amigas para vir em casa, ela pedia que viessem desacompanhadas. Isso porque Purvis se recusava a receber os maridos, considerando a todos, sem exceção, "idiotas", "imbecis", "chatos". Quando recebiam visitas, recolhia-se à sua sala reservada, sem ao menos cumprimentar as pessoas. O novo amigo, refletiu, pertencia a uma outra categoria de homem. Se não tinha lá muitas experiências de vida, parecia valorizar os mesmos princípios que ele, Purvis, mais prezava. E abriu um largo sorriso quando se lembrou da soberba atuação de Mendes no caso dos mexicanos. Tinha mostrado um incrível sangue-frio. Sem hesitar e agindo de uma maneira fria e precisa, havia enfrentado Chucho Carmona e o capanga dele, dando cabo dos dois. Se não lhe conhecesse o passado inócuo, Purvis havia de jurar que era um profissional. E era de gente assim que precisava para seus grandes planos. Havia, é claro – considerou –, a sua inexperiência, pelo fato de ainda ser jovem e pelo fato de nunca ter participado de um conflito de verdade. Mas, se isso pesava contra, ele tinha, por outro lado, segundo pudera observar, muitas virtudes: coragem, iniciativa. E quanto à vida de Mendes em McAllen, nada havia que o desabonasse. Muito pelo contrário. Por meio de investigações que mandara fazer na cidade, Purvis viera a saber que o brasileiro tinha o nome limpo, não devia nada a ninguém e gozava de excelente reputação na escola. Na High School, segundo lhe confidenciaram, era respeitado por colegas, alunos e pela direção, que o tinha em alta conta. Purvis valorizava num homem, acima de tudo, o caráter. Jamais se dera com tratantes, vadios, relapsos. Queria distância desse tipo de gente, a quem detestava do fundo do coração. A única coisa que pesava contra Mendes, na cidade, eram os boatos de que andara saindo com a mulher de Harold Curtiss, o gerente da McAllen Importers Limited. Mas isso, em vez de um defeito, era uma grande virtude, pensou Purvis, sorrindo com malícia. Nos poucos contatos que tivera com aquele tal de Curtiss, achara-o um chato pretensioso, que não sabia beber como gente e cansava nas longas conversas. Em compensação, a mulher dele, a senhora Curtiss, era um pitéu, recordou-se com prazer. Dona de belas pernas, elegante, tentava qualquer homem com aquele corpo, aqueles cabelos vermelhos. Até nisso, Al tinha bom gosto, refletiu. Saber como beber um bom *scotch* e como comer uma mulher bonita, do ponto de vista de Purvis, faziam de um homem mais homem.

Devido a tudo isso, naqueles dias, viera amadurecendo seu antigo projeto. Agora, achava que havia encontrado a pessoa e o momento ideal para tocá-lo. Pelo entusiasmo com que Mendes acompanhara suas histórias do Vietnã e do México e pelo modo como agira no caso dos mexicanos, tinha certeza de que ele não rejeitaria participar do que iria lhe propor. Disso, não tinha a menor dúvida. Avançou um pouco a cadeira e foi pôr algumas achas de lenha no fogo. Voltou a seu lugar e tomou mais um gole de uísque.

Bateram na porta. Era Conchita, que, sem se aproximar dele, viera saber o que queria para o jantar.

– Você – ele respondeu de pronto.

Sem mudar a expressão, ela perguntou:

– Jantar só para o *señor* ou o *señor* vai ter visita?

– Não acho que você dê conta da fome de dois – ele disse com malícia.

Conchita não pôde deixar de rir, mostrando dentes muito alvos.

– Isso quer dizer que o *señor* vai ter um convidado?

– Isso mesmo, minha querida. O meu amigo de sempre.

– O *señor* quer que eu prepare uns *steaks*?

Purvis refletiu um pouco, para depois dizer:

– Não, faça daqueles seus deliciosos *tacos*, acompanhados de uns *nachos*. E bem picantes.

– Mais alguma coisa, señor MacCormack?

– Você podia me fazer o favor de ir pegar a garrafa de *bourbon* para mim?

A mulher hesitou um pouco, mas terminou dizendo:

– Señor MacCormack! Esse truque não pega mais. O *señor* pode muito bem ir até o aparador com a cadeira de rodas!

Purvis caiu na gargalhada.

– Não custava nada tentar, não é, querida? De qual outro modo eu podia fazer você chegar perto de mim?

Conchita virou as costas, ao mesmo tempo que dizia:

– Na sua idade, o *señor* devia ter mais juízo.

*****

À noite, estavam ambos sentados à mesa, deliciando-se com os *tacos* e *nachos* de Conchita, acompanhados de garrafas de East Indian Pale Ale. Isso depois de terem tomado algumas boas doses de *bourbon* e *scotch*. Durante o jantar, conversaram sobre amenidades. Depois, acomodaram-se diante do fogo, com mais uma dose de *bourbon* e um charuto para Purvis e uma dose de conhaque para Mendes. Só aí, então, é que a conversa começou de fato.

– Quero dizer a você – disse o anfitrião num tom bem sério – que o que discutirmos aqui entre estas quatro paredes será estritamente confidencial... Por isso, lhe pediria que não revelasse a ninguém o teor de nossa conversação.

Mendes assentiu com a cabeça.

– Vou lhe propor uma missão muito especial – disse Purvis. – Por acaso, se achar que não lhe convém ou que por algum motivo não pode aceitá-la, quero que me diga sem nenhum constrangimento...

Mendes, incomodado, moveu-se na cadeira. Que missão seria aquela, a ponto de o homem iniciar a conversa de um modo tão formal?

– Antes que eu lhe diga o que é, vamos assistir a umas cenas de vídeo – tornou Purvis.

Com o controle remoto ligou a televisão e o DVD player. Quase sem preâmbulo, cenas de brutalidade e violência começaram a aparecer na tela. Primeiro, escombros de edifícios, com ferros retorcidos, blocos de concreto, muita poeira no ar, feridos carregados em padiolas, mortos espalhados pelo chão, soldados em pânico, procurando por inimigos invisíveis, depois, um destróier com um grande rombo no casco, as lâminas de metal arrebentadas como folhas de papel.

Purvis deu pausa e perguntou:

– Sabe a que se referem essas cenas?

– As duas primeiras não sei ao certo, mas a última parece que diz respeito àquele famoso atentado no Iêmen contra o USS *Cole*, não?

– Correto. Esse atentado ocorreu no ano dois mil, matando dezessete militares. Os outros dois aconteceram em mil novecentos e noventa e oito, nas embaixadas americanas no Quênia e na Tanzânia, matando mais de trezentas pessoas e fazendo perto de cinco mil feridos.

Purvis voltou a ligar o aparelho.

– Quanto a este atentado que você vai ver agora, o mais espetacular de todos os tempos, dispensa comentários.

E as cenas do Onze de Setembro começaram a aparecer na tela. Um jato, explodindo numa bola de fogo, ao bater numa das Torres Gêmeas. Outro jato tendo o mesmo destino, e a fumaça negra subindo numa grossa coluna, o pânico nas ruas, invadidas já por destroços, pessoas se atirando do alto do edifício, mais um impacto, a primeira torre desabando, seguida pela outra, as sirenes dos carros de polícia, de bombeiros e ambulâncias uivando a toda pelas ruas cobertas de escombros, e Manhattan tomada pela noite de fumaça e poeira espessa.

– Maldita Al Qaeda! – Purvis exclamou, a face cortada pela ira.

Ficou alguns segundos em silêncio, como que sufocado pela raiva, para depois dizer:

– Mas o importante disso tudo é o cérebro por detrás dessas façanhas.

– Osama bin Laden, você quer dizer... – disse Mendes.

– Sim o facínora Osama, também conhecido, entre seus comparsas, por Usama Bin Muhammad bin Ladin, Shaykh Usama bin Ladin, o Príncipe, o Emir, Abu Abdallah, Mujahid Shaykh, Hajj e o Diretor. Foi ele quem pôs e continua pondo os Estados Unidos de joelhos com estas ações covardemente orquestradas.

Mendes bebeu um gole de uísque e, ainda que hesitando, disse:

– Andei lendo que Osama negou qualquer participação no Onze de Setembro...

– Andou lendo por aí, é? – contestou Purvis com sarcasmo. – O que o leva a acreditar nessa conversa mole?

– Não é questão de acreditar em conversa mole – disse Mendes com um tom irritado. – O problema é que não se pode tirar conclusões precipitadas. Começam a acusar Bin Laden de tudo e se esquecem de que há outros terroristas tão ou mais letais que ele.

Purvis sorriu.

– De certo modo, você tem razão. Mas não há como lutar contra os fatos...

Acionando a cadeira de rodas, foi até o aparelho de tevê, pegou outro CD e o mostrou.

– Isto aqui é uma cópia de um vídeo caseiro descoberto pelas Forças Armadas dos Estados Unidos, em dois mil e um, nos escombros de uma casa destruída em Jalalabad, no Afeganistão. Nela, Bin Laden conversa com Khaled al-Harbi, um de seus assessores mais próximos. Seria interessante você dar uma olhada... – disse, inserindo o DVD no aparelho.

Apareceram na tela cenas tremidas, precárias, com as cores desbotando, de um homem alto, de barba, sentado em almofadas e vestindo uma túnica e um turbante. Próximo de sua mão, havia um fuzil Kalashnikov. Mendes, muito atento, viu todo o vídeo, que consistia numa entrevista. Próximo do fim, Osama dizia, em inglês e numa voz incisiva, algo bastante comprometedor:

"Com bastante antecedência, calculamos a quantidade de inimigos a serem abatidos. Acertamos com incrível precisão, porque sabíamos que muita gente ficaria presa nas torres. Calculamos também que os andares a serem mais prejudicados deveriam ser três ou quatro. Eu era o mais otimista de todos, devido à minha experiência neste campo da construção civil. Estava certo de que o grande incêndio, provocado pelo combustível do avião, derreteria a estrutura de aço do edifício e o faria vir abaixo em pouco tempo." E, abrindo um largo sorriso, concluía: "Isso era tudo o que esperávamos!".

– E então, ainda acredita que Osama não teve participação no atentado?

Mendes deu de ombros.

– Pode ser que ele esteja contando vantagem, chamando atenção para si. Como você bem sabe, Osama é um mestre do marketing.

Purvis bebeu um gole de *bourbon* e disse ainda com a voz cheia de raiva:

– Pois eu tenho certeza de que foi ele! Se está contando vantagem, é sinal de que, de alguma forma, se envolveu nessa sujeira. Como mentor de toda ação, como financiador, como incentivador. Por outro lado, mesmo que não tivesse participado do Onze de Setembro – coisa em que não acredito –, foi o responsável direto por outros atentados. O filho da puta é um terrorista sanguinário, de muito sangue-frio!

Ficou pensativo por um instante, para depois dizer:

– E pensar que os Estados Unidos da América, a maior potência mundial, nem com todos os recursos de que dispõe conseguiu pôr as mãos no filho da puta...

– Em Tora Bora estiveram perto disso, pelo que andei lendo...

– Sim, mas cometeram ali um erro estratégico, de meu ponto de vista, proposital, que foi o de confiar a captura do terrorista às forças paquistanesas. Depois de bombardear as cavernas e desentocar o homem, deixaram-no escapar para o Paquistão. Segundo o jornalista paquistanês Hamid Mir, o responsável pela liberação de Osama foi o general Hazrat Ali, depois de subornado por um bom dinheiro. – Refletiu um pouco e concluiu: – Mas, se quer saber, não acredito muito nisso de suborno, não. Acredito que foi de caso pensado.

– Não entendi uma coisa, Mac. Por que você acha que foi um "erro estratégico proposital"?

Purvis deu uma risadinha.

– Este é o ponto principal da questão. Há nos Estados Unidos muita gente, com sede de vingança, querendo pôr a mão no pescoço desse jihadista filho da puta. Mas, por outro lado, há muita gente que não só defende seus atos tresloucados, como também está disposta a tudo para acobertá-lo e protegê-lo.

Mendes bebeu mais um gole de conhaque, balançou a cabeça e disse:

– Desculpe, mas você não acha que está sendo radical? Que há pessoas por aqui que incentivaram os atentados e reverenciam Bin Laden é inegável. Fazem parte de grupos muçulmanos ou de facções da esquerda radicais, que odeiam os Estados Unidos. Mas, pelo que sei, são uma pequena minoria.

– Sim, uma minoria, mas não estou pensando nos comunistas e muito menos nos muçulmanos radicais.

– Então, em quem?

Purvis carregou no desprezo da voz:

– Bush e companhia bela.

– Bush?! – e Mendes caiu na risada. – Ora, Mac, essa não cola. Você deve estar brincando!

– Nunca falei mais sério na vida!

– Mas não foi o Bush que, depois do Onze de Setembro, mandou invadir o Afeganistão, para combater o Talibã e, depois, o Iraque?

– Manobra diversionista – disse Purvis, abanando o ar com a mão. – Fez isso apenas para desviar a atenção da mídia e proteger o verdadeiro alvo, que é Osama.

– Não gosto de Bush, jamais votei nele, mas não acredito nisso que você está me dizendo.

– Pois eu votei no filho da puta na primeira eleição. Antes não tivesse votado. Deu no que deu. Além de ter levado o país a uma recessão sem tamanho, também fez de tudo para se perpetuar no poder e manter os privilégios dos que o ajudaram a se eleger.

– Mas daí a dizer que ele foi o responsável pelos atentados é muita coisa – disse Mendes, incrédulo.

– Não diria que foi o responsável, mas pouco fez para evitá-los e, de certa maneira, *colaborou* com Osama.

Ante o ar de estupefação de Mendes, disse:

– E se eu lhe dissesse que, não fosse o atentado de Onze de setembro, Bush não teria sido reeleito?

Mendes ia dizer alguma coisa, mas Purvis o impediu com um movimento da mão.

– Por favor, vá lá pegar mais bebida, antes da gente continuar a conversa. Estou com sede.

Diante do aparador, Mendes ficou algum tempo localizando as garrafas. Não podia acreditar no que estava ouvindo, pensou. Purvis era doido de pedra. Onde já se viu se fiar em ridículas teorias conspiratórias? Voltou, trazendo as bebidas. Como se Purvis tivesse ouvido seu pensamento, começou por dizer:

– Você deve estar pensando que estou maluco, não é? – Sorriu com malícia. – Se quer saber, nunca estive tão lúcido quanto agora. E para provar isso, vamos aos fatos.

Pigarreou, bebeu um gole de Two Roses e explicou:

– Tenho informações sigilosas de que o governo americano sabia dos ataques, mas não os impediu. Por uma simples razão: queria, com isso, beneficiar gente muito importante. – Fez uma pausa e prosseguiu, perguntando: – Já ouviu falar no Carlyle Group?

Mendes balançou a cabeça, dando a entender que não.

– É uma empresa que investiu e vem investindo pesado na indústria bélica. E sabe quem é um de seus conselheiros? George Bush pai! O próprio. Ali também há vários ex-militares linha-dura, interessados na guerra, que a derrubada das torres propiciaria. Segundo uma deputada do Partido Democrata, o presidente George W. Bush sabia antecipadamente dos ataques e não fez nada. Não bastasse isso, ainda ignorou os repetidos avisos do FBI e da CIA. Isso porque lançar o país em uma nova guerra renderia gigantescos lucros para o Carlyle Group e, por extensão, para ele e o grupo que o apoia.

Purvis se aproximou com a cadeira de rodas da lareira, avivou o fogo e voltou a seu lugar.

– Mas é preciso acrescentar a tudo isso o seguinte: um atentado dessa magnitude provocaria grande comoção interna e externa. E Bush, um zero à esquerda, um homem sem expressão alguma, sairia dele com a aura de herói. Orientado por espertos assessores, aproveitou-se do atentado e se dirigiu ao coração do povo americano, que estava traumatizado. E não ao cérebro, pense bem. E foi reeleito, ainda que com a ajudazinha do malandro do seu irmão Jeb, governador da Flórida.

Mendes suspirou e disse:

– Essa é uma das muitas teorias da conspiração. Como professor de história, sei que, em momentos de grande crise e tensão, as mentes fragilizadas passam a criar teorias como essa. Aconteceu com Napoleão, com o czar da Rússia e com o Hitler... – Fez uma pausa e prosseguiu: – Por exemplo, há quem defenda a ideia maluca de que o *Führer* não se matou, e sim que fugiu do país com a ajuda da Odessa.

– O que estou lhe dizendo não é uma simples teoria e muito menos uma ideia maluca, fruto da paranoia – disse Purvis, azedo.

– Por acaso, você tem provas concretas?

– E se eu lhe dissesse que tenho? – desafiou Purvis. – Acreditaria em mim?

Mendes contemplou Purvis, estupefato.

– Como assim? Provas concretas? Que tipo de provas?

Em resposta, Purvis moveu a cadeira de rodas e foi até um cofre, ao lado da escrivaninha. Abrindo-o, apanhou três pastas de capa vermelha, com uma faixa, na transversal, da mesma cor, mas numa tonalidade mais escura. Ao centro, dentro de um retângulo, em letras em negrito, estava escrito "CLASSIFIED – TOP SECRET". Voltou a seu lugar. Abriu uma das pastas e pegou três documentos, em folha A4, nos quais, acima do texto, havia o logotipo da CIA. Entregou-os a Mendes.

– São confidenciais, mas, como acredito que você não irá contar a ninguém sobre o seu teor, pode lê-los.

Mendes começou a ler os documentos com atenção. O primeiro tratava das previsões da agência sobre possíveis e futuros ataques terroristas nos Estados Unidos. Baseando-se em informações dos serviços secretos alemão e francês, a CIA mencionava a entrada de pessoas suspeitas, de origem árabe, no país. Informava também que um homem chamado Hanjour voara para San Diego, em oito de dezembro de dois mil, juntando-se a outro árabe de nome Hazmi. Ambos, segundo registros no aeroporto, partiram para o Arizona, onde fizeram cursos de pilotagem. O segundo documento trazia informações sobre a repentina saída de membros da família Bin Laden dos Estados Unidos, umas poucas semanas antes do Onze de Setembro. Havia insinuações de que tinham sido aconselhados a sair do país por agentes do próprio governo americano. O terceiro registrava a lenta e desorientada reação de Bush e do alto-comando, logo depois dos ataques. A segunda pasta continha um documento crucial: o depoimento de um *sniper*, Peter Ivans, que havia participado de um comando no Afeganistão, quando da tentativa de captura de Bin Laden nos complexos de Tora Bora. Conforme o fuzileiro naval afirmou mais tarde a um agente da CIA, havia estado, por alguns minutos, com o terrorista na mira do seu fuzil, mas não fora autorizado a abatê-lo por ordem expressa de seu superior.

– Por onde você acha que anda Peter Ivans? – perguntou Purvis, quando Mendes depôs os documentos sobre a mesa.

– O *sniper*?

– Sim, ele mesmo. – Fez um pouco de suspense e continuou: – Segundo fui informado, foi vítima de fogo amigo no passo de Khyber. Isso depois que deu seu depoimento secreto. De meu ponto de vista, houve uma queima de arquivo.

Mendes ficou longo tempo pensativo, contemplando às brasas da lareira e bebericando o conhaque. Por fim, disse:

– O que você me contou, além de grave, é mesmo assombroso. Eu já conhecia de sobra o caráter maligno, perverso da Al Qaeda e de Bin Laden, mas jamais poderia suspeitar de que o governo americano estivesse tão envolvido assim.

– Pois está. Daí vem que não tenham interesse algum na captura de Bin Laden. Aliás, você já deve saber que os Estados Unidos deram suporte financeiro e logístico ao Talibã...

– Isso porque queriam a retirada dos russos do Afeganistão.

– E, nesse caso, os Estados Unidos – disse Purvis, categórico – não iriam desperdiçar a oportunidade de se aproveitar da liderança e do carisma de um homem como Bin Laden. Pode-se dizer de tudo sobre o filho da puta, menos que é estúpido ou que não seja um líder nato. Tanto é assim que, com o apoio logístico e financeiro do Ocidente, conseguiu liderar aqueles bárbaros e levar os russos a se escafeder do Afeganistão.

– Você acha então que Bin Laden é cria dos Estados Unidos...

– Não só cria, mas também um agente especial. Treinado pela CIA e orientado a cometer os atos que cometeu. Desse modo, colaborou com os belicistas deste país, provocando uma nova guerra. E também ajudou a desviar a atenção da população do desastroso governo Bush.

– Mas o feitiço virou contra o feiticeiro... – concluiu Mendes.

– Tem razão, é isso mesmo – disse Purvis, abrindo a terceira das pastas e pegando outros documentos. – Veja o que o homem está pensando em aprontar para os Estados Unidos... O Apocalipse final!

Mendes debruçou-se sobre as folhas e leu, estarrecido, um memorando, em que agentes infiltrados no Afeganistão e no Paquistão revelavam o teor de conversações entre Osama e seu estafe. Numa das gravações, o terrorista falava em promover uma série de atentados nos Estados Unidos. Entre eles, o envenenamento da água potável com antraz e a explosão de edifícios e estações do metrô, em Washington, Chicago, Los Angeles, San Francisco. Em outra conversa, Bin Laden afirmava a um assessor que já tinha em mãos um artefato nuclear portátil, adquirido de maneira clandestina na Tchechênia, capaz de levar pelos ares toda a Manhattan.

– Então, o que me diz?

– Parece convincente. Isto, se esses documentos vierem mesmo de uma fonte confiável.

– São confiáveis! – retrucou Purvis. – Isso daí foi feito por gente inconformada com a passividade do governo americano. Gente que, como eu, quer pegar esse celerado.

– E por que não o pegaram ainda?

– Acho que uma das razões está muito clara. Osama, na sua condição de agente duplo, goza da proteção de altas figuras do governo americano. Conseguiu esse status por ser considerado uma figura fundamental no equilíbrio estratégico do Oriente. Incentivado e orientado por esses mesmos figurões, de caso pensado, procura manter em perene agitação os grupos radicais islâmicos. De modo que, ao promover atentados cada vez mais atrozes, acaba por provocar imediatas retaliações das Forças Armadas americanas. E isso, como você sabe, é do interesse das indústrias bélicas do país.

Ante o olhar atento de Mendes, concluiu:

– Embora isso não impeça que, de vez em quando, ele seja vítima de atentados por parte de gente indignada com essa situação. Mas, como está sempre bem protegido, tanto por seus comparsas, quanto pelos falsos aliados dos Estados Unidos no Paquistão, vem escapando incólume deles todos.

Purvis olhou pensativo para o fogo, bebeu mais um gole de uísque e acrescentou com energia:

– Pois eu digo a você, se não fossem estas malditas pernas e este braço leso, eu ia atrás do filho da puta e o trazia para cá, vivo ou morto! Se vivo, improvisava um tribunal, julgava-o e o fuzilava depois. Se morto, cortava-lhe a cabeça, mandava empalhar e a expunha junto com as dos bichos que tenho aqui em casa!

Mendes caiu na risada.

– Está achando engraçado, é? – Purvis não pôde deixar de rir também. – Mas estou falando a sério.

Em seguida, olhou fixo para Mendes e, apontando-lhe um dedo, disse:

– Tão sério que o chamei hoje aqui em casa para lhe propor que faça isso no meu lugar.

Mendes, que já vinha desconfiando do rumo que a conversa ia tomar, assim mesmo, respondeu, cheio de assombro:

– Eu?!

– Sim, você.

– Mas eu nunca fui um agente, nunca participei de guerras e muito menos de uma ação como essa. Sou apenas um professor de história!

– Não seja modesto, Al. Pelo que pude observar nestes poucos dias, reparei que você tem um enorme potencial. Não nasceu para ficar numa sala de aula e para mofar em McAllen. Você tem predicados nada desprezíveis! Acho que está mais do que na hora de fazer uso deles.

Mendes não podia acreditar no que Purvis estava lhe propondo. Era rematada loucura. E ele não queria se ver metido numa enrascada como aquela. Por isso, disse:

– Obrigado pelos elogios. Mesmo assim, não acredito que seja talhado para esse tipo de missão.

– Talhado para a missão? O que isso significa? Nada! As pessoas é que constroem o próprio destino.

Mendes refletiu um pouco e não pôde deixar de dizer, abanando a cabeça:

– *Men at some time are masters of their fates...*

– Quem que disse isso? – perguntou Purvis, curioso.

– Shakespeare, em *Júlio Cesar*.

– Hummm, nunca fui versado nessas coisas de livros e literatura, mas acredito que o velho Shakespeare tem razão. Somos mestres do nosso destino. Isso, se tivermos coragem, determinação. Agora, se a pessoa se acovardar, pode terminar os dias apequenada. E está cheio de gente assim por aí. Os medíocres, os bundas-sujas, tocando a vidinha como donas de casa sem futuro. – Apontou o dedo para Mendes e disse com firmeza: – E você, tenho certeza, não é desse tipo.

– Fico feliz com a confiança depositada em mim, Mac. Mas, falando a sério. Quais são minhas habilidades para uma ação extremada e tão perigosa como essa? Sou um atirador razoável, mas não conheço nada de estratégia. Já imaginou eu me meter no Afeganistão, sem mais nem essa? Quem vai perder a cabeça serei eu, mal ponha os pés em território afegão. – Bebeu um gole de conhaque e concluiu: – Sou uma formiguinha perto de um elefante como Bin Laden.

– Mesmo elefantes podem ser abatidos por um projétil adequado... Lembre-se de que Davi venceu Golias com uma simples funda... – filosofou Purvis, para depois acrescentar: – Se quer saber, você tem o essencial para essa missão: coragem, determinação, iniciativa, inteligência... O resto é questão de treinamento, de estudo, de planejamento. Sem contar que deverá contar comigo incondicionalmente. Eu lhe darei todo o suporte possível. E não se esqueça também de que não fará isso sozinho, e sim em equipe.

Como Mendes permanecesse em silêncio, Purvis insistiu:

– E então? O que me diz? Será muito bem pago pela missão.

– Não estava pensando em dinheiro. Na verdade, acho o que me propõe muito excitante, independentemente de ser pago ou não. Mas nunca gostei de tomar decisões assim de um modo tão abrupto. Preciso pensar.

– Gosto que seja assim. Detesto gente apressada, que não reflete nas coisas. Mas por quanto tempo? Queria lhe lembrar que precisamos aproveitar a ocasião. Segundo meus contatos, parece que Bin Laden pretende ficar em Tora Bora até o fim de abril. Como ele se refugiou num *bunker*, está isolado e confinado, que nem um rato numa toca. Por isso, creio que Tora Bora é o local ideal para o ataque, pois o bastardo se tornou refém da própria segurança. Se não o pegarmos nessas cavernas agora, depois, ele some por aí. Misturando-se à multidão, será como buscar agulha no palheiro. E até achar seu rastro de novo...

Purvis bebeu mais um gole, para concluir:

– Como estamos em janeiro, temos apenas dois meses pela frente.

– Não lhe peço muito tempo. Só um ou dois dias.

– Está bem, concedo-lhe esses dias. E lembre-se – disse Purvis, encerrando a conversa –, se não estiver disposto a assumir o risco, me diga com toda franqueza, que compreenderei. Continuamos amigos, apesar de tudo...

*****

Naquela noite fria, Mendes voltou para casa num grande estado de excitação. Ao entrar no apartamento, foi se deitar, mas ficou se revolvendo de um lado para o outro na cama, a cabeça trabalhando a toda. Como não conseguiu dormir, levantou-se, derramou uísque num copo e deitou de comprido no sofá. E começou a refletir, enquanto bebia. Será que não estava sonhando? Só podia mesmo ser um sonho aquilo tudo, pensou. Purvis, de fato, o convidara para aquela missão maluca no Afeganistão? Puro *nonsense*. Começou a rir, e riu tanto que as lágrimas lhe escorreram pela face. O homem era um doido! E ele não podia se fiar nas palavras de um doido, cheias de som e fúria. Imaginava-se indo para o Afeganistão, com indicações incertas sobre o terrorista mais procurado do mundo. Tudo baseado em vagas informações que Purvis classificava como verídicas. E tinha que caçar um homem que havia, até então, ludibriado as forças de segurança das grandes potências, para sempre escapar ileso. Tomou mais um gole de uísque. Voltou a refletir: será que Purvis era mesmo doido? Não lhe contara tudo aquilo com convicção e lucidez? Nada havia em sua fala que denunciasse desvairo, desequilíbrio mental. Muito pelo contrário. Tanto era assim que quase chegara a convencê-lo daquelas teorias conspiratórias.

Bocejou uma, duas vezes, mas continuou deitado no sofá até que adormeceu. E teve um estranho pesadelo. Sonhou que estava num deserto, em meio a montanhas rochosas, cercado por jihadistas, armados até os dentes. Num determinado momento, era confrontado por uma pessoa muito alta, carregando um fuzil Kalashnikov numa mão e um punhal recurvo e afiado na outra. "Vou cortar sua cabeça, em nome de Alá, infiel!", ouvia a criatura fantasmagórica gritar. E Mendes já sentia a lâmina encostar em seu pescoço, quando acordou tiritando de frio. Foi para o quarto, enfiou-se sob as cobertas e mergulhou num sono sem sonhos.

No outro dia, pela manhã, ficou um longo tempo na cama pensando. Depois, se levantou e foi tomar um banho. Preparou um *breakfast* reforçado: suco de laranja, café expresso, torradas com manteiga, ovos e bacon. Bem alimentado, começou a refletir na conversa da noite anterior. De fato: que futuro tinha ali em McAllen? Ia continuar, vida afora, lecionando história para garotos? Mesmo que tentasse se candidatar a um posto numa universidade, isso faria grande diferença? Suas ambições, ainda que vagas, eram de outra espécie. Como realizar os grandes sonhos de aventura, que lhe haviam preenchido a infância e juventude? E, justo agora, o acaso o apresentava a alguém que parecia querer lhe abrir as portas para um mundo desconhecido. Sabia que, se recusasse a proposta, jamais teria outra chance como essa. "O Destino é avaro", lembrou-se de uma frase, não sabia se de Poe ou de Byron, que lhe pareceu muito apropriada para sua situação.

Serviu-se de mais café e, enquanto degustava com prazer a bebida, decidiu-se. Depondo a xícara na mesa, foi ao telefone, ligou para Purvis e disse que iria até a casa dele à noite.

*****

Sentado na poltrona, tendo em mãos o drinque de costume, Mendes percebeu que Purvis parecia muito ansioso. Tão ansioso que foi logo abrindo a conversa com uma pergunta incisiva:

– Então, o que me diz? Aceita a missão?

– Sim, aceito.

Purvis ergueu o copo e bradou:

– Eu sabia que você ia aceitar!

Dirigindo a cadeira até o aparador, serviu-se de outra dose e retornou, com um amplo sorriso nos lábios.

– Não podia ter uma notícia melhor, Al! Ganhei meu dia.

Acendeu um charuto, voltou a erguer o copo e disse:

– Ao sucesso da missão!

Mendes estava feliz pela decisão tomada, mas também bastante apreensivo. Sabia que não podia mais recuar e que vinha chumbo grosso pela frente. Ficaram um bom tempo em silêncio, só bebendo, até que Purvis disse:

– Creio que agora temos que discutir algumas questões práticas. A começar do seu pagamento. – Fez uma pausa, respirou fundo e continuou a falar: – Se me trouxer a cabeça de Osama, você e sua equipe terão cinco milhões de prêmio. Caso consigam o impossível, que é trazê-lo vivo, terão o dobro. Se, por qualquer motivo, tiverem que abortar a missão, pagarei uma compensação de quinhentos mil ao grupo. O que acha?

Mendes arregalou os olhos, espantado. Será que Purvis estava mesmo falando sério? Cinco milhões de dólares! Ainda que fosse uma missão quase impossível, perigosíssima, em que arriscaria o pescoço, era uma quantia fabulosa. Mais dinheiro do que poderia ganhar ou juntar em toda a vida. Daria para viver sossegado até o resto dos seus dias, sem preocupação de espécie alguma.

– E então? – Purvis o tirava de suas reflexões.

– Não tenho do que reclamar. Você está sendo muito generoso.

Purvis sacudiu a cabeça.

– Não é questão de ser generoso, é questão de pagar o preço justo. Aprendi isso no mundo dos negócios. Quando se deseja um profissional de primeira, é preciso pagar o que ele vale.

Mendes deu uma risada e disse:

– E eu valho esse dinheiro todo?

– Se quero pagar, é porque vale – respondeu Purvis, acionando a cadeira de rodas em direção da escrivaninha.

Voltou com uma pasta dessas comuns, de cartolina amarela.

– Queria que você desse uma olhada no contrato.

Ah, então, havia um contrato! O homem era mesmo previdente. Mendes leu com atenção o documento, que tratava das obrigações do CONTRATADO e do CONTRATANTE. De sua parte, descobriu que se comprometia a manter sigilo absoluto sobre toda a conversação, as negociações e os documentos compulsados, a conceder exclusividade de trabalho e a se submeter aos treinamentos estipulados pelo CONTRATANTE, a comandar uma equipe selecionada com rigor, a cumprir a missão no prazo determinado, no Afeganistão, para liquidar com Osama bin Laden. Quanto ao CONTRATANTE, se comprometia a pagar cinco milhões de dólares, para toda a equipe, em caso de pleno êxito da missão, e quinhentos mil dólares em caso de aborto da mesma missão, por um motivo considerado justo. E, aí, o contrato estipulava uma série de motivos que justificassem a desistência: morte de Bin Laden por outra pessoa ou grupo de pessoas, quando a ação tivesse início, guerra declarada pelos Estados Unidos ao Afeganistão, que impedisse a locomoção da equipe CONTRATADA, e assim por diante. O CONTRATANTE também se comprometia a fornecer todo o material logístico, bélico, uniformes, a cobrir as despesas para deslocamento e alimentação, com um adiantamento de cem mil dólares, em *cash*, para cada membro da equipe. Ainda estipulava um determinado valor como seguro para cobrir acidentes que causassem tratamento hospitalar, invalidez permanente ou morte. No final, vinha escrito que a quebra de contrato implicava uma série de multas pecuniárias tanto para o CONTRATANTE quanto para o contratado. Em suma, pelo que Mendes leu, reparou que Purvis estava sendo mais do que generoso ou a cabeça do terrorista valia mesmo ouro.

– Por mim, está bem – disse, depondo o documento sobre a mesinha de centro.

– Está disposto a assiná-lo?

– Sim – disse Mendes, pegando a caneta.

Purvis se adiantou, fazendo um gesto.

– Não quer pensar mais um pouco? Olha que, se assinar, não terá mais como recuar. Eu sei fazer valer os meus contratos – tornou Purvis com severidade.

– Você me concedeu o prazo de dois dias para pensar. Antes dele, lhe dei uma resposta. E, com ela, a minha palavra. O contrato para mim é mera formalidade.

Purvis sorriu.

– É isto que gosto de ouvir.

Mendes rubricou todas as folhas e assinou no final, no que foi imitado por Purvis.

– Não acharia bom que eu assinasse também com sangue? – disse Mendes, segurando o riso.

Purvis caiu na gargalhada.

– Com sangue! Essa é boa. Mas, se quer saber, eu preferia mesmo é que você tirasse o sangue daquele filho da puta!

Ouviu-se uma batida na porta. Conchita entrou com um carrinho, onde havia frios variados, diversas espécies de queijo, pães, amendoim torrado, castanhas. Trouxe também garrafas de Two Eagles.

– Em vez de jantar, pensei que, enquanto a gente conversasse, podia beliscar e beber aqui mesmo junto ao fogo.

Mendes percebeu no ato que Purvis estava tão excitado que não queria nem perder tempo com o jantar. Mais ainda: reparou que não havia tentado agarrar Conchita e nem mesmo lhe passar a mão na bunda.

Enquanto comiam e bebiam, Purvis disse:

– Creio que precisamos agora pensar na equipe. Você tem alguns nomes em mente?

Mendes, em sua noite de insônia, havia também refletido bastante sobre isso. Conhecia pouquíssima gente em McAllen, o que não lhe dava lá muitas opções. Mesmo assim, viera a descobrir que na cidade ainda havia algumas poucas pessoas em quem podia confiar.

– Sim, tenho – disse Mendes, limpando a boca num guardanapo, depois de experimentar um pedaço de queijo *brie*, acompanhado de um copo de cerveja.

– Eu poderia lhe sugerir alguns bons nomes. Conheço gente que lutou comigo no Vietnã e mesmo um pessoal bom de briga abaixo do rio Grande. Se eu falasse uma só palavra, iriam com você até o inferno.

– Então, por que não chamou essa gente em vez de me chamar?

Purvis cortou um pedaço de pão, no qual enfiou um bocado de presunto. Balançou a cabeça.

– São bons profissionais, mas acredito que não tenham liderança para conduzir uma missão como essa.

– E quem diz a você que eu tenho?

– Minha intuição. E, para essas coisas, minha intuição nunca falha. Mas é evidente que você vai precisar de um pessoal durão, que o assessore. – Purvis levou um copo de cerveja à boca e disse em seguida: – Posso fazer umas ligações e lhe arranjar uns tantos homens. Gente de primeira. Duros, talhados para a missão. E que morreriam por mim.

– Morreriam por você... Mas talvez não morressem por mim. Por isso, eu preferia contar só com meus homens – Mendes disse isso quase como uma bravata. Afinal, com que "homens" podia de fato contar?, refletiu.

Purvis deu de ombros.

– Você é quem sabe. Acredito que esteja certo, pois eu faria o mesmo. Só deve partir para a missão com gente de sua estrita confiança.

Abriram mais garrafas de Two Eagles.

– Me diga uma coisa, Al – disse Purvis com a boca cheia. – Quando é que vai me apresentar a seus homens?

– Penso que dentro de uns dois ou três dias.

– Então, é tudo gente daqui?

– Exatamente. Gente de McAllen.

– Será que os conheço? – perguntou Purvis com uma expressão cheia de dúvida.

Mendes refletiu um pouco.

– Não acredito, se bem que a cidade é tão pequena que você pode ter cruzado com algum deles.

– Por exemplo?

Mendes notou que Purvis estava ardendo de curiosidade, mas não deu o braço a torcer.

– Acho que não conviria lhe dizer agora quem são as pessoas. Pode acontecer que não aceitem o convite, e eu tenha que continuar procurando – disse isso com toda a sinceridade possível.

– Então, está bem assim. Gosto de uma boa surpresa. Só não quero que me decepcione com os homens que contratar.

– Não se decepcionará. Nunca iria apresentar a você gente sem qualidade – retrucou Mendes.

– Não se ofenda. Você sabe que gosto de tudo preto no branco. Se não gostar de um de seus homens, digo isso na cara. Do mesmo jeito que você falou quando lhe ofereci os meus... – disse com franqueza, para acrescentar: – Mas, pelo menos, sabe com quantos homens contará?

Mendes pensou rapidamente e disse:

– Comigo, cinco.

– Cinco? – Purvis refletiu um tanto, olhando para o teto e, depois de assentir com a cabeça, disse: – É um bom número. Para falar a verdade, eu também havia pensado num número como esse.

– Posso ir adiantando a eles sobre o teor da missão e o valor do pagamento?

– Ainda não. Sugiro que diga que será uma missão de alto risco, no Oriente, e que a paga será elevada. Sem que despreze suas qualidades como recrutador, prefiro antes avaliá-los e eu mesmo explicar toda a missão como fiz com você.

Ficaram então combinados que, dentro do prazo estipulado, Mendes viria lhe apresentar a equipe, para avaliação. Purvis voltou a pedir sigilo absoluto de tudo que haviam discutido. E, na despedida, ergueu um solene brinde ao sucesso da Operação Cabeça do Emir, como ela passaria a ser conhecida daí por diante.

4

Os Blackhawks

Mendes saiu da reunião bastante preocupado. Afinal, em seu arroubo, tinha prometido coisas que talvez fossem difíceis de cumprir. Cheio de dúvidas, fez a si mesmo uma série de perguntas. E se não encontrasse os homens talhados para a missão? E se Purvis rejeitasse *in limine* os homens que lhe apresentasse? Por que não aceitara os profissionais que ele havia sugerido? O seu orgulho, como sempre, falara mais alto, refletiu. Mas não só isso. Acontece que acreditava de fato no princípio da lealdade a toda prova. Como confiar em um homem que não conhecia e que seria leal a ele por meio do comando de outrem? Mas não adiantava ficar pensando nisso a essa altura, já que se comprometera a assumir o comando da missão e assinado o contrato. Não tinha alternativa senão seguir em frente. Era melhor, portanto, começar a pensar nos homens que pretendia recrutar.

Chegando a casa, tomou um banho e fez um café. Sentou-se à mesa, pegou uma caneta e abriu um bloco de anotações. O primeiro nome que lhe veio de imediato à cabeça foi o de Neidhart. Pôs-se a rememorar os fatos da vida do alemão, que lhe tinham vindo ao conhecimento em bate-papos informais, quando bebiam juntos ou saíam para caçar. Neidhart, que costumava ser bastante reservado, abrira-se bastante com ele. Talvez por ver em Mendes um amigo discreto e cordial. E assim lhe contara, em detalhe, uma história de vida das mais intrigantes.

Neidhart Gottllieb von Droste-Hülhsoff devia seu imponente nome a uma família aristocrática, cujas origens se perdiam no tempo. Entre seus antepassados, havia músicos, pintores e mesmo uma poetisa, contemporânea de Goethe e de grande sensibilidade, chamada Anette von Droste-Hülhsoff. Mendes lembrara-se de ter visto, na sala de jantar da casa dele, um quadrinho envidraçado com alguns versos em alemão da antepassada mais famosa. Através de muitas gerações, sua família vinha sendo proprietária de uma siderúrgica, a Hülhsoffstahl, que estava atolada em dívidas. Isso, em parte, se devia à derrocada do país, após a guerra de mil novencentos e catorze. Em mil novecentos e trinta e nove, quando o partido nazista começou a ganhar força na Alemanha, Ludwig von Droste-Hülhsoff, o avô de Neidhart, foi um dos primeiros nomes da aristocracia alemã a aderir ao partido. Como muitos alemães, via na ascensão do nazismo o único meio para o ressurgimento do país, humilhado pelo tratado de Versalhes, depois da guerra de mil novecentos e catorze. Também calculadamente viu nisso uma grande oportunidade para reerguer a empresa familiar. Tornando-se íntimo de altas figuras do Partido Nazista, entre elas o próprio Himmler, não demorou muito a ser contemplado com algumas vantagens. Servindo-se de seus contatos políticos, pôde se utilizar, em grande escala, do trabalho escravo de judeus. Ao mesmo tempo, conseguiu penetrar no restrito círculo de empresários que tinham o privilégio de fornecer o aço para a indústria bélica nacional em franca expansão. Isso teve como resultado aumentar ao máximo a produção da empresa, que cresceu como nunca antes.

Em consequência de tal adesão, o pai de Neidhart, Friedrich, foi educado dentro das estritas normas do nazismo e acabou por integrar a Juventude Hitlerista. Contava com catorze anos quando Berlim foi tomada pelos Aliados. Lutando numa trincheira, acabou bastante ferido, tendo, inclusive, perdido um olho. Depois da guerra, internado num hospital, levou um bom tempo para se recuperar. Ao deixar a casa de saúde, só viu ruínas e desalento à sua volta, o que o tornou um eterno revoltado. Seu pai tinha sido preso e julgado por crimes de guerra. Os bens da família haviam, em grande parte, sido confiscados. Via a Alemanha de joelhos, e os sonhos do Terceiro Reich destruídos talvez para sempre. Alguns anos depois, ao entrar em contato com algumas figuras do proscrito Partido Nazista, reavivou suas esperanças. Eram antigos membros da SS que, vivendo na clandestinidade, pretendiam manter viva a chama do nazismo. Contando com o auxílio financeiro da organização Odessa, promoviam palestras e cursos para informar e formar a nova geração, tendo em vista a instalação do Quarto Reich. Friedrich começou a participar de reuniões secretas, em que se fazia a doutrinação dos jovens, com a contínua reverência aos ícones do partido:

Hitler, Goering, Goebbels, Himmler, e à ideologia nazista. Mas a repressão não tardou, e um a um os ex-nazistas foram sendo presos. Acompanhado da mulher, Friedrich refugiou-se então numa antiga e isolada propriedade da família, numa floresta da Vestfália perto de Dortmund. No porão da casa, organizou um museu, dedicado às glórias do nazismo, onde expunha uniformes, bandeiras, estandartes, cartazes, livros, cartas, documentos. Numa saleta ao lado, fechada a sete chaves, guardava um pequeno arsenal: pistolas Luger, fuzis, submetralhadoras.

Neidhart cresceu nesse ambiente estranho, filho de uma mãe omissa e de um pai monomaníaco. Não era raro ele ver Friedrich, vestido com a farda negra da SS, ornada com a cruz de ferro, exibindo-se, todo orgulhoso, diante do espelho. Mas não só isso: Friedrich passou a doutrinar o filho do mesmo modo que o pai o doutrinara no passado. Neidhart lembrava-se de que era obrigado a ouvir longas preleções sobre os grandes feitos de Hitler e as glórias do Terceiro Reich. Também era obrigado a acompanhar o pai em manobras, que compreendiam o despertar ainda muito cedo, as longas, extenuantes, marchas, floresta adentro, e os exercícios físicos e de tiro. Ainda muito jovem, Neidhart, graças às lições de Friedrich, tornou-se um exímio atirador. Mas a rudeza, a estupidez e o caráter tirânico do pai passaram a incomodá-lo cada vez mais. Era inflexível em matéria de disciplina. Pelo motivo mais fútil, castigava-o e chegava mesmo a lhe bater. Tentava inculcar nele, à força, os estúpidos valores da superioridade da raça ariana, da grandeza do nazismo e de Hitler e o ódio indiscriminado aos judeus. "Você não pode imaginar como era horrível ficar diante daquele homem fardado, ouvindo horas a fio tantas abominações!", dizia Neidhart, balançando a cabeça. E bastava ele sair do seu meio asfixiante, continuava a contar, para que pudesse ver o artificialismo daquelas preleções, as mentiras que o pai tentava lhe enfiar à força na cabeça. Na escola, longe da presença autoritária de Friedrich, viera a descobrir as atrocidades sem fim cometidas pelo nazismo. Reagindo ao pai, pôs-se a odiá-lo e a tudo que ele representava: o autoritarismo, o nazismo, a suástica, Hitler e as demais figuras monstruosas do Terceiro Reich. E foi, talvez, levado por esse movimento de rejeição que Neidhart acabou fugindo de casa e aderindo a um grupo de extrema esquerda, o Baader-Meinhof. Participou de algumas escaramuças violentas, como assaltos a bancos, a carros-fortes, embora nunca tivesse matado ninguém. Mas, pouco a pouco, passou a ter consciência de que não fora fadado para se integrar a uma facção política. Havia percebido que tanto a extrema direita quanto a esquerda radical tinham o mesmo e infame propósito de tentar domesticar o espírito do homem com lavagens cerebrais. Sua índole rebelde não lhe permitia que se submetesse ao tacão de ninguém, fosse o pai, fosse um grupo, fosse um partido. A liberdade, disse Neidhart, era para ele um bem muito caro. E citava um pensamento de Goethe: *Niemand ist mehr Sklave, als der sich für frei hält, ohne es zu sein.*[1] Deixou o grupo um pouco antes do desmantelamento da facção, em mil novecentos e noventa e oito. Para fugir às forças da repressão, mudou-se para Aachen, na fronteira com a Bélgica. Lá, empregou-se como lavador de pratos num restaurante e começou a reconstruir a vida. "Se quer saber, meu amigo", Neidhart continuou a contar, "apesar de minha participação no grupo terrorista, consegui escapar ileso e sem ter o nome fichado. E vim a conhecer Gudrun que teve importância fundamental nas mudanças em minha vida." Logo se casaram e, por prudência, resolveram deixar a Alemanha. Emigraram então para os Estados Unidos, a fim de reconstruir a vida. Escolheram McAllen como refúgio, quase ao acaso, talvez porque fosse uma cidade muito pequena, perdida no mapa. Montaram uma pequena charcutaria e restaurante, onde Gudrun costumava atrair os fregueses com suas linguiças recheadas e seu famoso *Apfelstrudel*. Neidhart, desde a chegada ao país, vivia sossegado, cuidando de seu negócio, caçando e saindo com os pouquíssimos amigos.

Mendes concluiu que Neidhart tinha muitos bons predicados. A começar por ser alto, robusto, de coragem comprovada. Além disso, conhecia armas como ninguém e se mostrara um excelente atirador. Quanto ao caráter, era leal e não abria mão de suas convicções. Circunspeto, quase formal, de uma franqueza rude, não perdia tempo com conversas inúteis. Pesando bem as coisas, Mendes considerou que ele tinha tudo que o recomendasse para a missão. Seria o seu segundo em comando e um excelente consultor para questões de armamentos, munições e táticas de guerra. Releu algumas das anotações que fizera e escreveu o nome de Neidhart, encabeçando a futura lista de recrutas.

---

1 "Ninguém é mais escravo do que aquele que se considera livre sem o ser."

A outra pessoa com quem Mendes gostaria de contar era DC. À primeira vista, talvez impressionasse mal, ainda mais para uma missão dessa magnitude. Parecia irresponsável, malicioso, brincalhão demais. Pouco afeito ao trabalho duro, gostava mais era de beber e jogar sinuca no Los Hermanos. Mas Mendes ponderou que as aparências, no caso específico de DC, enganavam, e muito. Por suas conversas, sabia que tinha servido no Iraque, entre os anos de dois mil e quatro e dois mil e cinco. Ferido numa emboscada – ele mancava um pouco da perna esquerda –, fora dispensado. Recebera uma medalha por bravura e voltara para os Estados Unidos. Em seu país, veio a se defrontar com um inimigo pior que os *fedayns* iraquianos – o furacão Katrina – que jogou sua vida de cabeça para baixo. Mendes considerou que a experiência de DC como fuzileiro lhe permitira conhecer a região do Golfo e os hábitos e manhas dos *fedayns*. DC também sabia como atirar e lutar, como ele já pudera perceber. Quanto à pretensa irresponsabilidade, não passava de uma forma de ele se libertar do trabalho escravo, mecânico. Excelente profissional, cuidava dos carros entregues a seus cuidados com extremo zelo. Tratava-os como uma joia, em sua pequena e bem organizada oficina. A prova disso estava no Fusca de Mendes, que, apesar da idade, nunca o deixava na mão. Fora isso, era um companheiro de lealdade comprovada. E seu ótimo senso de humor deveria contribuir para manter em alta o moral dos companheiros, concluiu. Levando tudo isso em consideração, anotou seus comentários e o nome de DC logo abaixo do de Neidhart.

Depois de beber mais um gole de café, Mendes pensou em outras pessoas com quem tivera bons contatos em McAllen. A primeira delas era o jovem Walt Dern, filho do dono da Dern's, a mercearia que ficava na Downtown Street. Forte como um touro, correto, sempre sorridente, era atencioso e prestativo além da conta. Tinha por Mendes, de quem fora aluno, grande admiração. Quando ele ia comprar alguma coisa na mercearia, não era raro que Walt lhe perguntasse com toda a seriedade: "Então, professor Mendes, continua a montar as maquetes da batalha de Waterclose?". Mendes segurava o riso e não o corrigia. Mas isso pesava bastante contra ele, refletiu. O sorriso alvar, como que cravado na face, a dificuldade de compreensão de coisas até bem simples davam sinais claros de idiotia. Walt, com toda certeza, era limítrofe, considerou. Não, o jovem, apesar de algumas boas qualidades, não serviria. Ainda que fosse como besta de carga ou posto para lutar na vanguarda, poderia comprometer a missão. Desistiu de Walt e começou a pensar nos irmãos russos Anton e Pavel Dukovski. Gêmeos univitelinos, era muito difícil distinguir um do outro, ainda mais que cortavam o cabelo do mesmo modo e vestiam roupas idênticas. Trabalhavam na serraria do Fletcher e, pelo que se dizia, eram ótimos profissionais. Além disso, distinguiam-se pela força bruta. Quantas e quantas vezes não os vira carregando pesadas toras no ombro, como se fossem meras tábuas. Em conversas no Los Hermanos, Mendes ficara sabendo que haviam lutado no Afeganistão e matado muitos membros do Talibã. Bebiam como ninguém e jamais ficavam embriagados. De vez em quando, sem motivo aparente, se metiam em brigas, destruindo mesas e cadeiras, quebrando braços e cabeças. Fora isso, muito pacíficos, mostravam-se pessoas cordiais, de boa convivência. Tinham alguns pontos positivos: o conhecimento do terreno, a força bruta, mas pareciam instáveis demais. Mendes temia esse tipo de homem, que, numa situação crítica, reagisse como uma bomba preste a explodir. Não, não podia contar com os irmãos Dukovski, refletiu, riscando também o nome deles.

Ficou algum tempo pensando. Percebeu que havia trazido à lembrança esses nomes, devido à cautela. Na realidade, tinha outros dois nomes no bolso do colete, mas que hesitava em contatar. Isso porque acreditava que Purvis ficaria com o pé atrás em relação a ambos. Um, Zauar Hasni, era paquistanês, o outro, Chiang Li, chinês. Ambos estavam radicados já havia alguns anos nos Estados Unidos. Zauar trabalhava para o cunhado, dono de uma loja de eletrônicos que prestava serviços variados na cidade, como a manutenção de redes de internet, de computadores. Já Chiang era gerente e cozinheiro do restaurante Golden Dragon. Mantinha muito boas relações com os dois e acreditava que ambos, cada um a seu modo, possuíam excelentes qualidades.

Havia conhecido Zauar quando, um dia, ele viera consertar a rede de tevê a cabo em sua casa. Era um homem não muito alto, barbudo, os cabelos encaracolados, os olhos azuis que contrastavam com a pele escura. Caprichoso, passou um bom tempo arrumando a fiação, as conexões. De vez em quando resmungava, reclamando do serviço porco que havia sido feito. Quando soube que a instalação fora obra do cunhado, deu de ombros e grunhiu:

– O Hafiz devia se contentar em ficar ao balcão... .

Como Mendes reclamasse também da lentidão do micro, Zauar, muito atencioso, se dispôs a dar uma olhada. Ao abrir a máquina, constatou que estava cheia de vírus. Reformatou tudo e deixou o aparelho em ordem. No fim, não quis cobrar pelo serviço extra, dizendo que era uma cortesia. Fazia bastante calor naquele dia, e Mendes lhe ofereceu alguma coisa para beber:

– Vai uma água, um suco de laranja, ou outra coisa...? – disse, abrindo a geladeira.

Zauar deu um sorriso malicioso e perguntou:

– Que outra coisa você podia me oferecer?

– Uma cerveja, uma dose de uísque, por exemplo...

– Vai a cerveja, que hoje está quente demais.

– E você pode tomar álcool? – perguntou Mendes, apontando para o turbante do paquistanês.

– E por que não?

– Você não é muçulmano?

– Sou, e daí? Há muçulmanos e muçulmanos, e vocês do Ocidente têm o péssimo hábito de confundir tudo...

Sentaram-se à mesa para tomar a cerveja. Como Zauar dissesse que se sentia cansado e que não estava mais a fim de trabalhar naquele dia, começaram uma longa conversa. O paquistanês contou que havia nascido em Peshawar, capital do distrito de Khyber Pakhtunkhwa, no noroeste do Paquistão. De etnia pachto, sua família de doze membros vivia na extrema pobreza. Quando contava com doze anos, o pai fez que ingressasse numa *madrassa*, dirigida pelo grupo radical Jamaat-e-Islami. E, assim, começou sua intensa doutrinação.

– Éramos confinados num prédio que servia de refeitório, dormitório e salas de aula. De manhã e à tarde, líamos sem cessar os versículos do Corão. Ao mesmo tempo, os mulás nos ensinavam os conceitos do *haram*, coisas proibidas, e do *halal*, coisas permitidas pelas rígidas leis muçulmanas.

Zauar bebeu um gole de cerveja e continuou contando que os professores também ensinavam às crianças que os muçulmanos deviam odiar todos aqueles que não professavam a fé islâmica. Sempre repetindo o mesmo mantra, procuravam enfiar-lhes na cabeça que os muçulmanos eram superiores aos não muçulmanos, que os homens deviam tornar as mulheres submissas e que os judeus eram os maiores inimigos do Islã.

– Mais tarde, começamos a ter aulas intensivas de tiro e de manuseio de bombas. Percebi então que o fim da escola era preparar recrutas para integrar os grupos de jihadistas, a fim de participar da *jihad*, a guerra santa contra os infiéis.

– E como você se saiu nisso tudo? – perguntou Mendes, interessado.

– Manejo muito bem um Kalashnikov e sei tudo sobre minas terrestres e bombas com detonadores. – E acrescentou, dando uma risada: – Só para você ver: em nossa formatura, desfilamos pelas ruas de Peshawar, fantasiados de homens-bomba...

Mas, ao contrário dos colegas, que se tornaram fanáticos, Zauar confessou que aquilo tudo o incomodava. Tinha amigos de outras etnias, inclusive judeus, e não conseguia entender por que devia odiá-los. Apenas por não serem muçulmanos? Afinal, conhecera muçulmanos de má índole, cruéis, intransigentes, venais. Além disso, ao ler o Corão, percebia que muitas de suas *suras* ou capítulos pregavam não só a misericórdia de Deus, como também a necessidade de bondade, generosidade e justiça nas relações entre as pessoas. Como, então, os fanáticos mulás da Jamaat-e-Islami pregavam a violência extrema contra os não muçulmanos?

– E a gota d'água daquilo tudo foi, um dia, contemplar o espetáculo de um jovem como eu, indo ao encontro de um grupo de soldados e se autoexplodindo. E na ação não morreram somente os militares, pois havia por ali mulheres e crianças. Ao ver os pedaços de corpos espalhados pela rua, fui tomado por um horror que me levou a deixar de vez a ação terrorista.

Foi aí então que Zauar tomou uma decisão extrema: deixou o grupo islâmico Jamaat-e-Islami, renunciou a seu passado e decidiu emigrar para os Estados Unidos. Depois de uma peregrinação pelo país, sofrendo toda sorte de preconceitos, ainda mais depois do Onze de Setembro, tinha vindo morar em McAllen, para trabalhar com o cunhado. Adaptando-se bem aos costumes norte-americanos, aprendeu tudo sobre informática, tevê a cabo, e assim ia ganhando a vida. Era casado com uma norte-americana e tinha dois filhos. Mas isso não impedia que ainda fosse um bom muçulmano, confessou.

– E o que significa ser um bom muçulmano? – perguntou Mendes.

Zauar deu uma risada, refletiu um pouco e disse:

– Para lhe ser sincero, não me considero um muçulmano dos mais ortodoxos. Afinal, estou degustando esta sua ótima cerveja, não é? – Bebeu um gole da ale, refletiu um pouco e arrematou: – Mas, procurando seguir os ensinamentos do profeta Muhammad, tento ser justo e não praticar o mal. Também cumpro com regularidade parte do ritual islâmico.

E explicou que, todos os dias, após se lavar com água corrente, fazia as cinco orações, de joelhos e com o corpo voltado para onde ficava Meca, a Cidade Santa. E a conversa naquele dia terminara com ele, o rosto vincado pela raiva, dizendo que não podia entender como uma religião, fosse a cristã, a judaica ou a muçulmana, podia pregar o ódio. E concluiu, num tom melancólico:

– Em nome do Deus Petróleo, o cristão Bush massacrou milhares de pessoas no Iraque. Em nome do Deus da Ira, os jihadistas vêm massacrando inocentes mundo afora.

Mendes chegou à conclusão de que Zauar era mesmo uma pessoa em quem devia pensar com muito carinho. Era cordial, honrado, confiável. Além disso, como Neidhart e DC, parecia dono de seu nariz, sem se deixar dominar por preceitos ideológicos ou religiosos. Quanto ao aspecto prático, tinha tudo para participar da missão: coragem, grande conhecimento do terreno, dos dialetos e hábitos dos povos da região. Sem contar a sua grande expertise em armas e explosivos. E, sem mais hesitar, Mendes anotou o nome de Zauar Hasni.

Pôs-se então a pensar no último nome da lista, que era o de Chiang Li. Havia conhecido o chinês quando passara a frequentar o restaurante Golden Dragon. Era um salão decorado com lanternas vermelhas, motivos florais e o desenho de um grande dragão dourado, soltando fogo pela boca, numa das paredes. A comida, além de excelente, era servida numa boa quantidade. Uma noite, estava lá com DC, degustando um prato feito à base de brócolis e filé-mignon, acompanhado de arroz chop suey, camarões empanados e uma cerveja Tsingtao. O local, fora os dois amigos, estava vazio. Nem mesmo a garçonete Gong, uma chinesa bonitinha e atenciosa, dava o ar de sua graça. Haviam sido atendidos por um mal-humorado Chiang, que estava fazendo as vezes de garçom. Estranho isso, pensou Mendes, porque ele costumava ser bastante cordial, conversando com os clientes, recomendando pratos e bebidas. Mas, naquele dia, cumprimentara-os sem sorrir, anotara os pedidos e logo os servira. Tinham começado a comer, quando ouviram um ruído forte e contínuo vindo da cozinha: *chop! chop! chop!*

Muito curioso, DC resolveu investigar. Meteu a cabeça na janelinha por onde eram passados os pratos e perguntou:

– Ô China! O que é que está acontecendo aí?

Houve um pequeno intervalo de silêncio, seguido por um zunido e uma pancada, que fez estremecer a divisória de madeira. Com um berro, DC recolheu a cabeça e veio até Mendes, com os olhos arregalados.

– Chinês mais maluco! Quase arrancou minha cabeça com a machadinha.

– Como assim?

– Estou te dizendo! O cara estava cortando uns frangos. Quando lhe chamei a atenção, jogou a machadinha contra mim e não me acertou por pouco.

Mendes caiu na risada, e DC disse de mau humor, enquanto se servia de cerveja:

– É porque não foi você que quase perdeu a cabeça.

– Não esquenta, não, DC, vai ver que o china não está num bom dia. Não viu a cara dele quando serviu a gente?

Uns quinze minutos depois, Chiang veio até eles. Baixinho, magro, tinha a cabeça raspada e orelhas de abano. Parecendo constrangido, inclinou-se e disse:

– Queria pedir perdão aos senhores.

Mendes e DC olharam para ele, espantados.

– Tive um dia difícil. Gong ficou doente, e o proprietário do restaurante, o senhor Cheng, ainda não pagou nosso salário nem, muito menos, os fornecedores... – Fez uma cara compungida e prosseguiu: – Sei que os clientes não têm nada a ver com isso. Por isso, vim me desculpar pela grosseria.

– O que é isso, China? – disse DC, que já havia recuperado o bom humor, – todos nós temos nossos dias difíceis.

– Para reparar minha descortesia, preparei uns pastéis para os senhores... – prosseguiu Chiang.

– Não precisava se preocupar... – disse Mendes, conciliador.

– Faço questão, já estão prontos.

E saiu muito rápido em direção da cozinha. DC caiu na risada e disse, imitando Chiang:

– Quando estou nervoso, gosto de arrancar a cabeça dos clientes com a machadinha.

– Schhh – disse Mendes, segurando o riso –, olha que ele já está de volta.

Chiang equilibrava uma grande bandeja cheia de pastéis, feitos no vapor. Eram sua especialidade. Também trazia uma garrafa de aguardente.

– Sirvam-se, senhores – disse, depositando a bandeja sobre a mesa. – E tomem uns goles de Maotai, uma aguardente especial feita de trigo e sorgo. Por conta da casa.

– Por que não se senta com a gente? – convidou Mendes.

– Por favor, senhores... eu... eu – disse Chiang, parecendo embaraçado.

– Ô China, quer deixar de cerimônia? – disse DC. – Coma e beba com a gente e deixa essa de "senhor pra cá, senhor pra lá".

Mendes caiu na gargalhada, e Chiang o acompanhou. Não se fazendo mais de rogado, puxou uma cadeira e fez companhia aos dois amigos.

Muitas taças de Maotai, acompanhadas de copos de Tsingtao, o tornaram bastante loquaz. E isso fez que, a língua solta, contasse sua história. Era da província de Yunnan, na China, mas seus pais, comerciantes de profissão, antes de ele ter nascido, haviam se mudado para a Coreia do Norte. Foram então morar em Sinuiji, na província de Pyongan, no norte do país. Com a guerra, a família se viu em tremendas dificuldades, ainda mais quando o conflito terminou. Com a economia dirigida pelo partido comunista, a população do país veio a conhecer períodos de intensas privações. Milhões de habitantes morreram de fome, devido às más colheitas, às enchentes e a uma absurda reforma agrária.

– As pessoas chegavam a falar em práticas de canibalismo, tanta era a miséria, a falta de alimentos... – disse, balançando a cabeça.

Por causa disso, os pais de Chiang só foram ter filhos no fim da década de sessenta. E, assim, ele cresceu num país dominado por tiranos, onde o povo, brutalizado, não tinha como se alimentar e se educar. A sociedade era oprimida pela fome e controlada pelo medo. Na Coreia do Norte não havia o mínimo de liberdade. Os que protestavam eram punidos com o internamento em campos de reeducação e, nos casos mais extremos, até com a morte.

– O regime era tão fechado e os dirigentes tão tirânicos que fui preso só porque me pegaram sintonizando uma rádio estrangeira... – disse Chiang, dando um suspiro.

Se a vida já era dura com o alimento racionado, nos centros de detenção, era bem pior.

– Havia jornadas de dezoito horas de trabalho. Como alimentação, a gente recebia apenas um prato de arroz com uns talos de legume.

Ele e outros internos, por falta de proteínas, tornaram-se exímios caçadores de ratos, que infestavam as instalações do campo. Graças aos roedores que apanhava é que conseguira sobreviver. Também, segundo Chiang, qualquer coisa era motivo para surras com varas de bambu. Nas poucas horas de descanso, eram atormentados com longos discursos, em que se teciam loas ao regime e ao tirano, o "Presidente Eterno", Kim Il-Sung. Chiang nem ao menos tinha noção de quanto tempo ficaria detido. Não havia sido julgado – ao ser denunciado por um vizinho invejoso, fora preso e enviado ao campo de concentração. Percebeu assim que, se continuasse ali, iria enlouquecer ou morrer. Resolveu adotar um comportamento simulado até que pudesse fugir do campo. Fingindo querer reabilitar-se, começou a adular os guardas e a dedicar-se à leitura dos textos doutrinários do regime. Com o tempo, ganhou a confiança dos administradores do campo, o que significou ter uma ração um pouco melhor e a carga de trabalho diminuída. Em vez de cavar valas ou limpar as latrinas, foi enviado para trabalhar na cozinha. Chiang se aproveitou disso para se recuperar fisicamente. Tendo feito amizade com um dos internos mais velhos, um praticante do *hapkidô*, o mestre Chung-Ho, pôs-se a praticar a luta milenar. Depois de dois anos, já era um lutador respeitável. Também se especializou no uso de armas brancas. Tornou-se um exímio atirador de facas e cutelos.

– De faca, não sei – interveio DC –, mas de cutelo... – provocando a risada de todos na mesa.

Até que, conhecendo bem os pontos frágeis das cercas de arame farpado do campo, os turnos da guarda, Chiang resolveu fugir. Com a roupa do corpo e algum alimento num saco, numa noite, atravessou o cercado, passando o corpo sob um fio de alta tensão. Foi surpreendido por uma sentinela, que avançou contra ele de porrete na mão. O homem deu-lhe uma cacetada na cabeça. Rápido, o chinês desviou-se, saltando para o lado. Quando a sentinela armou outro golpe, Chiang lhe acertou um violento pontapé no pomo de adão. O homem caiu para não mais se levantar. Chiang saiu então em marcha batida pelo campo desértico, povoado de ervas daninhas. Sabia que deveria caminhar na direção das montanhas Baekdu, bem ao longe, porque atrás delas ficava a China. Depois de passar muitas privações, pisou, afinal, em território chinês.

– Atravessei a fronteira, tomando muito cuidado pala evitar a guarda. Se fosse pego, com toda certeza me enviariam de volta.

Mas na China, as coisas não eram lá muito diferentes. Mesmo depois das reformas empreendidas por Deng Xiaoping, continuava um país opressivo, onde as liberdades individuais eram bem restritas.

– Por isso, sempre tinha medo que me repatriassem. Aí, eu seria punido com a morte – disse Chiang, balançando a cabeça.

Foi isso que o fez decidir-se a vir para os Estados Unidos. Em McAllen, havia encontrado a paz que jamais encontrara, nem na Coreia do Norte nem na China. Mas, por outro lado, tivera que se submeter a um regime de semiescravidão, ao trabalhar no Golden Dragon. Aproveitando-se da situação precária de Chiang, o sr. Cheng o explorava como aos demais funcionários. Recebia um salário miserável e sempre com atraso. Quando terminou seu longo relato, estavam todos meio embriagados, graças à aguardente Maotai e às cervejas Tsingtao. Chiang tentou erguer um último brinde, começando a dizer "A meus novos ami...", mas foi incapaz de concluir a frase. Deixou a cabeça cair sobre o que havia restado dos pastéis, derrubando copos e pratos no chão.

Chiang seria muito útil, pensou Mendes, satisfeito, fazendo mais algumas anotações. Como tinha experiência com o gerenciamento do restaurante, podia muito bem se ocupar da logística e da cozinha na missão. Mas também tinha outros importantes predicados. Pelo que havia contado, lutava bem e era mortal com o cutelo. Quando se tornaram mais amigos, várias vezes, mostrou a habilidade com a arma, acertando com precisão e força alvos a mais de quatro metros de distância. E Mendes não podia desprezar outros aspectos de Chiang que valorizava muito nas pessoas: a cordialidade, a boa disposição, a discrição. Tudo nele o recomendava, o que levou Mendes a fechar de vez o bloco de anotações em que registrara seu dossiê.

No dia seguinte, Mendes saiu à procura dos homens. Contatou-os isoladamente, adotando com todos o mesmo tipo de abordagem. Contou ser o representante de um empresário riquíssimo, que desejava contratar homens de grande determinação e caráter para uma missão muito especial na Ásia. Por enquanto, não estava autorizado a dar mais detalhes, mas acrescentou que poderiam correr grandes riscos e assegurou também que a paga seria excelente. Se aceitassem o convite, deveriam mais tarde assinar um contrato feito pelo empregador. Todos aceitaram sem pestanejar e fazendo poucas perguntas.

No dia combinado, marcaram encontro diante do Los Hermanos. Mendes fez as apresentações, já que nem todos se conheciam entre si. E DC já veio com as suas. Olhando para Zauar e estranhando o turbante, perguntou:

– Então, o Ali-Babá também vai participar disso com a gente?

Os homens caíram na risada. Voltando-se, por sua vez, para Chiang, ele disse:

– Olá, Chop-Chop, pretende arrancar a cabeça de alguém com isso? – apontando para o cutelo que ele trazia numa bolsa na cintura.

É que Mendes, tendo uma súbita intuição, aconselhara Chiang a trazer sua ferramenta.

– Chop-Chop?! – perguntou Neidhart, ainda rindo.

– O membro chinês dos Blackhawks. Após explicar quem eram os Blackhawks, ele se dirigiu a Mendes:

– E, falando em Blackhawks, comandante, você podia ser o Bart... Que tal?

– Está bem. *Entre nous*, posso muito bem ser o Bart – disse Mendes, sorrindo.

Mendes contemplou com satisfação a equipe recém-formada. Segundo o comentário bem-humorado de DC, os Blackhawks: Olaf, DC, Ali-Babá e Chop-Chop. Era bem verdade que ainda dependia da palavra final de Purvis para contratar o grupo. Mas tinha certeza de que o convenceria. Afinal, aqueles homens eram gente de primeira. Entraram todos no Ford Fairlane de DC e seguiram para a casa do empresário.

*****

Depois de se anunciarem, foram levados por Reynoso até uma entrada lateral da mansão, que dava direto para a sala reservada de Purvis.

– Por favor, senhores – disse o mordomo, abrindo a porta e lhes cedendo a passagem.

Quando Mendes entrou, seguido dos companheiros, a primeira coisa que viu foi Purvis sentado na cadeira de rodas, no espaço junto ao fogo. À sua frente, mandara dispor cinco poltronas, ao lado das quais havia mesinhas com tira-gostos e copos.

– Boa noite, senhores – começou a dizer Purvis. – Como devem ter sido informados pelo sr. Mendes, não posso me levantar daqui e, portanto...

Parou de falar e fixou o olhar penetrante em Zauar e Chiang. Em seguida, olhou de modo interrogativo para Mendes, que fingiu não perceber isso. Lá vem bomba, pensou. Não era para menos: entrar assim na casa dele com um paquistanês barbudo, de turbante, e um chinês... Mesmo reagindo desse modo, Purvis não perdeu o senso de cordialidade. Fazendo um gesto largo com a mão, disse:

– Por favor, senhores, sentem-se.

Quando eles se acomodaram, disse:

– Se quiser, Al, pode começar a fazer as apresentações.

Apontando para o alemão a seu lado, Mendes disse:

– Este aqui é Neidhart Gottllieb von Droste-Hülhsoff. Nasceu na Alemanha, mas está radicado nos Estados Unidos já há algum tempo. Conhece tudo de armas e é um exímio atirador.

Purvis sorriu, satisfeito. Ficara mesmo impressionado com o porte físico de Neidhart e com sua circunspeção.

– Ao lado dele – continuou Mendes –, Washington Michael Dupré, mais conhecido como DC. Participou da Guerra do Iraque e...

Purvis interrompeu Mendes e perguntou, cheio de entusiasmo:

– Em que brigada você serviu, meu filho?

– Na Segunda Brigada, da Terceira Divisão Mecanizada, sob o comando do coronel Perkins.

– E de que tipo de ação participou?

– A bordo de um carro de assalto Stryker, fomos a primeira brigada a entrar em Bagdá. Eu era o responsável pela metralhadora M2 .50.

– Serviu até o fim da guerra?

– Não, senhor. Fui ferido na perna e tive baixa.

– Muito bem, soldado! – E, voltando-se para Mendes, pediu: – Por favor, prossiga...

Mendes apontou para o outro companheiro.

– Zauar Hasni é de origem paquistanesa...

– Paquistanês, hummm...? – disse Purvis, fechando a cara.

– Sim – respondeu Zauar. – Mas também sou cidadão americano.

Purvis olhou para Zauar de um jeito incisivo, como se duvidasse da informação.

– E continua muçulmano?

– Sim, continuo.

– E, sendo assim, não estaria a fim de explodir alvos americanos, sr. Hasni? – perguntou Purvis, de uma maneira rude.

– Por que eu faria isso? – perguntou Zauar, impassível.

– Ora, porque essa gente dos países árabes...

– Sr. MacCormack – disse Zauar, interrompendo-o. – A ignorância costuma ser uma arma muito perigosa...

– O que o senhor quer dizer com isso? – disse Purvis, elevando o tom de voz.

Mendes alarmou-se. Não sabia se devia intervir. Mas, quando Zauar voltou a falar, percebeu que o paquistanês tinha como se defender muito bem sozinho.

– Quero dizer com isso que o islamismo, sr. MacCormack, ao contrário do que dizem por aí, é uma religião tolerante, que visa ao aperfeiçoamento do homem. Por outro lado, não escondo de ninguém que fui educado para ser um terrorista radical. Mas, faz muito tempo que reneguei a toda intolerância. – E arrematou no mesmo tom impassível: – E seria bom que aqui nos Estados Unidos algumas pessoas também a renegassem...

Mendes pensou que Purvis fosse explodir de tão vermelho que havia ficado. Mas o empresário acabou serenando e disse:

– Muito bem... – Voltando-se para Mendes, perguntou: – E que predicados este seu homem possui?

– Conhece como ninguém a região, os hábitos, costumes e dialetos do Afeganistão. Atira muito bem com um Kalashnikov e é um experto em confecção e manuseio de bombas.

– E o japonês aí? O que me diz dele? – perguntou Purvis, apontando para o último homem.

– Não sou japonês, sou chinês – rebateu Chiang com toda a fleuma.

Mendes resumiu os dados da vida de Chiang.

– Ele então cuidará da logística... – refletiu Purvis com a mão no queixo. – Vamos precisar mesmo de alguém assim. Mas e quanto à experiência com armas? Você não tocou nisso, ao falar da biografia dele.

Mendes dirigiu-se ao chinês, dando-lhe uma ordem incisiva:

– Mostre sua habilidade, Chiang!

O chinês se levantou, ao mesmo tempo que sacava o cutelo da cintura. E, gritando "Iaháááááá", atirou a arma. O cutelo passou, zunindo, sobre Purvis e foi se cravar numa cabeça de alce grudada na parede, partindo-a ao meio. Ainda se recuperando do susto, o empresário virou o corpo para ver o estrago.

– *Gosh!* – exclamou. – O china aí é dos bons!

Terminada as apresentações, Purvis disse:

– Antes de entrar mais a fundo em nossos negócios, vamos beber. Os senhores podem se servir – disse, apontando para o aparador.

Voltando-se para Zauar, acrescentou, de um modo zombeteiro:

– Quanto ao senhor, a sua religião parece que não...

– Sr. MacCormack, gosto de beber e isso não tem nada a ver com religião – disse Zauar, levantando-se também, para se servir.

Pouco depois, todos de copo na mão, ouviam as explanações de Purvis. Embora não entrasse em detalhes específicos, como fizera com Mendes, ele fez questão de deixar bem claro o que desejava. Depois, entregou uma cópia do contrato a cada um, pedindo que lessem com atenção.

– Se concordarem com os termos, por favor, rubriquem todas as páginas e assinem na última. Se não concordarem com algum item, me consultem. Caso não queiram participar da missão, saiam por aquela porta. Mas, antes, terão que prometer sigilo absoluto sobre tudo o que se falou nesta sala.

Os homens começaram a ler o contrato. O primeiro a terminar foi Neidhart. Permaneceu em silêncio. Mas DC reagiu de maneira diferente. Quando chegou ao ponto do pagamento, assobiou, exclamando:

– Uau!

– Está perfeito! – disse Chiang, pondo a cópia do contrato sobre a mesinha a seu lado.

– Então, senhores? – disse Purvis. – Se ainda têm alguma dúvida...

– Por mim, está mais que bom – retrucou DC, arregalando bem os olhos. – Acho que nunca vou ver tanta grana assim na minha vida.

Zauar apenas balançou a cabeça, dando a entender que concordava com os termos.

Purvis então continuou a falar:

– Eu queria alertá-los do seguinte: depois que assinarem, não poderão recuar de modo algum, a não ser que tenham um motivo muito grave. A multa pecuniária pelo não cumprimento de contrato será pesadíssima para ambos os lados. Como já afirmei ao sr. Mendes, sei como fazer cumprir esse tipo de cláusula. – Fez uma pausa e concluiu com gravidade: – Portanto, senhores, pensem bem, antes de assinar.

Neidhart, sem hesitar, pegou a caneta e assinou, no que foi imitado pelos demais. Enquanto Purvis, por sua vez, assinava o contrato como empregador, acrescentou:

– A partir de agora, todos fazemos parte da missão Cabeça do Emir. – E, usando de um tom algo melodramático, observou: – Os senhores me pertencem de corpo e alma e, por isso, me devem lealdade absoluta.

Recolheu os documentos, dirigiu a cadeira até o cofre. DC, segurando o riso, sussurrou aos companheiros:

– Vendemos a alma ao diabo...

Purvis pegou cinco maços de dinheiro. Voltando, entregou cada um deles a cada um dos homens.

– Vocês têm aí cem mil dólares. Conforme reza o contrato, servirão para as despesas iniciais e para que se desliguem do emprego e passem a se dedicar integralmente à missão.

Apertou uma campainha a seu lado. Logo após, escoltado por Reynoso, entrou um homenzinho com uma valise.

– Sr. Mendoza, quer fazer o favor de tirar a medida desses homens. – E, voltando-se para o grupo, explicou: – Para os uniformes...

Cumprida essa formalidade, ele disse de um modo bastante solene e formal:

– Como os senhores irão participar de uma missão não oficial, sob pagamento, podem ser considerados meros mercenários. Mas a verdade é que vamos lutar por uma causa das mais justas. Ou seja, tentaremos erradicar parte do mal que há no mundo. Desse modo, prefiro pensar que farão parte de um exército regular. – Respirou fundo. – Nesse caso, julguei que devia haver uma hierarquia entre nós...

Olhando fundo para os homens, prosseguiu, dizendo com toda a seriedade possível:

– Eu serei o comandante em chefe, com o posto de general. O sr. Mendes receberá a patente de major, o sr. Droste-Hülhsoff, a de capitão, e o sr. Dupré, a de tenente. Os demais serão considerados soldados de primeira classe.

Bebeu um gole de uísque e disse:

– Gostaria de lembrá-los que, dentro de cinco dias, começarão os treinamentos dos senhores. A verdade é que não podem se aventurar Afeganistão adentro sem estar preparados. Precisam aprimorar a forma física, simular combates, se aperfeiçoar no manuseio de armas etc. Para esse fim, mandei construir em minha *hacienda* um campo de treinamento, onde encontrarão tudo de que necessitam. Espero que até lá ele esteja pronto.

Refletiu um pouco e acrescentou:

– Ah, tem outra coisa. Por segurança, talvez fosse conveniente que adotassem codinomes...

DC levantou a mão.

– Já temos os codinomes, general.

– Posso saber quais são?

Daquele jeito irreverente, DC foi apontando para os colegas.

– O major aí é o Bart, o gigantão, o Olaf, o cabeça-de-turbante, o Ali-Babá, o china, o Chop-Chop e eu, o DC.

Purvis caiu na risada junto com os demais.

– Posso saber a razão desses codinomes?

– Por que não? – disse DC, e pôs-se a explicar. – Bart, Olaf e Chop-Chop devem o codinome aos Blackhawks.

– Blackhawks?! – perguntou Purvis, intrigado.

– O senhor nunca leu histórias em quadrinhos, general?

Purvis retrucou:

– Sim, quando criança, mas não me lembro de mais nada.

– Pois uma das histórias em quadrinhos mais legais era a dos Blackhawks – e fez um breve resumo da biografia dos heróis da HQ.

– E por que o senhor e o soldado Hasni estão fora do grupo? – perguntou Purvis, intrigado.

– Porque não havia nos quadrinhos nenhum preto e nenhum árabe. Fico, portanto, com meu velho apelido DC, e ele, com o de Ali-Babá, por causa do turbante.

Seguiu-se uma nova onda de risadas.

– Mas o senhor tem também seu codinome, general... – disse DC, com malícia.

Purvis sorriu, divertido.

– E qual seria ele?

– Dr. Strangelove!

Mendes caiu na gargalhada, porque foi a única pessoa ali da sala a entender a piada. Era uma referência à parábola de guerra *Dr. Fantástico*, dirigida por Stanley Kubrick. Nela, havia uma personagem esquizofrênica, interpretada por Peter Sellers, que vivia presa a uma cadeira de rodas. Não bastasse isso, ainda tinha um braço mecânico que não lhe obedecia, ao tentar de todos os modos fazer a saudação nazista.

Sem entender o que DC queria dizer com aquilo, Purvis apenas resmungou:

– Strangelove, essa é boa... – E, apontando um dedo para DC, disse com bom humor: – O senhor é um piadista de primeira, tenente Dupré...

A um novo toque de campainha, Conchita, seguida por mais alguns empregados, entrou na sala. Ela empurrava um carrinho, trazendo bandejas cheias de costeletas de porco, acompanhadas de batatas condimentadas com seu tempero especial. Sob suas ordens, os empregados puseram a mesa, os pratos e talheres. Como já sabia o que o patrão queria beber, trouxera também várias garrafas de cerveja East Indian.

– Conchita, você é mesmo uma preciosidade! – exclamou Purvis, inebriado pelo odor da comida. E, dirigindo-se aos homens, convidou: – Senhores, agora, vamos jantar. Terão a oportunidade de experimentar a melhor costela feita acima do rio Grande! E isso graças às mãos de fada de Conchita!

A mexicana enrubesceu com o elogio e protestou:

– Ora, *señor* MacCormack, não é tanto assim...

Pouco depois, jantavam, conversando ruidosamente e dando conta das montanhas de costeletas. De vez em quando, Purvis lançava um olhar furtivo para Zauar. Mas, ao ver que ele comia com muito gosto, pareceu se tranquilizar de vez. Se um muçulmano não rejeitava costeletas de porco, era boa gente, ponderou. Depois, sentaram-se junto ao fogo e tomaram uísque, *bourbon,* conhaque, fumaram charutos. Quando se despediram, já era quase uma da manhã. Segurando Mendes pelo braço, Purvis disse:

– Eu queria trocar umas palavrinhas com você...

Os demais saíram, eles se sentaram e se serviram de mais bebida.

– Esplêndida figura essa do capitão Neidhart! – exclamou o empresário, abrindo a conversa.

– Sim, é uma figura e tanto. Mesmo com tudo que passou, mantém a linha, a postura. É um camarada de primeira...

Purvis deu uma boa risada.

– Gostei também do DC. Me faz lembrar o Snipes, meu colega do Vietnã. A mesma simplicidade, a mesma franqueza e um ótimo senso de humor.

– E sem deixar de ser corajoso e responsável... – acrescentou Mendes.

– E o chinês é de uma habilidade extraordinária com o cutelo. Talvez seja excelente como elemento-surpresa.

– Silencioso e rápido como é – disse Mendes, concordando –, será de muita valia.

Purvis balançou a cabeça.

– Sim, sim, esses orientais... – E, hesitando um pouco, continuou: – E quanto ao sr. Hasni, me desculpe, mas ainda tenho uma leve desconfiança. Você não teme que, no calor da luta, ele possa sentir algo pelo seu povo? E assim...

– O povo dele, sr. Purvis, apesar de suas origens, é o povo americano – rebateu Mendes com seriedade. – Ele criou raízes aqui, casou-se com uma norte-americana, com a qual teve filhos...

– Está bem, está bem... – disse Purvis, abanando o ar com a mão, como se quisesse encerrar o assunto. E em seguida acrescentou: – O que, na verdade, eu desejo conversar com você diz respeito ao seguinte: queria que se incumbisse de levar toda a equipe para a *hacienda*, na próxima segunda-feira. Às seis da manhã, sem falta, para começarmos com os treinamentos. A fim de facilitar os deslocamentos da tropa, você ficará com meu Hummer à disposição. Amanhã mesmo, peço para o chofer levar o carro até sua casa.

Parecendo se lembrar de alguma coisa, perguntou:

– E sua escola? Como ficou?

– Logo que assumi a missão, pedi uma licença não remunerada – disse Mendes, olhando para o relógio e começando a se levantar. – Creio que já é hora...

Purvis fez-lhe uma continência, que Mendes, após demorar alguns segundos, retribuiu.

– Então, até segunda, general...

*****

Às cinco e meia da manhã de uma segunda-feira bem fria, Mendes pegou o Hummer e foi recolher os homens. Na noite anterior, tomara a precaução de ligar para cada um deles, lembrando do compromisso e alertando que deveriam ser pontuais. Para seu alívio, não teve que tirar ninguém da cama. Todos o esperavam à porta de casa, despertos e bem animados. Como ele, pareciam estar ansiosos para começar os treinamentos.

Naqueles poucos dias, parte da Hacienda MacCormack sofrera uma rapidíssima e ampla reforma. No início de um descampado desértico, que se estendia até os montes ao longe, fora erguido um barracão pré-fabricado, pintado de branco, na frente do qual havia um mastro com uma bandeira. Logo adiante ficava o campo de treinamento, com barras paralelas, muros de pedras para a prática de rapel, uma pista de corrida. Seguia-se o campo de tiro, com alvos fixos. Ao lado dele, havia a reprodução de uma vila afegã, com figuras móveis de *mujahedins*, emboscando de janelas e telhados. Via-se também um aglomerado de rochas, pedras e areia imitando um deserto.

Mal Mendes estacionou o Hummer em frente ao barracão, foram recebidos por Purvis. Sentado na cadeira de rodas, vestia o uniforme de campanha. À medida que os homens saíam do jipe, faziam-lhe continência.

– Senhores! Peço que entrem para trocar de roupa. Na cantina, há um bom *breakfast*.

Os homens ficaram surpresos com o que viram dentro do barracão. Era dividido em cinco cômodos: sala de reuniões, vestiário com banheiros, dormitório com beliches, cantina e o escritório privativo de Purvis. Tudo decorado com extrema simplicidade, mas também conforto. Indo ao vestiário, deram com armários personalizados, em cada qual havia uma calça camuflada com cinturão, camiseta cinza, meias brancas, botas leves, toalhas, sabonete. Trocaram de roupa e sentaram-se para comer na cantina. Depois, foram se perfilar ante Purvis, que, sem preâmbulos, disse:

– Major! Creio que podem começar.

Dirigiram-se ao campo de treinamento. Mendes, que se lembrava muito bem da rotina do tiro de guerra, havia preparado uma espécie de manual. Como desconfiava de que a maioria dos homens devia estar fora de forma, pensara numa escala progressiva de exercícios até que chegassem a um ponto considerado ideal.

Começou pelos alongamentos, que duraram perto de meia hora. Depois, partiu para uma corrida leve numa trilha que serpenteava entre as rochas e as árvores. Poucos metros adiante, Zauar, DC e Chiang já estavam com a língua de fora. Mas o pior foi quando chegou o momento das flexões. Purvis, que havia se aproximado em sua cadeira de rodas, pôs-se a berrar, como mandava o figurino:

– Bando de frouxos! Vocês pensam que vão sair a passeio?!

Ao reparar que Chiang estava quase encostando a barriga no chão, gritou:

– Você quer voltar para casa, soldado?!

– Não, senhor!

– Quer que conte para sua mamãezinha que é um frouxo?

– Não, senhor!

– Pois então comece tudo de novo, soldado!

Os cinco começaram a rir com a performance de Purvis. Devia dar um excelente sargento..., pensou Mendes. Mais adiante, para animá-los enquanto corriam, o empresário gritava:

– Tikrit!

– Iraque! – responderam todos em coro.

– Islamabad!

– Paquistão!

– Kandahar!

– Afeganistão!

Pararam para um rápido lanche. E vieram mais exercícios nas barras, nas cordas. Quando chegou a hora do almoço, estavam todos extenuados. Atacaram com muita fome pratos de *steak*, acompanhados de vegetais e folhas. E, à tarde, continuaram com os exercícios. Como fosse o primeiro dia de treinamento, encerraram as atividades às quatro.

À noite, quando DC se encontrou com Mendes nos Los Hermanos, comentou:

– Será que o pessoal vai aguentar, major? O Ali-Babá estava nas últimas. E o Olaf também não ficou atrás.

Mendes disse, muito sério:

– Terão que aguentar. – E, levando o copo de cerveja à boca, acrescentou: – Se eles não aguentarem uns exercícios de nada como esses, como poderão suportar as caminhadas no deserto do Afeganistão?

Mas eles também estavam cansados. Tanto era assim que, naquele dia, ao contrário do que costumavam fazer, foram dormir com as galinhas. E na manhã seguinte, às seis em ponto, se perfilaram ante Purvis. Depois do *breakfast*, vieram os alongamentos. A partir daí, puseram-se a correr, a fazer flexões, exercícios de barras e de cordas. No final de semana, já puderam praticar o rapel, escalando o muro de pedras. Seguiram-se os exercícios com os bastões púgiles, de que saíram todos com vários hematomas pelo corpo. Só foram sentir mais satisfação quando começaram os exercícios com armas de fogo e explosivos. Praticaram com o rifle M16-A1, à exceção de Zauar, que preferiu o Kalashnikov. Chiang, que gostava mais de armas brancas, ficou num canto, aperfeiçoando-se com o cutelo, facas e punhais. Nos alvos fixos, Neidhart tomou a dianteira da excelência, seguido por Mendes. Zauar e DC se alternaram, ora um tomando a frente, ora, outro. No tiro contra alvo móvel, os exercícios se tornaram mais intensos e cansativos. No simulacro de uma rua da vila afegã, Purvis havia mandado construir uma casa de alvenaria, com salas e quartos, onde se ocultavam guerrilheiros, comandados por controle remoto. Os cinco deviam rastejar, correr, esgueirar-se pelas vielas, para evitar as emboscadas. Purvis, de sua cadeira de rodas, movia os comandos, ora fazendo aparecer um *sniper* no teto da casa, ora um grupo de *mujahedins*, atirando por detrás de um muro.

– Tenente Dupré! Fora de combate! – gritava ele, com um megafone. – Você foi atingido pelas costas por um terrorista.

– Muito bem, capitão Neidhart! Liquidou com o *sniper* no alto da casa!

– Soldado Zauar! Deixou passar uma bomba armada no beco!

– Bela cutelada, soldado Chiang! Arrancou a cabeça do terrorista.

Quanto ao uso de bombas, foi Zauar quem os instruiu, mostrando o cuidado que se devia ter ao manusear os explosivos de plástico e como se devia proceder para armar e desarmar os artefatos. Na região mais desértica da *hacienda*, ensaiaram a montagem e a explosão de bombas com o auxílio de pavios e detonadores.

*****

Ao achar que os homens estavam bem adiantados nos exercícios físicos e de tiro, Purvis resolveu convocá-los para uma reunião na sala de comando. Acreditava que havia chegado a hora de tratar dos assuntos mais relevantes da missão. Afinal, dentro de pouco tempo, eles partiriam para o Afeganistão. Quando todos se acomodaram em torno da grande mesa, ele disse:

– Senhores, estamos aqui reunidos para começar a parte do planejamento da Operação Cabeça do Emir, que compreende o deslocamento até o Afeganistão, a localização de Tora Bora e as estratégias para que possam apanhar o terrorista.

As luzes foram apagadas e Purvis ligou o projetor. Um grande mapa da Ásia Central apareceu na tela afixada na parede. Usando uma caneta com raio laser como ponteiro, Purvis indicou uma região no Afeganistão, bem próxima da fronteira com o Paquistão.

– É aqui que fica o complexo de cavernas de Tora Bora, na cadeia de montanhas de Safed Koh. No passado não muito remoto, o Talibã as havia transformado num santuário, onde os guerrilheiros costumavam encontrar abrigo. Havia ali *bunkers* especiais com muita coisa armazenada: comida, armamento, caminhões e jipes. Por algum tempo, Osama bin Laden se refugiou lá e foi desalojado, em 2001, graças à grande ofensiva americana. Infelizmente, escapou com vida e foi para o Paquistão. Mas soube por meus informantes que, depois de perambular pelo país vizinho, Bin Laden tornou a se esconder nas cavernas. Para sua proteção, tem consigo um seletíssimo grupo de homens. É gente das mais tarimbadas, *mujahedins* que participaram da campanha contra os russos.

Purvis fez uma pausa e prosseguiu.

– Para chegar à Tora Bora, é preciso entrar no Afeganistão bem junto da fronteira com o Paquistão. Mas não seria conveniente que os senhores fossem direto para o país, por uma questão de segurança. Em Cabul – imaginemos que desçam em Cabul –, com certeza, irão se deparar com soldados das forças da coalizão que lutam contra o Talibã e terroristas infiltrados. Enfim, aquilo é um caldeirão prestes a explodir. Qualquer ação que se pretenda estabelecer a partir desse país correrá o risco de ser abortada logo de início. Levando isso em consideração, julguei que seria melhor que fossem antes para o Paquistão. – Purvis moveu a caneta de raio laser para um ponto abaixo de Tora Bora e prosseguiu: – A cidade mais próxima do refúgio do terrorista, em território paquistanês, é Parachinár. Essa localidade tem a vantagem de ser um entroncamento de rodovias, que levam ao Afeganistão. Acredito que poderia se constituir na base de toda a operação.

Zauar pediu a palavra.

– Com licença, general.

– Diga, soldado...

Zauar ponderou:

– Estou pensando que talvez não seja conveniente escolher Parachinár como a base das operações...

Ante o olhar de expectativa de todos os presentes, continuou a explicar:

– O fato de ser um entroncamento de rodovias torna esta cidade bastante insegura. Pelo que sei, há uma guarnição do exército paquistanês acantonada na região. E, pelo fato de a cidade ser fronteiriça, a vigilância é redobrada. Sendo assim, creio que seria melhor tentar chegar a Tora Bora pelo passo de Khyber, vindo de outro lugar que não Parachinár. Ainda que a distância seja bem maior, acredito que é mais seguro.

– E onde recomenda que se faça a aterrissagem e a entrada para o Afeganistão, soldado? – perguntou Purvis.

– Eu pensaria em Peshawar, general...

– Peshawar, pelo que parece – disse Purvis, indicando no mapa –, fica bem mais longe da fronteira do que Parachinár.

– Não vejo desvantagem alguma nisso, general. Muito pelo contrário – retrucou Zauar. – Quanto mais longe da fronteira a gente aterrissar, melhor. Essas regiões fronteiriças são conturbadas, há muito patrulhamento do exército. Além disso, Peshawar é uma cidade populosa, e isso nos convém bastante. Nasci lá e a conheço bem. Sei que há nela grandes contingentes de estrangeiros, um comércio forte, para onde convergem mercadores vindos de toda parte. Desse modo, o nosso comando não chamará atenção. Em meio a tanta gente, será mais fácil comprar um carro e suprimentos, sem despertar suspeitas. Diferente de Parachinár, que é bem pequena, onde todo mundo se conhece. Não demorarão a saber que somos estrangeiros e, aí, começarão os problemas.

Zauar levantou-se e disse:

– O senhor me empresta a caneta, general? – e, com o ponteiro na mão, prosseguiu, mostrando algumas localidades no Paquistão. – Saindo de Peshawar, seguimos pela rodovia até a cidade de Landi Kotal, que fica na fronteira. Mas, nesse caso, já com o carro comprado, abastecidos de suprimentos e sem necessidade de nos expormos. E aí, só teremos que pensar no melhor modo de entrar no Afeganistão.

– Pelo visto, você já tem uma ideia de qual seria esse melhor modo... – disse Mendes.

Zauar balançou a cabeça.

– Sim, tenho. Devido à contínua beligerância, ao tráfico de drogas na região, as rodovias na fronteira são muito bem vigiadas. Não sei se a gente conseguiria passar com um carro cheio de armas e equipamentos por um posto policial. Fora eu que sou de origem paquistanesa, duvido que os demais enganariam os guardas alfandegários. Podem correr o risco de ser presos. A polícia paquistanesa é bastante desconfiada e dura em seus interrogatórios. Se alguém fosse detido, isso seria um desastre para a missão.

Purvis voltou a falar.

– Soldado Hasni, deixa ver se entendi. Acha então melhor que se aterrisse o avião em Peshawar e, depois, se vá até Landi Kotal, mas se evite a rodovia para entrar no Afeganistão?

– Exato. Creio que devemos entrar clandestinamente no Afeganistão.

– Concordo com seu ponto de vista, soldado – interveio Purvis. – Mas gostaria que me explicasse como isso pode ser feito.

– Pelas trilhas que cortam tanto o Paquistão quanto o Afeganistão. Há um bom número delas, usadas por caravanas de nômades, bandidos, traficantes. Como essa gente teme a truculência dos soldados dos dois países, para evitar as patrulhas, faz suas próprias rotas. De modo geral, tem sempre em mira alcançar o passo de Khyber. De lá, pode-se chegar a qualquer lugar no Afeganistão.

– E o senhor conhece essas trilhas?

– Claro que conheço. Quando criança, cheguei a viajar com meu pai por algumas delas. Se as coisas não mudaram muito, depois que vim para cá – disse Zauar, indicando uma região entre o Afeganistão e o Paquistão –, não teremos dificuldades de atravessar a fronteira, partindo de mais ao norte de Landi Kotal. Com certeza, deverá haver vigilância por lá, devido ao contrabando, ao tráfico de drogas e de armas, mas creio que mais relaxada do que nos postos de fronteira. Seguindo a rota que indiquei, não será tão difícil entrar no Afeganistão.

Respirou fundo e completou:

– É o que a prudência recomenda. Correremos menos risco.

Purvis olhou para Mendes e perguntou:

– O que acha disso, major?

– Creio que ele tem razão, general. Devemos entrar da maneira mais discreta possível no Afeganistão. Para que correr risco, tentando aterrissar em Parachinár?

Purvis balançou a cabeça em anuência.

– De acordo. Fica, portanto, estabelecido que pousarão em Peshawar. – Pegou uma caneta, escreveu as informações num bloco de notas e acrescentou: – Preciso então ligar para meu contato em Islamabad e falar da mudança de planos. Vou pedir que me encontre um bom campo de pouso, de preferência clandestino, e uma pousada em Peshawar. Aliás, seria bom que anotassem o nome do sr. Akhtar Mohammad. É um empresário meu amigo, que irá recebê-los e ajudá-los no que precisarem no Paquistão.

Ele pigarreou e continuou seu discurso.

– Por enquanto, a questão da rota do Afeganistão está resolvida. Vamos agora pensar na saída da equipe aqui dos Estados Unidos. – Fez uma pausa e prosseguiu: – Não seria nada conveniente que voassem de McAllen direto para o alvo. Não haveria como justificar, junto às autoridades aeroportuárias, a decolagem de um avião meu com destino ao Paquistão.

– Então, por onde iremos?

– Pelo México – respondeu Purvis, projetando outro mapa na parede. E, focando uma cidade à beira-mar com a caneta, explicou: – O melhor lugar para voarem em direção da Ásia deverá ser Tampico. Há nessa cidade um discreto campo de pouso. Costumo utilizá-lo quando tenho negócios no exterior e não posso decolar dos Estados Unidos ou de aeroportos oficiais. Conservo lá um Falcon-50, de dois motores, com razoável autonomia de voo, que acredito seja bastante adequado para a nossa missão. Quem deverá recebê-los na cidade é um empresário de nome Jesús Estrada, que conheço de longa data. É uma pessoa honesta e bastante confiável. Já está a par da missão dos senhores e os aguarda no México.

– Suponho que iremos até Tampico de avião... – disse Mendes.

– Sim, num monomotor com pequena autonomia de voo. – Purvis ficou em silêncio, refletindo, e depois explicou: – Mas, antes que voem, enviarei uma *van* na frente com todo o equipamento. Depois, seguirão os senhores.

– Por que o equipamento não pode ir no mesmo avião que a gente? – perguntou Zauar.

– Não seria conveniente. Acontece que, no aeroporto daqui, costumam fazer muitas perguntas e, às vezes, até chegam a checar os equipamentos. Isso começou a acontecer depois que aumentou o tráfico de armas e drogas na região. E, de carro, acredito eu que o equipamento passará pela fronteira sem maiores riscos. Ainda mais se disfarçado como veículo de entregas de uma das minhas *maquiladoras*.

Purvis tossiu forte e prosseguiu.

– Quando os senhores chegarem a Tampico, entrarão em contato com o *señor* Estrada o mais rápido possível. Ele estará de posse da *van* com todo o equipamento e o liberará para carregarem o Falcon. Como o campo de pouso de lá é mais ou menos clandestino, não haverá inspeção alguma. Daí então é só partir para o Paquistão.

– Faremos um voo com escala? – perguntou Neidhart.

– O Falcon tem uma autonomia de voo de três mil e quinhentas milhas. – Purvis refletiu um pouco e acrescentou: – Nesse caso, levando em consideração que terão que percorrer um pouco mais de seis mil milhas, deverão mesmo fazer escala. Talvez em Freetown, Sierra Leoa. Mas esses detalhes serão mais bem esclarecidos na véspera de partirem.

– E nossa partida será agora em abril... – disse DC.

– Correto. Como comentei com o major, minhas fontes confirmaram que Bin Laden permanecerá no complexo de Tora Bora até o fim desse mês. Depois, não se sabe para onde irá. A única certeza que temos é de que ele não ficará no Afeganistão por muito tempo. Pelo que parece, deverá se reunir com membros da Al Qaeda, talvez, no Paquistão, para combinar novos atentados nos Estados Unidos. – E acrescentou com um sorriso feroz: – Portanto, estejam preparados que, dentro em breve, voarão para caçar o nosso pato gordo.

Todos ficaram em silêncio, ruminando as palavras de Purvis. Após alguns segundos, ele voltou a falar.

– Quanto aos detalhes da operação propriamente dita, acredito que devam ser discutidos no local, quando chegarem no Afeganistão. Tenho mapas, fotografias e vídeos detalhados de Tora Bora, algumas informações sigilosas, que me dão a certeza de que o bandido está entocado nas cavernas. Mais nada além disso. Depois que os senhores deixarem os Estados Unidos da América, o sucesso da missão dependerá apenas da sua iniciativa. Como chegarão nas cavernas, como entrarão nelas, enfrentando a forte vigilância, como localizarão Bin Laden, caberá exclusivamente aos senhores. Sinto muito, mas a missão toda, a partir de certo ponto, não será mais de minha alçada. Além dessas informações preliminares colhidas aqui comigo, terão apenas a intuição, a coragem, a determinação e um rigoroso planejamento de ações, que deverá ser levado a cabo ao adentrarem o território inimigo.

Na sequência, imagens de Tora Bora foram projetadas na tela. Os homens puderam ter uma ideia bastante razoável do complexo construído pelos guerrilheiros talibãs na época da guerra contra os russos. Deram-se conta de que havia várias covas pequenas nos morros e de trinta a quarenta cavernas maiores, com muitas bifurcações e túneis interligados. Algumas delas permitiam, inclusive, a entrada de veículos de grande porte para trazerem suprimentos.

Purvis, continuando a correr com a luz da caneta sobre as fotos do complexo, ainda disse:

– Mas é preciso considerar que isso tudo fica em meio a desfiladeiros, a desertos e florestas. Tenho certeza de que localizar onde a besta fica escondida será muito difícil. Se eu fosse participar da missão pessoalmente, logo que chegasse ao complexo de Tora Bora, a primeira coisa que tentaria fazer seria capturar algum elemento das forças de Bin Laden para submetê-lo a interrogatório. Um homem apertado do jeito correto entrega até a própria mãe. É o que a experiência do Vietnã me ensinou. Nesse sentido, tenho a impressão de que a colaboração do soldado Hasni deverá ser fundamental, já que conhece bem os povos da região, seus hábitos e dialetos.

*****

Naquele dia, ao voltar para casa, Mendes estava bastante apreensivo. Isso porque as últimas palavras de Purvis continuavam a martelar em sua cabeça. O empresário havia deixado bem claro que, mal chegando ao Paquistão, a equipe ficaria entregue à própria sorte. O fato era que Mendes criara dentro de si a ilusão de que contariam com a sombra protetora de Purvis durante toda a missão. Mas agora que o homem, afinal, pusera os pingos nos is, ele não conseguia mais esconder a aflição. Como enfrentar um meio hostil e desconhecido, assolado por temíveis guerreiros? Como pegar um homem que vivia escondido numa fortaleza tão complexa? Isso estava além das suas forças, pensou, com desânimo. Por outro lado, também refletiu que não podia ser tão fraco. O que queria, afinal? Que Purvis lhes desse de mão beijada toda a rota para chegar até Bin Laden? Era para isso que os contratara e os estava pagando tão bem. A missão era quase impossível – por isso mesmo, parecia um excitante desafio, refletiu. Melhor do que ficar vegetando num lugar sem nenhum futuro.

Ainda que Mendes tentasse se consolar com essas reflexões, aquela sensação mista de medo e apreensão continuava a perturbá-lo. Foi até o bar e serviu-se de uma boa dose de uísque. Sentou-se no velho sofá, tomou um gole e deixou que a bebida lhe aquecesse o peito. Começou a se sentir melhor. Afinal, refletiu, não iria sozinho para a luta. Levaria consigo homens decididos, de coragem comprovada e escolhidos a dedo. Contava com a força e a pontaria de Neidhart, com o grande conhecimento de terreno de Zauar, com a experiência de guerra de DC, com a frieza de Chiang. E quanto a ele? Com o que contribuía? Talvez não tivesse as qualidades dos companheiros de equipe, mas tinha consciência de que era uma pessoa bastante determinada. A prova disso estava nas escolhas que fizera ao longo da vida. Nunca hesitara ao enfrentar uma situação crítica e não era agora que ia hesitar. Se fracassasse no Afeganistão, teria o consolo de pelo menos saber que havia tentado e que não recuara diante das dificuldades. Afinal, o que lhe restava mais na vida, senão se apagar numa pequena cidade da fronteira?

Tomou mais um gole de uísque, e sua imaginação começou a trabalhar a toda. Via-se já num deserto do Afeganistão, vestido com seu uniforme camuflado. Ao longe, brilhava a brancura das neves das montanhas de Safed Koh. Mais alguns quilômetros, e chegaria a Tora Bora.

Quase adormecendo, teve a nítida sensação de que mergulhava, com a cara e a coragem, nas profundezas de uma caverna. E, na escuridão, brilhavam olhos tão vermelhos quanto os de uma besta selvagem.

*****

Outra reunião do grupo foi programada, agora na casa de Purvis. Como já era de praxe, foram introduzidos na saleta particular do empresário pela porta lateral. Ele os aguardava na cadeira de rodas em frente às poltronas, que formavam um semicírculo. Quando todos se sentaram, ofereceu-lhes bebida. Depois que todos se serviram, começou a falar:

– A maior parte da Operação Cabeça do Emir já foi planejada: estudo das rotas para ir até o Afeganistão e das cavernas de Tora Bora, aquisição e organização do equipamento. – Voltou-se para o chinês e disse: – Quanto a essas questões de logística, depois, queria conversar em privado com o sr. Chiang. Não demorará muito, precisamos carregar a *van* que irá para o México.

Fez uma pequena pausa e disse, com circunspecção:

– Creio que agora devemos tratar da questão do armamento. O que os senhores pretendem levar?

Os homens ficaram em silêncio, bebericando, até que Mendes tomou a palavra.

– Acredito que, dentre todos aqui, o capitão von Droste-Hülhsoff seja a pessoa mais indicada para começar a falar sobre isso.

Purvis fez um gesto com a cabeça, concordando. Neidhart refletiu um pouco e disse:

– Sem entrar em muitos detalhes, acredito que o essencial para o comando seria levar fuzis, submetralhadoras, pistolas, revólveres, facas, granadas e explosivos.

– Que tipos de fuzis, por exemplo? – tornou Purvis.

– Alguns para curta distância, como um Kalashnikov ou um M16-A1. Outro para longas distâncias, que pode ser um McMillan Tac-50, um M-40A3 ou mesmo um Walther G43...

– E quanto às pistolas? – perguntou Purvis.

– Isso vai do gosto de cada um. Eu prefiro uma Luger.

– Como todo bom alemão... – comentou DC, dando uma risada.

Purvis voltou-se para Mendes.

– E quanto ao senhor, major?

– Escolheria uma Walther...

O empresário correu os olhos pelos outros homens.

– E aos demais?

Zauar deu de ombros.

– Estou habituado ao uso do Kalashnikov... Também gostaria de contar com explosivos plásticos.

– Eu ainda estou pensando... – disse DC.

Antes que Chiang tomasse a palavra, Purvis se adiantou:

– O que o senhor levaria além de sua machadinha letal?

– A melhor arma é a surpresa e a ação rápida – disse o chinês, fechando os olhos, como um monge meditando.

DC lhe deu um tapa nas costas.

– Sai dessa, Chop-Chop! Uma bala de um 45 na testa do inimigo causa um estrago maior que qualquer surpresa.

O grupo caiu na risada. Purvis retomou a palavra.

– As escolhas dos senhores me parecem bastante satisfatórias. Não terei dificuldade alguma em providenciar o que desejam. Em todo caso, pode haver outras escolhas. Por isso, convido-os a virem comigo para examinarem meu arsenal.

Fazendo um gesto para chamar o grupo, dirigiu a cadeira de rodas para uma porta que ficava ao fundo da saleta. Chegando lá, tirou um molho de chaves do bolso e abriu um grupo de fechaduras de segurança. Ao entrar na sala, acendeu a luz. E, maravilhados, os homens puderam ver uma galeria, provida de estantes com portas de vidro, onde eram guardadas as armas. Nas paredes, dependuravam-se panóplias com diversos tipos de escudo, espadas, machadinhas, lanças, arcos, flechas.

– Uau! – exclamou DC.

– Senhores, eis meu museu particular – disse Purvis. – Duvido que encontrem outro por aí com tanta fartura.

Com efeito. O museu estava organizado historicamente, começando por antigas clavas, espadas, lanças, arcos gregos, romanos, egípcios, orientais, africanos, passando pelo armamento medieval e renascentista. Mas o que havia em maior profusão eram as armas de fogo produzidas ao longo dos séculos XIX, XX e XXI.

– Vamos ao que nos interessa – disse Purvis, cortando o enleio dos homens, que não se cansavam de admirar as preciosidades do museu.

Levou-os até a seção dos fuzis e disse, dirigindo-se de modo mais especial a Neidhart:

– Capitão, entre os fuzis aqui expostos, tenho o AK-47, o M16-A1. Para longas distâncias, o senhor mencionou o McMillan Tac-50, o M-40A3 e o Walther G43. Mas há também aqui um Remington 7.62...

Abriu as portas de vidro.

– Os senhores podem examiná-los de perto. Aliás, devo lhes dizer que essas armas se encontram em perfeitas condições de uso.

Neidhart, que conhecia o McMillan só de leituras, pegou a arma, sopesou-a, puxou o ferrolho, mexeu na mira.

– Com esse fuzil – observou Purvis –, o senhor poderá atingir, com incrível precisão, alvos a mais de uma milha. E o projétil, calibre 12,7 x 99 mm, a uma velocidade de quatrocentos e quarenta e sete milhas por segundo, faz um estrago incalculável. Se acertar um homem a essa distância, é capaz de lhe arrancar a cabeça. – Purvis deu um suspiro de satisfação e prosseguiu: – Por minhas experiências em campo com esse fuzil, afirmo que, a uma milha ou um pouco mais, é capaz de furar um muro de concreto e arrebentar quem estiver se protegendo atrás dele. Isso, se o atirador utilizar um projétil com cabeça de aço e parte do corpo de titânio. Sem desmerecer os outros fuzis, capitão, creio que este aqui seria a arma ideal para o senhor utilizar, na condição de *sniper*.

Passaram depois para a seção dos revólveres. A variação não era muito grande. Havia por ali exemplares de Colt, entre eles, o Phyton .357 e o Anaconda .44, ambos Magnum, versões do Smith & Wesson .45 ou .357 Magnum, Astra .44 e .357. Pelo que puderam depreender, os revólveres não constituíam a arma de predileção de Purvis. Quando seguiam para a seção das pistolas, o empresário reparou que DC estava parado diante de uma vitrine, parecendo pasmado com o que via. Era um conjunto formado por um revólver Colt Buntline Special .45, com um cano de 16 polegadas, uma coronha sobressalente e um cinturão com balas.

– Pertenceu mesmo a Wyatt Earp? – perguntou, maravilhado, ao ler a etiqueta junto à arma.

– Sim, pertenceu a ele. Comprei num leilão por uma pequena fortuna. O cano de 16 polegadas servia para tiros a longas distâncias. Nesse caso, o xerife costumava acoplar uma coronha especial – disse Purvis, apontando para o acessório.

– E ainda funciona?

– Perfeitamente, apesar de um século de uso. Wyatt Earp matou muito bandido com isso aí. Quer examiná-lo mais de perto?

Antes que DC respondesse, Purvis abriu a vitrine e disse:

– *Help yourself.*

DC não se contentou em pegar o Colt. A primeira coisa que fez foi pôr o cinturão, chegando ao requinte de amarrar o coldre com a cordinha de couro na perna. Depois, imitando um caubói, sacou o revólver e apontou para um ponto qualquer da sala. Engatilhou e disparou. Ouviu-se um estalido. DC sorriu, soprou a ponta do cano e, girando a arma no dedo indicador, enfiou-a no coldre.

– Olha eu, o pistoleiro mais rápido do Oeste... – disse, ante a risada geral do grupo.

A riqueza maior do museu estava mesmo na coleção de pistolas. Purvis possuía um número bastante variado delas. Disse que tinha pelas semiautomáticas uma verdadeira paixão. Assim, foi mostrando e explicando a peculiaridade de cada uma.

– Aqui, os senhores têm a famosa Luger P08, de 9 mm, Parabellum, com capacidade de oito tiros. Para lhes ser sincero, acho que é mais uma arma de colecionador do que qualquer outra coisa. Aliás, os nazistas gostavam de se exibir com elas, o que não é um bom sinal... Foi substituída com vantagem pela Walther 380 PPK. Temos também a Colt A1 .45, a Browning P35. Quanto a esta última, observem o punho dela, diferente no formato das outras, permitindo um carregador maior com treze tiros. Vejam estas excelentes Smith & Wesson M39, a Hackler & Koch VPTO, para dezoito projéteis, a Beretta 92F...

E o empresário parou diante de uma pistola que não tinha a elegância das demais.

– Os senhores conhecem a Glock 17, não é? Construída à base de polímero, por isso mesmo, é bem mais leve que as demais pistolas. Dispensa os dispositivos externos de segurança. Pode utilizar qualquer tipo de munição de 9 mm, o que torna a sua manutenção mais fácil. Além disso, é mais resistente do que as outras. É a Kalashnikov das pistolas! Eu a recomendaria para a missão, já que enfrentarão condições bem adversas no Afeganistão.

Examinadas as armas, Purvis perguntou:

– Então, senhores, fizeram suas escolhas?

Neidhart levantou a mão.

– Gostaria de contar com o McMillan para tiros de longas distâncias, talvez uma submetralhadora UZI e... uma Luger.

– Pois bem – disse Purvis, anotando o pedido.

– Eu fico com a Walther – disse Mendes. – E também com um M16.

Foi a vez de DC levantar a mão e perguntar, hesitando:

– Será que eu... eu poderia levar o revólver de Wyatt Earp?

Purvis caiu na risada.

– O que você pretende fazer com essa velharia, tenente?

– Sei lá, gostei da arma, me senti bem com ela...

Purvis deu de ombros e anotou o pedido, dizendo:

– Cada louco com sua mania.

Zauar, por sua vez, requisitou um Kalashnikov e uma Glock.

– Bela pedida, soldado – disse Purvis.

– E se o senhor permitisse, general, queria levar também aquele punhal dos Gurkhas...

– Ah, o *kukri* – disse Purvis, dando o nome aos bois e olhando para as vitrines onde ficavam as armas brancas. – Pelo que ouvi dizer, é um excelente punhal, capaz de arrancar a cabeça do inimigo com um único golpe. São utilizados pelos Gurkhas, do Nepal. Incorporados ao exército britânico, lutaram na Primeira e na Segunda Grandes Guerras, onde se notabilizaram pela ferocidade. E esse punhal era a arma que causava mais terror nas hostes inimigas...

Purvis ainda lhes mostrou alguns equipamentos de última geração que podiam ser muito úteis em condições adversas no Afeganistão. Dentre eles, constavam binóculos, óculos e lunetas para os fuzis, capazes de captar raios infravermelhos e muito eficientes em combates noturnos. Feita a escolha das armas pessoais e do equipamento, retornaram à saleta, onde uma ceia fria foi servida. Enquanto comiam, conversaram animados sobre o armamento. Ficou estabelecido que, nos dias que lhes restavam nos Estados Unidos, iriam treinar com as armas. Era tarde da noite, quando decidiram que era melhor partir. Antes que saíssem, Purvis disse:

– Senhores, vou mostrar a vocês algo que pouca gente viu até agora. E o que verão servirá para que compreendam como é importante a sua missão.

Movendo a cadeira de rodas, foi até um grande armário de carvalho, com a porta toda entalhada. Apanhando um molho de chaves na cintura, abriu-o. Os homens, atônitos, viram três boiões cheios de um líquido amarelado. Os dois primeiros continham cabeças mumificadas e o terceiro estava vazio.

– Aproximem-se – comandou Purvis.

Os homens foram até ele e repararam que, aos pés de cada boião, havia plaquinhas de metal dourado, onde os nomes dos proprietários das cabeças haviam sido gravados. Na primeira, lia-se "Ngo Cao Ky – General vietcongue", na segunda, "Hernán Carmona – Chefe de cartel de drogas mexicano" e, na terceira, "Osama bin Laden – Terrorista muçulmano".

– Então, senhores – continuou a falar Purvis –, como podem ver, me falta a terceira, e talvez a mais importante, cabeça para completar minha coleção. A de Osama bin Laden!

A situação pareceu a Mendes bastante cômica, sobretudo pela maneira solene como Purvis falava, diante daquelas relíquias macabras. Mas, temendo ofender o amigo, ele se segurou para não rir.

Purvis ergueu o copo para um brinde especial ao sucesso da operação Cabeça do Emir. Todos se perfilaram diante dele, que fez um pequeno discurso, desejando o sucesso da missão. Ao final, levantando seu copo bem no alto, disse com a voz embargada:

– Senhores! Tragam-me a cabeça de Osama bin Laden!

*****

Enquanto Neidhart se distanciava, caminhando em direção do ponto de ônibus, Gudrun olhava-o enternecida pela janela. E ele não se voltou nem ao menos para lhe fazer um aceno. Mas ela o conhecia bastante bem para saber que Neidhart não era muito dado a esse tipo de expansão. Na despedida, ele a levantara do chão pela cintura e a beijara, dizendo apenas: "Me espera, que volto dentro em breve". Na verdade, ele não lhe havia contado muita coisa sobre o que iria fazer, apenas que ia participar de uma missão no exterior, junto com seus grandes amigos Mendes e DC, que duraria perto de dois meses. Também a informara que seria muito bem pago, o que seria ótimo para que pudessem expandir o pequeno restaurante e charcutaria e saldar algumas dívidas. Como era discreta, Gudrun não lhe fizera perguntas nem o contestara. Tinha plena confiança em Neidhart, a quem amava do fundo do coração. E o melhor de tudo, refletia, é que era correspondida, embora ele jamais lhe confessasse isso. Mas preferia que fosse assim. O corpo dele, em suas diversas manifestações, dizia tudo o que ela queria saber. E isso lhe bastava e a tornava muito feliz.

Conhecera-o em Aachen, quando ambos trabalhavam no mesmo restaurante, ele como lavador de pratos, ela como garçonete. De início, aquele gigante, que fora contratado bem depois dela, chegara a assustá-la. Era muito feio, com seu nariz de buldogue, os lábios grossos, o queixo proeminente, o cabelo cortado à escovinha, o olhar feroz. E, embora não criasse encrenca com ninguém, não se dava bem com o pessoal. Talvez porque fosse taciturno e calado. E isso tudo fazia com que fosse motivo de chacota, principalmente por parte de Peter, um dos garçons, que, ao vê-lo entrar no restaurante, debochava:

– Olha, gente, o Frankenstein acabou de chegar.

E assim passaram a chamá-lo de "Frank", em vez de Neidhart. Ele não dava a mínima para isso, dedicava-se com muito zelo a seu trabalho, sem perder tempo com conversas, as costas largas debruçadas sobre a pia atulhada de pratos e talheres. Mas havia uma coisa nele que deixava Gudrun bastante intrigada. Era que de vez em quando o surpreendia olhando para ela. De um jeito que chegava a assustá-la um pouco. O que um gigante como aquele queria com ela, que era tão pequena e, na aparência, tão frágil? Fora isso, Neidhart era de uma cortesia fria, só lhe dirigindo algumas poucas palavras, e sempre em função do trabalho. Mas o olhar parecia desmentir a frieza com que a tratava. No fundo das pupilas havia como que uma luz enternecida, como se ele a desejasse. Ela, por sua vez, não via nada nele que pudesse atraí-la. Muito pelo contrário, Neidhart a assustava com seu tamanho, com sua carantonha. Quando muito, sentia pena dele, e era das poucas pessoas que o tratavam pelo nome de batismo.

Até que uma vez, no fim do expediente, teve a impressão de que Neidhart a seguia pela rua. De início, ficou assustada, mas, como reparou que ele ficava a distância, sem se aproximar dela, tranquilizou-se. E, assim, Gudrun se acostumou com aquela companhia silenciosa. Até que uma noite aconteceu um incidente. Caía uma chuvinha fina e fria, e Gudrun caminhava devagar, pensando no que tinha que fazer quando chegasse em casa. Havia roupa para lavar e passar, a gata manhosa que precisava de cuidados... Foi então que ouviu risadas e o ruído de uma garrafa quebrando. Olhou para trás e viu que três punks, vestidos de preto, com correntes na cintura e no peito, o cabelo à moicano, piercings nas orelhas, na boca e no nariz, se aproximavam bebendo cerveja e falando alto. Um era baixotinho e musculoso, com a cara coberta de tatuagens, outro, bem forte, e o terceiro, um gorducho com o cabelo pintado de verde e vermelho. Já estava acostumada com aqueles tipos, que, de maneira geral, eram inofensivos. Mas começou a ficar apreensiva, quando um deles gritou para ela, de um modo debochado:

– Olá, boneca, não quer fazer amor comigo?

Apressou o passo, fingindo não ser com ela. Mas eles continuaram a lhe dirigir estúpidos galanteios. E a coisa piorou quando a cercaram e um dos punks lhe segurou o braço. Desvencilhou-se dele com um safanão.

– Que cadelinha mais brava! – escarneceu o barrigudo.

Gudrun forçou a passagem, mas eles a impediram.

– Não, não vai embora, belezinha – disse o punk baixote, agarrando-a pela cintura.

Gudrun reagiu de imediato, unhando a cara do homem, que urrou de dor. Voltou então toda sua fúria contra a moça. Ao mesmo tempo que lhe dava um murro na cara, atirando-a no chão, berrava:

– Sua vagabunda! Agora é que você vai ver o que é bom.

Inclinou-se, tentando puxá-la pelos cabelos. Mas não chegou a concluir o ato, porque um soco lhe acertou a nuca. O *punk* berrou como um porco, ao cair. O nariz e o lábio sangrando da pancada, Gudrun levantou o olhar e, surpresa, deu com Neidhart. Ouviu então um ríspido diálogo, porque o *punk* gordo e seu acompanhante avançaram, furiosos, contra ele.

– Vamos acabar com o filho da puta!

– Dá uma porrada nele, Willie!

Neidhart, num movimento rápido, acertou o grandalhão com um chute no saco. O homem se dobrou, inclinando o torso. Ele tentou aprumar-se, mas um soco de baixo para cima o pôs no chão de vez. O gordo, ao ver aquilo, hesitou entre partir para a briga ou fugir, mas logo escolheu a segunda opção. Virou as costas e começou a correr. Foi alcançado por Neidhart, que, agarrando-o pelo ombro, fez que se voltasse e lhe deu uma cabeçada no nariz. O gordo caiu de joelhos, gemendo e gritando. Um pontapé na cara o deixou estirado. Neidhart voltou até onde estava Gudrun.

– Você está bem? – perguntou, preocupado.

Em resposta, ela se virou e meteu a ponto do sapato na cabeça do *punk* que tentava se erguer. O chute acertou bem na boca do homem, arrancando-lhe um dente e o pondo de novo para dormir.

– *Schwein*![1] – gritou Gudrun, cheia de ódio.

Voltou-se para Neidhart e viu que um sorriso tinha aflorado em seu rosto. E isso o tornava ainda mais assustador, mas não para ela, que disse:

– Obrigada!

Neidhart não disse nada, apenas ficou olhando para a garota daquele jeito enternecido. Ele então, como de costume, a seguira..., pensou Gudrun, mas de um modo tão discreto que ela nem percebera. Não fosse isso, com toda certeza, ela teria sido mais maltratada ainda ou até mesmo estuprada por aqueles canalhas.

– Não seria bom você ir a uma farmácia? – ele disse, observando seus ferimentos.

– Não foi grave. Prefiro fazer um curativo em casa mesmo – ela rebateu.

– Ah, bom...

Ficaram parados, um olhando para o outro, sob a chuvinha fina. Gudrun sorriu e disse:

– Estou com frio e calculo que você também esteja. Uma xícara de chocolate quente com conhaque ia bem, não acha?

– Sim...

– Não quer ir comigo até em casa?

– Se não for incomodar...

– Não, não vai me incomodar. Pelo contrário. Se aparecer outro grupo de *punks*, tenho você por perto... – ela disse dando uma gargalhada, no que foi acompanhada por ele.

Tomaram o ônibus. Durante o caminho, quem mais falou foi ela. Ele apenas a ouvia, balançando a cabeça ou dando pequenos grunhidos. Desceram algumas quadras depois e subiram até o minúsculo apartamento de Gudrun. Era um quarto e sala, com um banheiro e uma cozinha. Os móveis eram poucos: um sofá, coberto com uma manta listrada, uma mesa, duas cadeiras, uma estante com livros, um aparelho de som, uma tevê pequena. Na parede, reproduções de *O nascimento de Vênus* e *A primavera*, de Botticelli, iluminavam de cor e alegria o ambiente.

---

1 "Porco", em alemão.

– Fique à vontade – ela disse, servindo a ele uma dose de Napoleon e indo para o banheiro.

Depois de tomar um banho, medicar-se e vestir um roupão felpudo, foi à cozinha preparar o chocolate, que serviu com pedaços de *Apfelstrudel*. Enquanto tomavam a bebida quente e comiam, ele se abriu e falou um pouco de si, mas sem tocar em sua atuação como terrorista. Falou apenas da família e de como havia se distanciado dela.

– Nossa! Faz tanto tempo assim que não vê seus pais? Por quê?

– Meu pai era o maldito de um nazista! E minha mãe, bem, minha mãe era muito submissa. Ele parecia o *Fürher* para ela... Quanto a mim, não me dava a mínima atenção – acabou dizendo com rancor. – Foi por isso que fui embora de casa.

Depois, ela se pôs de novo a falar, contando anedotas sobre o pessoal do restaurante.

– O Peter vive dando em cima de mim. Mas eu vou querer saber daquele anão de jardim? O Müller é bicha. Não sabia? A maior bichona. Não tem jeito, mas é. Dizem até que gosta de se vestir de mulher e frequentar um bar só de drags! A Marlene só se acha, pensa que pode ter o homem que quiser. O Joachim é bonitinho, mas infantil demais...

Contava tudo aquilo sempre rindo, mostrando dentes bem alvos e covinhas ao lado dos lábios machucados. Neidhart a ouvia prestando muita atenção. Sentia-se bem, ainda mais agora que estava aquecido pela bebida e alimentado, longe do lúgubre quarto onde vivia. Entre eles, uma gata tricolor, que se chamava Jade, ronronava satisfeita. E como Gudrun era graciosa!, refletiu. Nunca tinha estado junto com uma garota tão linda. Em determinado instante, sem que pudesse se conter, esticou o braço e acariciou o cabelo curto dela. Gudrun parou de falar, fitou-o com um leve sorriso. Depois, aproximou-se dele e, ficando de joelhos sobre o sofá, o beijou na boca. Neidhart retribuiu, acariciando-lhe o rosto, o pescoço, beijando-a de leve. Ela veio a reparar então que, apesar de toda a sua força bruta, ele era capaz de ser bastante carinhoso. Gudrun deitou-se de costas e abriu o roupão. Neidhart ficou algum tempo maravilhado, olhando o corpo pequeno, benfeito, nu à sua frente.

– Vem... – ela ronronou como a gata.

No outro dia, ele se mudou para o apartamento dela. Para Neidhart foi como se tivesse entrado no paraíso. Já havia saído com algumas poucas mulheres, mas nenhuma delas se comparava a Gudrun. Gostava de seu sorriso, de seu cabelo de rapazinho, de seu corpo miúdo e sólido. Iam juntos trabalhar, sempre de mãos dadas, e voltavam juntos para casa. E formavam um par bem curioso, o que era motivo de riso de todo o pessoal do restaurante. Neidhart, com seus quase dois metros de altura, o peito largo, os braços musculosos; ela, com seu metro e sessenta, miúda, quase que batendo na cintura dele. Mas, embora fosse pequena, como costumavam dizer, trazia Neidhart pelo cabresto. O gigante fazia todas as suas vontades. A sorte dele era que ela o amava e jamais faria qualquer coisa para feri-lo.

Como não tinha mais nada a ocultar dela, Neidhart acabou por lhe contar também de sua atividade como terrorista.

– Acho o terrorismo uma coisa horrível – Gudrun disse, depois que ele terminou de contar. – Acho essa gente do Baader-Meynhof uns babacas. Mataram gente inocente, roubaram. Mas, como você me disse que não matou ninguém e que se arrependeu do que fez, tudo bem.

Até que começaram a ouvir rumores de que as forças de segurança alemãs estavam à caça dos remanescentes da Fração do Exército Vermelho. Quase todos os dias, liam nos jornais ou viam na tevê notícias sobre buscas e prisões de terroristas. E isso a deixava muito preocupada. Confiava em que Neidhart não havia matado ninguém, mas temia perdê-lo. Não se imaginava mais vivendo sem ele. Foi então que decidiram que o melhor a fazer era fugir da Alemanha enquanto era tempo. Tendo decidido isso, pediram as contas no restaurante e atravessaram a fronteira da Bélgica. Hesitaram bastante antes de decidir para onde ir. Resolveram se refugiar nos Estados Unidos. Como Neidhart jamais havia sido preso e fichado, e seus companheiros apenas o conheciam pelo codinome *Riese*[2], não tinha o que temer das autoridades alfandegárias. Quanto ao destino, procuraram escolher uma cidadezinha americana qualquer, onde, com toda certeza, passa-

---

2 "Gigante", em alemão.

riam despercebidos. E assim tinham vindo morar em McAllen, onde montaram o pequeno restaurante e charcutaria.

E agora Neidhart partia, o que a deixava bastante apreensiva. Afinal, depois de terem se conhecido, nunca haviam se separado por tanto tempo. Ela já imaginava, com tristeza, passar dois meses longe do seu querido gigante.

E enquanto pensava nisso, ainda à janela, acariciou Jade, que gostava de se aquecer ao sol, deitada no peitoril da janela.

– É, parece que ficaremos só nós duas em casa até o príncipe voltar – disse com um sorriso enternecido, ao ver a gata espichar-se toda, ao comando de suas carícias.

III

Operação Cabeça do Emir

1
Manuel Ortega

Manuel Ortega, mais conhecido como Orteguita pela malandragem de Tampico, morava numa favela da periferia da cidade. Por algum tempo, chegou a trabalhar na fronteira como *coyotero*, ajudando mexicanos miseráveis a entrar clandestinamente nos Estados Unidos. Como isso não lhe rendeu o que esperava, tentou montar um negócio meio nebuloso de importação de carros usados, mas a coisa logo desandou. De maneira que estava vivendo numa pior. Sua casa, de paredes sem reboco, com janelas e portas protegidas por tábuas de madeira compensada, tinha ficado inacabada por falta de dinheiro. Volta e meia, lançava olhares de inveja para a propriedade de Jesús Estrada. Do teto de sua casa, que ficava na encosta de um morro, podia ter uma boa vista do grande depósito murado, onde havia um pátio para descarregar caminhões, as garagens e o escritório do homem.

Haviam passado uma infância e adolescência de muitas privações na mesma favela. Mas enquanto Jesús, à custa de muito trabalho, conseguira subir na vida, ele, mais indolente, continuava na pobreza. Tentara uma coisa, outra, mas sempre sem sucesso. Orteguita reconhecia que Jesús era mesmo um portento. Do nada, construíra um pequeno império. Sabia que, além de variados negócios em Tampico, Jesús Estrada ainda mantinha estreitos contatos com um gringo de McAllen, nos Estados Unidos. Era ele quem, de modo geral, lhe agenciava trabalhadores para as *maquiladoras* da fronteira, em Nuevo Laredo, aonde Jesús sempre ia para conversar com o *boss*. Uns tempos atrás, fiando-se na antiga amizade, Orteguita fora pedir ajuda a Jesús Estrada. Sem pestanejar, o homem lhe arrumou um emprego no depósito. Orteguita começou a trabalhar para ele, na condição de pau para toda obra. Ajudava a descarregar caminhões, servia de vigia no depósito, às vezes, chegava mesmo a fazer entrega de mercadorias ou pagamentos a fornecedores. E, devido a isso, até que sua vida melhorou: começara por comprar o barraco, que vinha reformando, e uma velha picape. Mas não demorou muito para ele aprontar das suas, desviando dinheiro do patrão. Furioso, Jesús Estrada disse que não queria mais vê-lo pela frente e chegou mesmo a ameaçá-lo de morte se aparecesse em sua propriedade de novo.

– Te meto uma bala nos cornos, *cabrón*!

Ao ver o ex-patrão sair em sua Land Rover, em direção a Nuevo Laredo, Orteguita não deixava de se lamentar por ter rompido com ele. Tentara algumas vezes uma reconciliação, prometendo emendar-se, mas fora repelido a patadas. *Hijo de puta!*, dizia com rancor, ao ter o telefone batido na cara.

Até que, um dia, viu entrar no pátio da propriedade de Jesús Estrada um Ford Club Wagon com os vidros cobertos com insufilm. Normalmente, Orteguita não daria muita importância ao fato, porque o mais comum ali era chegarem e saírem carros e caminhões. Mas aconteceu que, naquele caso, Jesús Estrada deixou o escritório e veio atender ele próprio o motorista do Ford Club Wagon. E, mais que depressa, mandou que se recolhesse o veículo a uma de suas garagens. Munido de binóculos, Orteguita acompanhava tudo do teto de seu barraco. Era que ele tinha se habituado a vigiar os depósitos, fábricas, escritórios das proximidades, para acompanhar a movimentação de carga e descarga. Se reparasse em algo de interesse – um grande carregamento de bebidas, de cigarros –, a troco de dinheiro, passava a informação privilegiada para as gangues que assaltavam caminhões. E a propriedade de Jesús, como não poderia deixar de ser, não escapava de sua vigilância. Nos últimos tempos, havia até causado alguns prejuízos para o homem, que tivera caminhões interceptados e mercadorias roubadas, graças a suas informações. Mas o que haveria naquela *van*?, pensou. Ficara sem entender por que Jesús Estrada não procedera de imediato ao descarregamento do Ford Club Wagon. Havia dente de coelho naquilo, refletiu, intrigado. Num primeiro momento, pensou em ligar para Zacomana, o chefe de uma das gangues, para avisar da novidade. Mas depois, refletindo melhor, chegou à conclusão de que talvez tivesse chegado sua hora.

Orteguita ainda mantinha bons contatos com pelo menos um dos empregados do Jesús. Era Artemio Flores, com quem costumava de vez em quando beber uns copos na bodega do Orozco. Sabia que o homem, quando se embriagava, soltava a língua. Talvez pudesse extrair dele alguma informação sobre aquele negócio nebuloso. Foi o que fez. Um dia, ao ver Artemio sair dos galpões de Jesús Estrada, abordou-o e o convidou a ir até o bar do Orozco. No começo, o amigo disse que não, alegando cansaço.

–*¡Hombre!* Vamos lá. Sou eu que vou pagar. Em nome dos velhos tempos.

Artemio, ao saber que ia beber de graça, aceitou logo o convite. E lá foram os dois para a bodega. O lugar era apertado e sujo, com bitucas de cigarro pelo chão e quitutes engordurados, em estufas sobre o balcão. Sentaram-se, e Orteguita pediu uma garrafa de tequila, acompanhada de *tacos*. E como o porco comia!, pensou, desolado, ao olhar o companheiro devorar a comida. Mas, ao cabo, devia ter a sua compensação. Se algo que prestasse saísse daquela boca faminta e sedenta, não teria prejuízo. Impaciente, ficou observando o gordo e voraz companheiro acabar com travessas e travessas de *tacos*, copos e copos de tequila. Até que, ao notar que ele já estava com os olhos esgazeados, perguntou:

– O que há de novo no depósito, Artemio?

– De novo? A merda de sempre. A gente se mata, e é só o patrão que leva vantagem nisso.

– E o que me diz do Ford Club Wagon?

– Do Ford Club Wagon? – Artemio olhou para Orteguita, como se não entendesse a pergunta. – Ah, o Ford Club Wagon que chegou outro dia... Coisa mais estranha! O patrão não deixou a gente descarregar. Quando o Juanito foi abrir as portas da *van*, ele deu um berro e mandou parar.

– E por quê?

– E eu sei? E, logo depois da chegada do Ford Club Wagon, ele ligou para o gringo. Da garagem mesmo.

– O *boss* de McAllen?

Artemio se serviu de mais um copo de tequila.

– Sim, o *señor* MacCormack. Estava perto e escutei o patrão falar que o Ford Club Wagon ia ficar bem guardado e que garantia que ninguém ia mexer em nada. Que era só os homens chegarem que...

– Homens? Que homens?

– Ele não disse. Só disse que, quando os homens chegassem em Tampico, ficaria esperando o telefonema deles para entregar o Ford Club Wagon. Falou também para o gringo que, depois, levaria os homens até aquela pista de pouso que fica perto da Laguna del Carpintero.

Orteguita levou o copo à boca e ficou refletindo. Por que tanto segredo? Para não se perder tempo, os veículos, logo ao chegar, costumavam ser descarregados no pátio mesmo. A coisa que Jesús Estrada mais temia era a vinda de fiscais da prefeitura. Isso porque, ainda que tudo estivesse legal, eles queriam propinas. Continuando a beber, Orteguita fez a si mesmo uma série de perguntas. Que gringos eram aqueles que viriam para falar com Jesús Estrada? Por que o Ford Club Wagon fora trazido na frente, antes de os homens chegarem? E para onde a carga seria levada?

Quando Artemio, de tão bêbado, caiu com a cara sobre a mesa, Orteguita pagou, xingando, a despesa e foi embora. No dia seguinte, de novo munido do binóculo, subiu sobre a laje de sua casa e pôs-se a observar a movimentação no depósito. Mas nada de especial aconteceu, a não ser que o Ford Club Wagon continuava escondido na garagem. E uma ideia foi se formando em sua cabeça. Aquele devia ser mesmo um grande negócio entre Jesús Estrada e o *señor* MacCormack. E ele ali chupando o dedo. Sentiu o ódio crescer dentro de si. Desde que rompera com o antigo chefe, só se dera mal. Nenhum dos negócios em que se metera havia vingado. Orteguita deitou-se de costas na laje e ficou matutando por alguns minutos. Quando o sol começou a incomodar de fato, desceu para se refrescar, tomando uma cerveja. Da cozinha, vinha um cheiro bom dos *tamales* que a mulher preparava para o almoço.

Depois de comer, a barriga cheia, fez a *siesta*, mas não conseguiu dormir. Despachou de maus modos a mulher, que lhe veio pedir dinheiro para comprar um vestido no shopping. Ela saiu choramingando, e ele continuou a pensar. Estava na hora de dar um jeito na vida. E dar um jeito na vida implicava dar um jeito em Jesús Estrada. Já pensara nisso outras vezes, mas sempre deixava para depois. O fato é que tinha medo de seu ex-chefe. Grande, forte como um touro, Jesús Estrada era muito corajoso. Orteguita lembrava-se de quando Zamorano, que se achava o rei da região, fora procurá-lo para vender proteção. Jesús o havia posto para correr com uns tabefes na cara. Orteguita, por sua vez, miúdo como um rato, não era de encarar ninguém de frente. Mas tinha que fazer alguma coisa. Ainda mais agora que parecia haver peixe gordo na rede. Sabia que Jesús Estrada não era de cuidar muito da própria segurança. No pátio, havia um cão fila, que ficava solto durante a noite, e o Artemio, numa guarita. Como guarda-costas, Jesús Estrada contava apenas com o Valdivia. Para piorar as coisas para o lado do empresário, Orteguita ficara sabendo pelo Artemio que o circuito de segurança estava com sérios problemas, com a maioria das câmeras desativadas.

Jesús Estrada costumava trabalhar até tarde. Orteguita decidiu, portanto, que seria melhor aparecer no depósito depois da meia-noite, quando não houvesse mais funcionários por lá. Mas tinha um grande problema pela frente. Precisava se livrar do cão, que era uma fera. O animal não respeitava nem o próprio dono. Tinha que se livrar também de Artemio. Mas aí a coisa seria mais fácil, pois o vigia, em sua opinião, era um bunda-mole. Depois, tinha que subir ao escritório, render o Valdivia, render o chefe e fazer o pássaro cantar. Mas tinha consciência de que sozinho não conseguiria nada. Com quem podia contar?, pensou. Lembrou-se dos irmãos Simón e Melquiades Sarmiento, com quem havia feito negócios em outras ocasiões. Eram durões e tinham já algumas mortes nas costas. Com a ajuda deles, matava dois coelhos de uma cajadada só: vingava-se de Jesús Estrada e acertava sua vida.

Saiu à procura dos homens. Não foi difícil convencê-los. Disse que Jesús Estrada costumava guardar dinheiro em espécie no escritório e que eles podiam saqueá-lo à vontade. Quanto a ele, só se interessava pelo conteúdo do Ford Club Wagon. Estava pensando em chantagear os gringos, exigindo uma boa quantia em troca do que houvesse dentro da *van*. Mas tinha que se preparar bem para o assalto, porque não era fácil enfrentar Valdivia e muito menos Jesús. Melquiades disse que levaria seu *shotgun*, Simón, uma submetralhadora Ingram MAC, que havia roubado num carregamento no porto. Quanto a Orteguita, contentava-se com seu Colt Phyton .357, também roubado, que nunca o deixara na mão. E começaram a planejar a ação. Artemio lhe tinha dito que os gringos chegariam dentro de três dias. Como Artemio soubera de tudo aquilo? Jesús Estrada devia estar ficando velho. Onde já se viu falar dessas coisas diante de um imbecil completo como Artemio? Em todo caso, era melhor assim. Poderia se aproveitar dessa desatenção de Jesús para pôr em prática o seu plano. Bastava tirar Valdivia do caminho, contando com a ajuda de Simón e Melquiades.

Perto da meia-noite, foi até o depósito, acompanhado dos irmãos Sarmiento. No dia anterior, havia saído com Artemio para beber. E tivera uma ótima notícia: o cão havia sido levado ao veterinário para operar uma pata quebrada. Isso o deixou ainda mais animado. Era menos um obstáculo pela frente. Pararam o carro na esquina e seguiram a pé até o depósito de Jesús Estrada. Chegando diante do portão, Orteguita apertou o botão do interfone. Havia instruído os companheiros a escalarem o muro, enquanto ele distraía o vigia. Quando atenderam, disse:

– *Artemio, soy yo, Orteguita. Vamos tomar unas copas?*

Pouco depois, escutou ruído de passos sobre o cascalho. Uma janelinha se abriu no portão, e Artemio, pondo a cara nela, disse:

– *Orteguita? Hoy no puedo beber contigo.*

– *Por qué no puedes, compañero?*

Artemio explicou que o patrão o havia escalado para o turno da noite.

– *Mañana, beberemos. Voy a...*

Orteguita ouviu um gemido abafado. Logo depois, o portão se abriu com um leve rangido. Entrou e viu, junto ao muro, o corpo inerme de Artemio. O brutamonte Melquiades havia lhe quebrado o pescoço. Nunca mais ia ter que lhe pagar bebida, pensou Orteguita com satisfação. Fecharam o portão, depois de fazer passar a picape. Começaram a se deslocar devagar, orientados pela luz de um vitrô, no alto do escritório. Orteguita, que conhecia bem o caminho, seguiu à frente. Abriu a porta do edifício, eles entraram, subiram as escadas. Pararam diante de uma porta e ficaram de ouvidos atentos, esperando não sabiam bem o quê. Simón e Melquiades olharam interrogativamente para Orteguita, que não tinha muita ideia do que fazer. Decidiu que o melhor seria bater na porta. Na certa, Jesús pensaria que fosse Artemio. Quando Valdivia atendesse, eles o renderiam. Foi o que fez, e uma voz de dentro mandou que entrassem. Sussurrou a Melquiades que ele devia ir à frente, já que era o mais valente dos três, ainda mais portando um *shotgun*. O grandalhão empurrou a porta e entrou berrando:

–*No se muevan, hijos de puta*!

Valdivia esboçou uma reação, enfiando a mão no interior do paletó. Ouviu-se uma explosão, e os balotes do *shotgun* destroçaram-lhe o peito, atirando-o contra a parede. Ainda atordoado pelo estrondo, Orteguita, acompanhado de Simón, aproximou-se da mesa de Jesús.

– *Qué quieres de mí, pendejo?* – disse Jesús com severidade.

– *Pendejo es la concha de tu madre!*

Melquiades, que se aproximara, deu com a coronha do *shotgun* na cabeça de Jesús, que gemeu e caiu de lado na cadeira. Orteguita ordenou aos comparsas que o amarrassem. Depois, jogou-lhe um balde de água na cara, para que se recuperasse da pancada. Quando Jesús abriu os olhos, Orteguita pôs-se a interrogá-lo. Queria saber o que continha a *van*, para onde seria levada a mercadoria e quem eram os gringos que ele aguardava. Enquanto isso, os capangas começaram a vasculhar as gavetas, os armários do escritório. Ao encontrarem pacotes de dinheiro vivo, deram gritos de alegria. Orteguita, bastante irritado, continuava o interrogatório, mas Jesús, os lábios cerrados, nada dizia. Foi preciso que os comparsas viessem ajudá-lo, para que obtivesse as informações que desejava. Enfiaram um saco plástico na cabeça de Jesús, preso a seu pescoço por uma fita crepe. Só quando o homem começou a ficar roxo é que o libertaram do tormento. Mas precisaram repetir a tortura umas três vezes até que ele contasse que o Ford Club Wagon continha equipamentos do sr. MacCormack, que iam ser levados para a Europa por um homem de sua confiança. As últimas coisas que revelou foi que o gringo com quem entraria em contato estaria hospedado no Hampton Inn Tampico Airport e se chamava sr. Mendes. Depois disso, soube que estava condenado, pois ouviu Orteguita ordenar, seco:

– *Mátenlo!*

Os homens não se fizeram de rogados. Apesar de toda a resistência de Jesús Estrada, que retesava o corpo, tentando se livrar das cordas, enfiaram outra vez o saco plástico na cabeça dele. E, sempre sorrindo, acompanharam sua lenta e dolorosa agonia.

****

A viagem do grupo até Tampico foi tranquila. O avião aterrissou, passaram sem formalidades pela alfândega. Embarcaram numa *van* que os levou ao hotel, onde já haviam sido feitas as reservas. Depois de tomar um banho, Mendes fez a ligação para o contato de Purvis no México. Quando atenderam, após se apresentar, entrou logo no assunto, perguntando quando Jesús viria apanhá-los no hotel. Orteguita rebateu, dizendo que os planos tinham que ser mudados. O que acontecera era que a polícia andava fazendo seguidas *blitze* na cidade e seria perigoso arriscar com a *van* tão carregada de equipamentos. De maneira que todo cuidado era pouco e não convinha que ele fosse até o hotel com a *van* para pegá-los. Achava, então, melhor que se encontrassem no depósito para que, de lá, pudessem ir até o campo de pouso. Passou-lhe o endereço e disse que estava à sua espera. Mendes pôs o telefone no gancho e ficou um instante pensativo. Tinha achado muito estranha a história. Ainda mais porque Jesús Estrada lhe parecera um tanto confuso. Se a polícia estava fazendo *blitze* na cidade, não era mais lógico ir apanhá-los no hotel com outro veículo? Balançou a cabeça. Aquela história não colava mesmo. Mas o que lhe restava fazer, senão ir ao encontro dele?

Durante o almoço, discutiu com os companheiros sobre a situação.

– *Blitz* policial? – ponderou Neidhart.

– Foi o que ele disse. Mas não chegamos a ver nada disso por aí, não é? E, depois, Jesús Estrada me pareceu um bocado nervoso.

– Nervoso? Como assim?

– Sei lá, gaguejou um pouco, enquanto falava comigo. Me deu a impressão de que não estava muito seguro do que dizia.

Balançou a cabeça.

– Mas, para descobrir o que de fato está acontecendo, é preciso ir até o depósito.

DC ameaçou se levantar, dizendo:

– Então, vamos indo?

Mendes segurou-o pelo braço.

– Talvez eu devesse ir sozinho. Se estiver tudo calmo, telefono, e vocês vão de táxi. Caso contrário, se houver alguma complicação, aí, seria o caso de se pensar no que fazer... Na minha ausência, o capitão fica como responsável – disse, apontando para Neidhart.

Mendes pegou um táxi que, atravessando a congestionada zona central, tomou a direção da periferia de Tampico. Passaram por oficinas de desmanche de carros, vendinhas, botecos, galpões, pequenos templos, terrenos baldios, depósitos de material de construção. Quilômetros adiante, depois de uma favela, incrustada num morro, o táxi entrou numa rua com muito lixo nas calçadas e parou diante de um portão de ferro, no meio de um extenso e alto muro. Mendes pagou a corrida, desceu e foi apertar o botão do interfone. Uma voz seca o atendeu. Ele se apresentou e, alguns segundos depois, ouviu passos no cascalho. O portão se abriu e Mendes deparou com um grandalhão, com cara de poucos amigos, que carregava um *shotgun*. Sem lhe dizer nada, o sujeito se aproximou para revistá-lo. Por que isso?, pensou Mendes. Não estava já tudo combinado entre Purvis e Jesús Estrada? Notando que Mendes viera desarmado, o capanga fez um gesto, dando-lhe passagem. Ele foi então levado a um edifício de dois andares. Começou a subir os degraus. A meio do caminho, o grandalhão passou na sua frente e abriu a porta no fim da escada. A primeira pessoa que Mendes viu foi um homem miúdo, de olhos fundos, um bigodinho ralo sobre os lábios finos, sentado atrás de uma mesa. Usava uma camisa berrante, de mangas compridas, com listras verdes e vermelhas, óculos escuros, brincos e trazia no pescoço uma grossa corrente de ouro. O sujeito lembrava mais um cafetão do que alguém que tivesse negócios com Purvis, refletiu Mendes. E, para confirmar essa impressão, viu atrás dele um outro homem, gordo, com cabelos que chegavam aos ombros e a cara bexiguenta e fechada, lembrando a de um buldogue. Carregava uma submetralhadora no colo, como se a arma fosse um bebê.

– *Jesús Estrada?* – perguntou Mendes, ressabiado.

– *Puede ser que sea...* – respondeu o sujeito, abrindo um sorriso torvo e perguntando, por sua vez: –*Señor Mendes?*

Mendes balançou a cabeça, confirmando. Orteguita lhe indicou uma cadeira à frente da mesa. E, sem mais nem essa, disse que a entrega da *van* não seria mais feita por Jesús Estrada.

– Mas o sr. MacCormack ainda ontem me disse que... – tentou protestar Mendes.

Orteguita o interrompeu de maneira abrupta e disse, num inglês estropiado:

– É que o gringo ainda não sabia de um mal súbito do *señor* Estrada.

– Mal súbito? O que aconteceu com ele?

Dando outro daqueles seus sorrisos torvos, Orteguita apenas disse que agora Mendes devia negociar direto com ele, Manuel Ortega.

– Mas não foram essas as instruções que recebi do sr. MacCormack – rebateu Mendes, com dureza. – Portanto, acho que não vou negociar com o senhor.

Começou a se levantar. A um sinal de Orteguita, o grandalhão pôs as mãos em seus ombros e o forçou a permanecer sentado. Prudente, Mendes não reagiu.

– O senhor terá mesmo que negociar comigo, se quiser o equipamento – disse Orteguita. – E se tentar me enrolar, pode acabar como o *señor* Jesús Estrada.

Fez um gesto com a cabeça. Simón abriu uma porta lateral, que dava para um banheiro. Mendes viu então o corpo de um homem com as mãos amarradas nas costas e um saco plástico enfiado na cabeça.

– Entendi a razão do mal súbito... – disse, imperturbável.

– Se entendeu, então, podemos começar a negociar.

– O que o senhor deseja para liberar o equipamento?

– *Doscientos mil dólares.*

– Não tenho tanto dinheiro assim comigo.

– O gringo tem.

Mendes refletiu um pouco.

– Preciso de tempo para conseguir o dinheiro.

– O senhor tem até amanhã para fazer isso. Se não aparecer com o dinheiro, não verá mais a *van*, muito menos o equipamento. – Pegou um revólver na cintura, apontou para Mendes e disse: – E pode também sofrer de um mal súbito...

Mendes levantou-se, e desta vez o grandalhão não o impediu. Antes que deixasse o escritório, Orteguita ainda lhe perguntou, desconfiado:

– Por que o senhor não veio com seus homens?

Mendes pensou rápido e disse:

– Houve um contratempo, o voo se atrasou. Eles só chegarão depois de amanhã.

– E posso saber o que irão fazer com a carga? – perguntou Orteguita, muito curioso.

– Por que não? – Mendes sorriu. – Vamos para a África caçar rinocerontes.

Orteguita o fitou, parecendo desconcertado, mas logo caiu na gargalhada.

– Esta é boa, *hombre!* Caçar rinocerontes! Com pistolas, revólveres, fuzis... Mas isso não me interessa. Se trouxer até amanhã os *doscientos mil dólares*, pode ir sossegado fazer sua caçada.

*****

Escoltado pelo grandalhão, Mendes saiu do depósito e pegou um táxi. Chegando ao hotel, entrou e deparou com os companheiros no bar. Pediu o *scotch* de costume. Pela sua cara, eles perceberam que a coisa tinha desandado.

– E então...? – perguntou Neidhart, apreensivo.

Mendes contou como havia sido o encontro. Não deixou também de falar da estúpida morte sofrida por Jesús Estrada.

– Que animais! – protestou DC, para depois, dizer: – Armaram para cima de nós. Que porra, hein!

– Isso mesmo, armaram para cima de nós – confirmou Mendes, tomando um gole de uísque. – Mataram nosso contato e estão querendo chantagear.

– E quem é o chantagista? – disse Neidhart.

– Um merdinha de um malandro... – respondeu Mendes com desprezo.

– E como você pensa em arrumar esses duzentos mil dólares? – perguntou Zauar. – Vai pedir ao sr. MacCormack?

– Não, não estou pensando em pagar. Acho que a gente não pode ceder à chantagem.

– Você está certo – interveio Neidhart. – Temos que pensar num plano de ação para resgatar a *van*.

– E como? – disse Chiang com desânimo. – Nossas armas estão naquele carro...

Mendes deu de ombros.

– Precisamos nos virar com armas ou sem armas. Em todo caso, eu disse ao filho da puta que vim sozinho para Tampico, o que o deixará mais relaxado. Isso facilitará um pouco as coisas para nós.

– E se a gente tentasse comprar armas? – sugeriu DC. – Deve ter um monte desses tipos de traficantes nas imediações do porto....

– Não sei se convém fazer uma coisa dessas – voltou a falar Mendes. – Comprar armas de fogo num país estrangeiro pode ser perigoso. E a melhor coisa que temos a fazer é passar por Tampico sem chamar a atenção. Mas, como não convém irmos desarmados ao depósito, sugiro procurar uma cutelaria e comprar algum tipo de arma branca.

– Dependendo dos bandidos, dos armamentos de que dispõem, acredito que dê para a gente se virar apenas com a força física e armas brancas – interferiu Neidhart, para depois acrescentar: – Em todo caso, o major podia falar um pouco mais sobre a localização do depósito, sobre os bandidos...

A um sinal de Mendes, sentaram-se em torno de uma mesinha. Ele fez um croqui num guardanapo, mostrando a planta da empresa, o longo muro, o portão, a guarita do vigia, as garagens, o edifício principal, com a escada que dava acesso ao escritório. Descreveu também os bandidos e as armas de que dispunham.

– Temos que nos livrar, logo de cara, do grandalhão... – explicou. – Isso se ele ficar de vigia no portão. É muito forte e está armado com um *shotgun*. O chefe deles, que se chama Manuel Ortega, tem um revólver, creio que um 357, e o outro capanga, uma submetralhadora.

– Talvez o Chiang pudesse se incumbir do grandalhão – voltou a falar Neidhart. – O cutelo é silencioso e letal. E pode ser atirado de longe. Liquidando com ele, pegamos o *shotgun*, que nos será de muita valia.

Chiang sorriu, abanando a cabeça.

– Vamos, então, acertar nossa estratégia – tornou Mendes. – Chegando ao depósito, vou sozinho até o portão e toco o interfone. Quando o vigia descer da guarita e vier atender, mostro uma maleta com o suposto dinheiro. E Chiang, que já deverá ter saltado o muro, o acerta com o cutelo.

No dia seguinte, passaram numa cutelaria, compraram uma faca Bowie, um machete e um cutelo. Foram almoçar, retornaram ao hotel e ficaram esperando anoitecer. Por precaução, Mendes ligou para Orteguita e disse que já estava levantando o dinheiro. Apareceria no depósito perto das onze da noite.

– *Te espero hasta las once en punto* – ameaçou o bandido. – *Después...*

No horário combinado, partiram para o depósito. Nas imediações do local, deixaram os táxis e separaram-se. Mendes seguiu à frente e seus companheiros ficaram junto à esquina do depósito. Chegando ao portão, ele apertou o interfone. Quando atenderam, identificou-se. O vigia desceu a escada da guarita e veio até o portão. Abriu a janelinha, para se certificar de quem era. Mendes lhe mostrou a maleta. Sem dizer nada, o grandalhão tirou a trava do portão e o abriu. Enquanto isso, Chiang subiu nos ombros de Neidhart, escalou o muro e saltou para o interior do depósito. Como da outra vez, Melquiades começou a revistar Mendes. Mas não teve tempo de concluir a tarefa. Ouviu-se um zumbido, e a lâmina do cutelo veio se cravar na lateral de sua cabeça. O homenzarrão soltou um grito abafado e caiu morto. Foi o sinal para os demais entrarem correndo. Fechando o portão atrás de si, Neidhart apanhou o *shotgun*, e o chinês, o cutelo. Seguiram até o prédio do escritório, subiram a escada. Mendes bateu na porta e, sem esperar que respondessem, a abriu. Ao deparar com os homens, com Neidhart à frente, Orteguita estremeceu. Simón esboçou uma reação, mas foi abatido com um tiro do *shotgun*. Ao ser jogado para trás com violência, seu sangue foi se misturar com o de Valdivia, que ainda marcava a parede com uma grande mancha. Orteguita, num gesto sub-reptício, enfiou a mão sob a mesa.

– A mão sobre a mesa! – berrou Mendes, ao perceber seu movimento esquivo.

Como Orteguita não obedecesse, o cutelo de Chiang entrou outra vez em ação. Ao ter parte do braço decepado, à altura do punho, o mexicano deu um guincho agudo, enquanto o sangue esguichava. Mendes se aproximou dele e foi logo lhe perguntando onde estavam as chaves da *van*. Gemendo muito e perdendo grande quantidade de sangue, Orteguita, com a cara franzida de dor, exclamou:

– *Hijo de puta!*

– Chiang! – Mendes disse, lacônico.

O chinês ergueu o cutelo, ameaçando cortar o outro pulso de Orteguita, que, desta vez, capitulou. As chaves estavam nos bolsos de sua calça, acabou dizendo, em meio a muitos gemidos.

– DC, dá um pulo até a garagem e verifique se está tudo em ordem.

Pouco tempo depois, ele retornava. Ante o olhar interrogativo de Mendes, balançou a cabeça, dizendo:

– Estão faltando o fuzil McMillan e bastante munição.

– O corno deve ter desviado... – resmungou Mendes. Voltando-se para Orteguita, perguntou: – Onde escondeu o fuzil?

Chorando muito e olhando apavorado pra Chiang, que de novo tinha erguido o cutelo, o mexicano gemeu:

– Na caçamba de minha picape... Uma vermelha...

Sem esperar uma nova ordem, DC desceu correndo a escada. Uma meia hora mais tarde estava de volta.

– De fato, capitão. O rato pretendia enganar a gente. Encontrei o equipamento em sacos de lixo no carro dele.

– Transferiu tudo para a *van*?

DC fez que sim com a cabeça.

– E agora? O que fazemos com este filho da puta? – perguntou Neidhart. – O mesmo que ele aprontou com o coitado do Jesús?

Mendes refletiu um pouco.

– Ele bem que merecia morrer sufocado – acabou falando. – Mas não somos animais. Ou quase...

Voltando-se para Zauar, ordenou:

– Corte-lhe a cabeça.

Ao ouvir isso, Orteguita começou a berrar como um porco degolado.

– *Por el amor de Dios y de la Santa Madre!*

Em vão, pois o paquistanês lhe cortou o pescoço com um só golpe do afiado machete. Iam deixar o escritório, quando começaram a ouvir ruídos numa saleta ao lado. Armados com o *shotgun*, a submetralhadora e o revólver, abriram bem devagar a porta. Em meio a mesas com computadores, estantes, deram com quatro homens e uma mulher amarrados e amordaçados. A garota estava seminua, as roupas rasgadas. Tinha um grande hematoma no rosto e marcas de chupão nos seios e no pescoço. DC correu até o banheiro para pegar uma toalha. Ao voltar, cobriu a garota, depois de desamarrá-la. Desataram também as cordas dos homens, que os olhavam assustados.

– Devem ser funcionários de Jesús Estrada... – disse Mendes.

Apesar de livres das cordas, todos permaneciam contra a parede, assustados e soluçando, como se fossem coelhos diante de lobos.

– Escutem uma coisa. Não temos nada a ver com aqueles porcos que agora estão mortos. E sentimos muito pelo *señor* Jesús Estrada – disse Mendes, procurando tranquilizá-los. E, depois de uma pequena pausa, ordenou: – Vocês esperem mais ou menos uma hora e chamem a polícia. Não antes disso.

Deixaram o depósito, pilotando a *van*. No caminho, Mendes ligou para Purvis.

– Então, Al, já estão a caminho? – ele disse, ao atender.

– Houve um contratempo.

– Como, um contratempo?

– Sinto muito, mas mataram Jesús Estrada.

Purvis ficou em silêncio por alguns segundos, para depois dizer:

– Jesús Estrada! Mas quem foi o filho da puta que...?

Mendes resumiu o que havia acontecido.

– Pobre Estrada. Era um bom homem... – Purvis ficou em silêncio de novo e prosseguiu: – E a *van*?

– Está em nossas mãos, com todos os equipamentos em ordem.

– Bem, só lhes resta sumir daí o mais rápido possível, antes que surjam mais problemas – e passou-lhes o endereço do campo de pouso e o nome dos pilotos do Falcon.

– Infelizmente, não houve meios nem tempo de dar um enterro decente ao *señor* Estrada – acrescentou Mendes.

– Não se preocupe, eu cuidarei disso. Em todo caso, parabéns por terem se saído dessa sem graves sequelas. E boa viagem!

2

Abbottabad

Abbottabad se situa junto às montanhas nevadas da serra de Pir Panjal, na região noroeste do Paquistão. Bastante procurada por veraneantes, devido a seu clima ameno, essa cidade costuma ser frequentada por pessoas de classe média alta. Numa manhã de primavera em Abbottabad, uma perua Nissan trafegava em baixa velocidade pela rua Kakul, no bairro de Bilal, onde havia uma série de mansões. Diante de um grande portão de ferro, o veículo parou e o motorista buzinou três vezes. Atrás dos altos e grossos muros de concreto, encimados por uma cerca de arame farpado, via-se uma residência quadrada de três andares, pintada de branco. Era compacta, maciça, dividida por duas lajes, cujos beirais se projetavam uns dois metros além da frontaria. No último andar da austera fachada, havia um único e largo vitrô, com os vidros escurecidos e quatro aparelhos de ar condicionado. No andar de baixo, abriam-se duas janelas, protegidas por pequenos toldos. O andar térreo ficava oculto pelo muro. De maneira geral, a construção parecia inacabada e malcuidada. Nas paredes, havia marcas de umidade e a pintura estava descascando em muitos pontos. No teto, um terraço em construção exibia tijolos nus, placas de argamassa e ferros enferrujados. Mesmo com esse aspecto de aparente desleixo, a residência dava a impressão de pertencer a uma pessoa abastada, devido à extensão do terreno, ao tamanho, robustez e invulnerabilidade do imóvel.

Alguns minutos depois, o portão se abriu parcialmente. Um homem armado com um Kalashnikov veio até o carro. Reconhecendo o acompanhante do motorista, cumprimentou-o com respeito, fazendo uma vênia.

– *Salam alaykum.*

Abu Ahmed al-Kwaiti respondeu ao cumprimento com um leve menear da cabeça e disse alguma coisa ao vigia. O homem deu uma rápida olhada nos três passageiros sentados no banco traseiro. Parecendo satisfeito, voltou ao portão e o abriu de todo. A perua entrou num longo corredor murado que terminava em outro portão, que também foi aberto. O veículo passou por ele e parou num pátio onde ficavam a casa de hóspedes e alguns edifícios menores. À direita, nos fundos, havia alguns ciprestes, arbustos, palmeiras e, à esquerda, depois de um muro, uma espécie de caramanchão protegendo uma horta. A residência ainda contava com um curral, onde pastavam duas vacas, um galinheiro e jaulas com coelhos. Os homens seguiram até uma porta de ferro, nas traseiras da mansão. Abu Ahmed al-Kwaiti bateu na folha de metal com o nó dos dedos. A porta se abriu, e um homem alto e forte, também armado com um AK-47, apareceu no umbral.

– *Salam alaykum*, Agha al-Kwaiti.

– *Salam alaykum,* Abrar.

O homem fez uma vênia e lhe deu passagem. Os quatro visitantes atravessaram a vasta cozinha, uma sala, provida de uma mesa comprida, cadeiras, almofadas, sofás, um aparador com um jogo de chá e um exemplar do Corão, encadernado em marroquim verde. Começaram a subir uma escada que, no início do segundo andar, terminava em mais uma porta de segurança. Outro lance de escada, e chegaram ao último patamar. Entraram numa saleta nua, provida de uma estreita janela e um aparelho de ar condicionado, com as paredes e o chão revestidos de azulejos e lajotas cinza. A um sinal de Abu Ahmed al-Kwaiti, sentaram-se em almofadas. Aguardaram por alguns minutos, até que dois outros homens entraram no aposento. Um deles era alto e magro. Vestia um *shalwar kameez* – uma longa túnica sem colarinho – de cor bege e um gorro de oração. O outro, mais velho do que ele, tinha barbas grisalhas, usava óculos, um turbante branco e túnica cinza.

Sentado ao lado de Bashir e Shafik, Abdullah sentiu o coração bater mais forte. É que havia reconhecido, no homem alto, Osama bin Laden. Nunca o havia encontrado pessoalmente, mas sabia de sua fama e já tivera oportunidade de lhe ver a foto nos jornais e de ouvi-lo falar na tevê. Ao contrário de Abu Ahmed al-Kwaiti, que tinha uma expressão feroz, a face de Bin Laden, talvez devido ao sorriso, expressava uma estranha doçura. Os três se ajoelharam, a cabeça quase encostada ao chão, fazendo profundas vênias aos visitantes. Osama bin Laden foi se sentar nas almofadas à frente deles, secundado por Abu Ahmed al-Kwaiti e Ayman al-Zawahiri. Fez um sinal com a mão, pedindo que voltassem a se sentar. Uma mulher com a face coberta por um véu entrou, trazendo uma bandeja com chá e frutas secas. Abu Ahmed al-Kwaiti apresentou os homens a Osama bin Laden, que voltou a cumprimentá-los, sorrindo e inclinando a cabeça.

– São fiéis servidores e darão a vida pelo Emir e por nossa causa.

Abdullah, logo ao primeiro contato com Abu Ahmed al-Kwaiti, já havia sido alertado de que ia participar de um encontro sigiloso com alguns *mujahedins*. Por isso, não estranhara ter encontrado na perua Bashir e Shafik, que conhecia já de algumas escaramuças de que haviam participado no Paquistão. Como ele, eram corajosos e devotados à causa do Islã. Durante o caminho todo, ficaram em absoluto silêncio. Não sabiam para onde iam nem com quem iam se encontrar, e ninguém ousou perguntar sobre isso. Abu Ahmed al-Kwaiti, o mensageiro, era o superior deles, e só lhes cabia obedecer. Mas Abdullah tivera uma grande surpresa ao deparar com Osama bin Laden em pessoa. Não podia acreditar que estava diante do homem que ousara desafiar a nação mais poderosa do planeta. E o que ele desejava de sua humilde pessoa?, interrogou-se, cheio de circunspecção. As coisas começaram a se esclarecer quando Osama bin Laden começou um longo discurso, numa voz calma, pausada.

– Os irmãos sabem que vivemos numa época de grandes conflitos. Há muito que vimos lutando contra o Ocidente, contando sempre com a proteção de Alá. Ao longo dos tempos, várias agressões vieram acontecendo às nossas terras, de modo particular, aos lugares santos como a Mesquita Al-Aqsa, o primeiro centro em que o Profeta Maomé, que a paz esteja com ele, proferiu suas orações. Desejamos instigar a comunidade islâmica para lutar por Alá, dando início a sua libertação, para que os costumes do Islã sejam enaltecidos e as leis islâmicas comecem de fato a vigorar. Nossos inimigos movimentam-se, livre e arrogantemente, em nossas terras, em nossas cidades e em nosso espaço aéreo. Eles nos atacam sem aviso, e as políticas árabes na atualidade estão em uma profunda conspiração com o adversário. Desse modo, estamos perdendo a capacidade de reagir contra essas indecentes ocupações.

Fez uma longa pausa, bebeu um pouco de chá e prosseguiu.

– E como lutar contra um inimigo que aparenta ser bem mais forte que nós? – deu um sorriso irônico. – Devemos ser como galinhas! Quando uma raposa entra na casa de uma galinha, ela ataca o invasor, mesmo que seja apenas uma galinha. Ou seja: contra os grandes aviões bombardeiros, os tanques, os armamentos sofisticados, temos a fé em Alá, a nossa força e nossas próprias armas. Os russos, com todo o seu poderio, não foram expulsos do Afeganistão? Por que não podemos fazer o mesmo com os arrogantes americanos?

Ayman al-Zawahiri sorriu, e Osama bin Laden continuou com sua arenga.

– Lembram-se do atentado espetacular contra as Torres Gêmeas? Com o sacrifício dos mártires jihadistas e a morte de milhares de infiéis, serviu para levantar o ânimo das nações muçulmanas. Seguindo esse exemplo, temos em mente outros atentados para castigar os infiéis. Contra o ferro e o fogo, reagiremos, graças ao auxílio de Alá, também com ferro e fogo. Sendo assim, andei pensando em promover alguns ataques ao inimigo que deverão lhe causar o maior terror. Mas temos que ser bastante cautelosos. Antes de dar início aos atentados que planejamos, precisamos cuidar de nossa segurança.

Fez um gesto, dando a palavra a Ayman al-Zawahiri.

– O que o respeitável irmão quer dizer é que as forças paquistanesas, a soldo dos Estados Unidos, já suspeitam da estada dele aqui em Abbottabad. Devido a isso, a cúpula da Al Qaeda achou prudente que o Emir fosse para um local mais seguro e menos visado, onde, protegido de seus inimigos, pudesse planejar esses novos ataques contra os infiéis. Num primeiro momento, pensamos que ele podia se ocultar numa casa mais discreta aqui mesmo na cidade. Mas chegamos à conclusão de que o melhor seria ele voltar para Tora Bora, onde já se refugiou no passado. Nossos inimigos, que bombardearam, de um modo jamais visto, as cavernas nas montanhas de Safed Koh, em dois mil e um, jamais pensariam que nosso irmão ousaria retornar para lá. Com toda a certeza, continuarão a procurá-lo aqui no Paquistão – deu um sorriso astucioso. – E nossa contraespionagem deixará todas as pistas para que pensem assim...

Continuando seu discurso, Ayman al-Zawahiri disse que os três ali presentes eram reconhecidos por já terem prestado grandes serviços à causa do Islã. Nessa condição, haviam sido convocados para zelar pela segurança pessoal de Osama bin Laden. Quando o Emir se refugiasse em Tora Bora, caberia às milícias vigiar o deserto e as imediações das cavernas, para conter e aniquilar os inimigos que ousassem se aproximar dele.

Pigarreou e continuou, explicando as tarefas de cada um.

– O irmão Abdullah e seus homens deverão se encarregar do passo de Khyber, o irmão Bashir vigiará a entrada do deserto mais ao sul, e Shafik ficará ao norte, entre Tora Bora e Jalalabad. Os três comandantes manterão sempre contato entre si e conosco. O importante é que o irmão Osama tenha tranquilidade suficiente para levar adiante seus planos. E desde já os aviso que, por isso mesmo, devem manter o maior sigilo sobre tudo o que se conversou aqui nesta casa. Ninguém, a não ser nós, poderá saber desses planos aqui tratados. – E concluiu com uma ameaça: – Lembrem-se de que quem deixar vazar qualquer tipo de informação será penalizado com a morte.

Osama bin Laden retomou a palavra.

– Os infiéis só entendem um tipo de linguagem, a da espada, e será, portanto, com uma espada de fogo que os combateremos. Tenho em mente atentados que com certeza causarão terríveis danos às suas mais importantes cidades, provocando, com isso, não só uma grande quantidade de vítimas, mas também um grande colapso financeiro. Em consequência disso, sem dinheiro para a guerra, serão obrigados a deixar nossas terras. Aí, então, livres desses modernos cruzados, a nação do Islã poderá expandir-se de vez e aplicar, onde quer que seja, as rigorosas leis da *shariah*.

Fez uma pausa, tomou outro gole de chá e concluiu.

– Frente a tais circunstâncias, é necessário que eu conte com a coragem e a dedicação dos irmãos. Já faz um bom tempo que me tornei o alvo preferencial dos militares do Ocidente, que me culpam de todo o mal que lhes acontece. Há muito eles vêm tramando contra a minha vida. E quem sou eu, senão um humilde servo do Profeta? Mas, como nossos inimigos sabem que sou dedicado à causa do Islã, hoje, me caçam como se eu fosse uma fera selvagem. Preciso, pois, de proteção, para que possa levar adiante meus planos para combatê-los. E nada melhor do que contar com os comandantes mais hábeis e leais da nação muçulmana.

Abriu um largo sorriso, levantou-se e fez sinal aos três para que se aproximassem. E Abdullah sentiu uma grande emoção quando Osama bin Laden o abraçou e beijou nas faces.

*****

Os três homens deixaram a casa e foram levados à rodoviária. Enquanto os companheiros tomavam um ônibus para Islamabad, Abdullah comprou uma passagem para Parachinár. Era lá que estava escondida a maioria dos seus companheiros da milícia. Abdullah sabia que ia ter muito trabalho pela frente. Precisava encontrar seus homens, comprar novas armas, munições, suprimentos para a missão. Quanto ao dinheiro, não precisava se preocupar, que o Emir fora muito generoso, incumbindo Ayman al-Zawahiri de dar a cada um deles uma boa quantia. O que mais o deixava preocupado era saber que ele e sua milícia vinham sendo procurados pelas forças de segurança do Paquistão e pelos infiéis. Portanto, todo cuidado era pouco. Durante a viagem, foi recordando os nomes dos *mujahedins* com que podia contar: Karin, Assef, Nabil, Hassan... Já tinha perto de dez nomes, quando se lembrou do jovem Aasif. Era um atirador de primeira – não havia outro melhor que ele. Com seu rifle Mosin-Nagant e a incrível pontaria, seria um reforço considerável para a missão, refletiu, satisfeito.

Quando Abdullah chegou a Parachinár, a cidade estava bastante movimentada, devido à grande feira que se realizava na praça central. Eram comerciantes de tapetes, de frutas secas, de legumes e grãos, de aves, cabras, carneiros. A grita era intensa, homens vestidos de túnica e turbante e mulheres cobertas da cabeça aos pés com as burcas circulavam, regateando, comprando os produtos, bebendo refrescos. Em razão do intenso movimento, uma fina poeira ganhava o ar. Mal desceu do ônibus, Abdullah, por precaução, já foi cobrindo o rosto com a ponta do turbante e se enfiando no meio da multidão. Se fosse apanhado pela polícia, seria posto fora de circulação por muito tempo e talvez apodrecesse na prisão. Precisava se esconder em algum lugar seguro, antes de partir para o Afeganistão. Dirigiu-se então para a casa de um velho amigo, que lhe devia favores e era dono de uma pequena loja de tapetes não muito longe da praça principal. Abdul o recebeu muito bem, oferecendo-lhe um quarto nos fundos de sua casa. Depois de se alimentar e descansar um pouco, Abdullah esperou escurecer e começou sua peregrinação pelos becos e bairros afastados da cidade. Veio a descobrir que alguns dos homens da milícia haviam sido mortos pelas forças de segurança ou haviam sumido e ninguém sabia o paradeiro deles. Conseguiu, ao cabo, reunir quinze *mujahedins*, que, bastante experimentados nas guerras contra os russos e americanos, sabiam como atirar com um AK-47 ou usar uma faca, um punhal. Não lhes disse em detalhe qual era a missão. Sabia que o segredo da vinda de Osama bin Laden para Tora Bora só seria mantido se não fosse revelado a ninguém. Apenas lhes contou que, a mando da cúpula do Talibã, deveriam vigiar o passo de Khyber, para onde, desconfiava-se, se dirigiam patrulhas de infiéis. No dia seguinte, foi a um contrabandista e comprou armas novas, munição à farta, suprimentos. Quanto a Aasif, foi encontrá-lo na casa de uns parentes, numa vilazinha próxima. Em poucas palavras, explicou-lhe o que desejava dele: que fosse se ocultar no posto de costume, para que vigiasse a entrada do passo de Khyber. Aasif, sem questionar ou perguntar nada, apenas inclinou a cabeça, em aquiescência. Estava feliz com o convite. Quantas e quantas vezes não sonhara em voltar à ativa. Tendo tudo combinado com Abdullah, eles se despediram. Aasif foi pegar seu rifle e munições, escondidos dentro de um saco plástico, sob umas lajes do quintal. Depois disso, saiu à procura de seu companheiro Kabir.

Poucos dias depois, Abdullah recebeu uma mensagem cifrada por telefone, dando conta de que Osama bin Laden, dentro de três dias, partiria para Tora Bora. Para não despertar suspeita, ordenou que os homens de sua milícia, em grupos de dois, e em momentos diferentes, se dirigissem a um ponto combinado no passo de Khyber. Mandou também um recado para Aasif, ordenando que se dirigisse de imediato para seu posto de vigia no monte Kalehein. As armas e os suprimentos foram enviados no lombo de burros por um dos grupos, que seguiu por uma secreta e tortuosa trilha entre as montanhas. Abdullah foi o último a deixar Parachinár. Como Aasif, ia também feliz. Já estava cansado de viver sempre em fuga ou escondido. Tinha saudade dos tempos das constantes refregas, em que se sentia um homem útil, servindo à causa do Islã. Agora, tinha a oportunidade de voltar de novo à ativa. E em grande estilo, pensou. À frente de seus homens, acabaria com a empáfia dos infiéis que ousassem atravessar o passo de Khyber, para atentar contra a vida do Emir.

3

Peshawar

Às oito horas da manhã, o Falcon adernou, iniciando o processo de descida em Peshawar. No céu de um azul cristalino, o sol brilhava intensamente e, a leste, viam-se os picos nevados das cadeias de montanhas, onde se localizavam o passo de Khyber e as cavernas de Tora Bora. Ouviu-se o ruído rangente do trem de aterrissagem, que se projetava na barriga da aeronave. A cidade, inclinada, ofereceu-se aos olhos dos viajantes, com suas ruas apinhadas de carros, prédios, mesquitas, casas e praças arborizadas. Foi com grande emoção que Zauar contemplou a cidade natal. Afinal, fazia mais de dez anos que a deixara, ao emigrar para os Estados Unidos. À medida que o avião perdia altura, ele ia reconhecendo alguns edifícios que lhe eram bem familiares, como o da Universidade Islâmica e o da mesquita Mahabat Khan. Mais alguns minutos de voo sobre a cidade, e Zauar teve a impressão de que Peshawar havia se expandido além da conta, acrescida de muitas favelas na periferia, para onde o avião se dirigia naquele instante. Conforme haviam combinado com Purvis, o destino deles era uma pista de pouso clandestina, situada nos arrabaldes da cidade. Não demorou muito, uma estreita fita de terreno mal nivelado, entre uma plantação de algodão e um pântano, onde havia um riacho barrento e cheio de meandros, se ofereceu à aeronave. Arremetendo o bico do Falcon para baixo, o piloto se preparou para aterrissar. Ouviu-se o baque das rodas contra o pavimento de terra batida, e os *flaps* foram acionados para brecar o avião. Saltando feito um potro, o Falcon correu mais alguns poucos metros e parou diante de um galpão de madeira, com teto de zinco, na frente do qual havia alguns barris de combustível e uma Besta. Ao lado da *van*, duas pessoas pareciam aguardar os passageiros: um senhor grisalho, baixinho, vestido de terno e usando óculos e um jovem de túnica e turbante, armado com um AK-47. O piloto desligou os motores e abriu a porta. Mendes saiu à frente, seguido dos companheiros. Contudo, quando o senhor grisalho veio ao encontro deles, deixou que Zauar tomasse a dianteira. Os dois paquistaneses se cumprimentaram e conversaram em *dari*. Em seguida, Zauar apresentou o homem de óculos aos companheiros:

– *Agha* Akhtar Mohammad é o nosso contato aqui em Peshawar. Ele nos levará até a pousada e nos ajudará no que puder.

Mendes lhe apertou a mão e perguntou:

– Onde guardaremos o equipamento, *agha* Akhtar?

O homem fez um gesto em direção do galpão e disse, num inglês impecável:

– Não se preocupem, ficará trancado ali junto com o avião.

Mendes contemplou a precária construção, com buracos no teto, as tábuas empenadas e apodrecidas das paredes.

– É seguro? – perguntou, desconfiado.

O homem hesitou um pouco e disse:

– Sim, é seguro... Em todo caso, Ahmad ficará de vigia o tempo inteiro até os senhores partirem para o Afeganistão.

– E ele é de confiança? – perguntou Neidhart.

– De extrema confiança – retrucou Akhtar, sorrindo. – Ahmad é meu protegido.

E contou que a família do jovem, da etnia tadjique, havia sido dizimada por uma milícia da etnia pachto. Ele o encontrara, vagando pela região, todo machucado e com a língua cortada. Recolhera-o e lhe dera abrigo. Agradecido, o rapaz se tornara seu fiel cão de guarda.

– Podem, portanto, contar com ele para o que der e vier.

Chamou Ahmad e o apresentou ao grupo. Disse-lhe que eram seus amigos e que, por isso, deveria servi-los e fazer o que lhe pedissem. Sem mais perder tempo, empurraram o Falcon para dentro do galpão e começaram a descarregá-lo. Quando terminaram, Ahmad puxou o portão e o fechou com uma corrente e um grande cadeado. E, para comprovar que era seguro, deu uma boa sacudida nele. As tábuas rangeram, estremecendo. Mendes refletiu que dois homens seriam bem capazes de derrubar aquilo com umas pancadas ou com um pé de cabra enfiado nas enferrujadas dobradiças. Deu de ombros: em todo caso, havia o vigia armado com o Kalashnikov.

Os homens entraram na Besta e deixaram o campo de pouso. Segundo Akhtar, iam ficar numa hospedaria no bairro de Badaber, em Peshawar, onde seus quartos já haviam sido reservados. Quanto aos pilotos, por medida de segurança, ficariam em outro local. Depois de poucos quilômetros, entraram na periferia da cidade, cortando uma extensa favela, e, em seguida, numa longa avenida asfaltada, onde o tráfego era intenso e caótico. Buzinando sem parar, os motoristas dos carros, das *vans*, dos coloridos e enfeitados caminhões sobrecarregados, dos triciclos e motos se espremiam nas pistas. Uma hora mais tarde, chegaram a seu destino. O Shiraz Inn, um prédio verde e comprido, de dois andares, com janelas de vidro fumê, ficava numa rua discreta, perpendicular à avenida. Akhtar os apresentou ao gerente do estabelecimento, informando que eram empresários americanos e pedindo, por isso, as melhores acomodações. Despediu-se deles, dizendo que tinha negócios a tratar em Islamabad, e deixou um telefone para contato. Os homens preencheram as fichas e foram para os quartos. Combinaram que, após um banho, um bom descanso e o almoço, se reuniriam para discutir os planos de ação. Contudo, nenhum deles desceu para almoçar, de tão cansados que estavam da longa viagem. Foram despertar no fim da tarde, quanto então desceram para comer alguma coisa num restaurante que ficava na parte de baixo da hospedaria. Sentaram-se, e Zauar pediu porções de *pakoras*, bolinhos de cebola bem condimentados, *samosas*, pastéis de vegetais, além de *kebab*, espetos de carne e *tandoori*, um prato feito à base de frango e temperado com *curry*. Comeram à farta, de tanta que era a fome. Só reclamaram da falta de bebida alcoólica, proibida pelas leis paquistanesas. Subiram e foram se reunir no quarto de Mendes. Pegando em sua maleta uma garrafa de Johnnie Walker Black, ele serviu generosas doses aos companheiros e tomou a palavra.

– Deveremos permanecer o mínimo possível em Peshawar. Mais dia, menos dia, nossa presença aqui pode despertar suspeitas. Então, o melhor é partir o quanto antes para o Afeganistão.

– Major – disse DC, levantando a mão –, quais serão então nossos próximos passos? Creio que há questões de logística a resolver...

– Sim – tornou Mendes –, há mesmo algumas questões de logística. Durante a viagem, andei confabulando com Neidhart. Chegamos à conclusão de que, numa primeira etapa, tudo deverá ser deixado a cargo de Zauar. Ele conhece bem a cidade e fala a língua local, o que facilitará as coisas. Portanto, se incumbirá da compra de um veículo e de suprimentos para a viagem.

– Tudo bem – disse Zauar, balançando a cabeça. – Mas em que tipo de veículo o senhor estaria pensando, major?

Mendes refletiu um pouco, para depois dizer:

– Num utilitário, talvez uma caminhonete cabine dupla. Teria que ser robusto o bastante para levar nós cinco mais o equipamento.

– Novo ou usado? – perguntou Zauar.

– Um usado seria melhor para não despertar suspeitas. DC deixará o veículo em perfeitas em condições de uso...

– Podem contar comigo... – disse DC, esfregando as mãos para, em seguida, perguntar: – Mas qual seria a marca do veículo? É preciso pensar nisso por causa das peças...

Zauar refletiu um pouco e ponderou:

– Aqui no Paquistão, costumam usar bastante daquelas Hilux da Toyota, o que facilitará as coisas, se precisarmos de peças sobressalentes. Uma delas acomodará a nós todos, sem contar que tem uma caçamba razoável.

Mendes balançou a cabeça em concordância e perguntou:

– E o que mais acharia necessário para a viagem, Zauar?

– Acho que seria importante comprar túnicas, turbantes, sandálias. Deixaremos os uniformes camuflados para depois, quando entrarmos no deserto. Também pensava em comprar forragens, frutas secas, sacos de algodão. Isso tudo para esconder as armas, munições, uniformes e o resto do equipamento na caçamba. Aliás, quanto mais carregados formos, mais pareceremos um grupo de comerciantes paquistaneses.

Todos começaram a rir. Isso porque a coisa que mais os deixara impressionados nas avenidas de Peshawar era ver as caminhonetes e os caminhões levando cargas imensas na carroceria. Alguns deles, de tão carregados, chegavam a vergar sob o peso, tombando e provocando grandes congestionamentos.

– De quanto tempo você precisará para comprar tudo isso?

– Creio que um dia é suficiente... – calculou Zauar.

– Perfeito – disse Mendes –, logo que adquirirmos o carro e DC fizer uma boa revisão nele, partiremos. Quem sabe depois de amanhã.

– Já que vou revisar o carro – acrescentou DC, dirigindo-se a Zauar –, não se esqueça de comprar velas, pastilhas de freio, buchas e novos amortecedores...

– E nós, o que faremos, enquanto Zauar for atrás do carro e dos suprimentos? – perguntou Neidhart.

– Embora não conviesse a gente ficar se expondo muito – observou Mendes –, também não conviria passarmos o dia trancados aqui na pousada. Eu recomendaria que, amanhã, saíssemos para dar um passeio por aí. Uma chegada no centro da cidade, por exemplo, seria bom...

Pela manhã, tomaram o *breakfast* e começaram a pôr os planos em ação. Zauar foi o primeiro a deixar o local, para se incumbir de suas tarefas. Mendes, por sua vez, se dirigiu ao balcão da pousada. Depois de trocar dólares por rupias, perguntou ao gerente onde ficava a Easy Business Solutions. Escolhera o nome daquela empresa de modo aleatório na internet. Pressuroso, o homem deu a informação:

– *At the Nasir Bah road, sir. Next to the University of Peshawar.*

Saindo à rua, DC perguntou, intrigado:

– *Easy Business Solutions...*? Por que perguntou isso?

Mendes sorriu.

– Por via das dúvidas, é o nosso álibi. Assim, passamos mesmo por empresários.

Fizeram sinal a um táxi. Pouco depois, chegavam à cidade velha de Peshawar, conhecida como "*andar shehr*", ou "cidade interior". Antes de almoçar, demoraram-se algum tempo visitando a mesquita de Mahabat Khan Mirza Lerharsib, que havia sido construída no século XVII, no tempo de Shah Jahan. Só retornaram à pousada no fim da tarde, levando panfletos e catálogos da Easy Business Solutions. E isso deve ter causado boa impressão ao gerente, pois o homem, ao vê-los entrar, sorriu, satisfeito e balançando a cabeça.

*****

Deixando a pousada, Zauar pegou um táxi e se dirigiu a um bairro próximo que conhecia desde a infância. Sabia que no local havia muitas lojas de carros usados. Algumas ruas acima, num grande mercado, vendiam-se produtos como frutas secas, algodão em rama, trigo e forragem para animais. Acabava de entrar numa das lojas, quando alguém o pegou pelo braço, exclamando:

– Zauar!

Ele estremeceu, mas, ao notar quem era, procurou conter o espanto, dizendo:

– *Amoo* Jinnah!

Os homens abraçaram-se e beijaram-se. Embora Zauar se sentisse muito feliz de ver Muhammad Ali Jinnah, irmão de seu pai, ao mesmo tempo, ficou preocupado. Por sua antiga ligação com um fanático grupo jihadista, a coisa que menos queria era ser reconhecido em Peshawar.

– Meu caro, não sabíamos que estava em Peshawar! Quando chegou? – disse o tio, segurando-o pelo braço.

Zauar chamou o tio para fora da loja e sussurrou:

– *Amoo* Jinnah, mais tarde eu ia visitá-lo. Mas, por enquanto, queria passar incógnito por aqui. Como o senhor sabe, sou um homem procurado...

Muhammad olhou assustado para os lados. Preocupado, disse num tom bem baixo de voz:

– Sim, sim, agora me recordo. Aquele grupo de fanáticos... Mas então o que veio fazer no Paquistão?

– Ganhei dinheiro nos Estados Unidos e resolvi fazer negócios por aqui – Zauar se apressou a explicar.

– Que tipo de negócios? Quem sabe eu possa ajudar você.

– Ah, fiz alguns bons contatos em Islamabad e Abbottabad, onde recebi encomendas de frutas secas, cereais. Vim aqui para comprar um carro usado. – E acrescentou outra mentira: – Depois, pensava em visitar vocês.

– Ah, bom... – O tio olhou para os lados e continuou a falar: – Se aqueles jihadistas estão atrás de você, o melhor mesmo é não se mostrar muito por aí.

Refletiu um pouco.

– Conheço um vendedor de carros que se chama Zadiam. É um homem íntegro, não vai lhe vender gato por lebre. Ou melhor, falo que o carro é para mim, e aí você não se envolve. – Olhou firme para o sobrinho, sorriu e perguntou: – Que tipo de carro você deseja?

– Estava pensando numa caminhonete. De preferência, uma Hilux. Mas também precisava de frutas secas, forragens...

Jinnah o pegou pelo braço.

– Antes de procurar o que deseja, faço questão que venha até em casa. Sabe que sua tia Fátima, outro dia mesmo, falou de você? Dizia que sentia muitas saudades, já que você sempre foi o sobrinho predileto dela... No jantar, comeremos um *tandoori* que só minha esposa sabe fazer e conversaremos sobre suas encomendas...

Zauar compreendeu que não tinha mais o que fazer senão seguir o tio. Seria uma desfeita se não fosse. Por outro lado, refletiu que isso tinha seu lado positivo. Deixando tudo a cargo do tio, não ia se expor para comprar o carro e os suprimentos. E, assim, sem titubear, acompanhou Jinnah até sua casa. Mas as coisas não ocorreram de maneira tão tranquila como Zauar esperava. A começar que o tio convidou muitas pessoas para ver o parente que tinha ido fazer a vida nos Estados Unidos e agora retornava com dinheiro. E publicidade daquele tipo era o que menos Zauar desejava. Assim, teve de se resignar em beijar, cumprimentar e conversar com uma quantidade muito grande de primos, primas, sobrinhos, tios. Para piorar, um parente afastado, de nome Ghulam, grudou nele, querendo saber mais e mais de seus negócios. Zauar se lembrava vagamente dele. Era um sujeito atrapalhado, meio inescrupuloso e que vivia metido em encrencas. Durante o jantar, fez questão de se sentar a seu lado, perguntando dos empórios que pretendia visitar em Abbottabad, dos negociantes com quem ia entrar em contato. Zauar, ainda que de bons modos, respondia com monossílabos, dando a entender que não estava a fim de conversa. Mas o sujeito era insistente e chegou ao ponto de querer saber quando ele iria partir e se podia levá-lo consigo até Abbottabad, onde também tinha negócios. Zauar desculpou-se, dizendo que já havia prometido carona a outras pessoas e que, portanto, o carro estava cheio.

– Não tem problema, *agha* Zauar. Me contento em ir na caçamba mesmo.

– Está bem – disse, Zauar para se livrar do inoportuno –, eu lhe dou uma carona.

Jinnah, vendo que Ghulam não desgrudava de Zauar, veio, afinal, resgatá-lo do assédio do incômodo parente, levando-o até onde estavam Fátima e os filhos. Enquanto Zauar comia, não sabia se era apenas uma impressão, mas quis lhe parecer que o sujeito não tirava os olhos dele. Como faria para despistá-lo, logo depois que o tio comprasse a caminhonete e os suprimentos? E, no outro dia, viu que de fato teria problemas com o parente. Quando Jinnah apareceu com a Hilux carregada, Ghulam não saiu de perto em nenhum momento, fazendo perguntas e mais perguntas. Ao acertar as contas com o tio, Zauar pensou mesmo em lhe pedir que o livrasse de Ghulam, mas desistiu porque não achou prudente. Resolveu protelar a viagem, para ver se encontrava uma saída. Pensou em ligar para Mendes, para avisar do atraso, mas nem isso pôde fazer, pois o parente ficou ao seu lado o tempo inteiro. Passou a noite agoniado, imaginando os problemas que poderiam advir se Ghulam insistisse em ir com ele. E não deu outra: na manhã seguinte, quando se preparava para partir, o sujeito apareceu, carregando um saco com seus pertences. Zauar percebeu que, por enquanto, nada podia fazer. Tinha que aturar o homem até encontrar um jeito de se livrar dele. Despediu-se do tio e da família, prometendo retornar em breve, e entrou na Hilux, acompanhado de Ghulam. Durante o caminho, o parente não parou de tagarelar. Até que, num determinado instante, quando já haviam se distanciado bastante da casa de Jinnah, Ghulam lhe disse todo sério:

– Desculpe falar, primo, mas andei sabendo que estão atrás de você...

– Como assim? – Zauar se fez de desentendido.

Ghulam deu uma risada cínica.

– O grupo Jamaat-e-Islami não lhe lembra alguma coisa?

– Sim, ouvi dizer que é um bando de extremistas islâmicos...

– Pelo que me disseram, você fazia parte desse grupo...

– Eu? Acho que você está enganado. Eu nunca...

Ghulam riu de novo. Em seguida, fechou a cara e disse:

– Primo, não pense que pode me enganar. Sei que você pertenceu ao grupo que depois abandonou. Se desconfiarem que anda à solta por aí, sua vida pode se complicar bastante. São vingativos e não costumam perdoar quem deserta...

Zauar, não conseguindo reprimir a raiva, pisou forte no breque. Com a freada, Ghulam quase deu com a cabeça no para-brisa.

– Calma, primo – disse Ghulam, dando um sorriso. – Afinal, como é que saberiam que você está aqui em Peshawar? A não ser que...

Zauar encarou Ghulam. Pela expressão do primo, desconfiou de que estivesse querendo chantageá-lo. Por isso, foi direto ao ponto.

– Quanto quer para ficar calado?

– Ora, primo, somos parentes, não é? Acha que eu ia fazer uma coisa dessas? Eu só queria ajudar você nos negócios. Conheço bastante gente em Abbottabad. Quem sabe eu poderia me tornar seu sócio...

Zauar ficou em silêncio por alguns minutos e, por fim, disse, fingindo que capitulava:

– Está bem, mas, antes de ir para Abbottabad, vamos passar no depósito para apanhar mais mercadorias.

– Mais mercadorias? – perguntou Ghulam, muito curioso. – Que mercadorias?

– Quando chegarmos lá, você poderá ver o que é.

Zauar tomou a direção do campo de pouso. Ghulam, agora todo jovial, voltara a tagarelar. Uns quarenta e cinco minutos mais tarde, chegaram diante do galpão guardado por Ahmad. Ao ver Zauar descendo do carro, acompanhado de Ghulam, o jovem olhou-os com desconfiança. Levantou-se do banquinho, com o Kalashnikov em punho.

– *Salam alaykum* – Zauar cumprimentou. Depois, apontando para Ghulam, disse: – Este é meu primo. Irá me ajudar a carregar a caminhonete.

Ahmad hesitou um pouco, mas acabou acenando com a cabeça e foi abrir o galpão. Os dois homens entraram e se encaminharam até onde se encontrava o equipamento.

– Ora, ora, ora – disse Ghulam, admirado. – O que temos aqui então?

– Você logo verá – tornou Zauar, abaixando-se.

Rompeu o lacre de uma das caixas e a abriu. Enfiou a mão bem no fundo até achar uma mochila. Mexendo nela, encontrou a adaga *kukri* e, disfarçadamente, a agarrou e a tirou da bainha. Voltou-se para Ghulam que o espiava, curioso, e pediu:

– Por favor, me ajude aqui.

Ghulam inclinou o tronco. Num gesto rápido, Zauar girou o corpo, e a afiada lâmina cortou o pescoço do primo. Ghulam deu um grito agudo, levando a mão à garganta, caiu de joelhos, depois tombou de lado. Enquanto agonizava, os olhos abertos de espanto, Zauar disse, abanando a cabeça:

– Sinto muito, mas esse é o destino dos gananciosos...

Foi até a entrada, chamou Ahmad. Sem muitas explicações, disse a ele, apontando o cadáver ensanguentado:

– Será que podia ajudar a me livrar do corpo dele?

Ahmad não pareceu surpreso. Apenas assinalou com a cabeça que sim. Agarraram o cadáver pelas pernas e pelos braços e o carregaram até o pântano. Lá, amarraram-no com algumas pedras e o atiraram num remanso mais fundo do riacho. Voltando ao galpão, limparam as manchas de sangue. Zauar deu alguns dólares a Ahmad, que recusou, abanando a cabeça. Só aceitou o dinheiro depois de muita insistência.

Zauar pegou o carro e dirigiu até a pousada. Durante o caminho, foi refletindo que não podiam mesmo permanecer por muito tempo em Peshawar. Corria o sério risco de ser encontrado por alguém que o reconhecesse e denunciasse ao grupo Jamaat-e-Islami. Ainda mais se Ghulam tivesse dado com a língua nos dentes. E ele sabia que isso poderia ter consequências bastante graves, tanto para si quanto para a missão.

*****

Ahmad ficou algum tempo de pé, acompanhando a Hilux, até que o veículo se perdeu na distância. Depois de verificar se o cadeado do portão do galpão estava mesmo fechado, sentou-se no banquinho de costume, com o Kalashnikov no colo. Pegou um punhado de frutas secas no bolso e começou a comer. Foi então que notou uma pequena mancha de sangue na ponta do manto. Suspirou. Levantando-se, dirigiu-se a um barril com água potável. Tirou o manto e procurou limpar a mancha, que só saiu em parte. Era preciso lavar com sabão, pensou. Mas deixaria isso para depois. Bocejou. Sentia-se entediado por ficar ali o dia inteiro sem ter o que fazer. Ainda mais porque nada havia acontecido que merecesse sua intervenção. A não ser ajudar o homem da Hilux a se livrar do cadáver. Fora isso, passara quatro dias sentado no banquinho, sem ser perturbado por ninguém. Mas não sairia dali enquanto não recebesse ordens de seu protetor. Segundo *agha* Mohammad, dentro de uns dois ou três dias, os estrangeiros partiriam, e ele poderia voltar para sua casa em Peshawar, onde o aguardavam a mulher e os filhos. E quem eram os homens que haviam chegado de avião? O que iriam fazer na cidade? E que equipamentos eram aqueles?, várias vezes se havia perguntado. Mas isso não era de sua conta. Desde que *agha* Mohammad o acolhera, e ele passara a servi-lo, aprendera a ser discreto. Devia tudo a seu protetor, que, anos atrás, o socorrera, quando o encontrara perdido no deserto, passando fome, sede e sangrando dos ferimentos. Era muito grato a *agha* Mohammad e faria tudo por ele.

Sentou-se de novo no banquinho, e as imagens que sempre procurava afastar de sua mente voltaram a atormentá-lo. Tinha catorze anos, quando, um dia, um bando de milicianos armados até os dentes invadiu a propriedade de seus pais, Abdul e Zargoona. A família era formada de oito pessoas, contando-se os cinco irmãos, alguns mais velhos, outros mais novos do que ele. Ao ver os guerreiros se aproximando, o pai balançara a cabeça, dizendo, resignado:

– São pachtos. Vão nos roubar os animais, o milho e a cevada.

Mas foi muito pior que isso, porque, sem que esboçassem a mínima resistência, Abdul foi logo abatido por um tiro pelo líder da milícia. Era o sinal para a barbárie, porque a mãe também foi morta. E, para seu desespero, Ahmad teve a oportunidade de ver a pequena e graciosa Anisa, a quem amava de todo o coração, ser violentada e depois degolada pelos homens. Seus outros irmãos tiveram o mesmo destino. Apavorado, Ahmad, o único da família que ficara com vida, observava aqueles homens sujos de sangue, destruindo a casa e matando os animais. Tentou fugir, mas um miliciano o mantinha preso pelo pescoço. Pensou então que fosse morrer, mas esse não era o seu destino, como logo compreendeu. Para seu horror, ouviu o líder, a quem chamavam de Bashir, ordenar que o soltassem, mas, antes, lhe cortassem a língua. Sem poder se defender, já que lhe seguravam a cabeça com força e o obrigaram a abrir a boca, sentiu uma dor aguda, funda, e, vomitando sangue, quase chegou a desmaiar. Foi então posto a pontapés para fora da propriedade. Começou a caminhar, sem saber para onde ia, ouvindo às costas o ruído de tiros, o crepitar de fogueiras e as gargalhadas dos inimigos. Via à sua frente a areia avermelhada do deserto, as montanhas nevadas ao longe. Pouco se lhe dava chegar a algum lugar, porque queria morrer. Andou quilômetros seguindo num passo trêmulo, tremendo de febre e dor, a boca inchada e chorando sem parar. Até que, não conseguindo mais se manter em pé, desmaiou.

Foi acordado por um homem baixo, de óculos, vestido à maneira ocidental, que havia apeado de uma *van* e o sacudia. Abriu os olhos, a boca inflamada e o ouviu dizer, como se fosse de muito longe:

– Que barbaridade! Cortaram a língua do garoto!

Enfiaram-lhe um cantil entre os lábios. Sentia uma sede imensa, mas mal conseguiu beber. O chofer do homem de óculos o pegou no colo e o levou até a *van*, fazendo que se deitasse no banco traseiro. Protegido da ardência do sol e com a sede em parte mitigada, ele começou a se sentir um pouco melhor, embora a dor fosse ainda intensa. E com o embalo do veículo, afinal, adormeceu. Só foi acordar horas depois, estendido numa enxerga. Haviam lhe feito curativos junto ao coto da língua, que demorou a cicatrizar. Tanto era assim que ficou sem comer alimento sólido por um mês. Só bebia líquido e sorvia caldos. Quando conseguiu se recuperar, ficou sabendo que quem o acolhera era Akhtar Mohammad, um negociante de Islamabad. Por meio de gestos e grunhidos, conseguiu contar em parte o que lhe acontecera, e à sua família.

– Eram pachtos?

Balançou a cabeça, confirmando. Akhtar refletiu um pouco, hesitando ante o que devia revelar ao jovem. Terminou por fazê-lo.

– Por acaso, antes de encontrarmos você, passamos por uma casa queimada, com corpos espalhados por todos os cantos. Foi um horror o que fizeram com sua família. Em todo caso, demos enterro decente a eles.

Ahmad começou a chorar, e Akhtar o consolou como pôde. A partir daí, tomou-o sob sua proteção, dando-lhe casa e comida, mandando-o à escola. Mais crescido, Ahmad se tornou seu guarda-costas. Além de se desenvolver fisicamente, aprendera a manejar muito bem o Kalashnikov e teve oportunidade de mostrar seu valor em algumas ocasiões. Numa delas, salvou seu protetor, quando ele se deslocava de Islamabad pra Landi Kothal e foi emboscado numa das fortes subidas da estrada, em que os veículos eram obrigados a diminuir bastante a velocidade. Era um grupo de quatro homens armados, costumeiros salteadores das estradas do Paquistão, que bloquearam o caminho com a caminhonete. Sem hesitar, Ahmad enfiou o corpo pela janela e disparou com seu fuzil, matando dois dos homens. Os outros recuaram atirando e embarcaram na caminhonete, mas, quando iam sair da rodovia, Ahmad, muito calmo, ajoelhou-se e, mirando com cuidado, atirou na cabeça do condutor. O veículo, desgovernado, bateu numa pedra no acostamento e capotou. O miliciano sobrevivente, sangrando muito, saiu com dificuldade da caminhonete. Ao ver que Ahmad lhe apontava o fuzil, ajoelhou-se e implorou por perdão, levantando os braços.

– Deixe-o ir – disse Akhtar.

Ahmad não obedeceu. Atirou no peito do homem.

– Por que fez isso? Ele já tinha se rendido – Akhtar o repreendeu.

Ahmad abaixou a cabeça e grunhiu alguma coisa. Deviam ser pachtos, pensou Akhtar, balançando a cabeça. Sabia que por nada desse mundo o jovem pouparia um homem dessa etnia. Até compreendia que assim o fizesse, uma forma de se vingar daqueles que tinham massacrado sua família e lhe cortado a língua. A *van* se pôs em movimento. O jovem não entendia, refletiu Akhtar, que não só os pachtos eram maus. Também havia gente ruim entre os usbeques, tadjiques, e *hazaras*. Foi o que lhe disse, mas desta vez Ahmad nem chegou a grunhir como costumava fazer. Akhtar pôde apenas ler em seus lábios um meio sorriso de triunfo.

E os anos não haviam diminuído o ódio que Ahmad sentia pelos pachtos. Antes, haviam-no intensificado. Mas, agora, uma coisa o perturbava um pouco. Aquele homem que acabara de assassinar um outro, quase à sua frente, não lhe parecera ser da etnia pachto? Os traços do rosto não desmentiam isso, e o sotaque só confirmava a suspeita. Então, por que o ajudara a se desvencilhar do cadáver? Começou a se sentir incomodado com isso. Mas foi só se lembrar da boa acolhida dada por seu protetor ao assassino, uns dias atrás, que refreou os sentimentos confusos que o atormentavam. Afinal, nem todos os pachtos deviam ser maus, foi obrigado a concordar. Aquele mesmo que ajudara parecia ser amigo de *agha* Mahommad, e os amigos de *agha* Mahommad – fossem pachtos ou não – eram também seus amigos. Por isso o auxiliara e por isso também é que recusara a recompensa, que só aceitara depois de tanta insistência.

*****

Mendes e os demais estavam bastante apreensivos com a demora de Zauar. Afinal, fazia quase dois dias, além do prazo combinado, que ele não dava sinal de si.

– Ele podia ao menos ter telefonado... – protestou DC.

– Talvez tenha tido algum problema – disse Mendes, que procurava esconder sua preocupação. – Lembre-se de que ele é um homem muito visado.

Estavam nessa conversa, quando ouviram uma forte explosão. Deixaram o saguão do hotel e correram para fora. A rua já estava cheia de gente, que se acotovelava, olhando para uma coluna de fumaça que subia acima de uns prédios, algumas quadras além daquela onde se encontravam.

– O que será que foi isso? – disse DC.

Não demorou, carros de polícia, do corpo de bombeiros e ambulâncias, as sirenes uivando, passavam pela avenida que ficava perto do hotel.

– Será que foi um atentado? – disse Mendes, já preocupado com o rumo que as coisas tomavam.

Se tivesse sido mesmo um atentado, logo, logo, as forças de segurança estariam investigando tudo na cidade. Era mais que hora de deixarem Peshawar. Retornaram ao hotel, e o gerente, bastante nervoso, lhes disse que as primeiras informações que recebera pelo telefone davam conta de um grande atentado, ocorrido poucos minutos antes na praça central do bairro de Badaber.

– Fica a poucas quadras daqui – explicou o homem. – Lá costuma acontecer uma feira, com uma grande concentração de pessoas. Pelo que um amigo meu, dono de uma loja nas imediações, me disse, há pedaços de corpos espalhados por toda a região, homens, mulheres e crianças feridos...

– Que horror – comentou DC, balançando a cabeça.

– Pois é, senhores... Esse é o destino de nosso país – disse o homem com tristeza. – Volta e meia, um desses loucos jihadistas faz uma coisa dessas.

Mendes sabia que a situação podia ficar insustentável. Ainda mais porque Zauar não chegava, e sem ele nada podiam fazer. Mas, mesmo que chegasse, imaginava as dificuldades que podiam enfrentar, caso fossem parados por uma patrulha, naquelas horas de muita confusão e desordem. Ainda mais com uma caminhonete carregada de armas e munições. DC, Neidhart e Chiang permaneciam em silêncio, a seu lado, esperando que tomasse uma decisão. Mas que decisão podia tomar? Estava de mãos atadas, refletiu. Para alívio dele, no entanto, Zauar apareceu no meio da tarde com a caminhonete. Vinha aflito e com a fisionomia carregada. Logo pôs os companheiros a par do que havia ocorrido.

– Muito bem. Fez o que devia ser feito – disse Mendes, para depois perguntar: – Mas será que não irão procurar pelo seu primo?

– Não sei. Em todo caso, não o vi em companhia de ninguém na casa do meu tio. E se o procurarem, vão fazer isso em Abbottabad, para onde eu disse que ia.

– E o vigia do galpão? – perguntou Neidhart.

– Pareceu não ter se impressionado muito com o que eu fiz. Além disso, dei a ele uma boa recompensa. Não acredito que terá interesse em fazer nenhuma denúncia. Sem contar que é protegido de *agha* Mahommad.

Mendes se levantou e disse:

– Então, o melhor a fazer é ir embora já. Voltamos ao galpão, pegamos o equipamento e partimos para o Afeganistão.

DC desceu e foi fazer uma pequena revisão na Hilux. Quando o carro ficou pronto, pegaram a bagagem e despediram-se do gerente da pousada, dizendo que iam para Islamabad. O homenzinho agradeceu muito, lamentando o ocorrido, recomendando um hotel de um colega seu e desejando boa viagem. Entraram no carro, deixaram a ruazinha tranquila e foram outra vez enfrentar o trânsito caótico de Peshawar. Mas, acatando a sugestão de Zauar, em vez de percorrer o caminho mais curto, que levava à pista de pouso, resolveram dar uma grande volta para evitar as principais artérias da cidade, ainda em polvorosa por causa do atentado. E, devido aos muitos desvios, só duas horas depois se encontravam diante do galpão, ainda vigiado por Ahmad. Ao reconhecê-los, ele fez uma vênia. Zauar lhe disse em *dari* que vinham apanhar a carga guardada no galpão. Abanando a cabeça em aquiescência, o jovem foi abrir o portão.

Entraram no galpão com a Hilux e começaram a carregá-la. Depois de tudo pronto, partiram. Uns poucos quilômetros adiante, Mendes pediu a DC que estacionasse em meio a umas árvores.

– Acho que aqui está bem. Vamos trocar de roupa.

– Ué, por que não fizemos isso no galpão? – perguntou DC.

– Já chega o vigia ter visto Zauar se livrar do corpo do primo. Não convém levantar mais suspeitas. Ainda que ele seja homem de confiança de Akhtar.

Depois de vestirem as túnicas e turbantes, seguiram pela periferia da cidade até encontrarem a rodovia número 5, que os levaria até Landi Kotal. A estrada asfaltada, mas cheia de buracos e depressões, serpenteava por entre morros e atravessava vários túneis, à medida que subia muitos metros acima do nível do mar. O ar se tornava cada vez mais rarefeito e esfriava. Chegaram, afinal, à cidade fronteiriça, que tinha na entrada um grande portal de tijolos crus, no formato de um muro de fortim. Ao longe, viam-se os montes da cordilheira de Safed Koh, com seus picos cobertos de neve.

Quando iam seguir em frente, Zauar pediu que deixassem a rodovia e entrassem na cidade.

– Entrar na cidade? Para quê? – perguntou DC, apontando uma placa, onde se lia a palavra Afeganistão e a distância de cinco quilômetros para entrar no país.

– Não vamos atravessar a fronteira?

– Indo pela rodovia, teremos que passar por um posto alfandegário, o que não nos convém.

– Você já tinha dito isso antes – disse Mendes. – Mas, se não seguirmos pela rodovia, de que modo atravessaremos a fronteira?

– Por uma trilha, utilizada por traficantes e contrabandistas que procuram fugir da inspeção da polícia. Ela fica na periferia da cidade, para onde devemos ir.

E assim fizeram, pegando a avenida principal de Landi Kotal. A cidade esparramava-se por uma grande extensão, as casas de barro ou de tijolo cru encarapitadas em pequenos morros e elevações. Ruas de terra mal niveladas serpenteavam entre as edificações. Em meio às construções precárias, destacava-se a sólida fortaleza do tempo das guerras contra os ingleses. Havia também um vasto pátio, cheio de ônibus e apinhado de passageiros, e uma estação de trem, onde uma locomotiva fumegava. Landi, segundo explicou Zauar, costumava atrair um grande número de turistas todos os anos, devido a seus bons ares e ao fato de ser a porta de acesso para o passo de Khyber. Andando mais um pouco, chegaram a um bairro de lata, cortado por um riacho sujo, ladeado por árvores esquálidas e mato rasteiro.

– Quanto tempo vamos ficar por aqui? – disse DC tapando o nariz.

– O tempo suficiente para esperar a vinda da noite – resmungou Zauar. – Será mais seguro.

Prosseguiram por uma via de terra toda esburacada e foram se ocultar no meio de um maciço de árvores onde estacionaram o carro. Mendes pegou uma garrafa de Johnnie Walker e serviu os companheiros. Enquanto bebiam, Zauar começou a falar sobre o itinerário.

– Estão vendo o vale entre as duas montanhas ali adiante? – disse, apontando para a cordilheira ao longe. – Pois então, entre elas, há uma trilha, utilizada por camponeses e caravanas, com rebanhos de cabras, mulas. Mas, se minha memória não falha, acredito que também comporta utilitários com tração nas quatro rodas.

– E se sua memória estiver enganada? – perguntou Neidhart.

Zauar deu de ombros.

– Aí, a coisa complica, porque não me lembro de outra trilha tão pouco vigiada como esta e que dê acesso ao passo de Khyber. A não ser que a gente tente atravessar pela fronteira, legalmente. Mas desaconselho isso, pelo perigo que pode representar. Zauar fez uma pausa e prosseguiu com as explicações.

– Como vocês verão, as maiores dificuldades se encontram no começo dela. Depois de atravessar as montanhas e chegar ao passo, as coisas começam a melhorar. Acredito que levaremos perto de um dia inteiro para fazer isso.

– E você tem certeza de que não encontraremos nenhuma patrulha? – disse Neidhart.

– Não, não tenho certeza. Pode acontecer que encontremos. De vez em quando, as patrulhas costumam sair por aí, atrás de traficantes e contrabandistas. Mas, se isso acontecer, não será tão problemático quanto passar por um posto oficial, que tem contato direto com o quartel do exército.

Depois de deixar tudo bem claro, Zauar lavou o rosto e as mãos com a água do cantil. Em seguida, desenrolou um tapete sobre a terra, ajoelhou-se e, olhando para o poente, fez as orações de praxe. Quando o sol se pôs de vez, foram até a trilha. Logo perceberam quanto era precário o caminho, só propício a mulas e cabras. Ainda mais à noite. A Hilux corcoveava feito um potro selvagem, ao passar sobre as inumeráveis pedras que se amontoavam entre rochedos maiores. Na verdade, o que chamavam de trilha era um traçado irregular e natural, talvez o leito de um rio milenarmente seco. A caminhada de mulas e cabras, por muitos e muitos anos, de certo modo, ajudara a torná-lo um pouco mais plano. Mas todo cuidado era pouco, porque, de vez em quando, eram surpreendidos por fendas e valas que impediam a passagem. Os homens eram obrigados a descer e calçar os buracos com pedras chatas e areia. Mas, num ou noutro momento, o caminho melhorava, e o carro podia até correr sobre o cascalho, levantando uma nuvem de areia fina. Não era raro cruzarem com nômades armados, comboiando mulas carregadas. Retraídos, olhavam com desconfiança para a Hilux, sinal de que a carga devia ser bem valiosa. Talvez fosse contrabando ou mesmo drogas. Já estava amanhecendo quando deixaram o estreito entre duas grandes colinas. Mas nem puderam respirar aliviados, porque, ao fazerem uma curva fechada, foram surpreendidos por uma patrulha. Eram três homens com uniformes de campanha, armados com AK-47 e metralhadores numa caminhonete, que fizeram sinal para que parassem.

– Cubram o melhor que puderem o rosto – sussurrou Zauar, que foi logo descendo do carro.

Ouviram-no falar em *dari* com os milicianos. Balançava o braço, mostrava a caminhonete e, depois, a vastidão do deserto à frente. Os soldados, por sua vez, lhe faziam uma pergunta atrás da outra. Quando ele voltou ao carro, disse:

– Perguntaram aonde a gente ia e queriam saber da carga. Disse que vamos para Jalalabad e que somos comerciantes de frutas secas.

– Então...? – Mendes deixou a pergunta suspensa.

– Como costuma acontecer aqui no deserto, o que querem mesmo é dinheiro. É o melhor a fazer. O pior seria se quisessem revistar a caminhonete.

Mendes pegou um maço de cédulas e deu para Zauar. Por precaução, havia tirado a pistola da cintura e posto no colo, no que foi imitado pelos demais. Mas os soldados pareceram contentes com o suborno, fazendo sinais para que passassem.

E mais alguns quilômetros rodados e sem outros incidentes, entraram afinal no passo de Khyber.

4

Os jihadistas

Quando Abdullah, Bashir e Shafik se despediram de Niz Hnyl, beijando-o nas faces, o jovem jihadista sentiu que as pernas lhe tremiam. Começou a suar frio e foi com dificuldade que recomeçou a andar em direção da praça central do bairro de Badaber, em Peshawar. Não podia falhar, refletiu, o rosto suando muito, uma das mãos ocultas sob o manto e segurando com cuidado o detonador. O cinturão com os canos de ferro cheios de explosivos, junto com as bolinhas de metal e pregos nos bolsos, pesavam muito, forçando-o a se locomover bem devagar. Segundo as instruções que recebera, devia se enfiar no meio da multidão, que se comprimia na praça, e explodir-se. No caminho, foi parado por um grupo de crianças, que, rindo, lhe apontavam pistolas de água. Irritado, afastou-as com o braço, acertando a cabeça de uma delas com a palma da mão. Ouviu um insulto às suas costas, mas, o coração ansiado, nem chegou a prestar atenção a isso e continuou a andar. Os intensos ruídos o deixavam atordoado. Temia desfalecer, o que poria a perder toda a missão. A garganta seca, os olhos piscando sem parar, parou um pouco e engrolou uma prece. Pedindo forças a Alá, seguiu em frente. Mas, ao ver dois soldados armados que vinham em sua direção, estremeceu. Sabia que, por qualquer motivo, podia ser parado, ainda mais se notassem sua aflição. Se isso acontecesse, teria que se explodir antes mesmo que chegasse ao ponto em que a multidão era mais compacta. E, assim, a missão seria um fracasso. Controlando os nervos, procurou disfarçar, enfiando-se no meio de um grupo de pessoas que se divertia com um encantador de serpentes que, naquele instante, pousava a mão sobre a cabeça de uma naja. Dando-se conta de que os soldados, depois de também observarem a cena, se afastavam, ficou mais aliviado. A passos trôpegos, continuou a caminhada.

Niz Hnyl era bem franzino. Tinha dezessete anos e pouco mais de um metro e sessenta de altura. E essa absoluta falta de força física fazia que se deslocasse com dificuldade sob o peso dos explosivos. Mas, apesar disso, sempre impressionara os *mulahs* da *madrassa* por sua coragem e determinação. Estudioso, aprendera a ler e escrever rapidamente. Entregava-se com afinco a suas atividades, lendo e interpretando as escrituras sagradas e ouvindo com muita compenetração as prédicas contra os inimigos do Islã. Anos de intensa doutrinação fizeram que alimentasse dentro de si um acendrado ódio contra os inimigos e que tivesse grande desprezo pelas coisas mundanas. Sabia que era apenas mais um soldado do Islã, pronto a dar a vida pela causa. Se tivesse sorte, poderia se tornar um *shaheed*, ou seja, um mártir da revolução islâmica, o que significava que ele seria cumulado de glórias e prêmios.

Até que o grupo Jamaat-e-Islami, movido por um intuito político, resolveu planejar um atentado de grandes proporções. Niz lembrava-se de maneira bem nítida do dia em que Nawaz Ahmed, um dos líderes do grupo, o escolhera entre todos para se tornar um *shaheed*. Reunido com os colegas de sua *madrassa*, cheio de orgulho, ele nem podia acreditar que teria o privilégio de se autoexplodir para protestar contra as políticas injustas do presidente do Paquistão. Com toda solenidade, Nawaz Ahmed disse aos jovens sentados diante dele:

– Vocês, nestes anos todos, se notabilizaram por terem se consagrado ao intenso estudo do Corão, ao nome de Alá e à causa do Islã. Poderíamos escolher qualquer um de nossos dedicados alunos, mas, sem desmerecer os demais, Niz foi o preferido. Apesar de muito jovem ainda, tem o caráter nobre e um desprendimento que jamais vi em outro membro do Jamaat-e-Islami. Ele será, portanto, o nosso mártir, pronto a dar a vida pela causa do movimento.

Logo após a reunião, os colegas mais próximos, Bashir e Shafik, vieram cumprimentá-lo, abraçando-o e beijando-o. E o que encheu seu coração de alegria foi saber que não nutriam inveja por terem sido preteridos. Antes pelo contrário, congratularam-se com ele, desejando-lhe boa sorte e uma bela entrada no Paraíso, onde seria premiado com muitas benesses, entre elas as setenta e duas virgens de praxe. Quando voltou para casa e contou a novidade aos pais, foi felicitado por eles, como se tivesse se formado na universidade ou arranjado um promissor emprego. A mãe, ainda que chorasse bastante, lhe disse entre muitos beijos:

– Você honrará o nome de nossa família para todo o sempre. Por isso mesmo, terá seu sacrifício premiado pela generosidade de Alá.

Naquele instante de glória, Niz sentia-se eufórico. Ia ser lembrado como um herói, como um verdadeiro *shaheed*, o que era uma honra concedida a poucos, ainda mais para um jovem miserável, cuja família morava num decrépito barraco na favela. Mas havia outra coisa que o enchia de orgulho: com seu sacrifício, a família seria amparada e premiada com vinte e cinco mil dólares pelos líderes do movimento. Poderiam então comprar uma boa casa num bairro melhor de Peshawar. Era por isso que Niz não temia sacrificar a vida. Sabia que, ao término dela, começaria outra bem mais gloriosa no paraíso dos gozos eternos. Foi assim que se despediu dos pais, dos irmãos, dos parentes mais próximos. Duro, segurou as lágrimas e só foi chorar um pouco, e escondido dos colegas, quando ingressou no prédio da *madrassa*, onde ia se preparar para a missão.

Lá chegando, ajudado por seus inseparáveis amigos, prendeu em torno do tronco o colete com canos, cheios do poderoso explosivo TATP, cuja base química era a mesma utilizada em produtos de limpeza. A bomba foi em seguida ligada por um fio elétrico ao detonador. Abdullah, um já experimentado jihadista, e os colegas Shafik e Bashir também o ajudaram a encher os bolsos com bolinhas de metal e pregos que, segundo eles, causariam ainda mais baixas quando o artefato fosse detonado. Todo sorridente e orgulhoso, posou então para as fotografias e filmes de vídeo, que serviriam para a propaganda do movimento. E, depois disso, vestiu uma longa túnica branca para esconder a bomba. Ouviu as últimas instruções de Nawaz Ahmed, que lhe disse que em hipótese alguma devia se deixar prender pelas forças de segurança. Caso fosse interceptado por algum soldado, as ordens expressas eram de que devia se autoexplodir, abortando a missão. Mesmo não sentindo fome, fez sua última refeição, comendo um punhado de frutas secas, acompanhado de goles de água. Se estava calmo até então, sentiu um frio na barriga quando saiu, acompanhado dos amigos.

Enquanto caminhava ao lado deles, não ouvia o que diziam. Os ruídos da rua penetravam em seus ouvidos como as ondas de uma maré, como um turbilhão confuso. Sentindo as pernas bambas, respirou fundo para não sucumbir. Vendo que ele estava muito pálido e suando bastante, Abdullah disse, preocupado:

– Não acha melhor descansar um pouco?

Niz acenou com a cabeça, dizendo que sim, e sentou-se na calçada. Shafik correu até uma banca de frutas e lhe trouxe um copo de plástico com refresco de romã. O jovem bebeu com sofreguidão e, pouco depois, se recuperou da intensa vertigem.

– Vamos – disse com a voz ainda fraca.

– Tem certeza de que está bem? – perguntou Bashir, tentando ampará-lo.

Para mostrar que estava melhor, Niz afastou os companheiros e recomeçou a andar. Concentrando-se na missão e pensando na glória e nos prêmios que receberia, recuperou logo o ânimo. Tanto que, ao chegar ao local onde deviam se separar, sorriu com confiança. Os colegas o beijaram, desejando-lhe boa sorte. Mas, quando o deixaram, as pernas voltaram a lhe tremer. Estava agora sozinho, sem o amparo dos amigos e contando tão só com suas forças, que pareciam querer abandoná-lo em momento tão difícil.

Um pouco adiante, depois que viu os soldados se distanciarem, espremia-se em meio à multidão. O coração batia surdo como um tambor. Sua garganta estava seca e os olhos giravam inquietos. Temia desmaiar a qualquer instante. Parou de andar e, com a mão, procurou o detonador. Não ouvia mais nada ao redor de si, como se penetrasse num espaço vazio. Hesitou um pouco antes de apertar o botão do detonador, pensando em tudo o que ia perder. Quando o rosto da mãe, por onde corriam lágrimas, começou a se formar em sua mente, foi invadido por uma profunda tristeza. Não, não podia se deixar levar por esse tipo de sentimento. Apertou o botão do detonador, uma terrível explosão, e a dor incrível, dilacerante, pareceu então lhe abrir as portas do Paraíso.

*****

Bashir Qadir era originário de Kashirani, pequena vila no norte do Paquistão. Quando do grande terremoto de dois mil e cinco, que destruiu quase todo o vilarejo, sua família se mudou para Peshawar. Ainda criança, entrou para a *madrassa* do grupo extremista Jamaat-e-Islami, onde, além de aprender a ler, a escrever, a estudar com fervor o Corão, foi orientado pelos mestres a se tornar um jihadista. Estimulado pelas prédicas dos fanáticos mulás, Bashir desenvolveu um ódio doentio contra os infiéis invasores e um rancor, não menos doentio, contra as etnias que haviam se rebelado contra as forças do Talibã, no Afeganistão. Como era possível que muçulmanos não seguissem à risca as leis islâmicas e mesmo as afrontassem?, costumava pensar, franzindo o rosto com ira incontida. E isso o levava a querer afastar da face da Terra todos aqueles que, a seu ver, se tornassem inimigos do Islã. Formado, foi engrossar as hostes dos jihadistas radicais, participando de algumas escaramuças. Na primeira delas, à garupa de uma moto, matou a tiros um dos soldados das forças de coalizão. Muitos anos depois, participou de um atentado de maior magnitude, no bairro de Badaber, em Peshawar. Era, na realidade, um protesto contra o presidente Asif Ali Zardari, um fervoroso aliado dos invasores americanos. Os líderes da Jamaat-e-Islami, ao planejar a ação, decidiram que o terrorista devia se autoexplodir numa praça bem movimentada do bairro, para provocar a morte do maior número possível de pessoas. Quando um dos líderes do movimento, Nawaz Ahmed, determinou que Niz Hnyl era quem cometeria a ação suicida, Bashir se sentiu muito triste por não ter sido o escolhido. Que glória seria para ele e sua família se tivesse de se sacrificar em nome de Alá. Mas, ao considerar que esse tipo de sentimento não era próprio de um autêntico jihadista, fez de tudo a seu alcance para o bom sucesso da missão. Como se tornara um experto em explosivos, ajudou Niz a montar e amarrar a bomba em torno do peito e também o ensinou como acionar o detonador no momento oportuno. Foi com muita emoção que viu o amigo posando para a foto que seria enviada à televisão, em que exibia os explosivos presos ao corpo, uma faixa no peito com dizeres contra o presidente do Paquistão e um exemplar do Corão. Depois, junto com Abdullah, um jihadista que conhecera em Abbottabad, e Shafik, seu colega de *madrassa*, acompanhou o jovem terrorista ao local, onde aconteceria o atentado. E de longe pôde ver toda a ação: Niz entrando no meio da multidão e se explodindo, pedaços de corpos lançados para os ares. O coração batendo acelerado, Bashir acompanhou toda a movimentação dos carros da polícia e dos bombeiros, das ambulâncias. Ao voltar para casa, foi tomado por uma profunda tristeza, já que nunca mais veria o amigo que tanto prezava. Mas rebateu logo esse sentimento. Devia, pelo contrário, sentir-se feliz pela coragem e determinação de Niz. Ao cabo, ele não mostrara, em nenhum momento, hesitação ou medo, e nesse instante, como prêmio, já devia estar gozando as maravilhas do Paraíso, na companhia de suas setenta e duas virgens. Com esse comportamento de mártir, ele lhe dava um grande exemplo de vida, fazendo com que se certificasse de vez de que a causa era sempre maior que o indivíduo e que todo jihadista que se prezasse devia entregar a vida às mãos de Alá.

Quando os homens da Aliança do Norte tomaram Cabul, em dois mil e um, Bashir, que ainda era muito jovem, sentiu crescer dentro de si o ódio contra aqueles que traíam o Islã. Queria ver enforcados os comandantes Rashid Dostum, Mohammed Fahim e Kanin Khalili, entre outros traidores. Jurou a si mesmo que faria justiça contra aqueles povos de etnias usbeque, tadjique e *hazara* que, contrapondo-se aos pachtos e aliando-se aos inimigos, cobriam de vergonha o Afeganistão. E, quando tinha oportunidade para isso, aproveitava-se, fazendo questão de usar de máxima crueldade naquilo que considerava um verdadeiro justiçamento. Foi o que aconteceu quando, fugindo dos ataques das forças da Aliança do Norte, ele e sua milícia chegaram a uma pequena propriedade de uma família tadjique. Atearam fogo a casa, mataram todos os animais, destruíram a lavoura. Depois, degolaram o proprietário, a mulher e os seis filhos. Bashir só deixou vivo um garoto de catorze anos. Quando seu companheiro lhe perguntou por que fazia isso, disse com um sorriso zombeteiro:

– Quero que ele seja uma testemunha muda de tudo o que aconteceu.

Ato contínuo, ordenou que arrancassem a língua do jovem. Com isso, tinha intenção de espalhar o terror e fazer um nome entre os inimigos do Islã, os tadjiques e os *hazaras*, a quem devotava um ódio insano. Isso se devia a antigas rixas por terras que vinham desde os tempos dos avós.

Dez anos haviam se passado, e Bashir já era um tarimbado miliciano. Participara do cruento atentado no bairro de Badaber e, pouco depois, fora convocado para uma importante reunião em Abbottabad. Saindo do encontro que tivera com Osama bin Laden, Bashir foi para Peshawar recrutar milicianos, comprar armas e suprimentos. Mas, como estivesse com muita pressa, acabou contratando um grupo de jovens inexperientes. Apesar de leais à causa, para seu desgosto, veio a verificar que não tinham muita iniciativa. Ao receber a notícia de que Osama bin Laden já havia se deslocado para o esconderijo em Tora Bora, foi com eles para Landi Kotal. Deixando a pequena cidade, atravessaram a fronteira, entraram pelo passo de Khyber e seguiram em direção das cavernas, mais ao sul, obedecendo assim às ordens do Emir. Segundo as instruções recebidas, ele teria que fazer um patrulhamento contínuo na região, para obstar qualquer tentativa de ataque dos inimigos. Tinha consciência de que sua tarefa seria muito difícil, dadas a extensão de terreno e a inexperiência dos seus milicianos. Mas, como diariamente mantinha contato por rádio com Abdullah e Shafik, sentiu-se mais tranquilo. Qualquer movimentação estranha nas imediações, e ele seria avisado a tempo, o que facilitaria bastante suas ações.

As coisas se precipitaram quando, um dia, Abdullah lhe comunicou que um pequeno destacamento de estrangeiros havia matado dois de seus melhores homens, num curto combate junto ao monte Kalehein, e fugido pelo deserto. Informava também que eles deveriam passar pelo oásis de Herat, o único local, no caminho para Tora Bora, onde podiam se reabastecer de água. Isso se tivessem mesmo como meta ir até as cavernas, onde o Emir havia se refugiado. Sendo assim, pedia que Bashir fosse para Herat o mais depressa possível e lhes preparasse uma emboscada. Caso os estrangeiros aparecessem de fato no oásis, deveria avisá-lo pelo rádio, que ele tomaria a mesma direção para ir combatê-los. Postos entre dois fogos, não seria difícil aniquilá-los.

Seguindo as orientações de Abdullah, Bashir partiu de imediato para o oásis. Quando, no fim da tarde, eles e seus homens chegaram nas imediações do poço, deram-se conta de que já havia gente por lá. Serão os estrangeiros?, pensou, alarmado. Se isso tivesse acontecido, não teria como surpreendê-los, para cumprir o plano de Abdullah. Foram-se aproximando com muita cautela e ocultaram-se numa pequena elevação, a uns duzentos metros do que parecia ser um acampamento com tendas e fogueiras. À fraca luz do entardecer, ele não podia distinguir quem estava ao lado do pequeno poço. Enviou Sohrab, o mais preparado de seus homens, para espionar, e meia hora depois ele voltava.

– São *hazaras* – disse Sohrab. – Nômades do deserto.

– *Hazaras*... – resmungou Bashir, vincando o rosto e mais aliviado.

– O que faremos, Bashir? – o miliciano, perguntou, vendo o comandante pensativo.

– Vamos atacá-los.

Procurando não fazer ruído e aproveitando-se da escuridão, cercaram o acampamento. Foram estreitando o círculo e, quando acometeram, não tiveram a menor dificuldade de dominar o punhado de homens, mulheres e crianças, que se preparava para comer. Os nômades começaram a gritar de terror, quando os milicianos os atacaram. Um deles, ao tentar se defender com um velho fuzil AK-47, foi abatido a tiros e teve a cabeça cortada. De imediato, todos os homens válidos foram amarrados ao tronco das árvores, enquanto algumas mulheres eram confinadas em tendas e estupradas. Em meio à confusão, um garotinho de nove anos escapou e fugiu em direção do deserto. Um miliciano atirou nele, mas errou.

– Vá atrás dele e mate-o! – Bashir ordenou a Sohrab.

Uma hora mais tarde, ele retornava e dizia ao comandante:

– Não o encontrei, *agha* Bashir, estava muito escuro.

Bashir fez um gesto de desdém com a mão, como que segurasse um pedaço de carne.

– Não importa. As hienas e os abutres darão cabo dele.

Continuando a comer, Bashir pensava em seus próximos passos. Como costumava agir nessas situações, degolaria os nômades e jogaria os corpos para os lobos e abutres. E se prepararia para aguardar os estrangeiros. Caso viessem mesmo para o oásis, iria emboscá-los e mantê-los no deserto, sob o sol inclemente, até a chegada de Abdullah. Não acreditava que os infiéis ousassem vir à noite: desconhecendo a região, deveriam optar por se deslocar apenas durante o dia. Mas, para se precaver, pôs duas sentinelas a uma boa distância do olho-d'água, separadas por uma distância de duzentos metros uma da outra. Era só o avisarem da aproximação de alguém, que estaria pronto para a ação.

5

Combate no deserto

Mendes e seus homens desceram com enorme dificuldade o monte onde haviam sido emboscados pelo *sniper* afegão. Isso porque, no intuito de enganar os milicianos que os perseguiam, haviam escolhido na fuga o caminho mais difícil – um íngreme rochedo, quase na vertical, a oeste da colina. Com o auxílio de cordas e ganchos, tiveram, então, que se esgueirar entre rochas, pular sobre fendas profundas, caminhar por plataformas estreitas, agarrando-se aos paredões, cheios de pedras pontiagudas e espinhos. Todo esfolados e machucados, chegaram afinal à planície bem abaixo, onde havia arbustos, árvores esquálidas e um pântano. Saciada a sede com a água salobra e curadas as feridas, enfiaram-se em meio à vegetação e às rochas, para se esconder e se proteger do forte sol. Mendes pegou o binóculo, para ver se haviam mesmo despistado a coluna de *muhajedins* que os vinha seguindo. Não vendo sinal algum dos perseguidores, chegou à conclusão de que o estratagema de escolher o caminho mais difícil para deixar a elevação dera certo. Mas não podia se iludir com a calma aparente. Não demoraria muito, e aqueles experientes *muhajedins* se dariam conta do logro e começariam de novo a persegui-los. Seria prudente não perderem mais tempo e partirem o quanto antes, em direção a Tora Bora. Após consultar os mapas, chegaram à conclusão de que o melhor era seguirem por uma profunda ravina, que corria paralela ao deserto. Apesar de desconfiarem de que o terreno ali devesse ser bastante acidentado, estariam mais protegidos do que se caminhassem pela planície desértica ao lado, onde se tornariam um alvo fácil para os atiradores de elite.

De fato, a ravina era tortuosa, coalhada de pedras de todos os tamanhos, arbustos espinhosos e interrompida por íngremes montículos que eles se viam obrigados a escalar. O sol, batendo a pino, os forçava, de vez em quando, a se abrigar sob a proteção das rochas e pequenas covas. Sem contar que a areia fofa dificultava demais a caminhada, ainda mais para eles, que carregavam um pesado equipamento às costas. E isso tudo serviu para atrasar bastante o deslocamento do grupo. Muitas horas depois, já estavam quase alcançando o fim da ravina, quando viram ao longe um grupo de abutres pousados sobre as pedras e mesmo no chão.

– Deve ser algum animal morto – disse Zauar.

Mas, ao se aproximarem, notaram que era uma criança, caída de borco, em meio às rochas. Apertaram o passo, ainda mais porque um dos abutres havia chegado bem perto do corpo inanimado.

– Será que ainda está vivo? – perguntou DC.

– É o que vamos ver – respondeu Mendes, apressando o passo.

Amedrontadas com a rápida aproximação dos homens, as aves levantaram voo. Zauar debruçou-se sobre a criança descalça e vestida de farrapos e procurou sinais de vida, tomando-lhe o pulso.

– Está viva ainda – disse, levantando os olhos para os companheiros. – Mas parece muito fraca.

– Dê-lhe água – disse Chiang, estendendo o cantil. – Deve estar desidratada.

Amparando o menino com todo cuidado, Zauar derramou-lhe umas poucas gotas entre os lábios gretados. A criança, a cara toda suja de pó e o corpo cheio de cortes e escoriações, gemeu baixinho. Abrindo os olhos devagar, contemplou, assustada, os homens que se debruçavam sobre ela e começou a chorar.

– Calma, calma, somos amigos – disse Zauar em *dari*.

O sol começava a se pôr atrás das montanhas nevadas ao longe. Uma aragem fresca soprava. Por um fenômeno climático muito comum em algumas regiões desérticas, o abrasivo calor foi sendo pouco a pouco substituído pelo frio. Mendes e os homens decidiram montar acampamento num recôncavo formado por algumas rochas. Para evitar serem localizados, não fizeram fogo, preferindo comer as rações frias. Para aquecer, tinham algumas mantas e os goles de uma última garrafa de Johnnie Walker. Enquanto se alimentavam, Zauar se entretinha com o garoto. Já recuperado e ganhando a confiança dos homens, ele começou a falar numa voz bem tênue. Vieram a saber que pertencia a uma tribo de nômades *hazaras*, atacada por *mujahedins* da etnia pachto, num oásis a alguns quilômetros da ravina. Um de seus parentes havia sido morto, as mulheres e crianças maltratadas e os homens amarrados a árvores, à espera da execução. Só ele conseguira escapar, fugindo pelo deserto. Um miliciano o perseguira, mas ele se escondera num buraco entre algumas rochas e, depois, caminhando pelo deserto, chegara à ravina, onde esperava encontrar socorro.

– O garoto é bem esperto – disse Zauar com um sorriso, contemplando o menino, que já adormecera. – Soube até me dizer quantos homens eram e que armas levavam.

– E então...? – disse Mendes.

– São dez homens armados com fuzis Kalashnikov e punhais.

– Então, temos mais problemas pela frente...

Iluminando o mapa com a lanterna, Neidhart observou:

– Para evitar combate, podemos ignorar o oásis. Seguimos por aqui, indo mais ao sul. Depois, passando por estas montanhas – disse, batendo o dedo no papel –, fazemos uma volta e retomamos nossa rota adiante, de acordo com os planos originais.

Mendes balançou a cabeça.

– Não sei se valeria a pena fazer isso. Escalar outra vez as montanhas poderia nos atrasar muito. Talvez a gente até encontrasse mais forças hostis. Sem contar que precisamos de água potável. Não há alternativa: temos que passar pelo oásis.

– Tem razão – disse Zauar. – São poucos os poços de água potável nesta região. Além disso, não acredito que seria muito difícil enfrentar esses dez *muhajedins*.

– De preferência com uma ação mais silenciosa, usando armas brancas... – observou Neidhart. – Como estamos sendo perseguidos, um tiroteio não seria nada conveniente.

– Isso mesmo, capitão. Quanto menos barulho fizermos, melhor será – retrucou Mendes, esticando sua manta e preparando-se para dormir. Olhou para o mostruário luminoso do relógio e disse: – Agora são oito horas. Descansaremos até as duas e iremos para o oásis enquanto ainda estiver escuro, para tentar pegá-los de surpresa. Se planejarmos bem a coisa, liquidamos com essa milícia, abastecemos e seguimos logo para Tora Bora.

Voltou-se para Zauar que já bocejava.

– O garoto deu uma ideia da distância daqui ao acampamento?

– Pelo que pude entender, não fica muito longe. Disse que, chegando ao fim da ravina, é possível ver o oásis.

Deitaram-se ao abrigo da rocha, muito encolhidos, porque uma aragem fria soprava. Logo adormeceram, que o cansaço era grande. Às duas em ponto, Mendes despertou. Acordou os demais, que se levantaram estremunhando e tremendo de frio. Comeram pedaços de carne-seca, acompanhados daquela água de gosto salobro. Zauar improvisou um *babysling* com tiras de pano e prendeu o garoto adormecido nas costas. Começaram a caminhada. Sorte deles que a noite era clara, com a luz leitosa da lua iluminando as trilhas tortuosas da ravina. Meia hora depois, subiram uma pequena elevação e viram a planície arenosa logo abaixo. O garoto, que havia acordado, apontou com o dedo numa determinada direção no deserto.

– Parece que não fica tão longe assim – disse Zauar, olhando pelo binóculo de visão noturna.

– Provavelmente, devem ter colocado sentinelas – observou Mendes.

– É o que teremos que descobrir – disse Neidhart, começando a descer a elevação.

Caminharam rapidamente, mas, quando chegaram às imediações do oásis, por precaução, puseram-se a se deslocar mais devagar. Junto a umas dunas, deitaram-se. Mendes escalou uma dela, arrastando-se pela areia. Lá de cima, inspecionou toda a região com o binóculo de visão noturna. Desceu pouco depois e sussurrou, apontando para a esquerda:

– Parece que há um homem ali atrás daquelas rochas...

– Pode deixar comigo – disse Neidhart, preparando-se para ir pegar a sentinela.

– Um instante – interveio Zauar. – É melhor que eu vá. Vou fazer com que ele revele onde estão os outros vigias.

Mexendo nos equipamentos, pegou uns pedaços de corda e um óculo de visão noturna, que prendeu ao rosto. E, deslocando-se agachado, desapareceu na escuridão. Meia hora mais tarde, ele voltava.

– Então, pegou o homem? – disse Mendes.

Zauar assentiu com a cabeça.

– Ele revelou alguma coisa? – tornou Mendes.

– Sim, disse que há mais outro vigia à nossa direita, no meio daquele maciço de arbustos. Disse também que os demais milicianos estão escondidos entre as árvores, esperando nossa chegada.

– O que fez com o homem?

– Deixei-o bem amarrado e amordaçado. Por via das dúvidas, dei uma cacetada na cabeça dele...

– Neidhart – disse Mendes, voltando-se para o companheiro –, é a sua vez.

Silencioso, o alemão também desapareceu na escuridão. Quando voltou, comunicando que dera cabo do último vigia fora do oásis, Mendes começou a discutir o plano de ação.

– Daqui a pouco, começa a clarear. O melhor seria, portanto, pegar o resto dos milicianos no escuro e de surpresa. Temos dois desses óculos de visão noturna. Vamos nos dividir em duas equipes: uma formada por mim e Chiang, que atacará pelo norte, outra formada por Neidhart e Zauar, que atacará pelo sul.

– E eu? – perguntou DC.

– Você ficará tomando conta da criança e vigiando o acampamento e as imediações. E, para prevenir, sugiro que fique com o McMillan de prontidão.

DC deu um grunhido de insatisfação, mas começou a se preparar, acomodando o garoto em meio às mantas e apoiando o fuzil, já equipado com a luneta de infravermelho, sobre umas pedras no alto da duna. Enquanto isso, os dois grupos, munidos dos óculos de visão noturna, de pistolas e armas brancas, começaram a se deslocar em direção do oásis.

Mendes refletiu que, se o bando original dos *muhajedins* era formado de dez homens, ainda havia oito deles no oásis. O problema era saber como tinham se distribuído. Talvez confiando demais nas sentinelas, estivessem dormindo, o que seria o ideal. Mas todo cuidado era pouco. Guiado pelos óculos de visão noturna e seguido de perto de Chiang, Mendes meteu-se por entre as árvores e arbustos que cercavam o poço. Avistou três homens que, envoltos em suas túnicas, dormiam junto a uma diminuta fogueira. Um deles estava sentado, segurando um AK-47, e parecia cochilar, com o queixo encostado ao peito. Os outros permaneciam deitados. Fez um sinal a Chiang para que cuidasse do homem que cabeceava e possivelmente era um vigia. O cutelo zuniu e foi se cravar nas costas dele. O *muhajedin* deu um grito cavo e inclinou o corpo ainda mais para a frente. Os outros dois acordaram, assustados. Num movimento rápido, Mendes saltou na direção deles. Tapando a boca do que estava mais próximo, rasgou-lhe o ventre com a faca Bowie. O segundo ergueu o corpo e estendeu o braço na direção do Kalashnikov, mas Chiang foi mais rápido, acertando-lhe uma cutilada no pomo de adão. Gritos abafados, vindos da região sul do oásis, deram a eles certeza de que Neidhart e Zauar já se incumbiam dos outros milicianos. Correram então para lá e encontraram os companheiros, que limpavam as facas na areia.

– Tão fácil quanto tirar sorvete de criança... – comentou Neidhart com desprezo.

– Com esses que vocês liquidaram, são oito. Faltam ainda dois homens – disse Mendes.

Ouviram então disparos de arma de fogo na noite.

– DC? – perguntou Neidhart. – Me pareceram tiros do McMillan...

– Vá até ele para ver se está tudo em ordem – ordenou Mendes.

Enquanto o alemão ia até a antiga posição, os demais se puseram a vasculhar o acampamento. Encontraram alguns homens amordaçados e amarrados aos troncos das árvores. Eram os nômades, que trataram de libertar. Numa tenda estavam as mulheres, vestidas de burca e acompanhadas de crianças. Ao verem os homens entrar, começaram a gritar, desesperadas. Só se acalmaram quando Zauar se dirigiu a elas em *dari*, comunicando que tinham vindo para salvá-los dos milicianos. Pouco depois, Neidhart e DC chegaram com o menino. Só assim as mulheres ficaram tranquilas de vez.

– E então? – perguntou Mendes. – Foi você mesmo que atirou?

– Sim – respondeu DC, todo orgulhoso –, enquanto vocês combatiam, dois deles tentaram fugir pelo deserto. Acertei-os em cheio.

– Só espero que você não tenha chamado a atenção da outra milícia...

DC deu de ombros.

– Se eles fugissem, seria pior, não acha?

*****

Bashir continuava em sua angustiante espera dos estrangeiros. Se tivesse homens mais bem preparados, refletiu, não se preocuparia tanto. Pensou se não valia a pena enviar seus melhores milicianos ao deserto, para ver se encontravam sinais dos infiéis. Desistiu da ideia ao chegar à conclusão de que estava numa boa posição estratégica, protegido pelas dunas e árvores, ao lado do olho-d'água. Era melhor ficar esperando. Mesmo com seus inexperientes milicianos, não seria difícil manter os inimigos a distância até a chegada de Abdullah.

O dia foi passando, e nada de os estrangeiros darem sinal de vida. Aquilo começou a lhe dar nos nervos. A paciência nunca fora o seu forte. Devido a isso, como tinha o costume de antecipar os seus temores, ficava sempre bastante desgastado. Cheio de irritação, andava de um lado para o outro e, volta e meia, perscrutava o deserto com o binóculo. Não via a hora de os inimigos chegarem. Mas nada acontecia. Era só a mesma paisagem árida, com a areia vermelha reverberando sob o sol causticante. E aquela calmaria exasperante. Deu um grunhido de insatisfação, engoliu em seco. Mal havia se alimentado por causa da preocupação. A garganta seca, sentia uma aguda e persistente dor de cabeça. Quando a noite caiu de vez, acalmou-se um pouco, já que tinha certeza absoluta de que os estrangeiros não se arriscariam a vir até o oásis na escuridão. Mesmo assim, por precaução, ordenou que os homens apagassem as fogueiras e fizessem turnos de guarda. Cansado, a cabeça continuava martelando de dor. Fazia quanto tempo que não dormia direito? Era só aquela marcha batida da milícia, dias e dias, mal alimentados e sedentos, acomodando-se nos desvãos das rochas sobre o solo duro. E lá estavam as convidativas tendas dos *hazaras*, onde podia repousar. Chamou Sohrab e disse:

– Vou descansar um pouco. Fique de olho nos homens, não deixe que durmam.

Sohrab bocejou.

– Sim, comandante.

– Sobretudo, *você* não durma – disse com severidade. – Não quero que nos surpreendam.

– As sentinelas estão nos seus postos.

– Tudo bem, há as sentinelas, mas também nós temos que ficar alertas – explicou, incomodado com a obtusidade de Sohrab.

– Está bem, comandante, vá descansar.

Talvez não devesse dormir, pensou, mas estava morto de cansaço. Umas poucas horas de sono e se sentiria melhor, pronto para a batalha do amanhecer. Bashir enrolou-se no manto e bocejou. Afinal, por que se preocupava tanto?

Sua situação era bastante cômoda. Tinha água, comida e uma ótima posição estratégica. Por outro lado, os estrangeiros, sedentos e enfraquecidos pela longa marcha no deserto, seriam contidos antes que entrassem no perímetro do oásis. Era só mantê-los a distância, que o sol inclemente se encarregaria deles, isso se Abdullah não chegasse antes para ajudar a derrotá-los. Bocejou outra vez, as pálpebras lhe pesavam. Estava para dormir, quando vieram avisá-lo de que as sentinelas tinham visto alguns homens se deslocando pelo deserto. Levantou-se de um salto. Tinha que avisar Abdullah!, pensou, pegando o radiocomunicador. Mas, antes disso, alguém o agarrou pelo ombro e o sacudiu. Acordou, assustado. Fora tudo um sonho, pensou com irritação. Ouviu ruídos confusos e uma voz carregada de angústia.

– Comandante Bashir... comandante Bashir...

– Ahn...? Ahn...? O que foi?

Era Sohrab que se debruçava sobre ele.

– Os infiéis...

– Que infiéis?

– Eles chegaram!

– E os vigias? – disse, libertando-se do manto e esticando, atarantado, a mão na direção do AK-47.

– Encontrei Malik e Jangi degolados! Não sei dos outros.

Sohrab, com toda certeza, também havia dormido, pensou com raiva. E só agora é que vinha acordá-lo! Procurou em vão pelo radiocomunicador. Lembrou-se então de que o deixara num embornal onde estavam os homens. Já ia sair da tenda, quando a mão trêmula de Sohrab o segurou pelo braço.

– Eles tomaram o acampamento... – disse com a voz insegura. – Creio que só nós dois é que restamos.

Ouvindo ruído de passos e vozes falando numa língua estrangeira, num primeiro impulso, Bashir pensou em ir ao encontro dos invasores e disparar o Kalashnikov. Mas se reteve, ao pensar que talvez eles já fossem donos da situação. Não queria morrer como um mártir. Não naquele momento, quando mais precisavam dele. Lamentou por não ter mantido o rádio consigo. Mas não tinha tempo a perder. Era melhor fugir e procurar pela milícia de Abdullah. Tendo isso em mente, foi ao fundo da tenda e rasgou a lona com a faca. E, acompanhado por Sohrab, começou a rastejar na direção das dunas. De fato, no lusco-fusco do amanhecer, viu o vulto de homens armados que vasculhavam todo o acampamento. Um pouco mais e ficaria acuado, pensou enquanto fugia, fazendo uma grande volta. Quanto lamentava ter trazido um grupo de garotos. Apanhados como galinhas por um bando de raposas, pensou, com desprezo! Escalou a primeira duna e começou a descê-la do outro lado. Quando se sentiu mais seguro, aprumou-se, preparando-se para começar a correr. Ouviu então um disparo, e o impacto de uma bala o lançou com violência para trás. Rolou na areia, sentindo uma dor intensa na altura do pulmão direito. Tentou, em vão, se levantar, mas as forças o haviam abandonado. O sangue saindo em golfadas pela boca, a respiração opressa, ainda ouviu de muito longe outro disparo. Esticou o braço, talvez em busca da arma perdida, mas não concluiu o gesto, porque mergulhou de vez num abismo negro.

*****

Mal amanheceu e o dia começou a esquentar, enterraram os corpos dos milicianos mortos em combate. Zauar, por sua vez, foi pegar o vigia que deixara amarrado entre as rochas e o trouxe para o acampamento. Mendes viu que os nômades, muito excitados, cercavam o prisioneiro, gritando e gesticulando.

– O que eles estão dizendo, Zauar? – perguntou.

– Eles querem justiça...

– Justiça ou justiçamento?

– No caso, querem só justiçamento. Vão matá-lo.

– Mas é nosso prisioneiro – insistiu Mendes.

– Major, se eu fosse o senhor, não interferiria. Dizem que ele estuprou mulheres e que degolaria os homens sem pestanejar. Ficarão ofendidos se não os deixarmos fazer justiça com as próprias mãos.

Mendes desviou o rosto da face suja do pachto, que, todo tremendo, parecia implorar por proteção. Sentiu pena do jovem quase imberbe. Mas considerou que, àquela altura, não podia se dar o luxo de criar inimizades com aquele povo do deserto. Sabia que ia precisar deles.

– Está bem – disse, mas ainda se sentindo incomodado. – Seja o que Deus quiser.

E o miliciano foi entregue aos *hazaras*, mas quem fez justiça foram as mulheres. Armadas de facas e punhais, cercaram o homem e, dando uivos, o retalharam. E nem permitiram que o corpo fosse enterrado. Apenas jogaram os despojos no deserto para que fossem devorados pelas hienas e abutres.

Pouco depois, sentados com os nômades à margem do olho-d'água, eles comiam com apetite uma perna de carneiro preparada pelas mulheres da tribo. Era também um alívio beberem a fresca e cristalina água do oásis, dispensando aquela salobra que vinha lhes revolvendo o estômago. Agradecidos pela pronta intervenção dos estrangeiros, que os salvara da morte certa, os *hazaras* haviam deixado de lado toda reserva e, sempre intermediados por Zauar, conversavam animadamente com eles. Era como se se estabelecesse entre ambos os grupos um acordo tácito, que os aproximava e os fazia ter confiança um no outro. Por isso, Mendes não hesitou em lhes contar sobre a missão do comando no Afeganistão. O patriarca da tribo, Ahmed Khan, seguia, atento, a conversação. Era um ancião cego, magro, a face seca, cortada por uma longa cicatriz, mas ainda bastante rijo. Ele e seu povo, por constituírem uma minoria étnica no país, havia muitos e muitos anos, vinham sofrendo nas mãos dos odiados pachtos, que eram os responsáveis pelo surgimento do movimento do Talibã. Como Osama bin Laden se unira a eles, acabara também se tornando inimigo dos *hazaras*. E, assim, era com satisfação que o ancião recebia a notícia de que aqueles homens destemidos tinham vindo ao Afeganistão para pegar o terrorista. Estava, pois, disposto a colaborar, revelando tudo o que ele e sua tribo sabiam sobre Tora Bora e as forças que protegiam Osama bin Laden. Quando Mendes se calou, disse com autoridade:

– Então, vieram para caçar a Serpente Maligna... – Cofiou as longas barbas brancas e prosseguiu: – Mas devem saber que ele está muito bem protegido e não será fácil penetrar nas cavernas de Tora Bora. Parentes nossos de outras tribos disseram que aquelas montanhas estão cheias de vigias armados que têm ordens de atirar em quem passar por perto.

Refletiu um pouco, revirando as órbitas opacas, para depois acrescentar:

– Mas há pastores na região que conhecem muito bem aquelas ravinas e cavernas e poderão indicar caminhos mais seguros aos senhores. Gente de nossa confiança, que também odeia essa maldita raça dos pachtos. Se os senhores conseguirem encontrá-los, eles não hesitarão em ajudá-los. Com toda certeza, indicarão aos senhores as entradas secretas de Tora Bora.

Contou-lhes então que o complexo de cavernas era imenso, composto de um grande número de cavernas, algumas naturais e outras que os guerrilheiros, ao longo dos tempos, haviam escavado para se esconder de seus inimigos. E, por uma questão de logística, havia muitas entradas, algumas delas bloqueadas e outras, disfarçadas, para servir como rotas de fuga.

– É um mundo lá dentro, onde a Besta pensou em se esconder com toda segurança. Mal ele sabe, porém, que há entradas desconhecidas que foram obstruídas por sucessivos terremotos... – disse, dando um sorriso enigmático. E concluiu: – E só quem vive por lá é que sabe como chegar até elas... E vem a calhar que essa gente é nossa amiga e inimiga de nossos inimigos.

Continuaram a conversa por mais algum tempo. Haviam decidido – tanto os nômades como os homens do comando – deixar o oásis o quanto antes. Era que temiam a aproximação das forças de Abdullah. Mendes chegou até a pensar na hipótese de organizar uma resistência para desbaratar a milícia, que os vinha perseguindo. Mas, depois de conferenciar com seu grupo, chegou à conclusão de que isso talvez fosse muito perigoso. Não era difícil imaginar que os inimigos, depois do entrevero da colina, tivessem recebido reforços. Sendo assim, ele e seu comando poderiam sofrer reveses. O melhor então era seguir caminho até Tora Bora o mais depressa possível. Estavam descansados, tinham bastante água e carne fresca, além de que contariam com o auxílio de um guia que o velho Ahmed prometera arranjar. Chegando à região das cavernas, ainda por cima, seriam apresentados a pessoas de confiança, que os ajudariam a localizar as entradas secretas para se chegar até a toca de Osama bin Laden. Às pressas, puseram-se a arrumar os equipamentos, enquanto os *hazaras* desmontavam as tendas. Bem a tempo, pois um viajante, que se dirigia a Cabul com duas mulas carregadas e viera se abastecer no poço, lhes contou que havia visto um grupo de homens fortemente armados entrando na ravina, ao lado da planície. Quando Zauar lhe perguntou quantos eram, foi informado de que o grupo contava com uns vinte milicianos.

– Era o que a gente suspeitava – disse Mendes, convencido de que não valia mesmo a pena um enfrentamento. – Devem ter recebido reforços depois daquele encontro nas montanhas...

Despedindo-se dos nômades *hazaras* e tendo à frente o guia Kamal, que o velho cego fornecera, tomaram a direção do sudoeste do Afeganistão, onde se localizava Tora Bora. Iam apressados e tensos, pois estavam muito perto de chegar ao covil da Besta.

6
Tora Bora

Por que Bashir não respondia a seus chamados pelo rádio?, pensava Abdullah, já irritado. No último contato que tivera com o companheiro, ele havia contado que aprisionara um grupo de nômades *hazaras* no oásis de Herat. Tinha dito também que, bem entrincheirados no oásis, ele e sua milícia estavam prontos para receber a bala os estrangeiros. Pedia, portanto, que se apressasse, para que ambos, em duas frentes, dessem cabo dos infiéis. Mas, depois dessas mensagens, o silêncio fora total. Teria acontecido algo a Bashir, a ponto de ele ser forçado a interromper os contatos de maneira tão brusca? Gostava daquele companheiro bem mais jovem que ele. Era leal e dedicado à causa. Mas temia por sua impetuosidade – Bashir, às vezes, tomado pela fúria, deixava de refletir, e os resultados costumavam ser desastrosos. Será que o companheiro, ávido de apanhar os estrangeiros e não contando com gente tarimbada de seu lado, havia cometido alguma imprudência?

Abdullah desviou o pensamento de Bashir e começou a pensar em sua própria situação. Chegou à conclusão de que talvez tivesse perdido um tempo precioso, depois que os infiéis haviam escapado da armadilha no monte Kalehein. Que decepção sentira quando, ao escalar a colina vigiada por Aasif e Kabir, se dera conta de que eles não estavam mais por lá. Mas encontrara seus rastros – marcas de solados, bitucas de cigarro, restos de alimento e cartuchos deflagrados. E, acreditando que eles haviam deixado a colina rapidamente, fizera o mesmo, descendo, em marcha batida, um aclive suave na face leste do morro. Contudo, ao chegar embaixo, não dera com os infiéis. Foi-lhe custoso reconhecer que eles o haviam enganado, ao escolherem um caminho na aparência intransponível, em que havia um íngreme paredão, a oeste da colina. E Aasif e Kabir, que também não lhe respondiam pelo rádio! Ordenou então que um dos milicianos escalasse o monte Kalehein à procura dos atiradores. Uma hora depois, o homem voltava com a péssima notícia de que encontrara os dois mortos a tiro. Irado, Abdullah exclamou:

– Malditos para todo o sempre sejam esses infiéis!

Nada mais lhe restando fazer, pegou o rádio e entrou em contato com Shafik, pedindo que mandasse com urgência alguns de seus melhores guerreiros para auxiliá-lo. Refletiu que os infiéis, pelo que soubera de Kabir, contavam com pouca gente, cinco homens ao todo, mas pareciam profissionais muito bem treinados. Por isso, desconfiava de que, só contando com seus milicianos, não podia enfrentá-los. Para evitar qualquer surpresa, precisava de reforços, ainda mais agora que começava a achar que Bashir tivera o mesmo destino que seus atiradores de elite. E só depois que recebeu os homens prometidos por Shafik é que começou a se locomover para seguir os infiéis. Mas procurou fazer isso com bastante cautela, para evitar cometer outros erros semelhantes ao que cometera quando havia acuado os estrangeiros na colina. Para começar, em vez de seguir pela planície arenosa, decidiu ir pela ravina, mesmo sabendo que por ali a caminhada seria mais dificultosa. Fizera isso colocando-se na pele dos infiéis. Eles já o haviam enganado uma vez e talvez quisessem enganá-lo de novo. Se se deslocassem pela planície desértica, refletiu, constituiriam um alvo mais fácil para os atiradores colocados em pontos estratégicos. E confirmou que não havia errado em seu juízo quando, entrando na ravina, não demorou a encontrar os rastros inconfundíveis deles. Reconheceu as mesmas marcas de solado e vestígios de acampamento em locais protegidos do sol e dos frios ventos da noite. Como contava que os infiéis desconhecessem o terreno, não se preocupou muito com o tempo que perdera aguardando os homens de Shafik. Ainda mais porque tinha certeza de que os estrangeiros tinham mesmo ido até o oásis de Herat, para se reabastecer de água e descansar. E, chegando lá, haviam com toda certeza enfrentado as forças de Bashir. Talvez, no entrevero, tivessem sofrido baixas, o que seria ótimo. Mais cedo ou mais tarde os encontraria, pensou, e dessa vez não falharia no intento de liquidá-los, antes que viessem a incomodar o Emir.

Após um dia inteiro de penoso deslocamento pela ravina pedregosa, Abdullah e seus homens chegaram ao fim dela. Subindo numa pequena elevação, ele vistoriou o oásis com o binóculo. Não viu movimento algum entre as árvores que cercavam o poço. Movendo o binóculo em direção ao leste, viu uma caravana de nômades, que caminhava em meio a uma pequena nuvem de poeira erguida pelo tropel de mulas, ovelhas e cabras. Na certa, os malditos *hazaras* de que Bashir lhe falara. Mas não conseguiu distinguir, entre eles, pessoa alguma que se parecesse com um estrangeiro. Eram os mesmos e inconfundíveis nômades, enrolados em seus mantos. Moveu o binóculo para o oeste, mas não viu ninguém, pelo fato de a planície arenosa terminar em outra profunda ravina, cujas rochas dificultavam a visão. Talvez os estrangeiros tivessem seguido por ela. Pensou se não valia a pena ir atrás do *hazaras* e fazê-los dizer o que havia acontecido naqueles dias no oásis e se sabiam dos infiéis. Mas considerou que, com isso, perderia muito mais tempo, e tempo era algo precioso. Decidiu que o melhor era ir até o oásis, para também se abastecer de água. Depois, seguiria na direção da outra ravina, onde acreditava poder encontrar os inimigos. Muitos caminhos levavam a Tora Bora – e o difícil mesmo seria descobrir qual deles fora o escolhido pelos infiéis, que pouco conheciam da região.

Mas, enquanto começava a se deslocar em direção do oásis, uma ideia desoladora lhe veio à mente: e se os estrangeiros tivessem conseguido um guia? E bem que os malditos *hazaras* podiam ter providenciado alguém para guiá-los por aqueles difíceis caminhos. Inimigos figadais dos pachtos, eram capazes de tudo. Até de se aliarem aos inimigos do Islã. Concluiu que, se sua suspeita estivesse correta e os estrangeiros contassem mesmo com o auxílio de um guia experimentado, a tarefa deles seria bem mais fácil. Esse raciocínio levou Abdullah a apertar o passo. Se antes estava calmo, agora, bastante aflito, sentiu o coração bater acelerado. Quanta imprudência! Com horror, temia fracassar. Justo ele, um dos mais respeitados comandantes do Talibã! Se os infiéis conseguissem chegar às imediações de Tora Bora, não se perdoaria e também não seria perdoado por seus superiores.

E foi com essa aflição que chegou ao oásis de Herat, onde veio a descobrir em covas rasas os corpos dos guerreiros da milícia do companheiro. Para seu espanto, constatou que só Bashir e seu imediato Sohrab haviam sido abatidos a bala. Os demais homens, oito ao todo, tinham o pescoço cortado ou quebrado. Um deles, jovem ainda, fora todo retalhado por facas e punhais, e seu corpo servira de pasto aos abutres. Rangeu os dentes, tomado pela ira. Como é que Bashir se deixara apanhar de maneira tão fácil, a ponto de os estrangeiros gastarem tão poucas balas? Com toda certeza, os infiéis haviam tido a oportunidade rara de se aproximarem do oásis sem serem percebidos. E, nessa condição privilegiada, haviam derrotado os homens de Bashir só com os punhos e as armas brancas. Quanta incompetência! Sentia ao mesmo tempo pena e raiva do companheiro que se deixara apanhar como uma criança irresponsável. Isso o fez ficar ainda mais alerta, ao considerar que aqueles homens eram mesmo muito perigosos. Enviou então outra mensagem pelo rádio a Shafik, contando-lhe o que sucedera em Herat e pedindo que se dirigisse o mais depressa para a região de Tora Bora, pois ia precisar de reforços urgentes.

*****

Ao entrar por um pequeno vale entre duas montanhas, nos confins do deserto, o comando deixou, afinal, o calor abrasivo e as areias escaldantes para trás. Tendo à frente o guia fornecido pelo ancião cego, os homens caminhavam por uma região bem menos agreste, o que facilitava um pouco as coisas. Ravinas se sucediam a ravinas, intercaladas com pequenos maciços de florestas, onde corriam riachos e viviam animais de pequeno porte. Pelo menos, teriam água e carne fresca, pensou Mendes, aliviado. Mesmo assim, ainda permanecia tenso. Além de entrarem de novo em terreno desconhecido, dentro em breve, iam confrontar os combatentes do Talibã, que guardavam as entradas de Tora Bora. E, desta vez, tinha toda certeza, enfrentariam tropas mais bem armadas e preparadas do que as pequenas milícias contra as quais haviam combatido até então. Perto do meio-dia, fizeram uma pausa para descansar e comer. Por precaução, Mendes pediu a Neidhart que escalasse um morro, munido de um binóculo, para ver se estavam sendo seguidos. Não demorou muito, ele descia, com um ar preocupado.

– Pôde ver alguma coisa, capitão? – perguntou Mendes.

– Sim, vi uma coluna armada deixando o oásis. Desconfio que sejam nossos perseguidores.

Mendes permaneceu impassível. Só depois de terminar de comer seu último bocado de carne-seca e beber um gole de água é que disse:

– Então, é melhor partirmos.

Ele se levantou, sacudindo a poeira da roupa, e os demais o imitaram, pegando os equipamentos. Em seguida, limparam a área em que haviam descansado, procurando apagar todos os traços do acampamento. E quando voltaram a caminhar, em vez de seguirem pelas antigas trilhas abertas pelos nômades, por precaução, internaram-se numa floresta, formada de pinheiros, carvalhos e zimbros. A caminhada era mais lenta, mas, em compensação, mais segura. Por vezes, o maciço de árvores era interrompido por prados cheios de relva e vegetação rasteira, ou cobertos com formações rochosas. Apressaram o passo – em campo aberto, ficariam mais desabrigados, pois ali não seria nada difícil para as milícias localizá-los. Deslocavam-se em absoluto silêncio, pisando de preferência sobre as pedras, para não deixar rastros. Por algum tempo, não encontraram ninguém, e os únicos ruídos que se ouviam eram os das botas no cascalho, do farfalhar das folhas sob o vento ou o grito agudo de um pássaro. O sol, em seu zênite, batia de chapa, e não havia uma única nuvem no céu. E o calor, pouco a pouco, se tornava sufocante, o que começou a dificultar a caminhada, ainda mais quando se deslocavam pelos descampados. Uns poucos quilômetros depois, Kamal, o guia, comentou com Zauar que, dentro em breve, chegariam aonde estava o grupo amigo de nômades a que o velho cego se referira. Eles os ajudariam a localizar as passagens secretas para Tora Bora, por onde deveriam penetrar, para evitar as milícias dos talibãs, que guardavam as entradas principais do complexo. A grande jogada estava, pois, em penetrar nas cavernas, às ocultas e sem alarde, para poder surpreender tanto os guerrilheiros pachtos quanto Osama bin Laden. Essa notícia deixou os homens excitados, porque já estavam cansados das longas, extenuantes, caminhadas e daquela brincadeira de gato e rato. Não viam a hora de travar a batalha das batalhas, que poria um fim à missão.

Fizeram mais alguns quilômetros de marcha batida, até que, na descida de uma pequena elevação, viram ao longe um grupo de pessoas junto a um olho-d'água, no meio de um arvoredo. A chegada deles também havia sido pressentida, porque, de imediato, os nômades esconderam as mulheres e crianças no meio da vegetação. Os homens, por sua vez, armados de velhos fuzis Martini-Henry .45, de carregamento pela culatra, se adiantaram, falando entre si e demonstrando sinais de agressividade.

– Esperem um instante – disse Kamal, em *dari*, para Zauar.

Levantando as mãos, acenou, mostrando que estava desarmado, e, com passos lentos, começou a caminhar em direção dos pastores. Ainda parecendo assustados, os nômades recuaram, engatilhando as armas.

– *Salam alaykum*! – bradou Kamal, abrindo um sorriso. Em seguida, desandou a falar no dialeto afegão.

Um homem de barba grisalha se adiantou e respondeu, ainda hesitante e sem deixar de apontar o fuzil:

– *Salam*...

Kamal apressou o passo e, chegando junto ao grupo, continuou a falar daquele modo acalorado. Os nômades balançavam a cabeça assentindo e, de vez em quando, lançavam olhares furtivos para o comando. Quando, afinal, abaixaram os fuzis, o guia acenou. Mendes e seus homens começaram a se aproximar bem devagar, as mãos longe das armas. Os pastores só foram se acalmar de vez no instante em que Zauar, chegando mais perto, começou a falar com eles também em *dari*. Isso foi o suficiente para que aquela gente ganhasse confiança e passasse a tratá-los com amabilidade. Convidaram-nos então a sentar, ofereceram-lhes chá e frutas secas. Mendes, por sua vez, os presenteou com uma faca Bowie e mantos. E, depois de uma longa conversação, os nômades se comprometeram a lhes ensinar onde ficavam as entradas secretas do complexo de Tora Bora. Pelo que pôde deduzir pela tradução de Zauar, Mendes veio a saber que essas passagens, além de serem de difícil acesso, estavam havia muito tempo obstruídas e ocultas por pedras e troncos de árvores, o resultado de antigos terremotos. Isso explicava o fato de não terem vigias dos talibãs, que deviam considerá-las inacessíveis ou talvez as desconhecessem de fato, pois, segundo os nômades, pouquíssima gente sabia delas. Fazendo um tosco desenho numa folha de papel que Mendes providenciara, o líder dos nômades explicou onde se localizavam as entradas secretas. Disse que não seriam fáceis de descobrir, mas que eles deviam atentar bem para um ponto nas montanhas, onde houvesse acúmulo de rochas quebradas e troncos de árvore derrubados.

Como a noite chegasse e o calor ainda estivesse causticante, resolveram descansar algumas horas e partir de madrugada, quando a temperatura mais amena tornaria mais fácil seu deslocamento. Segundo Mendes calculava, ainda tinham a vantagem de pelo menos um dia sobre a milícia que os vinha perseguindo. Repousados e alimentados, podiam caminhar com rapidez pela madrugada e escapar, assim, a qualquer tipo de enfrentamento prematuro.

*****

Mas esse foi um erro de cálculo – ao contrário do que Mendes pensava, o pequeno repouso permitiu que Abdullah, vindo a toda e sem descanso, se aproximasse bastante deles. Acrescia o fato de que, em vez de seguir pelo pequeno vale entre duas montanhas, como o comando havia feito, Abdullah escolhera outro caminho, que conhecia de suas andanças. Era mais íngreme e difícil, mas evitava as seguidas voltas que Mendes e seus homens haviam sido obrigados a dar. Com isso, Abdullah ganhara tempo. Sendo assim, poderia acontecer o que Mendes mais temia: um enfrentamento entre suas forças e as de seus perseguidores antes que as passagens secretas de Tora Bora fossem alcançadas. A única coisa que pesava a favor do comando era o fato de que Abdullah, por desconhecer as aberturas obstruídas pelos terremotos, tinha a firme convicção de que seus inimigos se encaminhavam diretamente para as entradas principais do grande complexo. E por isso pensava em armar uma emboscada no caminho que levava ao grande alvo e dizimar seus inimigos antes que atingissem sua meta. Mas, gato escaldado, ele sabia que tinha que se precaver. Mesmo dispondo de superioridade numérica, não queria entrar em combate franco com aqueles homens bem treinados e, ao que parecia, muito bem equipados. Precisava conseguir reforços o quanto antes. Mas, naquele instante, não estava pensando em apenas aumentar o número de seus homens. O que desejava, em realidade, era conseguir um atirador de elite como Aasif. Sabia que havia entre os homens de Shafik um miliciano de nome Zadiam cuja pontaria era excepcional. Mas, como o companheiro demoraria a chegar, decidiu pedir auxílio ao comandante em chefe das milícias estacionadas nas entradas de Tora Bora. Fez isso a contragosto. Era que conhecia bem o comandante Obaidullah, um homem vaidoso, arrogante, com quem já tivera ríspidas discussões no passado. Mas não lhe restava alternativa: Shafik não chegava, e os estrangeiros estavam em algum lugar por perto. Teria que detê-los, antes que Obaidullah o fizesse, trazendo todas as glórias para si. Por isso, resolveu lhe pedir auxílio, mas não dizendo exatamente para quê. Sabia que o comandante não podia lhe negar ajuda, ainda mais que resolveu apelar para o nome de Ayman al--Zawahiri, lembrando que ele, junto com Osama bin Laden, o havia convocado para aquela missão especial. Como as comunicações pelo rádio eram precárias naquela região montanhosa, mandou seu auxiliar Assef ao encontro de Obaidullah, solicitando o reforço que desejava.

– Diga-lhe que me arranje um bom atirador de elite. Diga-lhe também que temos muita pressa.

Enquanto Assef se distanciava, Abdullah começou a refletir sobre seu plano de ação. Havia dividido a milícia em três grupos, mandando que os homens se ocultassem entre as rochas dos morros, num local bastante acidentado, um pouco antes da bifurcação da trilha. Um dos caminhos levava às grandes entradas de Tora Bora; o outro para uma região inóspita que, poucos anos antes, havia sido assolada por terremotos. Com toda a certeza, se os estrangeiros estivessem mesmo atrás do Emir, deveriam se dirigir para o caminho da direita, refletiu, inspecionando o local. Concluiu, então, que um bom atirador de elite, escondido num ponto bem alto, quando começasse a atirar, obrigaria os infiéis a se entrincheirarem numas formações rochosas, ao lado do caminho. A partir daí, os homens, a seu comando, desceriam das colinas e cercariam o inimigo por três lados, impedindo que fugissem. A captura deles seria, então, mera questão de tempo, sorriu, satisfeito. Mas o sorriso logo desapareceu de sua face, quando começou a pensar que o reforço solicitado a Obaidullah poderia demorar a chegar; caso isso acontecesse, sem o atirador de elite, não teria como manter os inimigos acuados. Apesar de os homens de sua milícia terem os mais que confiáveis Kalashnikovs, e ele, a sua inseparável bazuca, ainda temia o armamento e a audácia dos estrangeiros, já postos à prova quando da frustrada emboscada de Aasif. Mas, contando com o auxílio de um atirador de elite, a coisa mudava de figura: não só ele poderia já de cara eliminar o líder daquele comando, como também fazer com que os infiéis perdessem toda a mobilidade, tornando-se assim uma presa fácil para seus milicianos.

*****

Depois de atravessarem os descampados e pequenas florestas, Mendes e seus homens desceram uma suave encosta e depararam com um extenso vale. E, lá, havia uma trilha que serpenteava em meio a um terreno árido, cercado dos dois lados por altos montes. Observando com atenção o local, Mendes reparou que era o lugar ideal para uma emboscada, já que quem seguisse pela trilha não teria para onde fugir, caso fosse atacado. Se isso acontecesse com eles, só contariam com a proteção de aglomerados de rocha que havia de espaço a espaço. Erguendo os olhos para as colinas e montanhas, notou que não seria muito difícil um *sniper*, instalado bem no alto de um daqueles picos, controlar grande parte da trilha. Foi o que disse a Zauar, que, por sua vez, passou sua preocupação a Kamal. Ambos conversaram em *dari* por alguns segundos, e, por fim, o paquistanês disse:

– Ele falou que há mesmo esse risco... Como a trilha leva até as entradas principais das cavernas de Tora Bora, essas passagens costumam estar sempre muito bem guardadas.

– E não há outro caminho? – perguntou Mendes, apreensivo, e mais uma vez lançou o olhar para os paredões, que pareciam querer asfixiar a estreita trilha.

– Sim, parece que há. Somente que muito mais longo. De acordo com Kamal, teríamos que escalar as montanhas, o que levará mais ou menos uma semana. Por aqui, serão apenas algumas horas de rápida caminhada. Devemos andar uns cinco ou seis quilômetros e, depois, numa bifurcação, dobrar à esquerda para chegar aonde queremos.

Assentados junto à trilha, os homens conferenciaram por alguns minutos.

– Uma semana... – ponderou Neidhart, desanimado. – Isso na hipótese de a gente não encontrar obstáculos que podem retardar ainda mais a marcha.

– Se a bifurcação da trilha está a cinco ou seis quilômetros – observou Chiang –, em uma hora de marcha rápida chegamos lá...

– Mas se sofrermos uma emboscada não vamos encontrar abrigos por aí – disse DC, apontando para as pequenas formações rochosas que havia ao lado da trilha.

– Mas uma semana é uma semana – tornou a dizer Neidhart. – Em sete dias, pode acontecer de o pássaro escapar...

– Com toda certeza – disse Mendes, balançando a cabeça. – Se há algo de que não dispomos é tempo.

– Então, o melhor é a gente enfrentar a trilha – disse DC, levantando-se e pondo ao ombro a pesada mochila.

Como Mendes continuasse de cabeça baixa, ele perguntou:

– Major...?

Mendes deu um suspiro e disse:

– Sim, não há outra saída. Vamos mesmo pela trilha, mas caminhando à margem dela. E seria prudente nos dividirmos em duas colunas. Se ocorrer alguma emboscada, fica mais fácil buscar refúgio entre as rochas. – Olhou firme para os homens e prosseguiu: – A primeira coluna, composta por mim, Zauar e o guia, irá pela esquerda, e os demais seguirão pela direita, sob o comando do capitão Neidhart. Chegando na bifurcação, voltaremos a nos reunir.

Foi o que fizeram. Entraram trilha adentro, uma coluna de cada lado, os olhos e ouvidos atentos. O sol estava a pino, e o calor incomodava. No céu azul, voavam em círculos as aves de rapina. Embora Mendes estivesse com os dedos crispados segurando seu M16, num esforço concentrado da vontade, conseguiu mascarar a tensão. Não queria que ela contaminasse os homens, já de si preocupados. Por isso, seguia à frente, com passos firmes, como se desprezasse o perigo latente. Mas, num determinado momento, Kamal o alcançou e o puxou pelo braço com insistência. Falando rápido em *dari*, apontava com o indicador da mão livre para o alto, como se quisesse alertá-lo de algo. Mendes ergueu os olhos e percebeu um brilho metálico. Antes que pudesse descobrir o que era, ouviu um disparo, seguido de um grito de agonia. O guia tombou a seu lado, atingido em cheio na cabeça. Mendes se atirou no solo, buscando proteção junto a uma rocha, ao mesmo tempo que berrava para seus comandados:

– Abriguem-se!

Seguiu-se uma saraivada de tiros, a que Mendes e seus homens responderam de maneira meio que desordenada. Kamal jazia estatelado, com um rombo na lateral da cabeça, e seu sangue ia, pouco a pouco, empapando a terra. Pobre homem! – lamentou-se Mendes. Vinha servindo ao comando com tanta lealdade. E, acima de tudo, Mendes devia-lhe a vida, pois tinha certeza absoluta de que o certeiro tiro do *sniper* havia sido dirigido a ele. Não tivesse o guia se adiantado para alertar sobre o atirador, seu corpo é que serviria de pasto para os abutres. Mais uma vez a sorte estivera de seu lado. Mas não era hora de pensar sobre isso – tinha que se safar junto com os homens da situação que parecia desesperadora. Os tiros vinham de tudo quanto é lado, e ele não conseguia ver os inimigos que, dentro de pouco tempo, podiam cercá-los. Precisava pensar urgente numa estratégia, mas, antes que fizesse isso, Neidhart entrou em contato com ele pelo rádio.

– Major!

– Diga lá, capitão!

– Vou tentar pegar esse maldito *sniper* com o MacMillan! – Fez uma pausa e prosseguiu: – Enquanto vocês me dão cobertura, subo por uma elevação aqui do meu lado.

– Esqueça! – berrou Mendes. – Vão atingi-lo antes que chegue em cima.

– Não, se vocês concentrarem os tiros onde se encontra o *sniper* – disse Neidhart de volta.

Mendes olhou com cautela para onde estava a outra coluna do comando. De fato: havia ao lado dela uma elevação, escavada na colina pela erosão e que não seria muito difícil escalar. Concluiu que se Neidhart ficasse onde estava, não teria grandes possibilidades de usar o MacMillan. Era urgente eliminar o *sniper*, para que tivessem alguma chance de escapar daquela armadilha.

– Tudo bem, pode ir.

E, apontando o fuzil para onde estava o presumível atirador, começou a disparar a intervalos, no que foi imitado pelos demais. Viu então que Neidhart dava início à perigosa escalada, dificultada pelo peso do equipamento. Mas confiava no companheiro, dono de uma força bruta descomunal e de muita habilidade. E aquela batalha desigual prosseguia, com eles tentando desviar a atenção do atirador. De onde estava, Mendes viu alguns milicianos, protegidos dos tiros do *sniper*, descendo as colinas de um modo bem temeroso. Fazendo pontaria, abateu um deles, que já vinha correndo a seu encontro, bradando "*Allah Akbar*". O mesmo fizeram seus companheiros, derrubando mais milicianos. Mas Mendes sabia que ia chegar uma hora em que a munição se tornaria escassa e ele e seu homens seriam abatidos um a um, como patos numa caçada, porque a destreza daquele atirador lá do alto não lhes permitia que pensassem numa boa estratégia de defesa. Até que, para sua satisfação, viu, pelo binóculo, Neidhart atingir um ponto bem no alto da colina. Tinha escolhido um local excelente, refletiu, já que estava protegido por um rochedo, atrás do qual se acomodou. Neidhart se pôs então a preparar o McMillan.

– Tenho o *sniper* na mira, major! – exclamou, excitado, pelo rádio.

– Acabe com o filho da puta! – disse Mendes.

Foi só esperar mais alguns segundos, e Neidhart disparou. Um único e preciso tiro e, como que por encanto, o *sniper* afegão parou de atirar.

– Grande Neidhart! – exclamou Mendes.

Sem a proteção do atirador de elite, as hordas de milicianos que, muito ousados, desciam as colinas, começaram a recuar. Foi a senha para Mendes se levantar e chamar seus homens a se reunirem com ele. Antes de reiniciarem, em marcha batida, a caminhada, ele se comunicou pelo rádio com Neidhart, pedindo que descesse.

– Ainda não, major. Tenho que manter os milicianos na mira, sob pena de vocês não poderem prosseguir.

Mendes entendeu que o alemão queria lhes facilitar a fuga. Hesitou por alguns segundos, mas, não vendo outra solução, ainda avisou pelo rádio:

– Mas venha logo, antes que o cerquem.

Neidhart deu uma curta risada:

– Eles que ousem... Mas siga em frente, major, que não demoro para estar em sua cola.

Mendes fez sinal aos companheiros e pôs-se a correr em zigue-zague, com o corpo inclinado. A espaços, podia ouvir o rifle de Neidhart e tiros esparsos dos guerrilheiros que passavam zunindo, indo se cravar na areia a seu lado. Mais alguns metros, e estariam sob a proteção de um morro que parecia livre dos milicianos talibãs, refletiu, ofegante. Percebeu que já estavam quase chegando na bifurcação. Quando se viu protegido por um alto paredão, saltou para o abrigo, no que foi imitado por seus homens.

– Estão todos bem?

Quase sem poder respirar, balançaram a cabeça, dizendo que sim. Mendes pegou o rádio e mais uma vez se dirigiu a Neidhart.

– Estamos a salvo. Quando é que vai descer daí?

– Um instante, major. Acabei de abater mais três milicianos que corriam atrás de vocês. Prossigam até ficar a uma distância segura. Então, me avisem, que sairei daqui.

– Saia já daí! – berrou Mendes. – Você está correndo o risco de ficar cercado.

– Está bem, major... Num instante, alcanço vocês...

Pondo o equipamento às costas, voltaram a andar em marcha batida. Quando chegaram à bifurcação, tomaram a trilha da esquerda e logo se deram conta de que ela fazia uma forte curva, levando para o alto. Mas, não demorou muito, notaram que o caminho estava todo obstruído por pedras e troncos de árvores, além de que havia por ali valas, provocadas pela erosão, o que dificultava bastante o deslocamento. Havia outra coisa, porém, que deixou Mendes preocupado: sem o guia, como é que localizariam as entradas secretas das cavernas de Tora Bora? É bem verdade que se lembrava de ele ter dito que não ficavam muito longe, situando-se junto a um forte sulco na montanha, provocado por antigos terremotos. Contava também com o precário desenho do líder dos nômades. Mas uma coisa eram rabiscos canhestros numa folha de papel, outra coisa era a topografia do terreno todo acidentado. Continuaram a caminhar, andando por mais uma hora, desviando das rochas, pulando as valas. Iam extenuados, mas sabiam que não podiam parar. De vez em quando, ouviam tiros, até que tudo silenciou. Pararam para tomar água, e Mendes aproveitou para tentar falar no rádio com Neidhart, mas não conseguiu comunicar-se com ele. Só havia o ruído de estática. E se ele tivesse sido aprisionado?, pensou, preocupado. Não – procurou rebater esse pensamento –, o rádio não devia funcionar naquele local, cercado de altos paredões. Em todo caso, Neidhart não seria tolo a ponto de se deixar apanhar como um rato numa ratoeira. Com sua pontaria infalível, haveria de manter os inimigos à distância e, com essa vantagem, fugir pelo outro lado da colina. Mais tranquilo com essa reflexão, Mendes fez sinal a seus comandados – recomeçaram então a caminhar, continuando a busca da entrada secreta de Tora Bora.

7

O covil da Besta

Seguindo as indicações do mapa fornecido pelos nômades, o comando ultrapassou a forte curva, atulhada de destroços, e foi parar diante de um grande rochedo que tinha a forma da cabeça de um camelo. Era um dos pontos de referência a que o velho se referira, assinalando isso no pedaço de papel com um precário desenho. Seguindo as instruções que Zauar ia traduzindo, perceberam que deviam circundá-lo, para entrar num pequeno vale e, em seguida, escalar o sopé de um morro, cuja face oeste havia sido toda derruída. Meia hora de rápida caminhada e chegaram ao local, que impressionava pela destruição provocada pelos contínuos terremotos. O monte sofrera um colapso parcial, como se uma mão poderosa o cortasse de cima a baixo, com uma gigantesca pá. Grandes rochas haviam sido deslocadas das alturas e lançadas para o vale, revelando porções de terra vermelha, onde cresciam apenas arbustos espinhosos. A paisagem árida, seca lembrava em tudo a de um planeta desolado e inóspito. Era, pois, no sopé dessa elevação que se ocultava a entrada secreta para as cavernas de Tora Bora. Mas, no presente momento, ela se encontrava toda obstruída por uma grande quantidade de rochas e troncos de árvore retorcidos. Os homens escalaram com bastante dificuldade a base do morro, até que viram, atrás de um enorme rochedo, o que lhes pareceu ser a entrada de uma caverna. Vistoriaram com cuidado entre os destroços, mas não encontraram nenhum sinal de uma abertura, até que Zauar chamou a atenção para algo.

– Parece que há uma corrente de ar aqui! – gritou, encostando a cabeça junto a algumas rochas.

Mendes aproximou-se.

– Tem razão, é uma corrente de ar – disse, balançando a cabeça em concordância. – O que acha melhor fazer? Escavar com as pás?

Zauar apontou para o tamanho dos rochedos que tapavam a presumível entrada e disse, dando um suspiro:

– Não acredito que consigamos fazer isso só com as pás. Talvez fosse o caso de se usar explosivo.

Mendes franziu o rosto.

– Explosivo... – disse, aparentando desânimo. – Isso servirá para atrair um enxame de talibãs...

Zauar correu com os olhos a paisagem ao redor.

– Talvez, sim, talvez, não. Como estamos num vale, o ruído da explosão poderá ser abafado. Sem contar que só vou utilizar uns poucos gramas de explosivo plástico. O suficiente para deslocar as rochas.

– Muito bem – disse Mendes, depois de refletir sobre a situação e concluir que não havia outra saída. – Então, vai em frente.

O paquistanês pegou em sua mochila um tijolo de explosivo plástico de cor amarela, embrulhado em papel-alumínio. Cortando mais ou menos um quinto dele, enfiou-o na junção entre duas rochas. Depois, enterrou no explosivo um detonador com um fio que ia até um temporizador. Ajustou o tempo de cinco minutos, ao fim dos quais uma descarga elétrica provocaria a detonação. Os homens desceram a colina e foram se abrigar atrás do grande rochedo. A explosão do material plástico reboou no vale, e uma avalanche de rochas pequenas desceu o morro. Os homens tornaram a subir a elevação e, chegando diante dos destroços, esperaram a poeira baixar. Para alegria deles, uma pequena abertura os espreitava. Era estreita, mas permitia que um homem deitado se esgueirasse para dentro dela. Munindo-se de lanternas e dos óculos de visão noturna, um a um foram entrando. Por alguns poucos metros, arrastaram-se por entre as rochas, mas, num determinado instante, puderam ficar de pé. Começaram a andar em fila indiana por um corredor sinuoso. O calor era sufocante e respirava-se com dificuldade, apesar da corrente de ar que soprava do interior. Aqui e ali, deparavam com fios de água que desciam das paredes úmidas. Mais adiante, o túnel se tornava um pouco mais amplo, mas, não demorou muito, voltou a se estreitar, a ponto de eles terem de novo que se arrastar deitados por vários metros, o que lhes ocasionou escoriações e feridas. E fizeram isso com bastante cautela, temerosos de que, num determinado instante, deparassem com um paredão, impedindo que prosseguissem e dificultando a retirada. Mas, para alívio deles, foram ter numa caverna um pouco mais ampla, onde conseguiram ficar de joelhos. Lufadas mais fortes do vento indicavam que talvez estivessem alcançando o fim do túnel. DC inspecionou as paredes com a lanterna, mas não encontrando nenhuma abertura, deu um suspiro de desolação e disse:

– Fim de linha... Não dá para seguir.

– Será? – disse Mendes, arrastando-se até uma rocha de forma arredondada que parecia bloquear a passagem.

Inspecionando-a, verificou, à luz da lanterna, que de fato ela se interpunha entre o espaço onde se encontravam e, provavelmente, outra caverna mais ampla. Talvez conseguissem deslocá-la, refletiu. Deitando-se de costas, apoiou os pés nela e pôs-se a empurrá-la. Um rangido da rocha lhe deu certeza de que sua intuição estava certa. Zauar veio em seu socorro. Retesando os músculos, começaram a movê-la. Com um estalido, a rocha, afinal, cedeu, caindo com grande estrondo no que parecia ser outro túnel, cuja base ficava a uns quatro metros abaixo. Mendes enfiou a cara na abertura e iluminou o buraco à sua frente. Logo percebeu que se tentasse saltar daquela altura correria o sério risco de se ferir, já que o chão estava juncado de rochas. Examinando melhor o paredão, verificou que, na metade dele, havia uma platibanda, onde poderia apoiar os pés. Virando o corpo, enfiou as pernas pela abertura.

– Tomem cuidado, que há muitos destroços no solo! – avisou os companheiros.

Dependurando-se na borda do buraco e descendo o corpo bem devagar, conseguiu, como planejara, pousar os pés no relevo da rocha. Sentindo-se seguro, deu um salto para trás e caiu num local que tinha lhe parecido menos acidentado. O impacto foi forte, mas o grosso solado das botas lhe protegeu os pés. Mesmo assim, sentiu dores e câimbras nas pernas que o fizeram franzir o rosto e soltar um gemido abafado. Permaneceu agachado por alguns segundos, até recuperar o fôlego, quando então se ergueu. Fora as escoriações, estava inteiro, refletiu, após apalpar os pés e as pernas. Levantou a lanterna e iluminou a abertura, por onde Zauar espreitava. Orientou-o então sob a melhor forma de saltar.

– Não tente pular direto! Faça como eu: desça de costas e apoie os pés na reentrância.

Mas Zauar, sendo menor do que ele, não conseguiu encontrar o relevo e ficou com o corpo balançando perigosamente no ar, preso apenas pelos dedos que se machucavam nas bordas do buraco.

– Dê um salto, que eu te seguro! – ordenou Mendes, avançando alguns passos e se postando em meio aos destroços.

Zauar apoiou os pés no paredão e deu um forte impulso com as mãos. Mendes o amparou antes que ele caísse no solo e se machucasse todo. Quanto aos outros, não tiveram muita dificuldade. Ágeis e mais leves, DC e Chiang desceram pela parede, apoiando-se nas ranhuras, e logo vieram ter ao chão.

Antes de começarem a caminhada pelo novo túnel, tomaram a providência de pintar a cara com graxa e vistoriaram o pouco equipamento que levavam: os óculos de visão noturna, bússolas, as armas leves, como facas e pistolas, água e alimento. Por precaução, temendo as dificuldades que iriam encontrar em seu deslocamento, haviam deixado o material mais pesado escondido entre as rochas da entrada. E agora tinham que decidir qual direção tomar. Mendes sabia que haviam entrado no complexo de Tora Bora pela face oeste e que as entradas principais das cavernas ficavam na face sul das montanhas. Era, pois, na direção sul que deviam seguir, refletiu. Isso porque não acreditava que Osama bin Laden fosse se ocultar muito fundo nas entranhas do complexo, mais ao norte, onde as rotas de fuga deveriam ser bem restritas. Apesar dessa consideração, Mendes hesitou um pouco antes de dar voz de comando aos homens que aguardavam o sinal para a caminhada. Era que não tinha certeza de que sua intuição estava correta. E se Osama houvesse se escondido no ponto mais oculto da caverna, onde houvesse um túnel que lhe permitisse fugir rapidamente, em caso de ataque? Pôs então aos companheiros a sua dúvida.

– E se a gente se dividisse em duas equipes, uma explorando a face norte, outra, a face sul...? – propôs Zauar.

– A ideia não é má, mas pode provocar uma dispersão perigosa... – disse Mendes.

– Tenho minhas dúvidas quanto ao fato de Osama ter se escondido ao norte deste túnel – observou Chiang, que tinha se adiantado um pouco nessa direção e iluminava o local. – Venham ver uma coisa.

Os homens foram até onde ele se encontrava.

– Reparem que há muitas rochas caídas, quase obstruindo a passagem. Isso não dificultaria a locomoção do homem e do seu estafe?

– Tem razão, Chiang... – disse Mendes. – Vamos então para a face sul.

Começaram a caminhar e, depois de uns quinhentos metros, chegaram a uma bifurcação. Tinham que optar entre dois outros túneis, mas tomaram logo o da direita, porque lhes pareceu ver, bem ao longe, um tênue clarão. Mais um quilômetro de caminhada e foram dar num túnel iluminado de modo precário por fracas lâmpadas, colocadas na parede, de cinquenta em cinquenta metros. Repararam também que, além de não haver mais destroços no solo, ainda se podiam ver traços de pneus, sinal de que ali era uma via de reabastecimento do complexo. Se essa descoberta os deixou mais confiantes, por outro lado, perceberam que tinham que recobrar a atenção. Caso fossem surpreendidos por uma patrulha, não teriam onde se esconder ou se abrigar. Dividiram-se em duas colunas e seguiram em frente, colados às paredes. Até que, chegando numa curva, lhes pareceu ouvir vozes. Pararam de andar, e Mendes fez um sinal a DC, para que se pusesse de rastros e fosse investigar. Foi o que ele fez, indo até o local indicado e olhando com cautela. Logo retornou e sussurrou:

– São dois homens armados. Parece que estão guardando uma entrada.

– A que distância estão da curva? – perguntou Mendes.

– Uns quatro metros mais ou menos.

Mendes refletiu uns poucos segundos, pensando num plano de ação.

– E a lâmpada da parede? – acabou perguntando.

– Sim, tem uma lâmpada, como aqui.

– A quantos metros da curva?

DC olhou espantado para Mendes, mas acabou respondendo:

– Não sei direito, mas deve estar a uns dois metros...

– Volte lá para se certificar.

DC tornou a se arrastar e retornou logo, dizendo que, de fato, a lâmpada se encontrava a uns dois metros da curva.

– Muito bem – sussurrou Mendes, e se pôs a explicar o plano de ação. – Vamos até a curva. Chegando lá, Chiang irá quebrar a lâmpada com o cutelo. Aproveitando-se da escuridão e munidos dos óculos de visão noturna e facas, atacaremos os dois guardas.

Sem perda de tempo, os homens se deslocaram. Chegando na curva, conforme o combinado, Chiang pegou o cutelo e, mirando com cuidado, atirou-o. A lâmpada se espatifou com um ruído seco, seguido pelo ruído metálico da arma batendo contra a rocha da parede e, depois, no chão. Aquela parte do túnel ficou às escuras. Uma das sentinelas gritou alguma coisa, mas foi depressa silenciada por Mendes, que, correndo a seu encontro, lhe enfiou a faca no ventre. O mesmo aconteceu com o outro homem, abatido por Zauar. Puxando os corpos das sentinelas, entraram num aposento pequeno mal iluminado, que parecia a antecâmara de outro maior. Nada havia lá, exceto um banco rústico encostado à parede, à frente do qual se situava uma porta de madeira maciça. Aproximando-se dela, ouviram vozes abafadas. De quem seriam?, pensou Mendes, atarraxando o silenciador ao cano de sua pistola Walther. Talvez pessoas de chefia dos milicanos que seria preciso dominar. Pegando na maçaneta, girou-a bem devagar e escancarou a porta, que dava para uma cova ampla, de teto alto e bem iluminada. Ao fundo, dois homens barbados, usando túnica e turbante, estavam sentados com as pernas cruzadas em tapetes. Entre eles, havia uma mesinha com um laptop aberto, papéis, alimentos, um bule de chá e, encostados à parede, dois rifles Kalashnikov. Ao darem com os invasores, num primeiro momento, estremeceram, assustados. Mas um deles logo se recuperou e, apesar do grito de Zauar, ordenando que se rendesse, levou a mão ao rifle. Quando levantou a arma, Mendes não hesitou e o abateu com um tiro certeiro no peito. O homem soltou um gemido abafado, caiu de borco, e o sangue começou a empapar o tapete. Seu companheiro permanecia estático, os olhos arregalados, sem esboçar reação. Os homens avançaram em direção a ele.

– Amarrem-no! – ordenou Mendes.

Foi o que fez Chiang, prendendo-lhe os braços às costas com tiras plásticas.

– Hei! Major! – exclamou Zauar, que, puxando pelos cabelos a cabeça do morto, a iluminava com a lanterna. – Acho que tiramos a sorte grande!

– Como assim?

– Esse cara aqui não está com jeito de ser o Bin Laden?

Excitados, os homens se aproximaram.

– Se não for o próprio, parece muito com ele – comentou DC.

De fato, o morto tinha o mesmo rosto magro e afilado, o nariz grande e adunco, as barbas esfiapadas do mais procurado terrorista do mundo.

– Tem razão – disse Mendes, lamentando-se intimamente por não ter podido apanhar o homem vivo –, parece bastante com ele...

– Esse outro aí pode confirmar – disse Zauar, apontando para o homem amarrado. – Não acha bom interrogá-lo?

Cercaram o prisioneiro, que estava de cabeça baixa. Zauar ajoelhou-se a seu lado e perguntou em *dari* se o morto era Bin Laden. O homem nada disse. Com paciência e falando bem devagar, o paquistanês fez de novo a mesma pergunta. Mas o homem permanecia em obstinado silêncio, recusando-se a responder. Impaciente, Mendes ameaçou:

– Diga-lhe que, se continuar calado, lhe dou um tiro na cabeça.

Gesticulando bastante e falando de um modo inflamado, Zauar comunicou ao homem a ameaça. Em vão. Sem pestanejar, Mendes suspendeu a pistola, destravou-a e disparou, arrancando uma orelha do prisioneiro, que deu um berro e caiu de costas. Sangrando muito, olhou aterrorizado para Mendes.

– Fala para ele que o próximo tiro será no saco... – e apontou de novo a pistola.

O prisioneiro não resistiu mais. Entre fundos gemidos e tremendo bastante, disse algo a Zauar, que, abrindo um sorriso, traduziu:

– Ele disse que é mesmo Osama bin Laden!

Mendes foi até o morto e suspendeu-lhe a cabeça. Após inspecioná-la com cuidado, disse:

– Vamos cortá-la e sair logo daqui.

– E o que fazemos com este outro? Quer que eu dê cabo dele? – perguntou Zauar, começando a sacar o *kukri*.

Após pensar por alguns segundos, Mendes respondeu:

– Não, apenas o amordace para que não comece a gritar. E, depois disso, decapite Osama.

Zauar obedeceu, improvisando uma mordaça com o turbante do prisioneiro, que não parava de gemer, e empurrou-o para um canto. Em seguida, foi até o morto e, levantando-lhe a cabeça pelos cabelos com a mão esquerda, ergueu o braço armado com o *kukri* e o desceu, cortando de um só golpe o pescoço. Como o sangue ainda não havia coagulado, jorrou, espesso, da jugular de Osama bin Laden. Zauar enrolou a cabeça num manto, improvisando um saco, e ergueu-se. Enquanto isso, Mendes e os demais recolhiam o laptop e os papéis, que enfiaram na mochila.

Sem perda de tempo, deixaram a saleta e percorreram, em marcha batida, o caminho de volta até o buraco por onde haviam entrado no túnel. Empilhando algumas pedras, formaram uma sólida base para que pudessem escalar o paredão. Passando um a um pela abertura, tornaram a vedá-la com fragmentos de rocha. Meia hora depois de se arrastarem pelo sinuoso túnel, estavam de volta à boca da caverna, onde recolheram o equipamento mais pesado. Pegando a cabeça sangrenta de Osama bin Laden em meio às dobras da túnica, Zauar a colocou dentro de um saco de aniagem cheio de sal grosso.

– Escutem uma coisa... – disse DC, que permanecera pensativo por alguns segundos. – Tem uma coisa estranha nisso tudo...

– Como assim? – perguntou Chiang.

– Vocês não acharam que foi fácil pegar o filho da puta?

Mendes refletiu por um momento, para depois dizer:

– Sim, você tem razão... – fez uma pausa e prosseguiu: – Não encontramos lá muitas dificuldades. Mas creio que há uma explicação para isso. Pode ser que o Bin Laden, desconhecendo os túneis secretos de Tora Bora, se sentisse seguro, concentrando o grosso de suas forças nas entradas das cavernas.

– O que explica também o fato de que ele tivesse apenas dois guardas protegendo o local onde se encontrava – observou Zauar.

– Melhor para nós – Disse DC, dando de ombros e sorrindo. – Tivemos uma puta de uma sorte! E ele se fodeu com esse descuido fatal.

Sim, pensou Mendes, haviam tido mesmo uma puta de uma sorte. Devido a isso, tinham em mãos o grande prêmio – a cabeça de Bin Laden. E, ainda por cima, estavam todos são e salvos. Mas seria isso mesmo? E Neidhart? Ao pensar nele, estremeceu. Nem sinal do amigo. O rádio continuava mudo... E se a sorte de repente se virasse contra eles?

IV

A cabeça de Osama

1

O sacrifício

Neidhart enfiou a mão no bolso e notou que tinha mais três cartuchos apenas. Recarregou o magazine. Estava na hora de sair dali, pensou. Pela luneta do rifle, procurou observar os milicianos, mas não conseguiu ver ninguém. Depois que havia abatido cinco guerrilheiros, os demais, com certeza, deviam ter se escondido, com medo de sua incrível pontaria. Sem saber por quê, começou a pensar em Gudrun. Logo lhe vieram à mente os cabelos negros e curtos, o corpinho miúdo que gostava tanto de acariciar e beijar. Sentia muita falta da garota. Tanto era assim que não via a hora de aquela aventura maluca terminar para poder voltar aos braços dela. Mas, por outro lado, era bem verdade que não desgostara de ter aceitado a missão. Além da excelente recompensa financeira, ainda saía da rotina. Havia sido bom entrar Afeganistão adentro e participar das escaramuças. E depois havia os companheiros: gostava deles – eram leais e o respeitavam.

Voltando os olhos para cima, contemplou as escarpas do morro que tinha que escalar. Era mais que tempo de deixar seu refúgio. E se os milicianos o perseguissem? Mas duvidava de que os combatentes afegãos tivessem coragem de fazer isso. Se o fizessem, apesar de que contasse com pouca munição, ainda podia fazer estragos entre eles. Deu mais uma espiada no morro à sua frente. Outra vez, não viu ninguém. Era melhor, portanto, aproveitar a oportunidade e subir ao pico do morro e depois descer até o vale. Lá chegando, tentaria se comunicar com seu grupo. Por precaução, deixou o rádio ligado, prendendo-o à cintura. Pondo o McMillan ao ombro, afastou-se bem devagar do rochedo que o protegia. Depois de alguns passos, achou que já dava para subir. Agarrando-se a uma reentrância, com grande esforço, ergueu o corpo. Sorte que ficasse oculto, graças a um paredão que impedia que fosse visto pelos milicianos. E assim foi subindo bem devagar. O sol a pino, a sede e o grande esforço o deixaram cansado. Mas era preciso seguir em frente.

Até que, para seu alívio, atingiu o pico do morro. Resolveu descansar um pouco. Depois de beber um gole de água e mastigar um pedaço de carne-seca, começou a descer. De vez em quando, deixava o corpo escorregar para ir mais rápido. Aprumava-se e voltava a ziguezaguear, correndo, por entre as rochas. Fora o ruído de seus passos, tudo estava em absoluto silêncio. Mas, num determinado momento, pareceu ouvir um ruído diferente, bem acima de onde se encontrava. Olhou para o alto do morro. Eram pequenas pedras que caíam, sinal de que talvez alguém o estivesse seguindo. Escondeu-se numa reentrância. Esperou alguns segundos. Quando retomou a caminhada, ouviu um estampido e, quase ao mesmo tempo, sentiu uma dor aguda na coxa. Havia sido atingido, pensou, contrafeito e franzindo o rosto. Protegeu-se de novo na reentrância e examinou o rasgão na calça de onde escorria sangue.

– Merda!

O ferimento doía muito. Improvisou um torniquete com um lenço. Quando apoiou a perna no chão, percebeu que seria difícil caminhar. Talvez o osso tivesse sido atingido. Pondo a cara para fora da reentrância, espreitou. Viu um grupo de homens que subia o morro em sua direção. Naquele momento, Neidhart reconheceu que estava perdido. Com a perna ferida e quase sem munição, não teria chance alguma, refletiu. Mas venderia caro a derrota. Não o pegariam vivo, decidiu, engatilhando o McMillan. E, com tiros certeiros, esgotou a munição, matando mais três dos inimigos que escalavam a encosta. Agora, só podia contar com a Luger e a Bowie. Os ruídos mais fortes das pedras caindo acima de sua cabeça deram-lhe certeza de que estava cercado. Seria apanhado como um rato. Sabendo disso, preferiu deixar o esconderijo e enfrentar o inimigo de peito aberto. Foi o que fez, arrastando a perna e disparando a Luger. Abateu mais dois inimigos, que haviam saído da proteção das rochas e se aproximavam correndo. Outro disparo, atingindo a mesma perna ferida, provocou sua queda. De joelhos, ergueu a pistola para dar um tiro na cabeça com a última bala. Mas, antes que fizesse isso, um golpe bem forte na nuca o jogou para a frente, de cara no chão. Tentou se levantar, mas uma chuva de pancadas e pontapés o deixou estirado de vez.

*****

Abdullah e seus homens permaneciam ocultos atrás dos rochedos da colina. Não podiam mover-se dali, sob pena de serem abatidos pelo implacável fuzil de um atirador de elite, oculto numa elevação em frente. Cheio de ira no coração e impotente, o comandante da milícia não sabia como reagir. Vira os três homens que enviara para tentar cercar o inimigo serem abatidos como galinhas. Jaziam, sangrando, com a cabeça arrebentada, em meio ao pó, no vale abaixo. Era alguém ousar espreitar alguma coisa, ouvia-se um estampido, e ele tinha ciência de mais uma perda entre suas já debilitadas forças. Por isso mesmo, ordenara a seus homens que não se movessem ou se mostrassem. E a situação estava ficando cada vez pior. Tinham pouca munição e quase nenhuma água. Não demoraria muito, teriam que bater em retirada, mesmo sob pena de serem baleados pelas costas. Precisava urgente de reforços. Mas não ousava mandar ninguém até Obaidullah pedir auxílio, porque teria que confessar que o atirador de elite que lhe fora enviado havia sido morto. Só podia então contar com Shafik e seus homens. Mas Shafik não dava sinal de si!, refletiu, aflito. Tentara em vão contatá-lo várias vezes pelo rádio e não obtivera resposta alguma.

Até que, para sua satisfação, recebeu uma mensagem do companheiro.

– Abdullah! Onde é que você se encontra?

– Numa colina, junto à bifurcação que leva às entradas de Tora Bora.

– E os infiéis?

– Estava com eles em minhas mãos – disse Abdullah com a voz ansiada –, mas acabaram escapando.

– Como assim, "escapando"?

Impaciente, Abdullah explicou:

– O problema é que estamos sendo emboscados por um atirador, escondido numa colina em frente à nossa. Já causou um grande estrago em minhas forças. Não tenho como pegá-lo.

– E o que você quer que eu faça?

– Que tente apanhá-lo pelas costas.

– Pode me dizer onde é que ele se encontra?

Abdullah passou as coordenadas para Shafik.

– Muito bem, Abdullah, vou tentar surpreendê-lo.

– Mas lembre-se de que quero o homem vivo!

Mais uma hora de angustiante espera. O sol estava a pino, e os milicianos, escondidos atrás dos precários abrigos, começavam a sentir os primeiros sintomas da insolação. Tanto era assim que um deles, enlouquecido pelo calor e pela sede, apesar dos gritos de Abdullah, desceu correndo a colina, gritando coisas incoerentes. Foi abatido e, como se fosse um boneco, veio rolando até se estatelar de encontro a uma rocha. A situação estava cada vez pior, refletiu Abdullah, a cabeça encostada ao cano de seu Kalashnikov. Mas recuperou todo o ânimo quando ouviu a voz toda excitada de Shafik pelo rádio.

– Pegamos o infiel, Abdullah!

– Vivo?

– Sim, vivo!

Rangendo os dentes, Abdullah ordenou:

– Então, tragam ele aqui!

Mas sua euforia foi logo cortada, quando recebeu uma terrível mensagem vinda do acampamento dos homens de Obaidullah. Um dos milicianos das forças que guardavam as entradas principais de Tora Bora lhe comunicou, pelo rádio, num tom carregado de fúria e desespero, que o Emir havia sido morto e decapitado.

– Morto e decapitado?! Mas por quem? – perguntou Abdullah, segurando as lágrimas.

– Parece que foram quatro homens. E levaram consigo a cabeça do Emir.

– Mas como conseguiram passar pelo comandante Obaidullah?

– Não foi pela frente que entraram.

– Se não foi pela frente, por onde entraram?

Ouviu-se o ruído de estática do rádio e, por fim, a voz retornou, dizendo:

– Por uma entrada desconhecida. Estamos investigando por onde poderia ser. Enquanto isso, o comandante ordena que fiquem atentos a qualquer movimentação por aí. Quer que os infiéis sejam apanhados. É questão de honra para ele.

Então, haviam matado o Emir... O grande Osama bin Laden, que parecia imortal, indestrutível. E morto por um punhadinho de infiéis. Ah, mas ele seria vingado!, pensou Abdullah, franzindo o rosto de ódio. A começar que faria de tudo para recuperar a cabeça do Emir. Queria que, pelo menos, ele tivesse um enterro honrado. E tinha um trunfo em suas mãos, refletiu. Negociaria a cabeça do infiel, que logo estaria em seu poder, pela de Osama bin Laden. Mas, quando viu as forças de Shafik se aproximarem, empurrando o prisioneiro, um novo plano começou a se desenhar em sua mente. E teve certeza dele ao defrontar o gigante, de cabelo cortado à escovinha, o queixo proeminente, que vinha com os braços amarrados às costas. Sangrava de muitos ferimentos, arrastava a perna esquerda e tinha vários hematomas roxos na cabeça. Abdullah dirigiu-se a ele, num inglês estropiado.

– Quem é você?

O gigante o encarou impassível e sem dizer nada.

– Quem é você, bastardo infiel? – tornou a perguntar, aproximando-se.

Num movimento inesperado, o gigante avançou o corpo e deu uma cabeçada em Abdullah, que rolou pela areia com o supercílio arrebentado. Enfurecidos, os homens partiram para cima do prisioneiro, dando-lhe coronhadas a torto e a direito. E o teriam matado a pancadas, se Abdullah não os interrompesse, berrando:

– Parem com isso. Precisamos dele vivo!

Levantou-se com dificuldade, mal enxergando, devido ao sangue que lhe escorria pela cara. Apesar de ter dado a ordem para que poupassem o prisioneiro, agora caído de borco no chão, o que desejava era lhe cortar o ventre e deixá-lo morrer com as vísceras expostas. Mas não podia fazer isso, refletiu – o gigante era o seu trunfo. Por meio dele, contava recuperar a cabeça do Emir, que não podia ir para o Paraíso apenas com o corpo decapitado. Pensava, contudo, também liquidar os infiéis restantes. Para isso, vinha maquinando um plano cuidadoso. Era o único jeito de se redimir de sua falta. Sabia que só um grande feito podia fazer com que esquecessem ou, pelo menos, minimizassem seu grande erro estratégico. Não soubera adivinhar os planos dos infiéis, que, assim, haviam invadido Tora Bora e matado o Emir. Estava certo de que seria condenado à morte por um erro tão estúpido. Não tinha medo de morrer, e morreria com honra. Só não queria ir para o Paraíso sem ter cumprido parte de sua missão: acabar com aqueles inimigos do Islã que tinham ousado invadir as terras sagradas do Afeganistão e matado, nas barbas dele, o Grande Líder.

*****

Mendes contemplou o vale árido à sua frente. Deviam fugir o mais rápido possível dali. Dentro de pouco tempo, as milícias que guardavam a região, tendo notícias da morte de Bin Laden, estariam no encalço deles. Ligou o rádio, tentando se comunicar com Neidhart, mas só ouviu o ruído da estática.

– Nada? – perguntou DC, mostrando preocupação.

Mendes balançou a cabeça. Mas, enquanto esperavam o companheiro, pensou, era preciso fazer os preparativos para a fuga. Foi o que disse aos homens. Sentaram-se diante dos mapas e começaram a examiná-los. Mendes sabia que não deviam voltar por onde tinham vindo, que ali, com certeza, se encontrariam as forças que os haviam emboscado.

– Talvez o melhor seja seguir o vale aí em frente e, depois, escalar as montanhas de Band-e-Amir, indo na direção de Jalahabad... – disse Zauar, batendo o dedo sobre o papel empoeirado.

– Jalahabad?! – cortou Chiang. – Mas e nossa caminhonete? Está escondida a leste dessas montanhas.

– Sei disso, mas não temos alternativa. Precisamos fazer esse desvio, se quisermos escapar das milícias.

E olhou interrogativamente para Mendes, como se buscasse sua opinião. Mas ele estava com a cabeça em outro lugar. Pensava ainda em Neidhart, que não se comunicava com ele. E, sem o companheiro, não tinham como agir. Por outro lado, se ficassem naquele local por mais tempo, dentro em pouco, poderiam ser acuados pelos inimigos.

– Major... – era Zauar quem interrompia seus pensamentos.

– Sim...

– Então, o que acha?

Mendes fez um gesto evasivo, abanando a mão e disse:

– Creio que está bem.

Zauar olhou para as montanhas de Band-e-Amir ao longe por algum tempo e depois dobrou os mapas para guardá-los na mochila. Nesse instante, o rádio de Mendes começou a dar sinais de vida.

– Neidhart! – exclamou.

Apertou o botão do aparelho e disse:

– Neidhart...

Mas a voz que veio do outro lado não era a do companheiro. Alguém lhe falava algumas poucas palavras num inglês estropiado: "infiel", "prisioneiro", "negociar". Para seu grande pesar, descobriu que Neidhart havia sido capturado. Como a conversa estava difícil, devido à limitação de linguagem de quem estava do outro lado, passou o rádio a Zauar, que se pôs a falar em *dari*. Estabeleceu-se um diálogo ríspido, que se estendeu por alguns minutos. Por fim, Zauar desligou o aparelho e disse, com a voz carregada de tristeza:

– Pegaram o capitão. Não há dúvida, pois o comandante da milícia o descreveu bastante bem...

– Como? Pegaram o Olaf?! – bradou DC. – Impossível!

– Pois pegaram... – tornou Zauar.

– E o que mais? – tornou a falar Mendes, procurando sufocar a grande agitação.

– O homem está querendo negociar... Quer a cabeça de Osama em troca de Neidhart. Disse que temos que decidir dentro de dez minutos, do contrário, executará nosso companheiro.

Zauar acrescentou também que o comandante da milícia tinha dado as coordenadas do local onde seria realizada a negociação.

– Disse que devemos ir até a bifurcação da trilha, que ele enviará um emissário para nos conduzir a seu encontro.

Mendes ficou refletindo por alguns segundos. Não estava em dúvida se devia negociar. Tinha certeza absoluta de que *precisava* negociar. Jamais deixaria o companheiro nas mãos daquela gente. Iria fazer de tudo para libertá-lo, mesmo que corressem risco de morte. Era questão de honra. Mas sabia que iam enfrentar uma situação perigosíssima. Não acreditava que o comandante da milícia fosse fazer uma negociação limpa, trocando a cabeça de Osama bin Laden por Neidhart e os deixando seguir em frente. Com certeza, ele os emboscaria, tentando matá-los. Mas o que podia fazer?

– Zauar, pegue o saco com a cabeça – ordenou ao paquistanês, que, sem questionar nada, se dirigiu até onde estava o equipamento mais pesado, escondido atrás de umas rochas.

Mendes voltou a ficar pensativo, enquanto DC e Chiang, sentados no chão, olhavam para ele, aguardando. Até que a ordem veio direta, seca.

– Vamos!

– Por que não? – disse DC, abrindo um sorriso e se levantando.

E cada um foi inspecionar as armas e prover-se de munição. Mendes, que já havia checado seu M16 e a pistola Walther, irritado com a demora do paquistanês, bradou, cheio de impaciência:

– Zauar!

– Sim, major – disse Zauar, saindo detrás das rochas e segurando numa das mãos um saco de aniagem.

– Passe uma mensagem pelo rádio ao filho da puta e diga que estamos indo.

Percorreram o caminho pelo qual tinham vindo, circularam o enorme rochedo, em forma de cabeça de camelo, e desceram a suave encosta, toda cheia de detritos. Uma rápida caminhada e chegaram à bifurcação, onde se entrincheiraram atrás de umas rochas. Era um ótimo local para uma emboscada, pensou Mendes. E tinham um único trunfo, que era a cabeça de Osama bin Laden. Esperaram por uma angustiante meia hora, sob o sol escaldante, até que o rádio soou. Zauar atendeu, ouviu com atenção e disse:

– O emissário já está vindo ao nosso encontro.

Pouco depois, um homem, vestindo um manto e um turbante, apareceu. Trazia, na ponta de um pedaço de pau, uma bandeira branca. DC lhe apontou o fuzil e disse, com rancor:

– Seria tão bom se a gente pudesse lhe dar as boas-vindas de outro modo...

Quando o homem chegou diante deles, disse em *dari* que o comandante Abdullah os estava aguardando para a negociação. Zauar traduziu a mensagem. Voltando-lhes as costas, o emissário começou a caminhar na direção de onde viera. Mendes e os companheiros o seguiram. Mantinham-se atentos, prontos a entrar em ação, caso fossem emboscados. O céu era de um azul intenso e a areia queimava sob o sol inclemente. Só se ouviam o som do solado das botas, da respiração tensa dos homens e um ou outro grito de uma ave de rapina. Recobraram a atenção quando chegaram a um desfiladeiro. DC deu um cutucão em Mendes e apontou para o alto, à sua direita, onde se via um homem armado, semioculto por uma rocha.

– Já tinha reparado. Há outro aqui deste lado. Qualquer coisa, esse daí é seu.

– Pode deixar, major – disse DC, levantando o fuzil.

Depois de um quilômetro percorrido, o desfiladeiro abria para uma arena natural, limitada por rochedos. Mendes viu, a uma pequena distância, um aglomerado de homens barbados, vestidos de manta e turbante. Carregavam cinturões atravessados no peito, fuzis, metralhadoras e pequenos mísseis. Uma bazuca, sobre o ombro de um deles, parecia estar prestes a ser disparada. À frente do bando estava Neidhart, ajoelhado e com as mãos amarradas nas costas. Uma espada erguida acima de sua cabeça dava um recado ameaçador.

Quando os grupos estavam a uns dez metros de distância entre si, o mensageiro foi até Abdullah e conferenciou com ele por alguns segundos. Depois, retornou e comunicou algo a Zauar, que foi logo traduzindo:

– O comandante Abdullah mandou que a gente entregue a cabeça de Osama. Em seguida, soltará Neidhart.

– Negativo – disse Mendes, ríspido. – O que propomos é que enviem Neidhart, enquanto este bastardo segue com a cabeça.

O emissário retornou para junto dos milicianos e passou o recado. Abdullah deu um grito selvagem e, voltando os olhos para o homem que tinha a espada erguida, ordenou-lhe alguma coisa. A arma, que faiscava sob o sol, desceu com violência, mas parou a alguns centímetros do pescoço de Neidhart. E de novo o mensageiro veio ao encontro do comando e confabulou com Zauar, que disse, desolado:

– O comandante Abdullah insiste em que a gente lhe dê logo a cabeça. Se não fizermos isso, matará Neidhart e disparará a bazuca contra nós.

Mendes considerou a situação. Estavam cercados pelos milicianos, dispostos à frente e nas elevações ao redor. Além disso, a bazuca era uma ameaça nada desprezível. Não acreditava muito que o comandante da milícia fosse cumprir a palavra, libertando Neidhart em troca da cabeça de Bin Laden. Seriam mortos, logo que fizessem a troca. Mas o que podiam fazer? Era vender caro a derrota, matando o maior número possível de milicianos, antes que fossem trucidados, pensou com tristeza.

– Zauar, entregue a cabeça ao emissário – ordenou.

Quando Zauar foi cumprir a ordem, DC se adiantou e disse:

– Mas, major, se a gente fizer isso, eles...

– Eu sei disso – disse de um modo ríspido. – Você vê outra saída?

– Não, não vejo – respondeu DC, balançando a cabeça e se afastando.

Zauar entregou o saco de aniagem ao emissário, que correu de volta para a milícia. Mendes pôde perceber um riso de triunfo aflorar aos lábios do comandante Abdullah. E, para confirmar todos os seus temores, viu o comandante se voltar para o miliciano, que tinha a espada, e gritar uma ordem. A arma desceu com violência e, para horror de Mendes e seus comandados, decepou a cabeça de Neidhart. Nesse mesmo instante, Zauar berrou, enquanto se jogava no chão:

– Protejam-se!

Num átimo de segundo, Mendes notou que ele tinha alguma coisa na mão. Atirou-se ao solo, acompanhado pelos amigos. Blaaammmm! Ouviu-se uma forte explosão, provocada por Zauar, que havia ativado, a distância, o detonador. Gritos de agonia, junto com uma grossa coluna de fumaça, se elevaram no ar. Cegado pela poeira e ensurdecido pelo ruído, Mendes permaneceu com a cara enfiada na areia por alguns segundos. Por fim, levantou-se. Reparou que o estrago tinha sido grande, pois uma clareira se abrira entre os milicianos. Havia corpos arrebentados, braços, cabeças e pernas decepados por tudo quanto é lado. Alguns milicianos agonizavam, gemendo, outros, ainda que atordoados, tentavam se aprumar ou pegar as armas. Mendes apontou o fuzil na direção deles e começou a atirar, no que foi imitado pelos companheiros. E os homens que estavam a suas costas nas colinas adjacentes?, refletiu. Dando uma rápida olhada para trás, não viu ninguém. Haviam fugido como galinhas assustadas. Ainda tonto pela ensurdecedora explosão, ele seguia em frente atirando. Ao chegar ao ponto onde estivera a milícia, deparou com os destroços da bazuca e os corpos dilacerados de Neidhart e de Abdullah. Quanto a este último, por incrível que pudesse parecer, havia sobrevivido, mas perdera as pernas, e em seu ventre havia um buraco, por onde escapavam as vísceras. Mendes contemplou a face ensanguentada do comandante. Depois cuidava dele, pensou, porque os companheiros já vinham perguntar o que deveriam fazer com os milicianos agonizantes.

– Acabem com eles! – disse Mendes, pensando menos em misericórdia do que em aplacar sua ira.

Foram caminhando entre os corpos. Zauar e Chiang cortavam a garganta dos moribundos com o *kukri* e a machadinha. Mendes e DC, por sua vez, davam-lhes tiros na testa ou na nuca. Retornaram para junto do cadáver dilacerado de Neidhart. Foram encontrar a cabeça esfacelada muitos metros adiante. Apanharam-na com cuidado e a colocaram ao lado do corpo. Só aí Mendes se lembrou de perguntar a Zauar como ele tivera a brilhante ideia de entregar a cabeça de Osama com uma bomba.

– Mas eu não coloquei a cabeça junto com a bomba.

– Como assim? A cabeça não estava naquele saco?

– Não. Deixei a cabeça com nosso equipamento.

– Tinha tanta certeza assim de que não cumpririam o acordo? – perguntou DC, admirado.

– Certeza absoluta. Conheço bem essa gente. São traiçoeiros como serpentes.

– Mas e se tivessem cumprido a parte deles do acordo? – perguntou Chiang.

– Como já disse: eles não cumpririam o acordo. Mas, mesmo que tivessem cumprido, não seria bom lhes devolver a cabeça de Bin Laden. Por isso planejei tudo um pouco antes de vir para cá...

Um sorriso aflorou aos lábios de Mendes.

– Ah, então, foi por isso que se demorou. Estava preparando a bomba...

Foi a vez de Zauar sorrir, mas logo reprimiu a alegria ao lançar os olhos para o corpo decapitado do companheiro. Agachou-se e contemplou a cabeça de Neidhart. Não foi capaz de reprimir as lágrimas. Ficou soluçando por alguns segundos, ao fim dos quais se levantou e perguntou:

– E o que vamos fazer com este filho da puta? – disse, apontando para Abdullah e sacando o *kukri*. – Quer que eu acabe com ele?

– Um instante – disse Mendes, segurando-o pelo braço. – Acho que ele está querendo falar. Vá ver o que é.

Zauar se aproximou de Abdullah e se abaixou. O comandante, com um enorme esforço, murmurou alguma coisa.

– O que ele disse?

– Pediu que a gente lhe dê um tiro de misericórdia.

Mendes olhou com desprezo para o guerrilheiro pachto.

– Se você – disse de modo pausado, enquanto Zauar ia traduzindo – fosse um homem de honra e tivesse cumprido a palavra, eu mesmo lhe daria um tiro de misericórdia. Mas você não é um homem honrado, portanto, não posso fazer o que pede.

Fez uma pausa, respirou fundo e completou:

– E, como é um verme desprezível, você terá uma morte infame. Vou deixá-lo aí, para servir de pasto aos abutres e chacais.

– Maldito infiel! – murmurou Abdullah, em seu precário inglês, numa voz quase inaudível. – Outros me vingarão!

Indiferente à ameaça do paquistanês, Mendes deu-lhe as costas.

– Vamos embora? – disse DC, já mostrando impaciência.

Mendes ficou em silêncio por alguns segundos, para depois dizer, enquanto sacava a faca Bowie:

– Um instante.

Ajoelhou-se ao lado do corpo de Neidhart e começou a lhe fazer um corte no peito.

– O que o senhor está fazendo, major?! – perguntou Zauar, atônito.

Continuando sua tarefa, cortando carne, músculos, ossos, Mendes respondeu:

– Já que não podemos lhe dar um enterro decente em McAllen, pelos menos, faremos isso com o seu coração.

Com as mãos, forçou a abertura e puxou o coração ensanguentado. Libertou-o de vez do peito, usando a faca. Embrulhou-o num lenço e o entregou a Zauar.

– Vê se encontra alguma coisa melhor por aí para guardar o coração. Depois, você alcança a gente.

– Pode deixar comigo, major.

Zauar pegou o embrulho e foi procurar um embornal ou uma bolsa, entre os pertences dos mortos. Apressados, os homens deixaram o local. Mendes e Chiang carregavam o corpo de Neidhart. Pretendiam enterrá-lo no fundo da entrada secreta de Tora Bora, onde ficaria a salvo das feras e aves de rapina. Atento a movimentos nas colinas e armado com o fuzil, DC seguia ao lado, pronto a entrar em ação.

Logo chegaram aonde ficava a entrada secreta das cavernas de Tora Bora. Passaram pela abertura, munidos de pás e arrastando o corpo de Neidhart, que havia sido envolvido num manto, amarrado com cordéis. Quando, afinal, puderam ficar de pé, cavaram uma cova, onde o enterraram. DC engrolou uma rápida prece. Recolhendo as pás, retornaram. À saída da caverna, deram com Zauar, que vinha com uma bolsa de couro, contendo o coração do companheiro dentro de um pequeno saco com sal grosso.

Era mais que hora de partirem. Discutiram então a retirada. O plano deles consistia em seguir, em marcha batida, na direção de Band-e-Amir. Chegando às montanhas, se conseguissem despistar as milícias, fariam uma longa volta e iriam até onde se encontrava escondida a Hilux. Munidos de condução, era só deixar o Afeganistão e atravessar a fronteira. Mais uns dias de viagem, e estariam em Peshawar, onde os aguardaria o avião com destino ao México.

*****

A cabeça apoiada no dorso de um companheiro morto, Abdullah viu os estrangeiros se afastarem apressados. Não sentia dor, apenas frio e uma sede intensa. Malditos infiéis!, bradou, sem ouvir a própria voz. O sol, batendo de chapa, o cegava. Por que não lhe tinham dado o tiro de misericórdia, como pedira? Estaria livre daquele tormento. Ah, refletiu em sua agonia, havia sido um tolo: caíra como um patinho na armadilha deles. E agora estava ali prostrado e prestes a morrer. E, ao pensar na morte, foi assaltado por uma dúvida terrível. Era que considerava com angústia se mereceria mesmo entrar no Paraíso. Concluía, desolado, que, após cometer tantos erros, jamais seria premiado com as setenta e duas virgens prometidas aos heróis mortos em combate. Não, era um homem sem honra – falhara em tudo. E o pior é que ia morrer de forma tão indigna. Não teria um funeral decente. Num esforço muito grande, conseguiu, afinal, erguer um braço. Mas, ao tocar o ventre, teve a horrível sensação de que a punha sobre carne quente, flácida e sangue. O que a explosão havia feito com seu corpo?

Ouviu um ruflar de asas. Era um abutre que vinha pousar a poucos metros de seu corpo. Será que o atacaria ainda vivo, para lhe devorar as vísceras? Fechando os olhos, engrolou uma prece. Quando os abriu, deu-se conta de que outros abutres também haviam pousado por perto e já devoravam os companheiros mortos. Mas o *seu* abutre continuava ali, arrogante, insolente, contemplando-o com voracidade. Era questão de tempo até que também o atacasse, pensou com horror.

Foi então que a sombra de um homem se projetou sobre seu corpo. Quando ele se abaixou, Abdullah o reconheceu. Era o natural da terra que se bandeara para os infiéis, servindo-lhes de guia e intérprete. Que maldito fosse! O que vinha ali fazer? Escarnecer de sua dor? Mas, ao contrário disso, o homem lhe levou aos lábios um cantil. Abdullah bebeu com sofreguidão e sentiu um pouco de alívio. Em seguida, o infiel enfiou algo entre seus dedos e disse, ao mesmo tempo que se erguia:

– Tem aí um revólver com uma única bala. Que Alá, o Misericordioso, se compadeça de sua alma.

2

O retorno

Era 2 de maio, poucos dias depois que o grupo havia deixado o Paquistão. Sentado a uma das mesas de um boteco ordinário, no cais do porto de Tampico, Mendes degustava um uísque duplo. Ao lado dele, os companheiros bebiam cerveja e comiam *tacos*, acompanhados de molhos bem picantes. A tasca era suja, com bitucas de cigarro no chão, um longo balcão encardido, uma tevê ligada no mais alto volume e um *juke box*, em que a cantora Anahí se esgoelava, cantando um rock latino. Diante do aparelho de som, algumas garotas rebolavam, para gáudio dos frequentadores, que assobiavam e apupavam.

Os homens estavam taciturnos, ainda mais depois da longa viagem. Mal haviam chegado, Mendes telefonara do pequeno aeroporto para Purvis, resumindo os sucessos da missão.

– Por que não me ligou do Paquistão? Eu estava ansioso com a falta de notícias – disse Purvis, todo excitado, ao atender o telefone.

– Sinto, achei que não convinha telefonar de Peshawar. As coisas estão bem agitadas por lá. Parece até que andaram grampeando telefones.

Purvis mudou logo para o assunto que o interessava de fato.

– E então, trouxeram a cabeça do celerado?

– Sim, trouxemos.

– Ótimo! Não haveria momento mais oportuno.

– Como assim? – perguntou Mendes, intrigado.

– Vocês não devem saber disso, mas a coisa está fervendo por aí, com rumores sobre a morte do filho da puta.

–Verdade?! – espantou-se Mendes. – Tão rápido assim?

– Isso mesmo. Mas tenho recebido informações desencontradas: há quem diga que o homem foi morto, ou que está escondido no Paquistão, ou ainda que fugiu para o Iêmen... Cada qual tem sua versão. Mas se você me diz que pegou Bin Laden, fico sossegado.

Fez uma pausa, para depois dizer:

– E quando voltam para McAllen?

– Amanhã.

– Não podia ser hoje? – disse Purvis, a voz carregada de ansiedade.

– Hoje, não. Estamos muito cansados. Amanhã, nos veremos e aí lhe conto tudo pessoalmente.

Fizeram outra pausa, até que Purvis voltasse a falar, mas com hesitação.

– E... e vocês tiveram alguma baixa?

– Sim, tivemos.

– Quantas?

– Uma.

– Ah, bom, mas quem foi que vocês perderam?

– O capitão Neidhart – disse Mendes com tristeza.

– O capitão Neidhart?! – esclamou Purvis, parecendo muito pesaroso. – Mas justo ele... Me conte como...

Mendes lhe cortou a fala.

– Desculpe, Mac, mas acho melhor conversarmos sobre isso em sua casa. Assim, lhe explico com vagar tudo o que aconteceu. Não acho prudente falar ao telefone. Ainda mais do México.

– Tem razão. Falaremos então amanhã. Às oito da noite, creio, estará bem para vocês, não?

Enquanto bebia, Mendes pensava nos acontecimentos dos últimos dias: a longa viagem pelo deserto, em direção das montanhas, a falta de água e de comida, os grandes cuidados que tinham sido obrigados a tomar, para evitar as milícias. E foi como um bando de maltrapilhos, cortados por espinhos e picados por insetos, que chegaram aonde estava escondida a caminhonete. Por sorte, ainda tinha combustível suficiente para irem até Landi Kotal. Na cidade fronteiriça do Paquistão, trocaram os uniformes camuflados por túnicas e turbantes. Mantendo só as pistolas e as facas, livraram-se dos fuzis, metralhadoras e do material para a confecção de bombas, enterrando tudo numa ravina. Compraram sacas de forragem e frutas para disfarçar e tomaram logo o caminho para o aeroporto clandestino em Peshawar. Deixaram a caminhonete com todos os pertences de presente ao fiel Ahmad, que guardara o galpão na ausência deles, e, afinal, embarcaram com destino ao México.

DC cortou suas reflexões, apontando para duas mexicanas que dançavam frente ao *juke box*.

– Olha lá, major. Que tal se a gente pegasse aquelas garotas?

Mendes não disse que sim, nem que não. Bebeu um gole do uísque.

– E então? – insistiu DC.

E pôs-se a falar das virtudes das mexicanas, mas, de súbito, Mendes o interrompeu, pondo a mão sobre seu braço.

– Um instante!

Estava com os olhos fixos na tela da tevê, que começara a exibir um noticiário de emergência, em que se comunicava a morte de Osama bin Laden. O repórter dizia, num tom dramático, que um comando americano, da Operação Lança de Netuno, entrara numa casa de um bairro retirado da cidade de Abbottabad e matara o líder terrorista. Segundo as informações, a ação toda ocorrera na noite de primeiro de maio. Mas somente no dia 2 é que o presidente Obama viera fazer a comunicação do sucesso da operação, direto da Casa Branca.

– *Entonces, mataron a el hijo de puta!* – gritou um mexicano bêbado, erguendo uma garrafa de Corona.

– Mas... mas... – começou a dizer DC, estupefato. – E o cara que nós pegamos?

Mendes não estava estupefato, estava furioso. Então, depois de tanta luta e do sacrifício de Neidhart, vinham a saber que tinham participado de uma fraude? Que haviam apenas matado e decapitado um sósia? Porque só podia ser um sósia. O verdadeiro Osama bin Laden, enganando a todos, estava escondido em Abbottabad, nas barbas dos paquistaneses. Como haviam sido idiotas!, pensou com raiva. E quando o repórter disse que os testes de DNA, feitos no local, confirmavam que o cadáver era mesmo o do terrorista, Mendes ficou ainda mais irado.

– Vocês acreditam nessa história? – disse DC, desafiador. – Pois eu não acredito em nada disso. Por que não mostraram o corpo?

– Segundo o repórter, acabaram jogando o cadáver no mar... – comentou Zauar, dando de ombros.

– Besteira. Papo mais furado – insistiu DC. – O que acha, major?

Mendes permaneceu calado. Os olhos grudados na tevê, não conseguia esconder a enorme frustração. Depois de tudo que tinham passado, descobria que a missão havia sido inútil. Traziam como butim uma cabeça de um desconhecido que não valia nada. Mas nem pensava na reação que, com toda certeza, Purvis teria com aquela notícia surpreendente. Pensava era no fato de ter arriscado a própria pele e a pele dos companheiros em vão. Pensava na morte inglória do amigo, decapitado em pleno deserto e apodrecendo numa das covas de Tora Bora. Sabia que não era sua culpa, mas, mesmo assim, se sentia responsável por tudo o que acontecera de errado. Onde é que sua vida viera desembocar? Numa espelunca suja de Tampico, ouvindo pela tevê a notícia do seu fracasso.

– E o que vamos fazer com a cabeça? – DC puxou-o pelo braço.

– Cabeça? Que cabeça? – disse Mendes, atarantado e sem fitar o companheiro.

– A cabeça do homem, major!

Mendes voltou-se para DC e, como se não o conhecesse, esbravejou:

– Jogue na lata de lixo, cara!

– Como assim, major? – protestou DC, desembestando a falar: – Depois de tanto sacrifício, tanta luta... Pode ser que o sr. MacCormack não acredite nessa história toda aí do comando americano em Abbottabad. E, nesse caso, trato é trato.

Cheio de fúria, Mendes socou o balcão e berrou, para espanto dos presentes e ainda mais dos companheiros:

– Pois já não mandei que jogasse essa merda no lixo?!

– Agora?

– Agora! Já! Porra!

DC deu de ombros e saiu de fininho. Permaneceram calados. Mendes pediu outra dose dupla de uísque e ficou remoendo a raiva. Nem ouviu quando os companheiros se despediram dele, pretextando cansaço. Continuou bebendo, noite afora. Já de madrugada, uma das mexicanas que dançavam veio até sua mesa e pediu que lhe pagasse uma bebida. Era uma moreninha, com belas pernas, cabelos longos, os seios saltando da blusa.

– O que quer beber?

– *Un tequilla reposado.*

Mendes fez sinal ao bartender: vieram o *tequilla reposado* e mais um uísque duplo. Ele não se lembraria muito bem do que veio a acontecer depois de tantas doses bebidas naquela noite. Pela manhã, acordou com uma terrível dor de cabeça numa cama de lençóis sujos, com uma mulher nua do lado. O sol já entrava pelas cortinas rasgadas. Consultou o relógio. Era quase meio-dia. Estava atrasado mais de uma hora, pensou, alarmado. Ainda tinha que passar no hotel, pegar a bagagem e correr para o aeroporto, onde os companheiros o aguardavam. Vestiu-se às pressas. A mulher levantou a cabeça e perguntou com a voz enlanguescida:

– *A dónde vas tan temprano, amor mío?*

Não lhe disse nada. Apenas jogou umas cédulas sobre a cama e saiu, batendo a porta atrás de si.

*****

Haviam chegado ao aeroporto de McAllen pela manhã, no mesmo monomotor em que tinham partido para a grande missão. Apesar da noite passada num hotel de Tampico, estavam todos exaustos. Despedindo-se rapidamente, cada um tomou o rumo de sua casa. Haviam combinado de se encontrar às sete e meia da noite no Los Hermanos, de onde partiriam para a mansão de Purvis.

Uma hora antes do encontro, Mendes preparava o segundo uísque duplo. Foi degustá-lo, como tinha feito com o primeiro, deitado no sofá estropiado. Pensava na conversa desagradável que iam ter com o empresário. A essa altura, com toda a certeza, Purvis já sabia que o *verdadeiro* Osama bin Laden havia sido morto por um comando do governo americano. A cabeça que haviam trazido era um ridículo troféu que nada valia. Merecia mesmo a lata do lixo, onde ordenara que DC a jogasse. Tinha consciência do seu fracasso, e era questão de honra, pensava, recusar qualquer forma de pagamento, ainda que o contrato estipulasse uma espécie de prêmio de consolação. Lembrava-se, inclusive, dos termos: que deveriam perceber quinhentos mil dólares em caso de aborto da missão, por um motivo considerado justo. Entre outras coisas, por exemplo, "a morte de Bin Laden por uma pessoa ou grupo de pessoas, quando a ação tivesse início". Não discutira o problema com os companheiros nem queria discutir. Cada um sabia de si – quanto a ele, não queria passar pela vergonha de receber cem mil dólares que não merecia. Cometera dois grandes erros: matara o homem errado e nada pudera fazer para salvar a vida de Neidhart.

Ao deparar com os companheiros em frente ao bar, Mendes reparou que DC ainda não havia chegado. É bem verdade que ele não era mesmo muito pontual, mas, naquela noite, exagerou. Meia hora depois, Mendes já estava impaciente. Queria liquidar o assunto o mais rápido possível, embora desconfiasse de que Purvis, depois de acertar as contas, talvez quisesse ter uma conversa particular com ele. E aí, para seu desgosto, a coisa podia se estender, o que seria bastante constrangedor.

– E esse cara que não chega! – exclamou Zauar, já irritado.

Mesmo Chiang, a calma em pessoa, não parava de andar de um lado para o outro, sem parar de resmungar.

– Vamos embora! – disse Mendes, sem poder mais conter a impaciência e entrando no velho Beetle.

Estava decepcionado com DC. Ele não podia abandoná-los, pensava. Justo agora que iam enfrentar uma situação embaraçosa. Talvez estivesse ofendido porque gritara com ele no boteco de Tampico. Desde então, não haviam mais trocado palavras. Em todo caso, não era hora de DC deixar o barco, pensou, algo ressentido. Mas, como já refletira antes, cada um sabia de si. Ele que se fodesse, portanto.

Ao chegarem à casa de Purvis, Reynoso veio recebê-los no portão e os conduziu até a entrada lateral da mansão. Bateu na porta, abriu-a e deu passagem aos três amigos. Para sua grande surpresa, Mendes deparou com DC e Purvis sentados nas poltronas em frente ao fogo, tomando drinques, comendo petiscos e entretidos numa animada conversa. Numa mesinha ao lado do anfitrião, notou um saco de aniagem, cuja boca vinha amarrada por um cordel, que lhe pareceu bastante familiar. Será que DC...?, uma suspeita lhe passou pela mente. E a suspeita se transformou em certeza quando Purvis abriu os braços e os chamou, cheio de entusiasmo.

– Meus heróis! Aproximem-se!

Mendes, seguido de Zauar e Chiang, obedeceu, ressabiado. Que patranhas DC devia ter contado ao homem? Ah, agora, entendia por que não fora se encontrar com eles no Los Hermanos! Viera antes, trazendo o saco com a cabeça do terrorista. E o pior de tudo, refletiu com raiva, desobedecendo a suas ordens expressas. Sentiu vontade de avançar contra o companheiro e esmurrá-lo. Mas, antes que fizesse isso, Purvis disse, apontando para as bebidas no aparador:

– Sirvam-se, senhores! Temos muito o que conversar.

Mendes foi se servir de uma boa dose de Johnnie Walker Blue Label. O mesmo fizeram seus companheiros. Voltando até onde estavam Purvis e DC, sentaram-se.

– Missão cumprida! – exclamou o empresário, erguendo o copo, num brinde. – *Congratulations!*

Será que o homem estava caçoando deles?, refletiu Mendes, sem responder ao brinde. Não, ele não tinha o costume de fazer esse tipo de brincadeira. Se considerasse que tudo saíra errado, o mais provável é que tivesse uma explosão de raiva. Resolveu ir direto ao ponto e, muito sério, perguntou:

– Como "missão cumprida", Mac?

– Vocês não saíram à caça do homem e trouxeram a cabeça dele, como tinham prometido? – disse Purvis, bebendo um gole de uísque.

– Mas isto daí – disse Mendes, apontando com o queixo –, como você já deve saber, não é a cabeça do verdadeiro Bin Laden...

– O que você quer dizer com isso?

Mendes deu um suspiro e prosseguiu:

– Vamos parar com essa história, Mac. Não viu o noticiário na tevê? Osama bin Laden foi morto por um comando de *seals* em Abbottabad!

Purvis deu um sorriso de superioridade.

– Meu caro, isso é o que *eles* dizem, ou melhor, isso é o que *eles* querem que a gente acredite...

– *Eles* quem? – perguntou Mendes, mesmo desconfiando de que já sabia da resposta.

– O governo americano, ora.

– Supondo que isso que me diz seja verdade, por que fariam uma coisa dessas?

– As eleições, Al! Quer maior trunfo para o presidente Obama do que apresentar aos eleitores a cabeça de Bin Laden numa bandeja?

Antes que Mendes o contestasse, Purvis abriu os braços e continuou:

– Os senhores repararam que até agora ninguém viu o corpo do filho da puta? E apesar de o governo ter dito que o mataram...

– Mas chegaram a fazer um exame de DNA para comprovar que um dos mortos em Abbottabad era... – começou a contestar Zauar.

– Exame de DNA?! Não me faça rir, meu caro – Purvis caiu na gargalhada e riu tanto que chegou até a engasgar. Só um bom gole de uísque fez com que se recuperasse. Prosseguiu: – Essa não é uma prova conclusiva. Se fizeram mesmo o tal do teste, coisa em que não acredito muito, apenas pegaram o material genético de um membro da família Bin Laden e testaram numa amostra do próprio Osama. Um fio de cabelo, por exemplo, encontrado em algum refúgio do homem no passado. Não, não, não – como eu disse, isso não é uma prova conclusiva.

– E o que você entende por "prova conclusiva"? – disse Mendes.

– O corpo do homem ou, pelo menos, a cabeça dele! – Purvis estendeu o braço até onde estava o saco de aniagem e, dando um tapa nele, disse, com veemência: – Isso que vocês trouxeram é uma prova das mais conclusivas.

Com um sorriso de triunfo, fez uma pausa, para depois prosseguir.

– Querem que eu lhes conte com foi toda a patranha? Pois bem: quando a notícia da morte de Osama bin Laden começou a se alastrar, o Pentágono percebeu que não podia perder a grande ocasião. Ainda mais porque ninguém conseguira identificar os responsáveis pelo justiçamento do homem. Numa manobra muito esperta, a CIA logo entrou em ação. Antes que a coisa esfriasse, mandou um comando invadir secretamente a casa em Abbottabad e liquidar os terroristas que por lá se encontrassem. A partir daí, fizeram com que se divulgasse nas redes de tevê aquela história toda sobre a investigação e a descoberta do esconderijo do terrorista, a preparação minuciosa dos *seals* para o combate, a invasão da mansão, o tiroteio, a morte de Bin Laden em combate e o seu enterro em alto-mar. Ou seja: acabaram matando um fantasma, um sósia, mas não mostraram o corpo para a imprensa, porque não havia nenhum corpo a ser mostrado!

– Mas e os sobreviventes ao ataque? Pelo que se divulgou na televisão, algumas das esposas de Bin Laden foram feitas prisioneiras. E parece que, segundo o noticiário, elas disseram que Bin Laden não se encontrava na mansão em Abbottabad – interveio Zauar. Purvis ficou algum tempo refletindo, coçando o nariz, a testa, como se a questão posta pelo paquistanês o perturbasse um pouco. Mas, dando de ombros, continuou com sua explanação.

– E daí? O que vale a palavra delas frente à palavra desse pessoal da CIA? Nada. Zero. Vocês sabem como são as mulheres. São doidas para inventar uma história. E, por isso, essa história não terá credibilidade alguma. Ainda mais porque elas vivem no Paquistão, país em que dão pouco valor à opinião das mulheres. O que irá acontecer com toda certeza é que, se as esposas de Bin Laden insistirem em espalhar que ele não estava por lá, aí é que vão acreditar no contrário disso...

– Então, o senhor considera mesmo que foi tudo uma grande farsa?

– A porra de uma grande farsa! – bradou Purvis, com fúria. E concluiu: – E graças a ela, Obama se cobriu de glória e, com isso, deverá ganhar as eleições.

– E como senhor pode ter certeza de que o que está ali é a cabeça de Bin Laden e não a de outro terrorista qualquer? – perguntou Chiang, voltando os olhos para o saco de aniagem.

Purvis deu um sorriso de superioridade.

– Antes de vocês chegarem, examinei-a com bastante cuidado. Bate em tudo com as inúmeras fotos e fitas de vídeo que tenho dele aqui! E há um pormenor muito importante que talvez vocês desconheçam: vim a descobrir, em minhas leituras, que o celerado tinha um pequeno sinal de nascença, em forma de lua crescente, no queixo. Fui verificar: está escondido entre os pelos da barbicha. Podem conferir, se quiserem... – Fez uma pausa, deu um suspiro fundo e acrescentou: – Mais adiante, se tiverem interesse, poderão estudar os documentos e arquivos do *laptop*, que trouxeram, para confirmar o que eu digo. Quanto a mim, o que tenho já me basta...

Mendes permanecia em silêncio, ouvindo o arrazoado. A versão de Purvis parecia mesmo bem convincente. Afinal, os comandos que alegavam ter matado Bin Laden não tinham mostrado provas das mais consistentes da operação. O máximo que havia eram produções de vídeo, com representações animadas do voo de helicópteros à noite, da descida dos *seals* na mansão de Abbottabad e do tiroteio. Sem contar a vaga notícia de um exame de DNA, a que ninguém tivera acesso. O mais eram cenas do presidente Obama e seu estafe, acompanhando pela tevê supostas cenas ao vivo da atuação dos comandos em Abbottabad. Nada mais que isso. E, considerando esses fatos de uma perspectiva mais crítica – refletiu Mendes, já convencido –, a espetacular ação dos *seals* bem que podia ser tão falsa como uma cédula de trinta dólares.

Essa constatação fez com que ele fosse se acalmando. Foi relaxar de vez quando Purvis disse que a parte no pagamento de cada um já estava depositada nas respectivas contas. Afinal, o sacrifício todo não fora em vão. A missão, ao contrário do que Mendes tinha pensado, fora coroada de êxito. Só lamentava por Neidhart não estar ali, bebendo com eles. Ah, se ele tivesse conseguido...

Purvis interrompeu suas reflexões, pedindo que DC fosse até o armário, onde se encontravam os boiões com seus troféus de guerra, e lhe trouxesse o que estava vazio.

– Ai está – disse DC.

Purvis vestiu luvas e, de um jeito solene, mas algo cômico, desamarrou a boca do saco de aniagem, enfiou a mão nele e puxou a cabeça pelos cabelos. Erguendo-a bem alto, disse, com satisfação:

– Vejam que beleza! Afinal, completei minha coleção...

E, abrindo a tampa do boião com formol, mergulhou o macabro troféu no líquido amarelo. A cabeça de olhos fechados, a boca entreaberta, mostrando dentes alvos, e cheia de grumos de sangue coagulado na base do pescoço, foi repousar no fundo do recipiente.

Nesse instante, Conchita, acompanhada de ajudantes, entrava, trazendo em bandejas uma refeição bastante variada: *nachos, frijoles, guacamoles com totopos, enchilladas, tortillas*. Como teve que passar junto à cadeira de rodas de Purvis, não pôde evitar que ele lhe apalpasse a bunda, ao mesmo tempo que exclamava:

– *Conchita, mi tesoro!*

– *Señor* McCormack! – reclamou ela, esquivando-se, mas sem deixar de sorrir.

Enquanto comiam, Mendes trouxe à baila a ideia de realizar uma cerimônia fúnebre para o enterro do coração de Neidhart. Purvis a aplaudiu e lembrou que gostaria de fazê-la em sua *hacienda*.

– Não queria que ele fosse enterrado no cemitério de McAllen, no meio dos bundas-sujas da cidade – completou.

Quando os homens, depois de comer à farta, se levantaram para partir, Purvis pediu que Mendes ficasse mais um pouco. Afinal a sós com ele, o dono da casa acendeu um charuto e se serviu de uma dose de uísque de milho.

– Você prefere o conhaque, não é, meu caro?

Mendes assentiu com a cabeça e foi se prover de uma boa dose de um *armagnac* Hors d'Age. Voltou a sentar-se e Purvis disse:

– Temos todo o tempo do mundo. Me conte agora, com mais vagar e sem omitir nada, toda a operação.

Mendes se recostou melhor na cadeira, tomou um gole do conhaque e começou a falar. Narrou desde os entreveros com os bandidos mexicanos em Tampico, passando pela chegada do comando no Paquistão, até os acontecimentos no Afeganistão. Purvis, os olhos arregalados, quase sem respirar, acompanhava sua história. De vez em quando o interrompia, pedindo explicações e mais detalhes. Mostrou-se chocado com o modo como Jesús Estrada fora assassinado, praguejando contra os bandidos que pululavam no México. Mas começou mesmo a se exaltar quando Mendes chegou ao ponto dos combates com as milícias afegãs, descrevendo as estratégias que haviam adotado para ludibriar e derrotar o inimigo. Como se fosse uma criança excitada com uma história contada pela mãe, fazia perguntas atrás de perguntas.

– O tenente Washington conseguiu mesmo abater um homem com aquela velharia do Colt Buntline? Incrível! – disse, no momento em que Mendes lhe contava do entrevero que haviam tido com os bandidos afegãos junto ao poço do deserto.

Mais adiante, na descrição da emboscada no monte, em que quase haviam sucumbido sob o ataque de um exímio *sniper* afegão, quis saber de mais detalhes.

– A quantas milhas de distância Neidhart conseguiu atingir o atirador?

– Creio que a uma seiscentas milhas...

– Magnífico! Aquele rifle McMillan é mesmo fenomenal. Ainda mais nas mãos de um experto como ele. Queria estar lá para ver.

E Mendes continuou a longa história: lá vinham os fatos do combate no oásis, em que haviam liquidado uma pequena milícia quase sem disparar tiros.

– O melhor ataque é mesmo a surpresa. Vocês foram brilhantes! – disse Purvis, balançando a cabeça.

Mas Purvis ficou abatido no instante em que Mendes lhe contou da captura de Neidhart, da frustrada negociação para resgatá-lo e de sua morte.

– Filhos da puta! – exclamou, revoltado. – Essa gente não tem mesmo noção de honra. Não é à toa que vivem na merda de um país sem lei nem roque. O capitão merecia um fim mais digno!

Mas, quando Mendes contou do estratagema utilizado por Zauar para acabar com a milícia de Abdullah, Purvis recuperou o bom humor, dando vigorosas palmadas sobre a perna, enquanto exclamava:

– Esplêndido! Esplêndido! E eu que cometi o pecado de fazer um juízo errado sobre o soldado Zauar. Ele se saiu melhor do que a encomenda, vingando a morte do capitão Neidhart! – E fechou sua fala com uma tirada, que quase provocou o riso de Mendes: – Está mais que na hora dele ser promovido.

A conversa se prolongou por muitas horas e só terminou porque Mendes já não aguentava mais de sono, bocejando sem parar. E seu cansaço era tão grande que não teve como recusar a oferta de Purvis para que dormisse por ali mesmo. Quando se deitou, Mendes desconfiou de que havia mais do que gentileza naquele convite de Purvis. Com toda certeza, no dia seguinte, ele o queria por perto para que continuasse a contar mais e mais sobre a grande aventura.

3

O funeral do herói

Pela manhã, Mendes deixou a casa de Purvis, antes que ele acordasse e o mantivesse na mansão, para que contasse outras histórias sobre a Operação Cabeça do Emir. É que ainda tinha uma missão a cumprir que sabia ser dolorosa. Voltando para seu apartamento, pegou uma caixa, onde guardara um pequeno saco, contendo sal grosso e o coração de Neidhart. Saiu e, enquanto dirigia, pensava, com tristeza, na reação de Gudrun quando lhe contasse a notícia da morte de Neidhart. A meio do caminho, parou numa floricultura, comprou um buquê de rosas e, depois, prosseguiu até a Deutche Delicatessen. Reparou que as portas estavam fechadas, o que achou estranho. Será que ela já estava sabendo de alguma coisa? Estacionou, desceu e foi apertar a campainha. Quando atendeu, Gudrun disse, não parecendo suspresa com sua visita:

– Mendes...

A garota avançou e, apoiando a cabeça em seu ombro, começou a chorar de mansinho. Mendes a apertou contra si, deixando-a chorar por um bom tempo, até que ela se afastou e disse, ainda soluçando:

– Veio me contar que Neidhart morreu, não é?

E sem esperar que ele respondesse, continuou:

– Tive um pressentimento. Antes de vocês chegarem. Depois..., bem, depois, as notícias correm...

– Sinto muito, Gudrun – foi o que Mendes, todo embaraçado, conseguiu dizer.

Ela levantou o rosto, os olhos cheios de lágrimas.

– É melhor você entrar. Queria que me contasse como foi.

Mendes lhe entregou as flores, ela sorriu e disse:

– Rosas vermelhas! Como soube? São as minhas preferidas. Era o que ele costumava me dar nos meus aniversários.

Foram até a sala de jantar e sentaram-se à mesa.

– Creio que seria bom, enquanto a gente conversar, beber uma Schneider Aventinus, a preferida de Neidhart.

Gudrun foi à cozinha e voltou com duas taças grandes, dois copinhos para aguardente, uma garrafa de cerveja, outra de Steinhaeger, uma travessa com salsichas, queijo e pão preto. Serviu a Mendes e a si.

– Me conte então como foi que ele morreu.

Mendes bebeu um gole de Steinhaeger e outro de cerveja, mordiscou um pedaço de queijo e começou a falar. Contou como Neidhart se sacrificara pelo grupo, ficando para trás, a fim de conter o grupo de milicianos afegãos. Contou também como ele fora capturado e como a tentativa de negociação com os afegãos não surtira efeito. Só a poupou dos detalhes acerca da morte dele. Em vez de contar que Neidhart tinha sido decapitado, apenas disse que os milicianos o haviam fuzilado. Gudrun ouviu tudo em silêncio, reprimindo os soluços, mas as lágrimas continuavam a deslizar por sua face.

– Neidhart morreu como um bravo – concluiu Mendes.

Gudrun fez uma pequena pausa e perguntou

– Vocês o enterraram, não é?

– Sim, fizemos questão. E num lugar onde não será importunado. Mas tem outra coisa...

Mendes empurrou a caixa que trouxera na direção dela.

– Aí está o coração de Neidhart. Achamos que você gostaria de enterrá-lo aqui em McAllen.

Ao ouvir aquilo, Gudrun voltou a chorar. Puxando a caixa contra si, abraçou-a, gemendo:

– Neidhart... Neidhart, meu amor...

Com os olhos úmidos, Mendes abaixou a cabeça, mas a levantou, quando ela lhe disse, sem parar de chorar:

– Desculpe-me... mas eu o amava muito. O Neidhart era tudo na minha vida...

– Eu também gostava dele. Era um companheiro leal. O melhor de todos nós.

Gudrun limpou a face com a costa da mão, deu um sorriso tímido e disse:

– Sabe que ele tinha você em alta consideração?

Ficaram em silêncio por algum tempo. Mendes bebeu outro gole da cerveja e disse:

– Desculpe perguntar isso agora, Gudrun, mas você tem ideia de onde gostaria que o coração de Neidhart fosse enterrado?

Ela balançou a cabeça, e ele continuou:

– Mr. MacCormack propôs que o coração de Neidhart fosse enterrado em sua *hacienda*. Além disso, gostaríamos de fazer uma pequena cerimônia fúnebre para homenageá-lo. O que acha?

Gudrun sorriu.

– Obrigada, Mendes. Acho que ele aprovaria ficar lá na *hacienda*...

Mendes se levantou.

– Então, vou acertar com eles. Depois, aviso você de tudo.

*****

O cerimonial foi realizado num bosque da *hacienda*. Sob um pálio, uma pequena cova fora cavada. Ao lado dela, haviam sido colocadas cadeiras de campanha e um pedestal com coroas fúnebres. Gudrun compareceu toda de preto, com um véu lhe encobrindo a face. Os homens vestiam as fardas dos Blackhawks, e Purvis, o uniforme azul de gala do Quinto Regimento dos Marines. E em seu peito reluzia a Medalha de Serviço no Vietnã, que ganhara por bravura. Mendes proferiu um curto discurso, enaltecendo as virtudes do companheiro morto em combate. Após isso, DC fez soar o clarim, com o toque de silêncio. E, enquanto a pequena caixa, envolta na bandeira americana, era descida na cova, Zauar e Chiang, perfilados, deram três salvas de tiro.

Terminada a cerimônia, encaminharam-se para a cantina do barracão pré-fabricado, onde estava posta a mesa, com uma grande variedade de pães, frios e bebidas. Gudrun trouxera algumas de suas tão apreciadas tortas. Sentaram-se à mesa. Parecendo constrangidos, começaram a comer e beber em silêncio e de cabeça baixa. Ao ver aquilo, Purvis bateu a mão espalmada sobre a mesa e esbravejou:

– Ânimo, minha gente! O que deve estar achando o capitão Neidhart de seus amigos que não sabem nem homenageá-lo? Vamos festejar!

A partir dessa intervenção intempestiva do empresário, os homens e mesmo Gudrun foram se soltando. DC contou a velha história de como conhecera Neidhart no Los Hermanos.

– Vocês acreditam que o filho da puta teve a coragem de me jogar de ponta-cabeça num latão de lixo?!

Zauar lembrava-se de outra anedota em que o alemão, ao tentar destravar uma pistola engripada, quase a arrebentara.

– Delicado como era... E com aquelas patas de elefante – sintetizou, para a risada geral, que se transformou em gargalhada quando DC acrescentou:

– E, pensando nisso, Gudrun, não sei como, nesses anos todos, ele não quebrou você no meio, quando a abraçava...

Os olhos iluminados, ela sorriu e disse com doçura:

– Apesar das patas de elefante, ele era a pessoa mais meiga, mais carinhosa do mundo...

E garrafas continuaram a ser esvaziadas. Num determinado momento, Purvis soltou o vozeirão e começou a cantar o hino dos Fuzileiros Navais, no que foi acompanhado pelos homens, que batiam com as mãos, em compasso, sobre o tampo da mesa:

From the halls of Montezuma
To the shores of Tripoli;
We fight our country's battles
In the air, on land and sea;
First to fight for right and freedom
And to keep our honor clean;
We are proud to claim the title.
Of United States Marine.[1]

---

1 Tradução livre: "Dos palácios de Montezuma/Às praias de Tripoli,/Seja no ar, na terra ou no mar,/Lutamos as batalhas de nosso país./Os primeiros a lutar pelo direito e pela liberdade/E em defesa de nossa honra;/Temos orgulho de ser/Os Fuzileiros Navais dos Estados Unidos".

Mendes era o único entre os presentes que não estava cantando. Porque Gudrun sorria, trauteando a canção. Ele apenas contemplava os companheiros que, muito bêbados e, em estreita camaradagem, festejavam.

Levantou o copo, bebeu um gole, dirigindo em silêncio, um brinde a seus comandados. Eles, os bravos falcões de guerra!